本书出版得到"北京大学创建世界一流大学计划"资助

北京大学外国语学院
北京大学欧美文学研究中心 主办

欧美文学论丛

第十一辑
欧美戏剧文学与文化

主编 罗湉

人民文学出版社

图书在版编目(CIP)数据

欧美文学论丛.第十一辑,欧美戏剧文学与文化/罗湉主编.—北京:人民文学出版社,2017
ISBN 978-7-02-012329-2

Ⅰ.①欧… Ⅱ.①罗… Ⅲ.①欧洲文学—文学研究—文集②文学研究—美洲—文集③戏剧文学—文学研究—欧洲—文集④戏剧文学—文学研究—美洲—文集 Ⅳ.①I106-53

中国版本图书馆 CIP 数据核字(2017)第 025341 号

责任编辑　欧阳韬
装帧设计　崔欣晔
责任印制　王景林

出版发行　人民文学出版社
社　　址　北京市朝内大街 166 号
邮政编码　100705
网　　址　http://www.rw-cn.com

印　　刷　三河市鑫金马印装有限公司
经　　销　全国新华书店等

字　　数　220 千字
开　　本　880 毫米×1230 毫米　1/32
印　　张　10.375　插页 2
版　　次　2017 年 1 月北京第 1 版
印　　次　2017 年 1 月第 1 次印刷

书　　号　978-7-02-012329-2
定　　价　38.00 元

如有印装质量问题,请与本社图书销售中心调换。电话:01065233595

前　言

　　北京大学的欧美文学研究发轫于"五四"时代,经历了不同的历史发展时期,形成了优秀的传统和鲜明的特色。素以基础深厚、学风严谨、敬业求实著称。尤其是新中国成立后经过1952年的全国院系调整,教学和科研力量得到了空前的充实和加强,集中了冯至、朱光潜、曹靖华、罗大冈、田德望、吴达元、杨周翰、李赋宁、赵萝蕤等一大批著名学者。改革开放以来,北大的欧美文学研究得到了长足发展,涌现出了一批成绩卓著的学术带头人,并已形成梯队,具有可持续发展的基础。已陆续出版的一批具有较高水平和广泛影响的专著中,不少获得了国家级和省部级奖励。目前北京大学的欧美文学研究人员积极参与学术交流,与国际同行直接对话,承担着国家合作和国内省部级以上的多项科研课题,是我们欧美文学研究的一支重要力量。

　　为了弘扬北大优秀的学术传统,促进欧美文学研究的深入发展,北京大学欧美文学研究中心和北京大学外国语学院决定联合主办"欧美文学论丛"。论丛选题涵盖三个领域:(1)欧美经典作家作品研究;(2)欧美文学与宗教;(3)欧美文论研究。为了突出重点,形成特色,论丛的每一辑都集中围绕上述某一个主题展开讨论。组稿和编辑工作由欧美文学研究中心具体负责。作者以北大的欧美文学研究人员为主体,同时也有校外专家学者加盟。我们希望这套论丛能展示在多元文化语境下欧美文学研究的独特视角和优秀成果,以此加强与国际国内的交流,为拓宽和深化当代欧美文学研究做出贡献。

本辑《欧美文学论丛》的主题是戏剧作品、理论与剧场研究，绝大部分论文皆为首次发表。

纵览欧美文化发展史，戏剧既是最为古老的文学形式之一，也是深刻影响社会发展的公共生活方式。从古希腊城邦公民集体出席的圆形剧场到中世纪万人空巷的宗教剧演出，从文艺复兴时期挥洒自如的戏剧巨匠到新古典主义时期与规则共舞的大师，从市民戏剧的嬉笑怒骂到浪漫主义戏剧的浅吟低唱，从语言的多重探索到舞台的反复试验，两千多年来戏剧文学与剧场模式变幻多姿，探触着欧美各个时代社会文化的发展脉搏，与彼时彼处的政治经济、信仰伦常、审美态势息息相关。而自亚里士多德《诗学》以降，对于戏剧本质与实践的思考探索也成为欧美学术研究中不可或缺的构成部分。除了热衷剧评的业内人士之外，更多智者曾经就戏剧文学以及围绕它存在的诸多问题发表宏论，从人类学、哲学、语言学、社会学、心理学等多重角度开拓戏剧研究的新范畴，使得戏剧诗学研究与思想史的发展融为一体。进入二十世纪之后，剧场概念的提出对于欧美戏剧研究形成了重要冲击，形成了一种全新的研究视角，逐渐引领着戏剧研究的新趋势，愈来愈多的研究转而将目光投向那些具有跨界特征的戏剧作品和戏剧人，观察他们如何在文学与多重艺术门类之间无羁游走，如何以充满灵性与想象的方式跨越文本、视像、空间与时间的边界。戏剧表现形式的日益创新势必引导着研究者发掘更加适用的理论语言，开拓多样化的阐释方法。本辑论丛收集的十六篇文章大体依循上述思路，可根据研究方向约略纳入作品、理论与剧场三类范畴。

前三篇文章不约而同地以单一文本为考察对象，针对剧本进行多维度的深层剖析。《从〈俄狄浦斯王〉看索福克勒斯的"智慧"》回溯至西方戏剧的源头古希腊时代。作者喻天舒及央珍从经典悲剧《俄狄浦斯王》的史料择取、政治隐喻、人神关系这三个层面入手，探讨了索福克勒斯在戏剧创作中表现出的不凡见识与思考。而在多层面文本分析之外，作者又引入比较的视角加以阐发，指出现代中国对人文精神的探索与古希腊悲剧精神其实遥相呼应。《马洛戏剧〈马耳他岛的犹太人〉中巴拉巴斯的人物形象解析》一文中，作者刘海英对于十六世纪英国戏剧家笔下的典型性人物进行逐一描述、分析，探讨了经典犹太人角色的罪恶表象之下所暗藏的丰富意蕴，颇富意味地提出了违背人性的个体邪恶行为与少数族群捍卫信仰传统的伟大精神之间难以厘清的悖论关系。《〈还给恺撒〉：一部"意大利即兴悲剧"》所讨论的则是当代法国文学巨匠尤瑟纳尔一部鲜为人知的剧本。作者段映虹敏锐地捕捉住剧本所蕴含的微妙色差，以细腻、流畅的笔触描述了剧中人物丰满真实、复杂生动的形象，继而揭示出这部既诙谐又悲怆，既诗意又写实，既呈现当下又指向永恒的伟大剧作的独特魅力。

紧随其后的三篇文章则基本上属于剧作家研究。《契诃夫戏剧跨文化旅行的五个维度》一文中，作者凌建侯与岳文侠对于俄国戏剧大师的创作进行了较为全面的关照，在逐步厘清契诃夫主要创作特点的过程中，分别介绍了作家对于新戏剧的接受、小说与戏剧意识的融合、作家在加拿大、爱尔兰及中国的接受以及对各国戏剧创作所形成的影响，从跨文类、跨地域的角度对俄罗斯戏剧家进行了多视角解读。《作为剧作家的彼得鲁舍夫斯卡娅及其独幕剧的时空结构》的作者张凌燕以苏联新浪潮戏剧代表人物为研究对象，借助巴赫金所提出的文学时空有机体论说，对彼得鲁舍夫斯卡娅剧作中的时空结构进行了细致入微的分析。《科尔泰斯笔下的二十世纪末的社会晚景：人与人之间的壁垒和交易》一文则注意到了当代法国重要的戏剧家科尔泰斯。作者张迎旋借助心理分析的方法，对于剧作家的创作人生进行了综合性论述，指出科尔泰斯如何通过极富特色的语言以及人物之间深具张力的冲突关系，将人类隐秘的灵魂世界展现在舞台之上，深刻揭示出后工业时代的人们沉沦与反叛的精神状态。

《浅谈法国中世纪戏剧中对地狱的表现》运用经典的主题学研究方法,引述众多中世纪文本、图像和研究资料,针对亚当剧、神秘剧等中世纪宗教剧中地狱形象的表现方式提出疑问并加以深究。作者周莽提出,作为天堂的对立面,地狱在某种程度上代表了基督教世界对于邪恶与苦难的全部恐惧与想像,却又往往以滑稽热闹、诙谐逗趣的方式呈现在戏剧舞台之上,成为恶的美学的早期戏剧体现。

之后的两篇文章都采用了语言学方法进行戏剧文本分析,无形中构成彼此呼应之势。《李尔与三个女儿——莎士比亚〈李尔王〉中的 Thou/You 转换分析》一文中,作者宫蔷薇在语料统计的基础之上,分析了人称变化背后所隐藏的人物身份与心理的种种变化。《维诺库尔论〈聪明误〉的语言》一文中介绍了俄罗斯语言学家对格里鲍耶多夫喜剧的研究成果。作者聂凤芝指出,维诺库尔把语轮转换视作戏剧最重要的推进力,故而他在研究中以语轮为基本语言单位,通过对语轮基本特点和连接方式的细致分析,践行了莫斯科语言学小组所主张的语言学诗学观。

如果说上述文章都侧重对具体作家、剧本加以关照,随后的四篇文章则倾向于戏剧本质的探讨。几位作者的研究路径颇为类似,即选择某位戏剧家或剧评家的批评文本为研究对象,相对宏观、抽象地探索戏剧本体特征。《德莱顿·英国新古典主义·妥协精神——〈论戏剧诗〉导读》将戏剧理论研究放置在宏观历史背景之中观察,体现出作者深厚的人文功力。韩敏中在文中提出,英国 17 世纪政治、宗教动荡之后社会整体趋于理性、妥协,这种倾向性与德莱顿对法国古典主义的推崇不谋而合。法国古典主义崇拜王权,崇尚理性的审美标准正呼应了彼时不列颠王国的政治与社会需求。德莱顿的《论戏剧诗》重新审视了以莎士比亚为代表的本土戏剧传统,从理论上将法国古典主义美学融入英国独有的文化背景,对英、法戏剧美学各自做了出较为公允的判断。他的诗学观有益于英国戏剧中豪放机敏与优雅睿智的彼此平衡,成为英语逐渐成熟的助力。《新艺·新剧·新声——洛佩·德·维加的戏剧理念》的作者许彤将目光投向了西班牙"黄金世纪"的文学巨匠及民族戏剧的奠基人,以其《喜剧创作新艺》为核心,阐述了西班牙古典喜剧的艺术理念和创作规则的建立及影响。《一个诗人的戏剧——加西亚·洛尔卡戏剧创作理论浅析》则跨入了二十世纪的西班牙剧坛。作者卜珊通过呈现这位现代戏剧大师对于戏剧本质、剧场形式、观众属性的思考,阐发了戏剧与生活彼此交汇,互相渗透的状态。《重叠的悖论——罗兰·巴特论先锋戏剧》则梳理、归纳了二十世纪法国著名文学批评家对于先锋戏剧的考量与评判。作者罗湉介绍了罗兰·巴特如何透过荒诞戏剧多样化的复杂表象,从社会身份、对白与舞台这三个层面犀利地指出荒诞剧的悖论状态,具有启发性地提出了荒诞派戏剧在盛名的顶峰却难以为继的两难境地。

　　作为当代戏剧研究的重要发展方向,剧场研究无疑需要获得相应的重视。论丛最后三篇文章都与纷繁复杂的剧场现象相关,并且无一例外地指向德国戏剧,这或多或少地说明了德国在当代戏剧发展中所占有的举足轻重的地位。《当代德国的新叙事剧场》触及叙事文本的剧场改编现象。作者李茜指出,从小说到剧本的改编虽早已有之,却在当代成为气候。新叙事剧场改编与当下的剧场美学相呼应,强调对传统戏剧性的否定。虽则改编的方法形式各异,但作为一种愈来愈普遍的创作现象理应获得更多关注。《剧场艺术与观看》可谓典型的剧场艺术研究范例。作者李亦男围绕着观看乃是剧场艺术基础这一基本命题,提出了与戏剧性截然不同的剧场性概念,使得剧场艺术的范畴大大拓宽。与此同时,剧演的所指意义则具有了不确定性,将随着观看主体的视角与态度发生改观。《间离的空间与戏剧》更是一篇具有鲜明跨学科、跨文化性质的文章。作者唐克扬依据其扎实的多元文化和多学科背景,立足于建筑与空间的视角,对剧场与观看的问题进行了延展性论述,就剧场中空间与心理分离的类别与特性加以辨析,指出现代技术将会给舞台界面形式带来巨大变化,进而使传统意义上的间离效果的意义和方法发生蜕变。

十六篇论文各具特色,充分体现出戏剧研究的丰富性与可开拓性。编者以研究方法为排序依据,期冀清晰呈现作者们从文本分析到理论阐发,从语言文字到剧场艺术的多样化视角与多元化研究思路。作为欧美世界最为古老而辉煌的文学艺术形式,戏剧在当代无疑面临着某种困惑,来自资本、技术、道德与趣味的挑战前所未有地尖锐。如果说这些挑战更多地令创作人群不知所措,戏剧研究者也同样会感到困扰:倘若诗歌无比细腻地呈现灵魂世界,小说细致入微地表现复杂社会,戏剧文学是否仍然拥有一块独属的领地?面对声像技术与传播平台令人眩晕的发展速度,如何论证戏剧在当代社会仍拥有不可撼动的合法性?如何从理论层面引导戏剧走向突破与超越?答案的追寻是一条永无尽头的幽径,令编者欣慰的是,本辑作者在不同方向上做出了各自的努力。

编者
2016 年 7 月

目 录

前言 ……………………………………………………（1）

文本研究

从《俄狄浦斯王》看索福克勒斯的"智慧"…… 喻天舒 央珍（3）
马洛戏剧《马耳他岛的犹太人》中巴拉巴斯的人物形象
　　解析 …………………………………………… 刘海英（26）
《还给恺撒》：一部"意大利即兴悲剧"………… 段映虹（41）

作者研究

契诃夫戏剧跨文化旅行的五个维度 ……… 凌建侯 岳文侠（63）
作为剧作家的彼得鲁舍夫斯卡娅及其独幕剧的时空
　　结构 ………………………………………… 张凌燕（81）
科尔泰斯笔下的二十世纪末的社会晚景：人与人之间
　　的壁垒和交易 …………………………… 张迎旋（102）

主题研究

浅谈法国中世纪戏剧中对地狱的表现 ……………… 周莽（119）

语言学研究

维诺库尔论《聪明误》的语言 …………………… 聂凤芝(149)
李尔与三个女儿
　　——莎士比亚《李尔王》中的 Thou/You 转换分析 ……… 宫蔷薇(172)

剧论研究

德莱顿·英国新古典主义·妥协精神
　　——《论戏剧诗》导读 ………………………… 韩敏中(189)
新艺·新剧·新声
　　——洛佩·德·维加的戏剧理念 ………………… 许　彤(215)
一个诗人的戏剧
　　——加西亚·洛尔卡戏剧创作理论浅析 …………… 卜　珊(247)
重叠的悖论
　　——罗兰·巴特论先锋戏剧 …………………… 罗　湉(267)

剧场研究

当代德国的新叙事剧场 ……………………………… 李　茵(285)
剧场艺术与观看 ……………………………………… 李亦男(294)
间离的空间与戏剧 …………………………………… 唐克扬(312)

文本研究

从《俄狄浦斯王》看索福克勒斯的"智慧"

喻天舒 央珍

古希腊著名悲剧诗人索福克勒斯的名字"Σοφοκλησ"(Sophocles),具有"智慧 σοφοσ"(sophos, clever)与"荣耀 κλεοσ"(kleos, glory)双重涵义。纵观索氏(前496—前406年)几乎亘于整个公元前五世纪的、享年九十高龄的一生,说他的人生过得"荣耀",可谓名实相副。

众所周知,索福克勒斯幸运地生逢古希腊城邦雅典历史上最兴旺昌盛的帝国时代。与其先辈悲剧诗人埃斯库罗斯相比,他出生得较晚。在血雨腥风的希波战争(Greco-Persian Wars,前492—前449)爆发的年代里,他还只是个孩子,不必像埃斯库罗斯那样冲锋陷阵,九死一生。而与阿里斯多芬这样一些后辈喜剧诗人相较,他又死得较早,没有像后者那样亲眼看见自己所热爱的城邦(他拥有"雅典挚爱者"philathenaios 这一绰号)[①]在伯罗奔尼撒战争(Peloponnesian War,前431—前404)当中的最后惨败和受辱。

由于出生于雅典近郊克罗诺斯的一个"军火商"(制剑匠)家

[①] Almut-Barbara Renger:《Oedipus and the Sphinx —The Threshold Myth from Sophocles through Freud to Cocteau》,第 12 页。The University of Chicago Press,2013.

庭,作为雅典公民的索福克勒斯,拥有两笔不受战争影响的可观收入——制造武器与创作演出悲剧(悲剧上演的时间多是泛希腊的宗教节日,这期间处于战争状态的希腊各城邦的通常情形是暂时休战)。所以,在希波战争以及随后爆发的伯罗奔尼撒战争的兵燹几乎令所有雅典人陷于困顿之际,他和家人仍然得以过着舒适富裕的生活。与此同时,自幼接受过良好教育的索福克勒斯不仅多才多艺,机智风趣,而且外形俊美,身手矫健。因此,在非常看重人的外貌和身体条件的雅典城邦,索福克勒斯从少年时代起就颇引人注目。公元前480年,雅典海军在与波斯舰队交锋的萨拉米海战中大获全胜,年仅十六岁的索福克勒斯获得了庆祝胜利仪式上的颂神歌队领唱者的殊荣。

可以说,他的"荣耀"一生自兹开始,此后的生涯伴随着一系列的成功记录:

公元前468年,二十八岁的索福克勒斯在悲剧竞赛中击败当时的戏剧界泰斗埃斯库罗斯获得头奖。不仅如此,相较于与他大致同期的雅典另外两大悲剧诗人埃斯库罗斯获得的十三次头奖和欧里庇得斯获得的四次头奖,一生获得过二十四次头奖的索福克勒斯,是当时整个希腊世界里更受民众欢迎和认可的、因而也更声名卓著的悲剧大家;

公元前442年,索福克勒斯出任雅典帝国的财政首长,管理约三百个雅典盟邦的贡赋;

公元前440年,索福克勒斯当选为雅典城邦负责行政和军事要务的十将军(执政官)之一,成为修昔底德口中雅典"第一公民"伯里克利的同僚;

公元前421年左右,德高望重的索福克勒斯被推举为雅典宗教社团的受人敬仰的祭司;

公元前413年,八十三岁的索福克勒斯又在雅典远征西西里岛失利后被推举为权力高度集中的政府十人委员会成员;

直到公元前406年索福克勒斯去世,雅典人仍冒着围困他们的斯巴达人攻城的危险,出城为他举行了盛大的葬礼。

如果索福克勒斯在他多才多金、安富尊荣、高高在上的优越生活环境中,没有创作出一系列充满着机阻不安、惶惑无奈与沉痛忧伤情绪的悲剧作品,那他这个"荣耀"幸运儿的一生,也许就和"智慧"不沾边了。而正是一批优秀悲剧作品的问世,令得诗人索福克勒斯同样无愧于"智慧"这个名号。因为在索福克勒斯传世的七部悲剧作品(索福克勒斯创作的悲剧据说有一百二十三部,一说一百三十部之多,但留存下来的只有《埃阿斯》《安提戈涅》《俄狄浦斯王》《特拉基斯少女》《厄勒克特拉》《菲罗克忒忒斯》和《俄狄浦斯在克罗诺斯》)中,危机、受难、死亡,构成了它们共同的主题。我们这里要讨论的、上演于伯罗奔尼撒战争爆发的岁月里(约公元前430—426年之间)的《俄狄浦斯王》,更是诗人的悲剧作品里受到赞誉最多的一部。

一

在悲剧《俄狄浦斯王》中,索福克勒斯的"智慧",首先体现在他对古希腊神话传说中忒拜题材传统特别是有关斯芬克斯之谜这一插曲的选择上。

在《论古人的智慧》这本小册子里,培根的《斯芬克斯》一文,对俄狄浦斯解开斯芬克斯之谜,曾给予极大的肯定。培根断言,"斯芬克斯向人类提出她从缪斯那里得到的各种疑难问题和谜语。……俄狄浦斯当上忒拜国王,是因为他解决了关于人性的谜。凡能够彻底洞悉人性的人几乎可以随意改变自己的命运,他们天生就要统治帝国。"①这似乎表明,在后人看来,弑父娶母的俄狄浦

---

① 培根著、李春长译《论古人的智慧》,华夏出版社,2006年,第74—75页。

斯智胜斯芬克斯,应该是希腊古代神话传说里关于俄狄浦斯英雄冒险业绩的唯一版本。而事实上,俄狄浦斯英雄业绩的这一版本不仅不是唯一的,甚至不能算是"正宗"的。

  两部《荷马史诗》分别各有一处提到俄狄浦斯。《伊利亚特》第二十三卷描述了英雄阿基里斯为他死去的密友帕特洛克罗斯的隆重葬礼准备的若干竞技项目的比赛过程。在谈到拳击项目的竞赛者之一欧律阿罗斯时,诗中写道:"他是塔拉乌斯之子墨其斯透斯的儿子,在一次参加举行于忒拜城邦的祭奠俄狄浦斯的竞技比赛中,他击败了出身于卡德摩斯家族的所有对手。"①《奥德赛》第十一卷叙述了主人公奥德修斯游地府的详细经历,其中提到了主人公与俄狄浦斯不幸的母亲相遇的情景。而诗人写下的导致她死亡的原因是,"骇人的厄运让她毫不生疑地嫁给了自己的亲生之子,她的儿子则在跟自己的母亲成亲之前已经杀死了生身父亲。诸神把事件的来龙去脉公之于世,俄狄浦斯在巨大悲痛的煎熬下继续在忒拜为王,而她则不堪痛苦的重荷自缢身亡。"②被归于赫西俄德名下的《名媛录及欧荷欧》(*The Catalogues of Women and the Eoiae*)引用赫西俄德的说法称:俄狄浦斯是死在忒拜的,阿尔戈斯国王阿德拉斯图斯的女儿阿尔吉娅和其他人一起来到这里参

---

① 荷马著、巴特勒译《伊利亚特》。附注:本书中引用的一部分外文参考资料,包括两部《荷马史诗》(Iliad, Odyssey)以及赫西俄德(Hesiod)著、休.G.依夫林-怀特译《神谱》及署名赫西俄德的其他作品(*The Theogony, Works and Days, The Shied of Heracles, and fragment of warious works attributed to Hesiod*),索福克勒斯著、R.C.垂福林译《俄狄浦斯王》(*Oedipus the King*),欧里庇得斯(Euripides)著、理查德·奥尔丁顿译《特洛伊妇女》(*the Trojan Women*),修昔底德(Thucydides)著、理查德·克劳雷译《伯罗奔尼撒战争史》(*History of the Pelopennesian War*)等,均引自北京大学出版社出品的《英文经典3000部》电子书,故无法在文中提供所引文字的页码,敬请谅解。

② 荷马著、巴特勒译《奥德赛》(*Odyssey*)。

加了他的葬礼。①

　　这就意味着,《荷马史诗》有关俄狄浦斯的两处内容都没有涉及斯芬克斯,自然更没有提及因索福克勒斯的悲剧《俄狄浦斯王》和《俄狄浦斯在克罗诺斯》而为大家所熟知的俄狄浦斯在得知自己弑父娶母的真相后刺瞎双目、自我放逐、离开忒拜、死在索福克勒斯的家乡雅典近郊克罗诺斯的情形。

　　赫西俄德的《神谱》,大约是最早提到斯芬克斯的古希腊史诗作品。只不过在这里,斯芬克斯被作者称为芬克斯。《神谱》的第306至332行讲述:依照传说,残暴可恶、无法无天的地母之子提丰,爱上了人首蛇身、顾盼生姿的女妖艾克德娜,和她生下了一众凶残的怪物后代。其中最年长的,就是革律翁的牧犬厄尔托斯。后来,艾克德娜又和自己的儿子厄尔托斯相爱,生下了毁灭掉卡德摩斯(忒拜王族的始祖)后裔的夺命怪物斯芬克斯。

　　正是在这里,我们看到了斯芬克斯与作为卡德摩斯后代的俄狄浦斯的联系,但史诗却没有显示出有关斯芬克斯之谜的任何迹象。由于艾克德娜的几乎所有怪物后代都成为古代神话传说中各路希腊英雄豪杰宣示勇力和武功的征服对象,人们有理由猜测,在较早的古希腊神话系统中,夺命怪物斯芬克斯的存在,也许不过是证明血统高贵的冒险英雄俄狄浦斯英勇善战能力的一个有用的道具。而创作于索福克勒斯同时代的某些关于俄狄浦斯与斯芬克斯的绘画作品,表现的是全副武装的俄狄浦斯与怪物斯芬克斯格斗的场景②,似乎也从一个侧面暗示着,在关于俄狄浦斯与斯芬克斯的早期传说中,较力而不是斗智,是两者关系的"主旋律"。

　　这也就是说,索福克勒斯当年至少面对着两套不同的有关俄

---

① 赫西俄德著、休. G. 依夫林-怀特译《The Catalogues of Women and the Eoiae》,残篇24。北京大学出版社出品的《英文经典3000部》电子书。
② 词条"Sphinx",*Britannica Online Encyclopaedia*。

狄浦斯王的忒拜传说体系,而他从自己悲剧的创作需要出发,选择了一个相对后起的叙事体系。在这个体系中,出谜语的女妖斯芬克斯,对俄狄浦斯的命运转折起到了至关重大的作用。

之所以说索福克勒斯选择的是一个后起的忒拜神话体系,除了前面提到的因素外,主要还在于,虽然古希腊史诗时代的资料相当匮乏,但今天的西方学者们还是有能力把荷马时期的史诗作品与后荷马时期的史诗作品区分开来。而后荷马时代的三组"忒拜编年史诗"(the Theben Cycle,包括《俄狄浦记》*Oedipodea*、《忒拜记》*Thebias*、《后辈英雄记》*Epigoni* 三部分),就被后世的西方学者视为索福克勒斯悲剧《俄狄浦斯王》的主要资料来源——一如上世纪的古希腊后荷马时代史诗的重要研究者和翻译家休.G.依夫林-怀特(Hugh G. Evelyn-white)指出的那样,"尽管关于史诗《俄狄浦记》实际上我们所知甚少,但鉴于阿特奈奥斯(Athenaeus,公元二世纪的希腊语法学家和作家)曾经断言,索福克勒斯的悲剧情节是紧紧依从着这部编年史诗的,我们可以推定,《俄狄浦记》中的俄狄浦斯故事大体上是与《俄狄浦斯王》相一致的。"[①]也就是说,《俄狄浦记》中的斯芬克斯,有可能已经从一个早期传说中只会张牙舞爪的丑陋怪物,变成了一个靠聪明才智来猎取牺牲品的美少女战士了。

而恰恰是对这个后起的忒拜神话系统的采用,使索福克勒斯得以在悲剧《俄狄浦斯王》中,浓缩自己对雅典时局以及人性的思考,并将这种思考的成果投射于俄狄浦斯王形象的塑造上,在对俄狄浦斯悲剧命运的检讨中进一步凸显了诗人的"智慧"。

[①] 休.G.依夫林-怀特译赫西俄德著作的总述。北京大学出版社出版的《英文经典3000部》电子书。

二

当然,说俄狄浦斯王的形象体现了他的塑造者索福克勒斯的"智慧",这并不是一个所有研究者都众口一词的结论。尽管两千多年前的亚里士多德已经在《诗学》中对索福克勒斯的创作进行了充分肯定,甚至"将索福克勒斯的《俄狄浦斯王》当成一般悲剧的范例。"① 但近现代的古希腊悲剧研究者们却提出了许多挑战权威的见解。

吉尔伯特·默里(Gilbert Murray)教授就认为,索福克勒斯的《俄狄浦斯王》是对传统题材亦步亦趋、循规蹈矩的呈现,和写过同样题材悲剧的埃斯库罗斯(其采用俄狄浦斯题材创作的四联悲剧中仅《七将攻忒拜》流传下来,而《拉伊俄斯》《俄狄浦斯》和羊人剧《斯芬克斯》等三部分除了名字,其他已经遗失)及欧里庇得斯(其采用俄狄浦斯题材创作了已佚的同名悲剧以及悲剧《腓尼基妇女》)相比,索福克勒斯"既缺乏埃斯库罗斯的天然激情,也缺乏欧里庇得斯的思考勇气和精妙同情心。"②

而在C.莫里斯·鲍腊(C. Maurice Bowra)教授眼里,索福克勒斯更像是一个观念植根于古希腊传统思想和信仰里的、在舞台上宣扬神义论的神学家:他的《俄狄浦斯王》"强烈地表达出,诸神是必须尊崇的,而他们的言说也是必须被人们虔信的。"③ 鲍腊教授由此进一步认为,在悲剧结尾,"诸神贬抑俄狄浦斯,是为了给那些过于相信自己的幸运或知识的人一个教训。……一旦俄狄浦斯认清了事件的真相并为自己以往的作为惩罚了自己,他和神祇

---

① J.希利斯·米勒著、申丹译《解读叙事》,北京大学出版社,2002年,第2页。
② *Oedipus: myth and drama*, New York, Odyssey Press, 1968,第278页。
③ 同上,第290页。

就达成了和解。"①

H. D. F. 基托（H. D. F. Kitto）教授也同样把索福克勒斯的《俄狄浦斯王》的故事主旨视为古希腊传说中最常规的一个类型：正像希罗多德所述的阿司杜阿该斯与他的外孙幼年居鲁士的故事那样——先有一个不妙的预言，然后是人们为避免这个预言实现所采取的行动，再后是当人们自以为安全的时候，预言却以一种既出人意料又自然而然的样式实现了。②索福克勒斯的《俄狄浦斯王》想告诉世人的，其实正如悲剧中合唱歌队所吟诵的那样，"凡人的子孙啊，我把你们的命运当作一场空！谁的幸福不是表面现象，一会儿就消失了？不幸福的俄狄浦斯，你的命运，你的命运警告我不要说凡人是幸福的"。因此，"俄狄浦斯的厄运并不是神圣力量的一场特殊展示，恰恰相反，这就是典型的人类生活和命运。"③

以上学者的结论，似乎更多地着眼于索福克勒斯的《俄狄浦斯王》对古希腊人信仰、风俗习惯和传说系统的继承，而相对忽视了诗人自身对素材加以选择和再创造的能力。

诚然，与其他经典的希腊英雄传说大同小异的是，索福克勒斯笔下的俄狄浦斯也具有不平凡的人生经历：血统高贵，但却背负着不祥的预言出生；几乎被杀死于襁褓之中；在远离故土的环境下长大；经历各种阻碍（包括与怪物较量）后回到家乡；娶公主为妻并继承王位；在功成名就后遭遇新的灾难。

在此，尽管在细节上会出现各种变化，但在古希腊神话英雄的冒险经历中万变不离其宗的程式还是比较明显的。这样的程式被不少学者观察到，有的学者甚至还将俄狄浦斯的成长经历与古罗马神话中的罗慕路斯传说或者《圣经·旧约》里的摩西传说加以

---

① *Oedipus: myth and drama*, New York, Odyssey Press, 1968, 第291页。
② 同上，第293页。
③ 同上，第296页。

对照,提炼他们的共通之处。①

但俄狄浦斯身上,还是有一些细节,明显有别于其他希腊英雄。例如,他的受难,与其说是由于自身的过失所致,毋宁说是出于他一向忧国忧民、无私无畏的侠义心肠——他正是因此除掉为患忒拜的斯芬克斯,成为忒拜的国王的。他为救城邦而力排众议,一直走到了诸神为他安排的苦难命运的尽头。他越是真心实意想要消灭城邦的灾祸,就越是临近自身毁灭的深渊。

如果不把人类学与精神分析学的理论视角包含在内,人们关于索福克勒斯的《俄狄浦斯王》的解释,大致可以归结为彼此冲突的两类结论。

一种观点认为,索福克勒斯通过主人公的悲剧命运歌颂了俄狄浦斯作为人类与邪恶的命运之神进行不屈不挠斗争的可贵精神;而与此相近的观点就是"对神的正义性提出了挑战。"②问题是,俄狄浦斯在听到弑父娶母的神谕之后还要"任性"地出手杀人(尤其是杀害一位长者),并且为了提升来历不明的自己的社会地位而与一位国王的遗孀成亲(娶的还是一个岁数应该是自己两倍的女性),多少会令人质疑俄狄浦斯反抗命运之说的合理性;再者,对古希腊历史文化的基本了解也使人们知道,古希腊悲剧撷取的是同时代人耳熟能详的神话传说,有关俄狄浦斯悲剧命运的前因后果,也就是关于"俄狄浦斯和他的父母又做错了何事?他们究竟犯了何法?他们如何得罪了天神?他们为何会受到如此可怕的惩罚?"③的问题,索福克勒斯的观众早就了然于心,所以虽然索福克勒斯的剧情没有把故事的来龙去脉巨细无遗地罗列出来,但仍不存在 J. 希利斯·米勒所谓的"从索福克勒斯这部剧的剧情来

---

① *Oedipus: myth and drama*, New York, Odyssey Press, 1968, 第383页。
② J. 希利斯·米勒著、申丹译《解读叙事》,北京大学出版社,2002年,第12页。
③ 同上,第10页。

看,拉伊俄斯、伊俄卡斯忒和俄狄浦斯显然不是因为犯了罪而受到惩处。观众不明白为何要说他们的遭遇是天神对过失的惩罚"①的情况。如果不是这样,我们也就无法明白米勒先生为什么会在自己的论述中引用索福克勒斯的《俄狄浦斯王》的"剧情"里并没有出现的斯芬克斯谜题的具体内容了。② 因此,索福克勒斯在《俄狄浦斯王》中挑战神的正义性的说法也颇值得怀疑。

与上述观点相反的另一种见解认为,索福克勒斯通过《俄狄浦斯王》中破解斯芬克斯之谜的主人公"爬得高,摔得狠"的不幸结局,提请他的雅典同胞关注人类"傲慢自大(hubris)"的危险。也就是说,在索福克勒斯的《俄狄浦斯王》中,"主人公过于片面地高估自己的智力,把它视为无敌的万应灵丹。他因极度自信而忽视了人类能力的有限性,而在这样的状况下的这种忽视对于尊崇他的社会环境而言是致命的。"③

这第二种见解也正是本文理解索福克勒斯"智慧"的一个出发点。那就是,与普通的雅典民众的乐观自信情绪相比,索福克勒斯的悲剧反映的则是他对雅典多灾多难时局的焦虑。

事实上,成功的人生经历所带来的广泛的社会交往与政治、军事、外交活动,赋予了索福克勒斯普通悲剧诗人所不具备的清醒眼光。使他能透过盛极一时的雅典帝国的繁荣表象,看到城邦日甚一日的种种社会危机。因此,作为一个负责任的城邦公民,悲剧诗人索福克勒斯并不仅仅把自己看作一个娱乐大众的剧作家,而更多的是把自己视为城邦命运的思索者和城邦行为的指导者,力图在自己的悲剧中对雅典城邦存在的问题提出及时的警示和告诫。

---

① J.希利斯·米勒著、申丹译《解读叙事》,北京大学出版社,2002 年,第 12—13 页。
② 同上,第 24 页。
③ Almut-Barbara Renger :*Oedipus and the Sphinx —The Threshold Myth from Sophocles through Freud to Cocteau*,The University of Chicago Press,2013,p.14.

我们前面已经提及,在索福克勒斯的盛年,随着希波战争渐近尾声,雅典城邦进入了经济发达、文化繁荣、整个社会生活局面蒸蒸日上的帝国时代。而与这种繁盛图景相伴的,是雅典人日益膨胀的野心和傲慢。也曾一度出任雅典十将军之一的历史学家修昔底德在他的《伯罗奔尼撒战争史》中追溯战争起因时,对伴随着雅典帝国崛起而出现的远征、奴役其他地区的居民以利雅典殖民、毫不留情地镇压盟邦反叛的雅典当局的一系列不得人心的扩张之举导致新的战争威胁临近的状况,进行了详细分析。① 但此时的绝大多数雅典人正沉醉于由所向披靡的对外战争而引发的对民主政体和城邦力量的高度自信与盲目乐观的情绪之中。颠覆传统宗教信仰而对人的力量充满信心的智者学派的见解这段时间在雅典获得了极大的市场。智者学派的著名代表人物普罗塔哥拉在雅典兜售自己的学问见识超过四十年,他的名言"人是衡量一切的尺度"②在雅典知识阶层当中广受欢迎。

直到伯罗奔尼撒战争爆发在即之时,沾沾自喜、目空一切的雅典公使还在斯巴达人讨论要不要开战的问题的会议上带着几分狂妄地宣称:"弱者屈从于强者,这是永远的定律。此外,在你们基于自身利益的考虑而诉诸正义的呼声之先,你们和我们一样相信我们配得目前的地位。——从来没有任何人在他可以凭借武力取得任何东西的时候会让正义的呼声阻碍他实现自己的野心。"③

若干年后,在雅典人无理地准备征服弥罗斯岛时仍然嚣张地坚称:"你们和我们一样清楚,按照通常的标准,正义,只存在于势

---

① 修昔底德(Thucydides)著、理查德·克劳雷译《伯罗奔尼撒战争史》(*History of the Pelopennesian War*),BOOK ONE CHAPTER Ⅲ,引自北京大学出版社出品的《英文经典3000部》电子书。

② Protagoras,Britannica Online Encyclopaedia。

③ 修昔底德(Thucydides)著、理查德·克劳雷译《伯罗奔尼撒战争史》(*History of the Pelopennesian War*),BOOK ONE CHAPTER Ⅲ,引自北京大学出版社出品的《英文经典3000部》电子书。

均力敌的两方之间。否则,强大的一方可以为所欲为,而弱势的一方除了忍受别无选择。"①

由此可见,尽管雅典民众在他们的城邦之内高呼民主、自由、公平、正义,对暴君统治保持着高度的警觉;但面对实力比他们弱小的外邦,他们却表现得像个十足的暴君,顺我者昌,逆我者亡。

这一点,当年雅典的主战派领导人克里昂曾经明确地向他的人民宣示:"到现在为止我始终确信,民主制是无力维持我们的帝国统治的。……完全忘记你们的帝国是专制统治这点对你们自身是充满危险的,你们的盟邦也不会因为你们的这一弱点而感念你们。这些盟邦的属民对你们的统治是愤懑不平的,总是阴谋叛离。确保他们顺从的不是他们的忠心抑或你们对他们的自杀式让步,而是你们自己实力上的绝对优势。"②

正是这种"得志便猖狂"的态度,使得雅典人可以肆无忌惮地血洗弥罗斯岛,以致另一位有远见的悲剧诗人欧里庇得斯在他的悲剧《特洛伊妇女》中借海神波塞冬之口,发出谶语般的喟叹:"那个劫掠别人的城镇、圣所和死者神圣的庇护坟墓的人是多么愚蠢啊,因为到头来,他是在给自己制造荒凉和毁灭。"③

欧里庇得斯的悲剧《特洛伊妇女》的上演时间是公元前415年,彼时伯罗奔尼撒战争业已进入它的第十七个年头。而早在战争爆发之初,索福克勒斯的"智慧"先见就使得他已经在《俄狄浦斯王》中,强烈表达出他对雅典人妄自尊大、任性而为的举措有可能招致厄运的结局的担忧。

---

① 修昔底德(Thucydides)著、理查德·克劳雷译《伯罗奔尼撒战争史》(*History of the Peloponnesian War*),BOOK ONE CHAPTER Ⅲ,BOOK FIVE CHAPTER XVII。
② 同上,BOOK THREE CHAPTER IX。
③ 欧里庇得斯(Euripides)著、理查德·奥尔丁顿译《特洛伊妇女》(*the Trojan Women*),引自北京大学出版社出品的《英文经典3000部》电子书。

面对突然降临忒拜城的瘟疫,俄狄浦斯的反应是非常"雅典"的:他虽然热心城邦事务,喜欢追根究底地探查事件的真相,但他对国王(暴君)至上权威的享受,他对自己"举世闻名""不凭鸟占"的智慧的过于自恃,他做决断时的轻率,以及他在臣民面前表现出来的暴君所特有的多疑、猜忌和蛮横的性格特点,还是引发了灾难性的后果。

最终,福兮祸之所伏,这个曾经被忒拜人视为"城邦的中流砥柱和后盾""城邦的救星""至高无上的主上和君王""人类中的第一位""无与伦比的国王"①的人的身份发生了惊人的逆转,因为弑父娶母的罪愆,俄狄浦斯从"享受着最高的荣誉"②的国王,变成"最不幸的人"③"天神所弃绝的人"④"最坏的人"⑤"一种为大地、圣雨和阳光所厌恶的污染"⑥。残酷命运的打击使这个一度平步青云、春风得意的年轻人,在壮年时落得双目失明、流落他乡、客死异地的悲惨结局。

然而,如果仅仅是出于告诫雅典人好运来临时还须"戒骄戒躁"这样一个目的,那索福克勒斯悲剧的主角为什么不是珀尔修斯?为什么不是柏勒罗丰?为什么不是伊阿宋?——古希腊神话中因成功而妄自尊大、因妄自尊大而招致灾难性后果的英雄传说还有很多,索福克勒斯为什么会在这个特定时期的悲剧中选择关注俄狄浦斯?

---

① 索福克勒斯著、R.C.垂福林译《俄狄浦斯王》(*Oedipus the King*),引自北京大学出版社出品的《英文经典3000部》电子书。
② 引自罗念生译《索福克勒斯悲剧二种》之《俄狄浦斯王》,人民文学出版社,1979年,第103页。
③ 同上,第108页。
④ 同上,第107页。
⑤ 同上,第109页。
⑥ 同上,第109页。

三

正是"为什么是俄狄浦斯"这一问题的提出,促使我们进一步去理解体现在《俄狄浦斯王》中的索福克勒斯的更深刻的"智慧"。

前文已经提及,和其他古希腊英雄传说比较,俄狄浦斯的冒险经历有他自身的特色。而正如学者吉恩-约瑟夫·高科斯(Jean-Joseph Goux)指出的那样:由于以下三个关键细节的区别,与以往所有出现在古希腊神话中的英雄相比,索福克勒斯笔下的英雄俄狄浦斯干脆就是个反常规的另类。①

其一,绝大多数希腊英雄(如珀尔修斯、柏勒罗丰、伊阿宋等)在离开自己的成长之地以后,都会遇到一个命令他们去干冒险事业的外国国王。他们往往也会毫不迟疑地依照这位国王的吩咐行事,斩妖除怪,干出一番惊天动地的丰功伟业来。而年轻的俄狄浦斯在离开他的成长之地科林斯的三岔路口遇到一位"外国"国王时,却不仅没有听从这位国王的吩咐让出道路,还为了捍卫自己的自尊毫不迟疑地杀死了他和他的随从。只是可悲的是,这个被俄狄浦斯仗着自己年轻人的孔武有力"只一棒子就把他从车上打翻在地"②地很不光彩地杀害的老国王,竟然是他的生身父亲。

其二,绝大多数希腊英雄的斩妖除怪之途都会有神明和能人相助,而且还须经过一系列的苦战苦斗,才能取得最后的决定性的胜利。而俄狄浦斯战胜斯芬克斯的过程却不依赖任何神或者人的帮助,也没有和怪物鏖战的艰苦经历,他仅仅是轻轻地发出一个词,就解决掉了斯芬克斯这个忒拜城邦的大麻烦(按照一种传说,

---

① Jean-Joseph Goux : *OEDIPUS, PHILOSOPHER*,第 19 页。Stanford University Press Stanford,California,1993.
② 索福克勒斯著、R. C. 垂福林译《俄狄浦斯王》(*Oedipus the King*),引自北京大学出版社出品的《英文经典3000部》电子书。

他并没有出手杀死怪物,反是后者自己因羞愤和守信而选择跳崖自杀)。

其三,绝大多数希腊英雄获胜之后都会得到公主为妻。而俄狄浦斯娶到的公主却不仅仅是国王之女,也是另一个国王的未亡人,更是自己的生身之母。

我们认为,在俄狄浦斯的这三个与众不同的经历中,最引人注目的,当属英雄和怪兽之间的智力较量了——尽管弑父、娶母这两个骇人听闻的情节更具戏剧效果。

由于谙熟他那个时代观众的知识储备,善于谋篇布局的索福克勒斯在他的《俄狄浦斯王》里,并没有再现俄狄浦斯智斗斯芬克斯的场景。但通过人物对话,我们知道这场较量和一个谜语有关:在悲剧的第一场中,因为先知特瑞西阿斯指认俄狄浦斯为杀害老王拉伊俄斯的凶手,惹恼了尚不明真相的俄狄浦斯。主人公傲慢地斥责先知说:"你倒是说说看,老小子,你几时曾经证明过你自己是个先知?当那个出谜语的斯芬克斯在这里的时候,你为什么没有来解救你的乡亲?那个谜语并不是随便猜猜就能解出来的,正需要先知的技能,而在那里却不见你的踪影,不管是鸟占还是上天的启示都未曾助你一臂之力。反而是我,再单纯不过的俄狄浦斯来了,对占卜一无所知的我,靠着遗传自父辈的智慧,让斯芬克斯住了口。"[①]

在此,我们看到,不需要鸟语,不需要上天的启示,不需要凭借任何神力,仅仅依凭着自己凡人的智慧,而独自除掉了在忒拜为害一方的怪物斯芬克斯,这是俄狄浦斯自矜自夸的最大资本。那么,到底破解出的是个什么样的谜语,令俄狄浦斯这般引以为荣?

在谈到斯芬克斯之谜的谜面时,A-芭芭拉·闻格尔(Almut-

---

① 索福克勒斯著、R.C.垂福林译《俄狄浦斯王》(Oedipus the King),引自北京大学出版社出品的《英文经典3000部》电子书。

Barbara Renger)教授告诉我们:"品达的一个残篇是最早提到斯芬克斯之谜的文本(Pind. fr. 177d Maehler)。随后流传的通常是一个散文体(尽管同时也应该存在着六音步格)的文本。关于这一谜语的最可靠的重构立基于对一个希腊古本的相对晚近的编纂。一种英译是这样说的:大地上的某个生物,有一个声音,但却有两只脚,四只脚和三只脚。在存在于陆海空的所有生物中,这是唯一可以改变其本性的生物。而它脚越多的时候力量也越弱。依照伪阿波罗多诺斯的说法,那个六音步格版本的谜语的措辞是:'τίἐστιν ὃ μίαν ἔχον φωνὴν τετράπουν καὶ δίπουν καὶ τρίπουν γίνεται;——有一个声音并有四只脚、两只脚和三只脚的东西是什么?'(Apollod. 3.5.8 [= 3.53])这一文本继续给出解释说:'Οἰδίπους δὲ ἀκούσας ἔλυσεν, εἰπών τὸ αἴνιγμα τὸ ὑπὸ τῆς Σφιγγὸς λεγόμενον ἄνθρωπον εἶναι· γίνεσθαι, γὰρ τετράπουν βρέφος ὄντα τοῖς τέτταρσιν ὀχούμενον κώλοις, τελειούμενον δὲ δίπουν, γηρῶντα δὲ τρίτην προσλαμβάνειν βάσιν τὸ βάκτρον' 俄狄浦斯听罢就解出了这个谜语。他表明,斯芬克斯指的是人[anthropos],人出生时是四只脚,作为婴儿要四足并用地爬行,但长大之后就是双足行走,而随着寿数的增大,他又以手杖的形式得到了第三只脚(Apollod. 3.5.8 [= 3.54])。"①

严格说来,斯芬克斯的这个谜语出得并不高明,所谓"四只脚""两只脚""三只脚"的判断,就人类而言并不具有普遍的代表性,也说不上是改变了人类的生物本性。这么成问题的谜语没人猜得中,本在情理之中。

---

① Almut-Barbara Renger: *Oedipus and the Sphinx—The Threshold Myth from Sophocles through Freud to Cocteau*,第11页。The University of Chicago Press, 2013。

但,为什么俄狄浦斯能够猜出"人"这个勉强的答案?与此同时,这场为俄狄浦斯带来重大生活变迁的智胜斯芬克斯的人生游戏,到底是他这个流亡者如培根所言的"几乎可以随意改变自己的命运""天生就要统治帝国"的幸福新生的开端,还是他走向自我毁灭的深渊的前奏?

在我们看来,俄狄浦斯之所以能够猜中斯芬克斯的那个反复出现"脚"字的谜语,或许是因为特殊的人生遭际,使俄狄浦斯对"脚"字极其敏感。

索福克勒斯的《俄狄浦斯王》为我们理解这个问题提供了线索。在第三场中,来自科林斯的报信人与俄狄浦斯之间有这样一段对话:

报信人:我的孩子,那时候我是你的救命恩人。

俄狄浦斯:我的恩人?从什么样的伤害当中?那时候是什么让我痛苦?

报信人:你的两个踝关节就是充分的证据。

俄狄浦斯:啊,为什么提起我的旧日伤痛?

报信人:是我把插进你双脚的尖针拔出来的。

俄狄浦斯:的确,这是我自摇篮时代以来一直忍受着的可怕标记。

报信人:你至今还在用着由此得来的名字。①

"俄狄浦斯"这个名字的意思,就是"双脚肿胀的人"。正是自身的生理缺陷和"俄狄浦斯"这个带着婴幼儿时代以来的痛苦和耻辱记忆的名字,令俄狄浦斯对"脚"字赋予人类的特殊意义具有了超越一般人的敏感度,所以由他来猜中和"脚"字大有瓜葛的斯芬克斯之谜,就既在意料之外,又在情理之中。

---

① 索福克勒斯著、R.C.垂福林译《俄狄浦斯王》(*Oedipus the King*),引自北京大学出版社出品的《英文经典3000部》电子书。

由此，我们看到，猜中谜底的俄狄浦斯仅仅掌握着关于"人"的片面真理。他"做了忒拜的国王"，并不真如培根所断言的那样，"是因为他解决了关于人性的谜"，"彻底洞悉人性"。恰恰相反，自以为掌握了真理的错觉，致使俄狄浦斯故步自封，作茧自缚，阻断了他进一步探寻自己身世之谜真相的努力，导致了他日后的悲惨结局。

索福克勒斯的悲剧告诉我们：俄狄浦斯本来是去神谕所探寻自己的身世之谜的，而一旦听闻"弑父娶母"的神谕，他立即依照这一启示做出决断，想当然地把养父母当成了生身父母；他本来是要规避命运的不祥安排的，但对斯芬克斯的胜利，反倒让他不再顾忌神意的明示，娶妻生子，颐指气使地做起他的忒拜国王来了。

因此，我们认为，索福克勒斯的《俄狄浦斯王》的最大震撼力，正来自于它所揭示出的这样一个人生悖论：俄狄浦斯，一个被忒拜城邦百姓视为"弄死那个出谜语的、长弯爪的女妖，挺身而出当我邦抵御死亡的堡垒"①的"全能的主上"②，一个自以为洞悉斯芬克斯之谜的"自负"之人，实际上却是个最不了解"人"性复杂难测的一面的"自欺"之人。在《俄狄浦斯王》悲剧的作者看来，可怜的俄狄浦斯漫说认识"人"为何物，其实他连对"我是谁"这样切身的问题都无知无识。在厄运降临到他的身上之前，他的真实身份长期隐藏于暗昧之中，却没有唤起这个踌躇满志的国王的丝毫警觉。待神明的惩罚降下，主人公悲痛地"发现"自己正是那个给他所统治的忒拜城邦带来灾难的杀死老王——自己生身父亲的凶手，是造成城邦"污染"的娶母的罪人、是四个儿女的乱伦的兄长时，一切都为时已晚。我们甚至可以说，俄狄浦斯是聪明反被聪明误的典型代表，正是令他引以为荣的"人的发现"，到头来把他带入了

---

① 《索福克勒斯悲剧二种》第103页。
② 《索福克勒斯悲剧二种》第68页。

灾难的深渊。

知人者智,自知者明。索福克勒斯悲剧的寓意是发人深省的——智者俄狄浦斯所缺乏的,恰恰就是自知之明:他发现"人"的同时,也是他迷失自身的时候。在他陶醉于自己对"人"的似是而非的发现之时,他忘却了继续探寻自己身世之谜的义务,不再关心自己的真正父母是谁,不再关心自己的过去。但过去却是无法割断的,它常常会以非常无情的方式,惩罚人们对它的遗忘。因此,索福克勒斯的《俄狄浦斯王》留给后人的,与其说是培根在《古人的智慧》中的那段"几乎可以随意改变自己的命运""天生就要统治帝国"的对"智者"的称颂,不如说是告诫人类时刻警醒,不要自以为掌握了什么真理,不要以"国王"自居,不要放弃了解自身、了解自身所从出的过去的努力。

从这一点来看,索福克勒斯的俄狄浦斯王的形象,具有远远超越于他自己时代的意义。

四

"人是什么"或者"什么是人"的问题,可能是个永远无法穷尽的问题。然而,所谓不识庐山真面目,只缘身在此山中。我们每个人都难免会像俄狄浦斯那样受自己环境的影响,做自己时代的囚徒,得出自己觉得"人应该是什么"的结论。却往往不知我们的知见同样有可能一叶障目,不见泰山,而自我中心地把自己时代的见解看作是有史以来以来最具"智慧"的,并因此而洋洋自得,轻率地否定掉前人的思想贡献。"他的智慧远远超过同侪"[①]的俄狄浦斯由对"人"的自以为是的发现而引发的命运悲剧,应该引起我们

[①] 索福克勒斯著、R. C. 垂福林译《俄狄浦斯王》(*Oedipus the King*),引自北京大学出版社出品的《英文经典 3000 部》电子书。

对各种"权威"的"人学""人论"的重新思考。

如果从这样的角度出发,再重读周作人五四时期发表的那篇有名的《人的文学》,我们会看到,周作人对人的理解,也只是片面的真理:"我们要说人的文学,须得先将这个人字,略加说明。我们所说的人不是世间所谓'天地之性最贵'或'圆颅方趾'的人,乃是说'从动物进化的人类'。"①

因此,我们也不免疑惑,当周作人自信满满地宣说着"关于这'人'的真理的发现""从新发现'人'""去'辟人荒'"的"人的文学"见解时,他是不是真的认为自己已经真理在握?因为在《人的文学》中,周作人是那样不容置疑地断言:

"中国文学中,人的文学,本来极少,从儒教道教出来的文章,几乎都不合格。现在我们单从纯文学上举例如:

（一）色情狂的淫书类

（二）迷信的鬼神书类（《封神传》《西游记》等）

（三）神仙书类（《绿野仙踪》等）

（四）妖怪书类（《聊斋志异》《子不语》等）

（五）奴隶书类（甲种主题是皇帝状元宰相　乙种主题是神圣的父与夫）

（六）强盗书类（《水浒》《七侠五义》《施公案》等）

（七）才子佳人书类（《三笑姻缘》等）

（八）下等谐谑书类（《笑林广记》等）

（九）黑幕类

（十）以上各种思想和合结晶的旧戏

这几类全是妨碍人性的生长,破坏人类的平和的东西;统应该排斥。"②

---

① 周作人:《人的文学》,见《中国新文学大系·建设理论集》。
② 同上。

我们在此要问的是,在周作人毫不迟疑地给中国传统文学贴上"非人"的标签时,他真的洞悉人类的本性吗?若然,在考古学家和古生物家直到今天,还在就"更像猿"的类人猿与"更像人"的类人猿以及它们之间的关系争论不休的时候,周作人解决"从动物进化的人"这个问题的依据又是什么呢?若不然,那这种不由分说就莽撞地摒弃中国传统文化的态度,到现在,是不是应该做出调整了呢?

事实上,不论科学发展在多大程度上证实了古人(包括中国古人)曾经猜测到的人与动物的亲缘关系,也不管现代的西方学者关于人的观念已经"进化"到了何等地步,都不足以抹杀人与动物两者之间的根本区别。我们认为,当西哲亚里士多德提出人是理性的动物①时,虽然这一表述尚有不少缺陷,但亚里士多德至少在将人与动物明确区别开来,表明人具有孟子所说的"人之所以异于禽兽者几希"的"几希之物"这一点上,是正确的。然自西洋近世科学发达以来,确如吴宓所言,不少西方人渐渐"不信有此几希之物,以为人与禽兽实无别,物竞天择,优胜劣败,有欲而动,率性而行,无所谓仁义道德等等"②。这样的观念,实际上助长了西方人如赫西俄德《神谱》中所言的"相信力量就是正义"的恃强凌弱的侵略行径,不利于人类社会长治久安的发展。反之,中国传统"人"论以强调人的社会性来赋予人类以万类之中最尊者的崇高地位,以标举人类的"亲亲"之情和"任智不恃力"的特征来划清人、兽之间泾渭分明的界限,从社会道德实践上说,是有其合理性的。

无庸讳言,中国的先人们对人性的理解存在着可堪指责的问

---

① 亚里士多德著、W. D. 罗斯译《尼各马可伦理学》(*NICOMACHEAN ETHICS BOOK I* 7)。引自北京大学出版社出品的《英文经典3000部》电子书。
② 吴宓:《论新文化运动》。徐葆耕编选《吴宓集 会通派如是说》。上海文艺出版社,1998年。

题,在应付西方文化这个在一定意义上可以称之为"计其利不计其义"的商业文明中,中国传统"人"论对人的基本设计,即通过牺牲一己、克制人欲以维护群体利益的一切美好说教,根本无法适应一个奸盗诈伪、无所不为的商业竞争时代。它的衰微、贬值,固然反映了一个维系人心数千年的思想体系的僵化,但并不同时必然证明它的强调人类群体利益至上的历代实践者就都处于非人状态;也并不同时必然证明在它的历代实践者之中产生出来的文学,就是"非人的文学";更不同时必然证明只有与之有别的承认自我中心意识是人类本性的西方"人"论体系就发见了"关于这'人'的真理"。

遗憾的是,直到近年出版的各类中国现代文学史著述,对于周作人的"人的文学"观念的提出,我们听到的仍然是一片喝彩之声。如果说,近一个世纪前由一个三十出头的人在国家陵夷、民族消亡在即的文化环境下提出"人的文学"观点,其问题固在率性地谴责中国文化"迷入兽道鬼道里去"①的判断片面偏激、有失公允上,但其不忍天下溺而思援手的苦衷还是可以理解的话,那么,到二十一世纪的今天,当人们还在对这一见解不加反思地给予谀赞时,就难免予人啼笑皆非之感了:

为了表彰周作人所提出的"人的文学"观念的功绩,出版于2002年的《五四文学思想论》一书,曾特地以俄狄浦斯破解斯芬克斯之谜的事例作譬。文中谈到,斯芬克斯"向所有经过它面前的活物提出同一个谜语,即:什么东西早晨用四条腿走路,中午用两条腿走路,晚上用三条腿走路。凡是解答不了这一谜语的活物,都将被它吞没。世界充满了恐怖,而聪明而富有智慧的俄狄浦斯却解开了这个谜底,他肯定地回答,这是人!人的发现,成了智者走向胜利的起点,也成了挡路者羞愤地摔下万丈悬崖的原因。而新

---

① 周作人:《人的文学》,见《中国新文学大系·建设理论集》。

文学先驱们对于人的发现,正是新文学走向新生的最伟大的宣言。几千年的中国文学思想,之所以都被美学的斯芬克司吞没了,就在于没有认识到人,没有解开斯芬克司之谜,而新文学第一次解开了这个谜。"①

如果这个由索福克勒斯讲述的有关俄狄浦斯与斯芬克斯之谜的故事真能恰如其分地说明"新文学先驱们对于人的发现",那么,它也正非常深刻地包含了对"新文学先驱们对于人的发现"的批判。事实上,正是在索福克勒斯的《俄狄浦斯王》中,主人公此前的那番自鸣得意的"人的发现",并没有成为"智者俄狄浦斯""走向胜利的起点",而是成了带来"恐怖的黑暗裹尸布"的"云雾",把俄狄浦斯最终缠绕在"苦难的剧痛"②之中。

由此,我们再一次"惊艳"于两千多年前的索福克勒斯体现在他的《俄狄浦斯王》中的"智慧"。

---

① 许祖华《五四文学思想论》,华中师范大学出版社,2002 年,第 32 页。
② 索福克勒斯著、R.C.垂福林译《俄狄浦斯王》(*Oedipus the King*),引自北京大学出版社出品的《英文经典 3000 部》电子书。

马洛戏剧《马耳他岛的犹太人》中巴拉巴斯的人物形象解析

刘海英

克里斯托弗·马洛(Christopher Marlowe,1564—1593)的主要戏剧作品之一《马耳他岛的犹太人》(*The Famous Tragedy of the Rich Jew of Malta*,约1589①)被中国学者周晓阳认为是"一幅充斥邪恶人性的社会百景图"②,因其主人公巴拉巴斯(Barabas)与马洛另外两部戏剧的主人公帖木儿和浮士德有着本质的区别,他的行动目标不是探求自然或人生的奥秘,而是不择手段地获取最大的利益,他是一个"诡计多端、贪婪无比的反派角色"③,一个十足的恶棍,他的活动舞台"仅限于马耳他岛的一间堆满财富的屋子"④,他的死"不会引起观众的同情"⑤,"只能得到观众的唾

---

① 虽然现存最早印刷版本的《马耳他岛的犹太人》是出版于1633年的四开本剧本,题名为《马耳他岛的一位富裕的犹太人的悲剧》,但一般认为该剧大约创作于1589年。See:Fredrick S. Boas,*Christopher Marlowe:A Biographical and Critical Study*,Oxford:Oxford University Press,1940,p. 129.
② 周晓阳:《〈马耳他岛的犹太人〉与〈理查三世〉中的马基雅维里主义》,载《国外文学》,1998年第3期。
③ 李赋宁主编:《欧洲文学史》(第一卷),北京:商务印书馆,1999年,第245页。
④ 冯国忠:《谈马洛的三部悲剧》,载《北京大学学报》(哲学社会科学版),1984年第4期。
⑤ 颜学军:《马洛"欲望"戏剧的伦理维度》,载《外国文学研究》,2006年第1期。

弃"①。《诺顿英国文艺复兴时期戏剧选集》的编者拉斯·英格和大卫·贝维顿认为,"全剧充斥着竞争、报复与极度仇恨,毫不留情地集中展现了戏剧人物之间互相仇视、互相诅咒的关系。"②美国学者格林布拉特用"颠覆性认同"一词来概括该剧的人物塑造方式,他认为巴拉巴斯追逐金钱的人生观念符合当时社会的主导趋势,拜金欲望在马耳他岛无孔不入,包括土耳其王子、马耳他总督、基督教修士、妓女和奴隶等在内的每个人都在聚敛钱财③,并认为《马耳他岛的犹太人》这部"黑色喜剧"在揭露基督教世界无比腐败的同时,也汇聚了所有关于犹太人的最恶意的传说,暴露出所有关于犹太人作恶多端的谣言,反倒会使观众认识到世界上根本没有如此凶恶的犹太人④。中外学者虽然对巴拉巴斯所引起的舞台效果具有不同的估量,但都给予这个人物以否定性评价,认定贪婪和邪恶已经是他固有的性格,他毒死自己亲生女儿阿比盖尔的行为被认为是极度自私的"排除异己"式恶行⑤,而他在掌握了马耳他岛统治权之后释放原总督费尼泽却反遭其杀害的结局,往往被认为是"他全部罪恶所应得的惩罚"⑥。本文试图重新解读巴拉巴斯的人物形象,探究他杀死女儿的根本缘由,剖析他作为一名

---

① 何其莘:《英国戏剧史》,南京:译林出版社,1999 年,第 46 页。
② Lars Engle, David Bevington, "Introduction to The Jew of Malta", in: Julia Reidhead et al. eds., *English Renaissance Drama: A Norton Anthology*, New York: W. W. Norton, 2002, p. 287.
③ See: Stephen Greenblatt, "Marlowe and the Will to Absolute Play", in *Renaissance Self-Fashioning: From More to Shakespeare*, Chicago: The University of Chicago Press, 1980, pp. 193—221: pp. 203—207.
④ (美)斯蒂芬·格林布拉特:《俗世威尔——莎士比亚新传》,辜正坤、邵雪萍、刘昊译,北京:北京大学出版社,2007 年,第 193—194 页。
⑤ Lars Engle, Eric Rasmussen, *Studying Shakespeare's Contemporaries*, Chichester: Wiley Blackwell, 2014, p. 15.
⑥ Julia Reinhard Lupton, "The Jew of Malta", in: Patrick cheney eds., *The Cambridge Companion to Christopher Marlowe*, Cambridge: Cambridge University Press, 2004, p. 155.

犹太人虔诚信仰自己民族宗教的个性品质,并藉此指明犹太教对犹太民族文化发展的重要意义。

一

马耳他岛的富商犹太人巴拉巴斯在戏剧一开场就站在堆满金币的账房中感慨:"数这些垃圾(指金钱)多么麻烦啊!"①(1.1.7)他的语气充满了对金钱的喜爱之情,也流露出他对自己善于经商之道的赞扬之情,给读者(或观众)造成一种他嗜钱如命的印象。继而,他在得知各个商船平安回归的消息后声称:"上天所能赐予人的最大幸福,/就是向我们的怀中播撒许多财富。/他用土地给我们做成饭碗,/使海洋成为我们的奴仆,/让我们的货物一帆风顺地抵达目的地"(1.1.106—110),说明他在得到巨额财富后有深深的幸福感,财产是他生活中非常重要的精神支柱。在第一幕第二场中,马耳他岛总督费尼泽没有因为巴拉巴斯的反抗而改变没收他全部财产的命令,反而变本加厉地将他的家变成了修道院,让修女们住进了他的家里。巴拉巴斯得知这些变故后指出:"杀死一个人比让他受苦还好些"(1.2.147—148),他认为夺走他的财产比杀死他还让他难受,因为财物"不仅给他以安慰,也是他孩子的希望"(1.2.151),他再一次提到财产对他的重要性。

但是,他对强取豪夺其家产的马耳他岛总督费尼泽并未以死相逼。他的"全部"财产被费尼泽总督夺走之后,他非常悲哀,两个犹太伙伴来劝慰巴拉巴斯要"耐心些",但是巴拉巴斯让他们给他"进行一番哀悼的自由",因为"巨大的悲伤无法在瞬间遗忘"

---

① 本文所引用的戏剧文本英文版参见:Christopher Marlowe,"The Jew of Malta", in: Julia Reidhead et al. eds., *English Renaissance Drama: A Norton Anthology*, New York: W. W. Norton, 2002, pp. 287—348;中文译文均为笔者自译,文章中只标明英文版的幕、场和行数,下文不再另注。

（1.2.202—209）。但巴拉巴斯此时并没有被彻底击倒，他还有力量重新规划将来的生活，他"不是由一堆没有感觉的陶土做成的，不会随着潮水的冲刷而变回尘土，他比普通人由更加高贵的材料建造而成，他能运用最深邃的智慧，思考将来的命运"（1.2.218—224）。痛定思痛之后，最终他恢复了理智：

> 我的金子啊！我的金子和我所有的财物都丢失了！
> 你这偏心的上天啊，就要这样给我施加惩罚吗？
> 不幸的星宿啊，你们就要这样反对我吗？
> 以为我在绝望中会失去耐心，
> 以为我会疯狂得自尽，
> 我会越过地表而在空气中消失，
> 不留下任何关于我自己的记忆吗？
> 不，我要活下来！我也不会憎恨这样的生命！
> 既然你将我摒弃于大海汪洋之上，
> 任凭我沉没或远游，让我自己掌握自己的命运，
> 我会唤醒我所有的感觉，使我自己苏醒过来。（1.2.258-269）

巴拉巴斯主张实干，在受到命运的捉弄之时应该勇敢地进行抗争。根据英国古典学者蒂里亚德的观点，文艺复兴时期的人们"具有战胜命运的打击的能力，命运最终就和大自然一样，是上帝统治世界的工具，也是人的教师"，而且"人与天使和动物的最大区别在于人具有学习的能力"[①]，其中包括通过接受命运的挑战而改变自己生存状态的能力。因为巴拉巴斯具有面对现实的勇气和决心，他同样教导他的女儿阿比盖尔"要安静、要忍耐"（1.2.240），也告诫他的奴隶伊什莫尔"不要耽于这些情绪/激情、爱情、

---

① E. M. W. Tillyard, *The Elizabethan World Picture*, London: Chatto & Windus, 1943, p.51; p.65.

空虚的希望、怯懦的恐惧"(2.3.173—174)。巴拉巴斯相信,暂时失去全部家产并不要紧,一切可以从头再来,只要他能够继续生存在这个岛屿上,他就能够运用自己的智慧,通过辛勤的劳动,再次发家致富。

在马洛戏剧《马耳他岛的犹太人》中,巴拉巴斯确实很快重新变得富有(2.3.11),重新购置房产(2.3.13—14),还在市场上花一百金币买了土耳其人伊什莫尔(Ithamore)做奴隶(2.3.134)。为当地统治者提供钱财是犹太人的常规状况,中世纪的犹太人为了向罗马皇帝寻求庇护,必须交纳特别的税款,国王既可以随时没收他们的财产,也可以把他们赶出自己的王国,不需要任何借口,犹太人成了"一块吸满了王国流动资本的海绵"①,每当国库空虚时,就要受到挤压。与被屠杀、被迫受洗相比,犹太人并不认为被榨取钱财是难以忍受的痛苦,善于经商之道的民族特性使他们并不畏惧钱财的流失。因此,巴拉巴斯并没有谋杀费尼泽总督以图报复,却在自己登上总督之位时权衡再三,释放费尼泽,让他得到自由(5.2.90—101),以致最终反被其所害(5.5.63)。

二

如果金钱之痛可以弥补,基督教总督可以被原谅,巴拉巴斯为什么要用毒药杀死自己的亲生女儿阿比盖尔(Abigail)呢?难道他不爱自己的女儿吗?事实上,"我爱我的独生女阿比盖尔,/正如阿伽门农深爱他的女儿伊菲格涅亚一样;/我的所有便是她的所有"(1.1.136—138),在他心中,女儿比金钱更加重要。阿比盖尔是他的独生女,这意味着她不仅是他家族血脉的唯一传递者,也是

---

① (英)塞西尔·罗斯:《简明犹太民族史》,黄福武、王丽丽译,济南:山东大学出版社,1997年,第245—246页。

他财产的唯一继承人,是他生活的全部希望所在。因此,他在被费尼泽总督夺走全部财产之后,首先制止住女儿的哭泣,告诉她要镇定,袒露自己在家中隐藏了一些珠宝的秘密,然后教给女儿通过假装皈依基督教、取得修女信任并拿走所藏财宝的方法。他在教她如此行事的过程中,不但通过重新获得财物达到东山再起、重振家业的目的,而且教会她理智应对人生苦难的生活观念,让她明白每个人应该提前为灾难做好防范准备,并且当灾难真正发生时,可以采取一切手段,包括皈依基督教,来改变自己的命运。巴拉巴斯对女儿的爱不但是为她储备金钱,而且是为她储蓄智慧,他希望女儿从自己身上继承勤劳和聪明的个性品质,掌握生存的本领,从而成为一名坚定和成功的犹太人。

　　巴拉巴斯的这个比拟也为阿比盖尔的悲剧命运埋下了伏笔。在古希腊神话中,阿伽门农为了取得战争的胜利而杀死女儿伊菲革涅亚向女神阿耳忒弥斯献祭,尽管最后在刀已经接触到少女时,月神和狩猎女神阿耳忒弥斯用一头赤牝鹿换下伊菲格涅亚,将其摄走并收为自己的祭师,但阿伽门农用女儿献祭的行为触怒了复仇女神厄里倪厄斯,她促使阿伽门农的妻子克吕泰墨斯特拉采取报复行动,阿伽门农在出征归来之后,死于妻子的剑下,"偿还了他所欠的血债"①。这个故事预示着,父亲对女儿的亲情之爱将让位于他所追求的更高目标。阿伽门农追求的更高目标是战争的胜利,巴拉巴斯的目标显然不是金钱的积累,而是他的宗教信仰。对于巴拉巴斯来说,宗教信仰的重要性远远胜过金钱。"千金散尽还复来",但宗教信仰却是犹太人身份的标志,一旦失去犹太教信仰,便意味着自己不是真正的犹太人,那么活着与死去便没有差异了。导致巴拉巴斯对女儿痛下毒手的根本原因,恰恰就是女儿改

---

① (古希腊)埃斯库罗斯:《阿伽门农》,罗念生译,载《罗念生全集·第二卷》(第205—271页),上海:上海人民出版,2004年,第240—245页。

信基督教的行为。

阿比盖尔改信基督教的原因在于,她在得知心爱之人马蒂阿斯被父亲害死之后,产生了个人心理危机。在戏剧的第三幕第二场中,路德维克和马蒂阿斯二人受到巴拉巴斯的挑唆而进行决斗,以此来赢得阿比盖尔的爱情,结果两人均中毒死去。阿比盖尔得知此事后伤心欲绝,在被伊什莫尔告知巴拉巴斯如何设计致他们于死地的真相之后,阿比盖尔非常气愤,她无法理解父亲的行为,哭诉道:

  即使您因为路德维克父亲的缘故而不喜欢他,
  但堂·马蒂阿斯并没有冒犯过您啊。
  您的报复行为过于极端了,
  因为费尼泽总督没收了您所有的财产,
  而您无法报复他,就只好报复他的儿子,
  而报复路德维克又必须假借马蒂阿斯的手,
  您杀害马蒂阿斯便是杀害了我啊。
  这世界上没有爱……(3.3.45—52)

马蒂阿斯是阿比盖尔的至爱,如果马蒂阿斯死去,她就没有了生存的希望,失去了全部生活的信心和勇气,所以决定皈依基督教。

与基督徒通婚和自己皈依基督教,是犹太人融入基督教社会的两种基本方法。尽管在上述独白中,阿比盖尔声称她是因为父亲杀死爱人的恶性使她万念俱灰,因此决定皈依受洗,但巴拉巴斯却会认为,阿比盖尔与基督教青年恋爱的目的是脱离犹太人社区并奔赴基督徒世界,所以她才在婚姻之路被父亲截断之时,毅然决定改信基督教,这就说明她无论如何也从来没有过打算坚守犹太人信仰、坚守犹太人身份的信念,说明她背叛犹太民族信仰的想法由来已久,难以撼动。巴拉巴斯由此指责她"背信弃义、冷酷无情/抛弃了你的父亲"(3.4.2),因为背弃犹太身份即等同于背弃自己的父亲,他非常伤心,他也立刻意识到女儿从此不会再爱他了,或者即使爱他,也同时憎恨他做的这件事情(3.4.7—12)。共同的宗教信仰是亲情之爱的前提条件,阿比盖尔改信的行为意味着背叛了他对她的爱,"对于忠于犹太教信仰的巴拉巴斯来说,一个基督徒女儿无异于她已经死了"①。使巴拉巴斯更觉痛苦的事情是,他在刚刚失去家产时,曾经教导女儿要"不惜采取一切手段达到自己目的"(1.2.274—276),其中"一切手段"就包括伪装皈依基督教,伪装成"基督徒",这是犹太人求生存的临时对策。大流散时期居住在西班牙和葡萄牙的犹太人中就出现很多"新基督徒",他们为了逃过眼前的灾难而不得不接受洗礼,却在内心始终坚守犹太教信仰,在天主教圣徒的名义下建立自己的宗教组织,奉行祖先的宗教仪式,"他们只不过名义上不是犹太人,仅仅在形式上是基督徒"②。但此刻女儿却辜负他的教诲,以基督教为自己的人生归宿,使他所有培养女儿的辛苦努力都付之东流,使他全部的生活希望都在瞬间即化为泡影,女儿在他心中已经彻底死掉了,杀与不杀她,只是形式而已。

三

如果没有看到伊什莫尔,巴拉巴斯杀死女儿的决心也许不会如此坚定。他在绝望中看到伊什莫尔时,心中又升起了希望,称他为"我的爱,你是主人的生命,我所信任的仆人,我的第二个自我,

---

① Julia Reinhard Lupton,"*The Jew of Malta*",in:Patrick cheney eds., The Cambridge Companion to Christopher Marlowe, Cambridge:Cambridge University Press,2004,p.152.

② (英)塞西尔·罗斯:《简明犹太民族史》,同上,第284页。关于西班牙和葡萄牙"新基督徒"的更多论述,参见该书第283-295页。

对他充满了希望,他全部的幸福就建立在对他(伊什莫尔)的希望之上"(3.4.14—17),对生活希望的转移使他最终狠下决心要杀死阿比盖尔:

> "背信弃义的、轻信妄言的和反复无常的阿比盖尔!
> 但是,任他们去吧! 伊什莫尔,从现在起,
> 她的不耻行为不会再让我伤心了;
> 她也不会继承我半分钱的财产了,
> 不会得到我的祝福,不会再走进我的家门,
> 而是将在我的诅咒下死去,
> 就像该隐因为杀死亚伯而被亚当诅咒一样。"(3.4.27—33)

可见,阿比盖尔的改信在巴拉巴斯看来是不可饶恕的行为,不但她的财产继承权被完全剥夺,失去父亲对她的信任和爱,而且还要遭受与该隐一样的诅咒。该隐因为杀害弟弟亚伯而遭流放之苦,阿比盖尔与他同样受到父亲惩罚,说明在父亲眼中,背弃自己的信仰与杀人同罪,会永远失去本来她应该得到的祝福(包括精神祝福和财产继承权)。之后,巴拉巴斯便称他的仆人伊什莫尔为"朋友",指定他为自己财产的唯一继承人,可以在自己死后继承自己的全部财产,在自己有生之年之前可以使用自己一半的财产,可以随意花费钱财(3.4.42—45)。然后,巴拉巴斯让伊什莫尔去取一锅粥来,教给伊什莫尔将毒粥送至修道院的具体方法,并在向粥中下毒且搅动之时,称阿比盖尔为背弃父亲的"恶魔",对她进行百般诅咒(3.4.97—106)。对此,一贯作恶多端的伊什莫尔也不能不感到惊讶,他曾经在阿比盖尔死后问巴拉巴斯是否感到悲伤,巴拉巴斯"非但不伤心,反而遗憾她活得太久了。/一个犹太人,却成了基督徒!"(4.1.18—20)

毒害亲生儿女确实罪不可恕,但在此残忍行为的背后,必定隐

藏着一颗百般无奈的痛苦心灵。在西方文学史中,最著名的弑子(女)故事(之一)来自欧里庇得斯(约公元前480—约公元前406)的悲剧《美狄亚》。美狄亚因为丈夫伊阿宋另有所爱,为了报复丈夫的背弃行为,她杀死两个儿子,带着孩子们的尸体,乘着龙车向空中飞去①。美狄亚于万般无奈之中弑子,同时伤心欲绝,而巴拉巴斯借奴仆之手毒死女儿之后却并未落泪,由此可见,犹太教信仰在他的生命中拥有极其重要的地位,他绝不能允许独生的女儿嫁给基督徒,当然也不能忍受她改信基督教,违逆者只能死。阿比盖尔改信基督教的行为使她送了命,之前他设计让两位追求阿比盖尔的基督徒青年互相伤害对方而死,也是因为他们与他的信仰不同。金钱-亲情-宗教信仰,这三个要素在巴拉巴斯生活中的重要性依次递增,他为了亲情可以抛弃金钱,为了宗教信仰可以抛弃亲情,而他对犹太教的信仰是矢志不渝的。只要还有后来人能够继承他的衣钵,能够传承自己的民族信仰,异教徒女儿死不足惜,巴拉巴斯会毫不犹豫地以最冷酷无情的方式送阿比盖尔走上不归路。

四

需要说明的是,巴拉巴斯杀女行为所展现出来的虔诚信仰犹太教的精神,正是犹太民族能够在困难中崛起不衰、犹太文化得以保存并发展的重要原因。正因为犹太人中有无数人像巴拉巴斯一样,对其犹太人身份具有高度的认同感和强烈的忠诚意识,这个民族岁历经千辛万苦、百般磨难,却没有销声匿迹,仍旧傲然屹立于世界民族之林,并创造了令人难以置信的文化奇迹,为人类文明的

---

① (古希腊)欧里庇得斯:《美狄亚》,罗念生译,载人民文学出版社编选:《古希腊戏剧选》(第233—289页),北京:人民文学出版社,1998年,第285—288页。

发展做出了杰出的贡献。

在犹太文化形成与发展的历史过程中,犹太教信仰对于犹太民族身份的存留起到了重要作用。根据美国犹太教学者雅各·纽斯纳的论述,犹太教的历史可划分为四个时期:首先是第二圣殿时期,时间是从希伯来圣经形成(约公元前586至前450年)到第二圣殿被毁(公元70年);第二个时期是形成时期,从公元70年延伸到巴比伦的塔木德的形成(约公元600年);第三个时期是古典时期,从古代后期到19世纪;随之是第四个时期,即现代时期,它起于19世纪,直到今日①。在第二圣殿时期,犹太人散居世界各地,尽管他们能够借着《圣经》共同沉思民族的过去和未来,却不具备独立民族社会的经济或政治特征。他们弱小且又屈从于人,处境艰险,却因为心中的选民信仰而寄希望于在将来能够成为世界上一个独特而重要的群体,因此,虽然他们总是面临着做与不做犹太人的生死选择,但最终"总是选择做犹太人"②。假如他们不曾在每一代都做出这样的选择,犹太民族群体便早已从人类历史的舞台上消失。

犹太人在国家灭亡之后,基督教的胜利给他们带来了生存危机,他们在十字军东征期间等多个历史时期都曾经惨遭严重的杀戮灾难③。戏剧家马洛所处的英国自7世纪起就开始有犹太人居住在此,后来又有大批犹太人随威廉大帝(William the Conqueror)于11世纪来到英国,他们受到诺曼底诸王保护,成为资本供应者及代征赋税者,他们逐渐在伦敦、诺维奇、约克以及其它一些主要城市建立专门的社区,其管辖权不属于地方当局,而属于国王。威

---

① (美)雅各·纽斯纳:《犹太教》,上海:上海古籍出版社,2008年,第78—79页。
② (美)雅各·纽斯纳:《犹太教》,同上,第127页。
③ (美)威尔·杜兰:《世界文明史——信仰的时代》,幼狮文化公司译,北京:东方出版社,1999年,第549页。

尔·杜兰认为,这种法律上的隔绝状态加深了基督徒与犹太人之间的鸿沟,成为12世纪犹太人集体遭遇屠杀的部分原因①。在公元1257年至1267年的内战期间,英国群众失却节制,进行大屠杀,几乎破坏了伦敦、诺里齐、莱恩、登斯太堡等地的所有犹太社区,犹太人惨遭集体杀戮,"用鲜血把自己的名字写进了犹太人的殉难史记之中"②。然而,当流血事件接二连三发生之后,犹太人从悲剧性命运中学会了自己存活的方法,他们将惨痛的记忆传统传承下来,无论在战争时期还是在和平时期,都坚守自己的信仰,保护自己的文化,绝不失去自己的精神之魂。他们所设法保存并发展的不仅仅是犹太教信仰,还促成了包孕"一种真正革命的思想"③的犹太民族文化。这个民族相信人类是一种理性的、敢于做出自己选择的生物,人类的命运不受自然界循环规律的掌控,历史是一个内容丰富、不断向前发展的运动过程。在争取国家独立、民族独立的过程中,他们将唯一的希望寄托在自己民族的精神财富之上,认为"只有忠于自己的传统才有可能作为民族继续存在下去"④,才能使他们信念中的黄金时代在未来出现。犹太人维系"流而不散"⑤式流散生活的重要纽带是犹太教会,当他们迁徙到一个新的地区定居下来后,仍集中在一起居住,并建立犹太会堂,以之为活动中心。犹太教的存在和传播维系了长期处于流散状态的犹太民族的团结,犹太教信仰的精神力量保存并发展了这个民族的独特文化身份,致使无论居留在故乡的少数同胞还是流散在世界各地的犹太人,都致力于保存一丝如缕的民族文化,使其民族

---

① (美)威尔·杜兰:《世界文明史——信仰的时代》,同上,第523页。
② (英)塞西尔·罗斯:《简明犹太民族史》,同上,第222页。
③ (以色列)阿巴·埃班:《犹太史》,阎瑞松译,北京:中国社会科学出版社,1986年,第106页。
④ (以色列)阿巴·埃班:《犹太史》,同上,第110页。
⑤ 王仲义:《犹太教史话》,北京:商务印书馆,1984年,第37页。

精神"不致于涣散"①。

　　犹太教作为一种"因行称义"②的宗教,其信仰的最突出标志为遵守律法。当尼希米奉波斯王亚达薛西(Artaxerxes)之命,回国修造耶路撒冷城墙(445 B.C.),并趁势想复兴犹太教之时,犹大文士以斯拉(Ezra)携带全部律法书,经常为民众进行讲解,百姓们自愿遵行"七条律法大纲"③。在这些誓愿遵行的摩西律条中,"不与外邦人通婚嫁"为首要内容,说明犹太人非常看重血统的纯洁性。当时百姓中原本已娶外邦妻室者,均受劝退婚,只有大祭司耶何耶大(Johoiada)的儿子玛拿西(Manasseh)因其岳父参巴拉底(Sanballat)为一名波斯总督,不愿或不敢与妻脱离婚姻关系,尼希米便毫不假情面地将他逐出本国④。及至巴拉巴斯所处的犹太人大流散时期,虽然他们在异国他乡面临种种困境,但为了保持本民族的信仰,持有本民族的文化传统,虔诚遵守律法的犹太人绝不可能允许自己的女儿嫁给基督徒,与基督教徒通婚被视为不可饶恕的深重罪行。同时,因为古代犹太民族奉行男子中心主义(androcentrism)⑤,即男子被置于中心地位,男子为社会行为规范的执行者,女子屈从于男子的命令被认为是十分正常、合理的事情。家庭

---

① 朱维之、韩可胜:《古犹太文化史》,北京:经济日报出版社,1997年,第406页。
② 徐新主编:《西方文化史》,北京:北京大学出版社,2007年第2版,第43页。
③ 以色列人所签公约的具体内容,参见:《圣经·尼希米记》10:28—39,中文和合本,南京:中国基督教三自爱国运动委员会、中国基督教协会,2005年,第463—464页。袁安定将该公约内容概括为以下七项:第一,不与外邦人通婚嫁;第二,谨守安息日与安息年;第三,每年每人为圣殿费用捐一"客舍勒"三分之一;第四,各族(祭司与利未人在内)每年抽签为定,奉供献祭的柴;第五,全民恪遵初熟节;第六,奉献首生的人畜;第七,捐什一捐。参见:袁安定,《犹太教概论》,北京:商务印书馆,1935年,第61—62页。
④ 参见:《圣经·尼希米记》13:28,中文和合本,南京:中国基督教三自爱国运动委员会、中国基督教协会,2005年,第468页。
⑤ (美)沙亚·科亨:《古典时代犹太教导论》,北京:中国社会科学出版社,2002年,第82页。

在犹太教中具有特殊的意义,家庭是犹太教保存下来以及犹太生活方式得以延续的一个重要因素,犹太教从本质上来说是一种以家庭为核心的家庭宗教,家庭中的父母都负有教育子女的重要责任,包括向子女传授犹太人的伦理和道德观念,以及实际生活技能训练等等①。依照此文化传统,巴拉巴斯作为阿比盖尔的父亲,有权决定她的婚姻大事,有权在她与基督徒恋爱时采取一切可能的措施终止她的叛教行为,即使杀死基督徒青年也不为过,终止自己女儿的生命等于是协助她终止自己的叛教行为,不但丝毫没有不合情理之处,而且可以被称为维护宗教纯洁性的义举。

诚然,巴拉巴斯并非民族英雄,他所行多为恶事,但作恶之人并非完全不值得关注。《圣经·约翰福音》中提到一个名字同样为巴拉巴斯(Barabbas)的人,他是取代耶稣在逾越节被彼拉多释放的犯人,"是个强盗"②。英国学者巴克莱指出,"巴拉巴是一个大土匪,……不是一个轻微的罪犯"③,但是"他所干的暴行中似乎含有一种魅力,使得一般人把他当作英雄人物,虽然从法律的角度说,他是一个无可救药的败类"④。马洛笔下的巴拉巴斯尽管罪行累累、结局悲惨,但他虔诚坚定的宗教信仰体现着犹太人守卫并弘扬本民族文化的伟大精神。这位在犹太族裔文化发展史上既具典

---

① 宋立宏、孟振华主编:《犹太教基本概念》,南京:江苏人民出版社,2013年,第217-218页。
② 《诺顿英国文艺复兴时期戏剧选集》的编者认为"Barabbas"等同于"Barabas",见该书英文版第293页注释1。《圣经》中该强盗的英文名字为"Barabbas",中文译名为"巴拉巴"。巴拉巴的故事参见:《约翰福音》(18:39—40),《圣经》(中英对照:中文和合本/NIV新国际版),南京:中国基督教三自爱国运动委员会、中国基督教协会,2007年,第200页;也见于:《圣经·马太福音》(27:15-26),《圣经·马可福音》(15:6-15)和《圣经·路加福音》(23:13-25)。
③ (英)巴克莱:《新约圣经注释》(上卷),胡慰荆、梁敏夫译,南京:中国基督教三自爱国运动委员会、中国基督教协会,1998年,第1215页。
④ 同上。

型性又兼有普遍性的人物,使《马耳他岛的犹太人》与《帖木儿》《浮士德博士的悲剧》一样,当之无愧地成为英国文艺复兴时期"决定了传奇式戏剧命运"①的作家马洛的一部悲剧力作,而"马洛之后(英国)戏剧的发展,包括莎士比亚的所有著作,均可视为对由马洛的划时代性悲剧所确立的剧种的延伸、修正和艺术的升华"②,此即本文重新解读巴拉巴斯人物形象的价值所在。

---

① See:John Addington Symonds,"General Introduction", in *Christopher Marlowe*, edited by Havelock Ellis,New York:A. A. WYN,Inc. ,1948,p. xiii.
② 同上。

《还给恺撒》:一部"意大利即兴悲剧"

段映虹

1961年九、十月间,一位年轻的法国戏剧人伊夫·加斯克(Yves Gasc)邀请尤瑟纳尔将自己的一部作品改编成剧本,尤瑟纳尔对此建议的回应十分积极。她选中的作品是两年前完成的小说《梦中银币》(Denier du rêve),她在给加斯克的信中这样陈述这一选择的理由:"在我看来,唯有《梦中银币》适合这一改编。不仅因为这部作品新近完成,情节和人物对我来说还保留着一定的可塑性,更因为,也许您还记得,小说中人物之间某些较长的对话,以及穿插在其间的或长或短的内心独白,已经构成了一些在很大程度上是现成的场景①。"改写进展十分顺利。当年年底,三幕剧《还给恺撒》(Rendre à César)已告杀青。

剧本与小说一样,以1933年法西斯统治下的意大利为背景,中心情节是一起虚构的发生在罗马的政治暗杀,具有无政府主义倾向的青年女子玛塞拉,决定趁一次墨索里尼发表公开演说的机会,向独裁者举枪射击。

---

① Lettre à Yves Gasc du 24 oct. 1961, in Marguerite Yourcenar, *Persévérer dans l'être*, correspondance 1961—1963, éds. Joseph Brami et Rémy Poignault, Paris, Gallimard, 2011, p. 126.

一、即兴喜剧式的场景

大幕拉开,观众看见的是正午时分罗马街头一个普普通通的露天咖啡座,一个女人正在喋喋不休地高声说话,她叫莉娜·齐亚里,一位青楼女子,她正在向由顾客变为相好的保罗·法里纳抱怨,她责怪保罗花钱小气,对自己也不够关心,尤其是她最近察觉到自己不断消瘦,担心身体出了问题。保罗住在托斯卡纳一个叫作庇埃特拉桑塔的小城,他是"一个正经人,党的人,特拉帕尼亲王在托斯卡纳的财产管理人①",他每周来一次来罗马处理亲王的事务,趁便与莉娜见面。这种花费不多的相会,对保罗而言,"有点儿像去一趟国外……"(34 页)这天,他心不在焉地听着莉娜诉苦,几年前跟别人私奔的妻子安吉奥拉的模样却不时在心头浮现。一位卖花老太婆从他们面前走过,莉娜央求保罗买一束花送给她,保罗眼看返回乡下的火车即将出发,灵机一动,掏出一枚硬币:

> 看,莉娜,一枚崭新的硬币。上面有束棒,当然啦,还有十一年的日期②。它跟战前那些漂亮的银币一样闪闪发光……我把它当礼物送给你吧……?你不喜欢吗?你看,它简直就像一个护身符。(34 页)

莉娜接过银币。从这时起,随着这枚十里拉的银币在流通过程中的传递,十来个不同年龄、身份的人物在第一幕里先后亮相。莉娜爱恋着一位名叫马西莫·雅科夫列夫的年轻俄国人,马西莫行踪诡秘,让莉娜琢磨不透,不过他还是想办法为莉娜安排了下午

---

① Marguerite Yourcenar, *Rendre à César*, in *Théâtre* I, Paris, Gallimard, 1971, p.34. 本文中《还给恺撒》的引文皆出自该版本,以下随文标出页码,不再另行作注。
② 墨索里尼领导国家法西斯党于 1922 年获取政权,这里指的是法西斯纪元第十一年,即 1933 年。束棒是法西斯党的标志。

去名医亚历山德罗·萨尔特的诊所看病。莉娜走出诊所,诊断结果是手术刻不容缓,她感到茫然和恐惧,但是没有任何人可以倾诉,她从商店的橱窗里瞥见自己形容憔悴,就走进小贩朱利奥·洛维西的铺子里买了一只口红。朱利奥关上店门,但他并不想立即回家,他家里有一个整天怒气冲冲的老婆朱塞芭、一个唉声叹气的女儿乔万娜、一个天生病弱的外孙女,而乔万娜的丈夫卡尔洛·斯特沃眼下正关押在利帕里群岛的监狱里。朱利奥照例来到教堂,今天他在罗萨莉亚·迪·克雷多的摊档上买了一支蜡烛,开始祷告。在邻居们眼里,罗萨莉亚就是那个在小教堂里卖蜡烛和石膏圣母像的单身女人,殊不知她的心从来没有离开过西西里,她出身贵族,可惜家道中落,她钟爱的妹妹安吉奥拉几年前又离开了丈夫保罗·法里纳,不知去向。就在今天,罗萨莉亚刚刚得知西西里的祖宅被出售了,她返回故乡尤望,黄昏时分回到自己局促的小屋,她从楼下的邻居玛塞拉那里买了一点木炭,关紧门窗。就在罗萨莉亚悄无声息地离开这个世界的同时,主持教堂的齐卡神父也回到自己的住所,他眼看辖区的教民们各自深陷烦恼,自己却爱莫能助,他沮丧地"感到自己百无一用"(58页);下班后的萨尔特医生正在犹豫,晚上去巴尔波宫参加首相的招待会之前,要不要去看看早已分居的妻子玛塞拉,因为他得到了令人不安的消息……

身患绝症的妓女,妻子私奔的丈夫,惧内的小市民,出身于破落贵族之家的老姑娘,刻薄吝啬的卖花老太婆,束手无策的神父,俊俏的年轻外国人,风流倜傥的名医,尤瑟纳尔从意大利日常生活场景中选取的这一系列人物,以及他们近乎"社会新闻"(faits divers)的遭遇和处境,很容易让人联想到意大利即兴喜剧里常见的形象和情节:多情的恋人、贪财好色的商人、迂腐无能的博士、爱吹牛的大兵、机灵或愚笨的仆人,等等。在传统的即兴喜剧里,这些人物形象来自民间,他们以即兴表演的方式模拟当时的社会风尚,嬉笑怒骂皆成文章,戏剧场景富于喜剧性,语言极为鲜活。在《还给恺撒》一剧中,尤瑟纳尔汲取即兴喜剧的上述特征,生动地呈现了市井生活的众生相,这一点在第一幕各个人物纷纷登台时表现得尤为明显。

先看一例。开场时莉娜向保罗抱怨每周一次的见面就如同例行公事,其余日子里保罗对自己不闻不问。他们之间的对话是这样的:

莉娜:[……]总之,对我来说,这一天就像放假的日子,其余六天我怎么过,你才不在乎呢。你对你的大姨子,倒是没有这么吝啬。

保罗:不要把我的大姨子拉扯进来,莉娜。

莉娜:怎么!这个在圣母小教堂里卖蜡烛和圣母像的瘦高个儿女人!你跟她之间,难怪你老婆一声不吭就跑了。

保罗:不要把我的老婆拉扯进来,莉娜。再说,小点儿声,别人会听见。

莉娜:什么人?这里没有别人。[……]你知道,保罗,这里的人才不会管别人的闲事儿。这里跟庇埃特拉桑塔可不一样。

保罗:不要把庇埃特拉桑塔拉扯进来,小莉娜。(31—32页)

短短几个回合的对话,将莉娜的浅薄俗气和保罗息事宁人的性格勾画得活灵活现,而保罗一再重复的"不要把……拉扯进来",令人忍俊不禁。接下来,片刻之前还在保罗面前以罗马人自居的莉娜,为了与保罗套近乎——毕竟她不想失去这个稳定的主顾——话锋一转,马上又说自己与保罗其实是同乡,她的父亲就出生在庇埃特拉桑塔附近的一个村子里,这种露骨的讨好卖乖进一步加强了喜剧效果。

又如齐卡神父和卖花的蒂达之间的对话:

齐卡神父(站在教堂门口):行行善吧,蒂达大妈! 给我一枝玫瑰,拿来献给圣母!

　　蒂达:甭想! 她可比我有钱,你的圣母! (47页)

　　蒂达爱钱如命,不惜对圣母出言不逊,脱口而出的一句话便将她一毛不拔的个性表现得淋漓尽致。另一方面,蒂达俚俗的语言固然令人捧腹,同时也影射了善于敛财的教会与下层百姓之间的隔阂,暗含讥讽。剧中此类例子俯拾皆是。

　　即兴喜剧有一种典型的表现手段叫作"拉错"(lazzo)①,即利用各种情景、动作、语言上的插科打诨、张冠李戴来制造喜剧效果,在本剧中也可见到。如第三幕第二场,玛塞拉行刺失败后,咖啡馆的老板娘听见有人刺杀元首的消息,就像那些生活如同一潭死水的人,终于看见水面泛起一圈涟漪,她感到兴奋莫名,而她的兴奋中又夹杂着恐慌,她冲着蒂达大叫:"我们生活在一个可怕的世道! 有个顾客告诉我……"蒂达耳聋,刚刚过去的暴雨让她没有能够赶上回郊区的最后一班公共汽车,她正在为不知去何处过夜而发愁,她模模糊糊听见"世道"这个词儿,于是驴唇不对马嘴地答道:"是啊,这个季节不应该是这样的天气,艾米尼亚太太。"(108页)在法语中,"世道"跟"天气"是同一个词"temps",这种对话错位是传统喜剧里常见的套路,尤瑟纳尔也能灵活自如地予以利用。

　　较之《还给恺撒》中的某些喜剧成分,我们要及时指出的是该剧与即兴喜剧在本质上的区别。即兴喜剧诞生之初,剧中的角色虽然不乏现实基础,然而很快便发展为高度类型化,各个角色的性格基本定型,演员戴着角色特定的面具出场,甚至连服装式样也相对固定,以便一出场就能被观众认出,而各个角色在剧情发展过程中的行为方式也基本上符合观众预期的程式。此

---

① lazzo 是意大利语,本意是"玩笑""戏谑"。

外,即兴喜剧的演出场所多半是集市上的戏台,演出的主要目的是引起观众的哄笑和喝彩,所以往往注重演员在舞蹈、杂技、哑剧等外在形体表演方面的功夫①,并不追求刻画人物的心理深度。《还给恺撒》则不然。比如同样是那个浅薄的、为了区区小利不惜谄媚的莉娜,从萨尔特医生的诊所出来后,她感到疲惫不堪,想在书报亭前歇歇脚,她心里对自己说:"装成在读报纸标题的样子。著名作家卡尔洛·斯特沃收回了他对党的领导人的无耻诽谤。我不知道这个人是谁。今晚九点,国家元首将在巴尔波广场发表重要演说。马内吉奥主教成功地接受了外科手术……你不用担心:没人会将你写到报纸上。……死没有那么可怕:我们是去上帝那儿。只不过得给自己买一两件细布衬衫;穿着黑色蕾丝让人下葬可不太得体……如果马西莫爱你,死就不那么轻松。你最好还要给胖子保罗写张明信片,因为下星期一你不在:对人要有礼貌。……"(43—44页)这段独白让我们看到了莉娜内心世界的另一些层面:她对死亡的恐惧和自我排遣,她对自己尊严的看重,以及即便她在情感关系中总是遭到忽略和冷落,仍然保有善意的温情。接下来我们将会看到,在主题的严肃性与展示人物内心世界的复杂性方面,《还给恺撒》显然与即兴喜剧已经分道扬镳。

二、古典悲剧的余韵

咖啡馆、诊所、街道、教堂、民居……《还给恺撒》第一幕在展现日常生活场景的同时,也让我们隐约感受到了某种异样的氛围:咖啡馆里黑衫党人的身影,保罗用来搪塞莉娜的银币上的束棒图

---

① 有关即兴喜剧演出效果的描述,参见《西方戏剧史通论》,周慧华、宋宝珍著,浙江大学出版社,2008年,33—36页。

案,萨尔特医生接听电话时略显慌乱的神情和闪烁其辞,小市民街谈巷议里隐晦地提到的遭监禁的反政府人士,莉娜不希望马西莫打电话给她,因为担心"房东太太会对外国人起疑心"(38页),等等。随着第二幕的展开,前一幕里若隐若现的政治气氛发展为占据整个舞台的正面冲突。严肃的主题,主要人物在信念和情感上的交锋,以及在他们周围,其他人物在现实中经历的苦难和畏惧,他们对命运的困惑和质询,使这部剧作呈现出古典悲剧的某些特质。

第二幕第二场亚历山德罗与玛塞拉的对话是一场真正的短兵相接。亚历山德罗·萨尔特来到玛塞拉简陋的住所。玛塞拉曾经是协助亚历山德罗的护士,他们之间有过炽烈的感情,四年前由于志趣不投而分手。亚历山德罗医术高明,且善于审时度势,积极向现政权靠拢,很快成为政治上和经济上的新贵。两人一见面,亚历山德罗想尽可能以轻松的口吻来主导对话:

亚历山德罗:[……]你从来也没有想过,你不在我身边的这四年我做了些什么吗?

玛塞拉:用不着我去想:你正在变成你一直以来希望成为的人,百万富翁和社会名流争相问诊的顶尖人物。[……]

(她坐下来。他一边说话,一边不停地观察她和审视房间。)

亚历山德罗:我不明白你为什么不赞成我像工人那样靠手艺谋生。(他满意地展示自己的双手。)这是一双技艺精湛的手,是你说的,那时你对我的手术技巧还感兴趣。

玛塞拉:我恨的就是你的精湛技艺。我很快就明白了,除了你所炫耀的这种灵巧,其他一切对你都不重要。你心里没有科学。人类……

亚历山德罗:对我就免了你的那些大词儿吧。

玛塞拉(一开始变得柔和,然后变得苦涩):我并不怀疑你的才华,亚历山德罗,我见过你工作时的样子。但是对你而言,病人只不过是一些付钱的顾客,还有,就是赢得一次胜利或者经验的机会。[……](70页)

亚历山德罗具有他的职业所要求的精细和审慎,但是这位喜欢驾驶昂贵跑车的飚车爱好者个性里也有着冒险家追求刺激的一面。他知道玛塞拉是当局监视的对象,他来到玛塞拉的住处,并非没有经过一番权衡。他担心被人看见,招致不必要的麻烦;另一方面,他接到电话,得知卡尔洛·斯特沃刚在狱中死去,死前写下了悔过书。卡尔洛是他青年时代的朋友,也是玛塞拉的精神导师,他对玛塞拉听到消息后将会作出的反应十分好奇,因为观察人是他的兴趣所在,更何况他未能真正忘情于玛塞拉。亚历山德罗的故作姿态很快激怒了玛塞拉,"科学""人类"等抽象的语汇从她嘴里脱口而出,显然,她的反应是一个正直质朴的人对一个世故圆滑的人所能作出的幼稚的反击。然而就在两人的唇枪舌剑中,他们看见了彼此昔日的影子,一种几近亲密的情感重新回到他们中间:

亚历山德罗:[……]你没有变,玛塞拉。
玛塞拉:我不会对你说同样的话。你变老了。(69—71页)

如果说在两人的对话中亚历山德罗始终采取一种半认真半玩笑的态度,玛塞拉的言语显得更为直截了当,除了两人个性的差异,还因为玛塞拉已经下定决心当晚要去刺杀独裁者,她清楚地知道自己的生命仅仅剩下最后几个小时,她无心调侃:

玛塞拉:[……]是政治让我们分手了,如此而已。从前,我以为自己爱你。
亚历山德罗:不,在一个男人和一个女人之间,政治从来都只是一个勉强的借口……再说,你了解我,我还不至于傻到

不入党。此外,撇开一切虚伪的想法,我崇拜他,这位从前的泥瓦匠,他想努力塑造一国民众。(74页)

亚历山德罗在玛塞拉面前承认自己加入法西斯党与其说是出于政治信念,不如说是一种识时务之举,这种无所顾忌的坦白暴露出他的犬儒主义者本色,他的确无法相信玛塞拉离开他的真正原因,因为他不能理解对忠于信念的玛塞拉而言,"没有妥协的生活是一件了不起的事"(72页)。亚历山德罗临走前发现玛塞拉当年从他那里拿走的手枪,他隐约猜到了玛塞拉的计划,出于对玛塞拉残存的柔情,更出于害怕受到牵连,他仍然用玩笑的口吻想打消玛塞拉采取行动的念头,玛塞拉也含糊其辞,将一些零钱推到他面前,半开玩笑地说:"还给恺撒……"(79页)。

尽管在玛塞拉与亚历山德罗的对话中,两人的性格已经得到相当充分的展示,但是尤瑟纳尔并不满足于在单一的人际关系中刻画人物,接下来她进一步描绘了他们分别在其他场景中的表现,使人物形象更趋丰满。

亚历山德罗前去首相府参加招待会了。他的到访以及他带来的消息令玛塞拉心绪难平,她选择陪伴自己度过生命中最后几个小时的是年轻的伙伴马西莫。马西莫跟她一样,也是卡尔洛·斯特沃的信徒,然而他并无玛塞拉那样坚定的信念,也没有玛塞拉行动的勇气。跟亚历山德罗一样,他也试图打消玛塞拉的行动计划。黑暗中,玛塞拉察觉到马西莫的心思,对他说:"不要坚持了。你尽力想让一切都落空。你知道一个人只拥有一定量的勇气,你也知道我的勇气快要耗尽了。难道你不觉得,如果我不去做这件事,我的一生,甚至我们今晚的亲密,都会变得滑稽?你好像嫉妒我的勇气。"(80页)玛塞拉对马西莫的感情中交织着同志之爱和近乎对孩子的怜惜,然而这一切并不妨碍她觉察到马西莫的暧昧和懦弱。

至于亚历山德罗,尤瑟纳尔在第三幕第一场为他预留了另一场十分精彩的对手戏。他离开玛塞拉时,告诉后者他将在巴尔波宫的招待会结束后去旁边的一家电影院等她。亚历山德罗久久不见玛塞拉前来赴约,此时他又开始掂量自己对玛塞拉的感情,自问是否在做一件傻事,说到底,他为自己制定的人生目标"充其量不过是既不要上当,也不要成为受害者"(95页)。此时,已成为电影明星的安吉奥拉也来到电影院,她已化名为安吉奥拉·菲德斯,刚从国外回到罗马。睽违数载,她渴望看看罗马的街巷,但是她"不想被朱尼乌斯·斯泰因爵士的司机看出来,自己对那些贫穷的街区多么熟悉"(97页),她只好来到电影院欣赏银幕上的自己。这两位衣着光鲜的绅士淑女坐在电影院的包厢里,各怀心事。同时,他们暗中观察对方,彼此充满想象和试探的欲望,然而对"谁知道会陷进什么事情里"(102页)的惧怕让他们之间连一句交谈也没有。电影散场时,亚历山德罗终于忍不住从蒂达手中买了一束玫瑰送给安吉奥拉,他们彼此都很清楚以后再也没有见面机会。这一结局看似遗憾,实则并无任何浪漫和惆怅的色彩,相反两人都庆幸"一切又回到了正轨"(103页),都因没有给自己的生活增添麻烦而松一口气。在剧中,他们各自的心理活动是以交替进行的内心独白来表现的,这两个人物时时掂量"自己是否始终出对了手中的牌"(73页),他们在生活中瞻前顾后、患得患失的心理,他们极度的自私、虚荣、怯懦,与罗萨莉亚对安吉奥拉忘我的爱、与玛塞拉义无反顾的勇气形成强烈对比。

在第三幕接下来的场景中,继玛塞拉之死,其他几位人物将以不同方式与死亡直接碰撞,全剧的悲剧氛围随着黑夜的来临变得愈加浓厚。

蒂达从亚历山德罗手中接过十里拉的银币,暗自庆幸又将一束快要发蔫的玫瑰卖给了一个多情的男人。不过她转念又想:"我该向他要二十里拉的……"(106页)蒂达吝啬,因为她尝够了贫穷的滋味,她对子女刻薄,因为他们全都觊觎她那须臾不离挂在脖子上的钱袋。今晚广场上有集会,她想多卖几束花,不料突然降临的暴雨将她困住,错过了回郊区的公共汽车。夜深了,她在广场上逡巡,想找一个可以遮风避雨的角落过夜。她听说了刚才有个年轻女人向"他"开枪的消息,蒂达感到在这空荡荡的广场上,"死神就从那儿走过;它没有抓住'他',但抓住了那个女人;说不定它还在找别的什么人……"(109页)在这雷电交加的夜晚,蒂达感到死亡前所未有地迫近。她想起了白天齐卡神父的诅咒,说她会跟所有吝啬鬼一样下地狱,即便复活时紧紧攥着的拳头也无法展开,将永世经受痉挛之苦。这时蒂达看见广场上走来一个湿漉漉的人影,对死亡的畏惧让她萌发了恻隐之心,她平生第一次松开手,将十里拉的银币递给这个陌生老头。

老人吃惊地接过银币。蒂达不知道,她施舍的对象不是乞丐,而是著名的法国画家克雷芒·卢。他来罗马举办作品回顾展,今晚是他离开罗马的前夕,他独自一人在古代遗迹的废墟间游荡,向这个城市告别。在老画家看来,眼前的罗马与他年轻时见过的罗马相比,一切都变丑了;再说,他太疲惫了,他的心脏病再次发作,他不知道这一次能不能挺过去,他"厌倦了快要完蛋,厌倦了不能完蛋,厌倦了一切……"(112页)

今晚在罗马城里游荡的还有马西莫,他漫无目的地走在街头,卡尔洛和玛塞拉的死接踵而至,令他难以承受,他感到自己的生活仿佛变戏法一样被化为乌有。他与克雷芒·卢在街头偶然相遇,迷惘的年轻人期待阅历丰富的老人为他指点迷津,"这个正在摆脱心脏病发作的老头儿不知道,他对我来说就像一块坚实的土地。一个活人……"(113页)然而老画家沉浸在对往事的回忆和对死亡的恐惧中,无暇顾及马西莫的不安与困惑,他像道出一个心中的秘密一样突然对马西莫说:"令人难受的是刚刚开始懂得,刚刚学会就要离去了……"(122页),老画家言下之意是他刚刚领悟到艺术的真谛,死亡却已经近在眼前,然而这些含糊的话语在马西莫听来不过是一个虚弱的老人吐出的谵语。他们经过著名的许愿泉，老画家将手中的银币扔进喷水池。据说，在这里扔下一枚硬币的人，将来就会回到罗马，但是克雷芒·卢知道，他再也不会回到这里。

在这部剧中，不只是女主人公的慷慨赴死令人叹惋，在她的周围，莉娜、朱利奥、罗萨莉亚，无一不经受着现实人生的种种不幸；亚历山德罗和安吉奥拉表面上看是社会上的幸运儿，然而他们害怕失去"成功人生"的诚惶诚恐则显示出骨子里的虚弱；在情感上毫无安全感方面，老无所依的蒂达和星光熠熠的安吉奥拉如出一辙；而就在蒂达将银币递给克雷芒·卢的那一刻，无论是挣扎在社会底层的卖花女人，还是名满天下的老画家，都在不无恐惧地直面自己的死亡；齐卡神父形而上的困惑与克雷芒·卢对生命与艺术的痛苦思索有着异曲同工之处……无论是古希腊还是法国古典主义时代，悲剧的要义并不在于激烈的悲情或者以死亡为终局，而是题材的严肃性。人生的苦难，内心的冲突，对人类正义的追求，对命运的承担，都是古典悲剧常见的主题。在《还给恺撒》中，无论主要人物还是次要人物，无一不经受着内心的冲突和磨难，他们个人命运中不堪承受的重负，与时代的黑暗相互映衬，使这部作品在整体上染上了悲剧色彩。

此外，尤瑟纳尔将全剧情节发生的时间限定在1933年4月20日近正午时分到21日黎明前，即不到24小时之内，地点也只限于罗马市区，这样的时空范围不免让人联想到17世纪法国古典主义悲剧奉为圭臬的"三一律"。有研究者指出，"小说［指《梦中银币》］和剧本［指《还给恺撒》］由一系列片段组成，每个片段都有一个或多个主角，这样造成了情节产生一种零散和碎片的效果（尽管各个片段之间由一些实质性的联系交织在一起）。然而由于这些不同的行动在相对限定的地点范围和有限的时间范围内展开，情节分散的效果在一定程度上得到了补偿。总的说来，行动整一的缺失通过时空的紧缩而得以抵消①"。尤瑟纳尔自然不会以早已过时的"三一律"作茧自缚,然而不能否认的是,《还给恺撒》由于借鉴了古典悲剧的时空结构,从而赢得了某种形式上的凝练和庄严。

三、现实与象征之间的永恒之城

在一篇题为《历史小说中的语调和话语》的随笔中,尤瑟纳尔探讨了写作历史小说时还原人物对话的困难,她指出对于高乃依、拉辛、莎士比亚等古典剧作家而言,"他们并不在乎语调的真实性(authenticité tonale)②",也就是说,在上述剧作家的作品中,人物对话并没有再现在剧情发生的那个时代,人们在现实生活中所说的语言。尤瑟纳尔指出这个事实,用意并不在于批评古典剧作家忽视语言的时代感,而是借此说明不同时代,不同文学体裁,乃至不同作家,都会遵循不同的创作原则。至于尤瑟纳尔本人,她始终非常注重人物"语调的真实性",并且指出这是自己的小说和戏剧在创作手法上的内在联系③。从这一点出发,《还给恺撒》具有不同于古典悲剧的美学风格。

我们在上文的分析中已经看到,《还给恺撒》借鉴意大利即兴喜剧从现实生活中撷取人物对话的传统,语言十分鲜活传神,在此

---

① Giorgetto Giorgi,《Denier du rêve à la lumière de la correspondance de Marguerite Yourcenar》, in *La Lettre et l'œuvre. Correspondances de Marguerite Yourcenar*, Actes du colloque international organisé à l'Université du Sud Toulon-Var les 9 et 10 déc. 2004, éd. André-Alain Morello, Paris, Honoré Champion, 2009, pp. 218—219.

② 参见 Marguertite Yourcenar,《Ton et langage dans le roman historique》, *in Essais et mémoires*, Paris, Gallimard, Biblio. de la Pléiade, 1991, p. 293。

③ 参见 Matthieu Galey, *Les yeux ouverts*, entretiens avec Marguerite Yourcenar, Paris, Centurion, 1980, pp. 198-199。

不再赘述。不仅如此,在写作该剧的过程中,尤瑟纳尔还几次写信给准备排演这部戏的伊夫·加斯克,强调人物服装要有真实的时代感,同时又特别提醒,也不能因此让普通人的服装染上所谓"古装"的虚假色彩①。为此她专门写信向意大利的书商索要二十世纪三十年代出版的《意大利画报》(*Illustratione Italiana*),以便加斯克从当年取景于街头的照片中得到参考。又如在道具方面,她坚持保留罗莎莉亚用吊篮向楼下邻居玛塞拉购买木炭的细节,以便"为这出戏偶尔添加一抹生动的意大利民间风情②",同时亦借机让观众能够更真切地想象女主人公玛塞拉的生活环境。可以说,尤瑟纳尔在《还给恺撒》一剧中,为了尽可能真实地再现1933年罗马的社会生活画面,将"语调的真实性"原则贯穿到了舞台效果的各个方面。

然而近乎悖论的是,《还给恺撒》在具有高度现实性的同时又具有高度的象征性,甚至不妨说,其象征性正源自其现实性:罗马是一座"永恒之城",人类历史的积淀早已使这个城市具有了远远超越其现实存在的象征意味。全剧的最后一场,远处传来"诗人的声音",一个更加广阔的时空背景隐隐约约在黑夜里浮现:

> 黑夜笼罩着原野和山丘,黑夜笼罩着城市和大海。罗马的博物馆里,黑夜弥漫了放置杰作的大厅:《沉睡的复仇女神》《赫尔玛佛洛狄忒》《维纳斯》《角斗士》,这些大理石块受制于支配平衡、重量、密度、膨胀和收缩的大规律,它们不知道,几千年前死去的工匠按照另一类生命的样子打造了它们

---

① 参见 Lettre à Yves Gasc du 1er juin 1962, in Marguerite Yourcenar, *Persévérer dans l'être*, correspondance 1961—1963, éds. Joseph Brami et Rémy Poignault, Paris, Gallimard, 2011, p. 218。

② Lettre à Yves Gasc du 9 déc. 1961, in Marguerite Yourcenar, *Persévérer dans l'être*, correspondance 1961—1963, éds. Joseph Brami et Rémy Poignault, Paris, Gallimard, 2011, p. 148。

的表面。古代遗迹的废墟与黑夜浑然一体,这些往昔的残片得到优遇,被铁栅栏保护起来,入口处旋转栅门旁检票员的椅子空空如也。现代艺术三年展上的画作此刻不过是镶在镜框里的长方形画布,凹凸不平地涂抹在上面的颜料现在是一片黑色。卡皮托利山的山坡上,母狼在黑夜里嗥叫,她被围在栅栏的洞穴里,受到人类的保护,也忍受着与人类为邻,山脚下偶尔驶过几辆卡车,它们发出的振动令她战栗。此时,在屠宰场附近的牲畜栏里,明天即将出现在罗马的餐盘和阴沟里的动物正安静地嚼食干草,它们将昏昏欲睡的、安详的脑袋靠在被锁链拴住的同伴的脖子上。此时,在医院里,被失眠折磨的病人正急切地盼望着护士的下一轮巡视;这时舞厅里的女孩子们心里想马上可以去睡觉了。印刷报纸的工厂里,滚筒在转动,关于昨天发生的意外事件,它们在为明天早上的读者制造一个经过修正的版本;收音机里劈劈啪啪播放着真真假假的消息;闪亮的铁轨在黑夜里勾勒出出发的形象。(125—126页)

这里,"诗人的声音"带领观众将目光投向整个罗马城,投向城市之外的原野和大海:哺育罗马城创立者的母狼雕像、罗马帝国留下的建筑遗迹、古代艺术珍品在观众眼前掠过。就在这同一片天空下,平庸、痛苦、虚假的人类生活与辉煌的历史一样永恒,并在"出发的形象"中向未来延伸。诗人的视野不仅囿于人类世界,他将人类活动放置于整个宇宙变迁之中加以考察,大理石从矿脉到雕塑的经历,动物的生生死死,"植物之夜"(126页)里树木的呼吸……此时,伴随着"诗人的声音",舞台上聚光灯逐一投向黑夜里的剧中人:

>   克雷芒·卢睡着了,他的周围是一幅由打开的行李箱、胡乱扔在地上的鞋子和挂在椅子扶手上的背心构成的静物。

[……]隔壁房间里,黑夜懒洋洋地包裹着安吉奥拉·菲德斯的睡梦。浴室里,亚历山德罗的玫瑰躺在洗手池的水洼里。孔蒂官的院子里,蒂达像母鸡一样缩在她的两个篮子之间打瞌睡。恺撒在睡,忘记了他是恺撒。他醒来,回到他这个人和他的荣光里,他拧开灯,看了看手腕上的时间……

[……]朱利奥·洛维西没有睡。他在算账。

[……]亚历山德罗也没有睡。他被扣留在党部值班室。

[……]齐卡神父走下住宅的楼梯,朝教堂走去,准备清晨的弥撒。

[……]死者睡着了,没有人知晓他们的梦。莉娜·齐亚里跟她的肿瘤一起睡着了。她在想马西莫,但是马西莫没有想她。(126—128页)

在现实与历史,人类活动与宇宙运动的交错中,剧中人物在"永恒之城"这个舞台上演出的人生悲喜剧,因此获得了超越具体时空的象征意义。然而,《还给恺撒》没有在富于象征意味的"诗人的声音"里结束,在黎明的晨曦中,最后登台的是醉汉马里努齐:他是许愿泉的维修工,他习惯伸手往水中捞一把,与其回家照顾待产的妻子,不如用捞到的钱去喝一杯。他并不需要即将出生的第五个孩子,不过"有孩子,才能有一个伟大的民族……"(131页)在酒精的作用下,马里努齐幻想自己侵吞了岳母蒂达的全部财产,有了自己"在太阳下的位置……"(132页),酒徒的呓语中回响着法西斯的叫嚣。这时,天光大亮,全剧落幕。

《还给恺撒》从开场到落幕,从整体上看,随着剧情从白天向黑夜推进,呈现出喜剧因素逐渐让位于悲剧因素,现实成份逐渐淡化而象征意味逐渐加强的过程。在最后一刻,随着白天的来临,又重新回到喜剧风格和现实基调。尤瑟纳尔从少年时代起就熟读阿里斯托芬、莎士比亚、拉辛、易卜生等人的作品,对不同戏剧风格所具有的感染力有着深刻的体会和理解,她"拒绝将她的戏剧作品封闭在单一的模式里,在这一点上,她与同时代那些喜欢打破固定类型称谓的作者们是一致的。她在[其戏剧作品]的前言里指出了自己对不同传统的借鉴和重组:意大利即兴喜剧,古代戏剧,意大利正歌剧,趣歌剧等等。这种对固定形式,对清晰可辨的、符合规范的戏剧类型的拒绝,在她看来,使各种成份得以在一部作品内部灵活地流动①"。《还给恺撒》就是尤瑟纳尔在意大利即兴喜剧和古典悲剧之间,在现实与象征之间的自由穿梭的一个例证。

四、"在这个未来里,至今我已生活了三十七年"

行文至此,也许是时候回顾一下尤瑟纳尔与《还给恺撒》之间的一段漫长的渊源了。

1922年,十九岁的尤瑟纳尔在米兰和维罗纳亲眼目睹了法西斯党徒向罗马进军,她晚年在回忆录中写道:"这是一个重大的时刻,一个年轻人,直到那时为止对政治毫不关心,突然发现了不公正和丑恶的利益出现在眼前,还有城市的大街上那些披着斗篷和制服的人,那些坐在咖啡馆里不介入任何一方的良民百姓②。"此后的二三十年代,尤瑟纳尔经常在意大利居住,对意大利的社会现实有切身的观察和感受,就在"很多到访半岛的作家仍然只陶醉于传统的意大利风情,或者为火车准点发车(至少理论上)而鼓掌③"时,尤瑟纳尔于1934年写作了小说《梦中银币》,即《还给恺撒》最早的前身。后来,作家本人对这部早年的作品感到不满意,

---

① Catherine Duzou,《Un "gala pour l'imaginaire":Mythe, Histoire, Songe dans le théâtre de Marguerite Yourcenar》, in *Le(s) style(s) de Marguerite Yourcenar*, éd. May Chehab, Clermont-Ferrand, SIEY, 2015, p.191.

② Marguerite Yourcenar, *Archives du Nord*, in *Essais et mémoires*, Paris, Gallimard, 1991, p.1035.

③ Marguerite Yourcenar, Préface à *Denier du rêve*, in *Œuvres romanesques*, Paris, Gallimard, Biblio. de la Pléiade, 1982, p.164.

于 1959 年进行了全面重写。她在为新版《梦中银币》撰写的前言中声明:"不仅人物,他们的姓名、个性以及彼此之间的关系,他们所处的环境一如从前,甚至本书主要的和次要的主题,全书的结构,某些片段的起因,甚至大多数时候这些片段的结局都毫无更改①。"重写小说之后,尤瑟纳尔似乎意犹未尽,1960 年 6 月,她写信告诉自己作品的意大利语译者,她打算写一部新的小说,选取《梦中银币》中的某些人物,看看时隔十年之后,"即从 1945 年至今,他们如何生活或者死去,[……]但这一次小说的中心将会在巴黎和德国②"。随后其他写作计划占据了她的精力,续写《梦中银币》的愿望没有实现。也许正因为此,本文一开始说过,当伊夫·加斯克邀请她改编自己的一部作品时,她欣然选择了《梦中银币》。很可能如同尤瑟纳尔多次提到的,由于剧中人物在不同程度上都可以在现实中找到原型③,他们的命运令尤瑟纳尔始终难以释怀,她在完成《还给恺撒》后,在剧本后面附了一份人物身份列表,为每一位人物精确地杜撰了出生和死亡的地点及日期。她在《还给恺撒》的前言中写道:

> 对于每一部作品,作者与人物之间都会形成复杂的关系,在《还给恺撒》里,这些关系中最令我感动之处是时间的流逝带来的。我虚构这几个想象中的人物时,将他们的活动限制在从 1933 年 4 月 20 日将近中午时分,到 21 日清晨六点左

---

① Marguerite Yourcenar, Préface à *Denier du rêve*, in *Œuvres romanesques*, Paris, Gallimard, Biblio. de la Pléiade, 1982, p. 161.

② Lettre à Lidia Storoni Mazzolani du 28 juin 1960, in Marguerite Yourcenar, *Lettres à ses amis et quelques autres*, éds. Michèle Sarde et Joseph Brami, Paris, Gallimard, 1995, pp. 149—150.

③ 关于这一点,尤瑟纳尔在《还给恺撒》的前言以及一些访谈中作了详细说明,参见 Marguerite Yourcenar, Préface à *Rendre à César*, in *Théâtre I*, Paris, Gallimard, 1971, pp. 11—13, 以及 Matthieu Galey, *Les yeux ouverts*, entretiens avec Marguerite Yourcenar, Paris, Centurion, 1980, p. 84。

右,即时钟转了一圈半的时间里。当时,这些人物(除了罗莎莉亚和玛塞拉)和我们所有人一样,面前还有着或长或短的幽暗而难以预见的未来。在这个未来里,至今我已生活了三十七年。有时我想,也许值得去追踪一下这些人物中的至少某几位,他们在这三十七年里的全部或者部分生活,他们是在哪里,又是如何走完了自己的路,还有那些得以苟延残喘的人,他们又在哪里,在做什么。太多更为迫切的计划使我未能实现这个愿望……但我仍然要说出这个萦绕于心的想法,哪怕只是为了证明,某些作家与他们笔下人物之间的关系,在作品内部和作品之外,可以持续得多么长久①。

这段自白道出的不仅是作家与自己的一部作品之间的特殊关系,更是尤瑟纳尔对文学创作的理解。在她看来,对人类命运的持续关注和审视是作家的使命之所在。在这个意义上,我们认为《还给恺撒》虽然不乏喜剧因素,在本质上则接近于古典悲剧。尤瑟纳尔对待戏剧创作的态度让我们联想到几位比她年长一辈的作家,如纪德(André Gide)、莫里亚克(François Mauriac)等人,这些作家虽不以戏剧著称,但在小说创作之外都有戏剧佳作问世。他们的共同点是具有深厚的人文修养,在创作上有着古典主义倾向,鉴于戏剧在西方文学传统里的崇高地位,他们无不将尝试这一体裁视为神圣的使命。实际上,这些作家在运用戏剧这种文学形式的时候,继承的是古典悲剧中对于人类困境的思考,因此他们注重的是再现古典悲剧的精神实质,而非在形式上对古典悲剧作家亦步亦趋。尤瑟纳尔对像吉罗杜(Jean Giraudoux)那样拒绝现代题材,在语言风格上刻意追求古典韵味的做法不以为然,她不客气地

---

① Marguerite Yourcenar, Préface à *Rendre à César*, in *Théâtre I*, Paris, Gallimard, 1971, p. 24—25.

坦言吉罗杜"笔下精巧而巴黎化的希腊令我恼火①"。如何在艺术创造中延续古典精神,尤瑟纳尔想必会赞同她一向钦佩的瓦莱里(Paul Valéry)的这句妙语:"问题丝毫不在于去激活已然死去的东西,而可能在于通过其它路径去找回已经不在这具尸体上的灵魂②。"《还给恺撒》取材于当代的社会现实,描摹了时代阴影下小人物的苦难,丝毫没有流于肤浅和琐碎。尤瑟纳尔把握古典悲剧的灵魂,揭示了纷繁复杂的人类历险所蕴涵的悲剧性,赋予人物命运以超越具体时空的普遍意义,从而使这部剧作获得了近乎古典悲剧的高贵本质。也许正是在这个意义上,她将《还给恺撒》称为一部"意大利即兴悲剧"(Tragedia dell'Arte),虽不无戏谑,却再传神不过。

---

① Marguerite Yourcenar, Préface à *Feux*, Paris, Gallimard, coll. " L'Imaginaire ", 1974, p.14.
② Paul Valéry,《Situation de Baudelaire》, in *Œuvre I*, Paris, Gallimard, Biblio. de la Pléiade, 1957, p.605.

作者研究

契诃夫戏剧跨文化旅行的五个维度

凌建侯 岳文侠

与易卜生、梅特林克、斯特林堡、霍普特曼等同时代作家相比，契诃夫的戏剧创作并不多，代表作不过五部（《伊凡诺夫》《海鸥》《凡尼亚舅舅》《三姊妹》《樱桃园》），但这些被称为"社会心理剧""静态剧""无冲突剧""荒诞剧"等的作品，在打破戏剧与小说文类界限上特色鲜明，长期以来受到各国剧坛的青睐，对后世剧作家产生了深远影响，研究契诃夫其人其作形成了专门的"契诃夫学"。本文包括五个部分：(1)从契诃夫接受"新戏剧"运动说起，(2)概括阐明其戏剧的跨文类特质；(3)以俄文版《文学遗产：契诃夫与世界文学》提供的材料为依据，简要介绍二十世纪九十年代前契诃夫戏剧在加拿大法语剧院的演出情况；(4)以布赖恩·弗里埃尔（Brian Friel）为个案，分析当代英语剧作家对他的接受；(5)最后扼要回顾自他逝世百周年至诞辰一百五十五周年不到十一年间中国对契诃夫戏剧的接受情况。从这五个维度探讨契诃夫戏剧，无疑是一项庞大而艰巨的任务，很难由一篇论文来完成，我们只是以此指明未来研究的方向与方法，并用实例证明方向的正确与方法的可靠。

一、契诃夫对"新戏剧"运动的接受

德国美学家哈特曼把文学作品比作半透明球体,不同作家的作品,透明度不同,透明度越小的作品,越需要读者花工夫和智力"猜"出球体里面的东西①。契诃夫的戏剧代表作,尤其是《樱桃园》,与莎士比亚的《哈姆雷特》一样,属于透明度很小的作品,虽说读者看到的是同一个球面,但是在不同思潮流行的时代,一方面人们总能读出与这个时代冥然相契的东西,另一方面它又往往能够成为引起各派观点相互争鸣的导火线。作品透明度小,是因为作家的创作具有前瞻性和创新精神,一定程度上超越了自己的时代。"契诃夫戏剧热"在全世界范围的兴起,既得益于二十世纪五十年代初尤奈斯库《秃头歌女》与贝克特《等待戈多》的问世,人们从荒诞派戏剧中读出了契诃夫作品中同样具有的许多东西,也得益于小说家契诃夫早已获得广泛声誉,在他诞辰一百周年之际被联合国教科文组织确定为"契诃夫年"。

契诃夫戏剧具有前瞻性和创新精神,是因为他博采众长,不但吸取了前辈大师们的创作经验,还从稍前或同时代的戏剧大师那里得到了许多教益。据斯坦尼斯拉夫斯基回忆,1901年初,契诃夫产生了要写一部喜剧作品的想法,但只是想法而已,当时他既无题材,也无情节,连人物雏形也无从谈起,可是到了8月份,在观看易卜生的《野鸭》时,他突然笑得合不拢嘴,一散场就迫不及待地告诉斯坦尼斯拉夫斯基,他要为艾克达尔的演员写一出戏,"他一定得坐在河岸上钓鱼"②,这是契诃夫刚开始构思《樱桃园》时的第一个人物,虽然该剧最终定稿时并没有钓鱼人,但是《野鸭》中

---

① 哈特曼:《美学》,莫斯科:外国文学出版社,1958年,第241页。
② 转引自:《奥斯特罗夫斯基、契诃夫与19到20世纪文学进程》,莫斯科:Intrada出版社,2003年,第333页。

令契诃夫发笑的气氛无疑对他产生了影响。契诃夫戏剧中的"易卜生主义"首先表现在象征中,不过与易卜生的喻言性象征相比,契诃夫的象征已经初步具备了"通往无限的窗口"①这一特色,"这些更为宽泛的象征涵义,其所烛照的已经是所有人物的命运了"②。斯坦尼斯拉夫斯基在1932年祝贺霍普特曼七十岁生日的信函中提到,《孤独者》触发了契诃夫为莫斯科艺术剧院撰写作品的强烈愿望③。事实的确如此。在契诃夫的一些剧作中,特别是在《三姊妹》中,我们可以看到德国剧作家注重内心感受与弦外之音的创作方法。当然,这不是"模仿",而是"创作上的竞争","可以说,《孤独者》催生了契诃夫写作话剧的兴趣(在此之前他曾断言再不会为剧院写作了)"④。与梅特林克的"对话"直接表现在了《海鸥》中,由特里波列夫创作、妮娜上演的那出充满神秘象征的"剧中剧",其实就是对比利时剧作家的热情回应,当然这一回应不乏戏仿、揶揄象征剧的成分:

  我孤独啊。每隔一百年,我才张嘴说话一次,可是,我的声音在空漠中凄凉地回响着,没有人听……而你们呢,惨白的火光啊,也不听听我的声音……沼泽里的腐水,靠近黎明时分,就把你们分娩出来,你们于是没有思想地、没有意志地、没有生命的脉搏地一直漂流到黄昏。那个不朽的物质力量之父,撒旦,生怕你们重新获得生命,立刻就对你们,像对顽石和流水一样,不断地进行着原子的点化,于是,你们就永远无休

---

① 阿格诺索夫:《20世纪俄罗斯文学》,凌建侯等译,北京:中国人民大学出版社,2001年,第21页。
② 卡塔耶夫:《契诃夫的文学联系》,莫斯科:莫斯科大学出版社,1989年,第191页。
③ 《文学遗产:契诃夫与世界文学》(第1卷),莫斯科:科学出版社,1997年,第143页。
④ 卡塔耶夫:《契诃夫的文学联系》,第202页。

无止地变化着。整个的宇宙里,除了精神,没有一样是固定的,不变的。[停顿]我,就像被投进空虚而深邃的井里的一个俘虏一般,不知道自己到了什么地方,也不知道会遭遇到什么。①

演员觉得这出戏很难演,因为人物都没有生活,而剧本创作者认为,生活就应照着它在我们梦想中的那个样子来表现。如此表现的结果如何?妮娜和特里果林的闲聊回答了这个问题("这出戏可奇怪,你不觉得吗?""我一个字也不懂。"②)。千篇一律的抽象名词,神秘莫测的各种联想,似是而非的形象逻辑,无病呻吟的颓废情调,这是"剧中剧"给剧中观众和现实读者留下的总体印象。观众根本不关心戏剧在讲什么,他们感兴趣的是为了制造舞台效果的硫磺味道,愿意观看下去,是因为演员妮娜演得富于感情,布景也很美。契诃夫很不喜欢象征剧中过分的抽象与神秘,很不喜欢脱离现实生活的故弄玄虚。特里波列夫的母亲阿尔卡基娜的评价说出了契诃夫的心声:"这是一种很坏的倾向。"③

吸纳"新戏剧"运动的创新精神,扬弃这一运动中时常出现的不良倾向,以现实生活为创作源泉,最终成就了契诃夫为"新戏剧"的集大成者。

二、小说与戏剧意识的融合

谈到契诃夫的创作,文学史家一般都会顺便提及他的短篇小说对其戏剧的影响,说他的剧作中有很多小说的特征,如情绪感、音乐性和简洁、平易却暗含潜台词的风格等。在契诃夫生前,有批

---

① 《契诃夫戏剧集》,焦菊隐译,上海:上海文艺出版社,1980 年,第 108 页。
② 同上,第 112 页。
③ 同上,第 110 页。

评者不赞同他把小说笔法侵入神圣的戏剧领地①,而实际上正如契诃夫致友人书信中所说"违背所有戏剧法规。写得像部小说"②,或用契诃夫戏剧研究者的话说,戏剧的散文(小说)化,恰恰是他革新戏剧的重要方面;而另一方面,散文(小说)的戏剧化也是契诃夫小说创作的重要手段,应该说,在契诃夫的整个文学创作中,戏剧的小说化和小说的戏剧化,小说与戏剧意识的融合,是互为依托、相辅相成的。

契诃夫的文学人生,以戏迷起家,以《樱桃园》结束。早在二十世纪初期,契诃夫的剧作在俄罗斯国外尚籍籍无名之时,英国剧作家普里斯特利就敏锐地指出:"契诃夫在戏剧领域的作用至今并不很明显,但我认为,正是在这个文类上他的影响将与日俱增,甚至超越短篇小说……作为一个创新者,作为一个正在产生影响的作家,剧作家契诃夫将会超过小说家契诃夫。"③时间证明了契诃夫在世界戏剧史上地位,他直接或间接地影响了萧伯纳、奥凯西、奥尼尔、皮兰德娄、阿努伊、荒诞派剧作家、布莱希特、米勒、品特、凯泽等一大批二十世纪戏剧家的创作,无怪乎莫里亚克甚至称契诃夫为"戏剧领域的莫扎特"④。当然,普里斯特利讲那番话的时候并没有预见到契诃夫在短篇小说领域将更早产生革命性的意义,这种意义不但表现在对乔伊斯、曼斯菲尔德、伍尔芙、卡夫卡、黑塞、穆齐尔、海明威等二十世纪一大批小说名家的影响上,而且还对诸如美籍华人作家哈金等当代小说家有很大的影响。契诃夫的小说与戏剧创作是相互促进、彼此提高的,它们构成了他的文学

---

① 参看:童道明:《导言》,载《契诃夫戏剧全集:没有父亲的人·林妖》,童道明译,上海:上海文艺出版社,2014年,第2页。
② 转引自:同上。
③ 转引自:索赫里亚科夫:《俄国作家的艺术创新》,莫斯科:教育出版社,1990年,第137页。
④ 同上:第139页。

艺术的整体。契诃夫的小说蕴含很强的戏剧性,而戏剧作品中的对白和独白,若独立出来,就可转变成很符合其潜台词风格的小说人物对话和独白。小说中作者——叙述人对人物和环境的描写简洁而意蕴丰富,假如去掉形容词和比喻,去掉细枝末节,就能直接变成剧本里的旁白,如《哀伤》开头的描写:

> 彼得罗夫……正赶着雪橇把他那生病的老太婆送到地方自治局医院去……道路糟糕得很……刺骨的寒风迎面吹来……雪花在盘旋……看不见旷野……电线杆子……树林……那匹衰老弱小的母马吃力地朝前走着……他的身子不安地在赶车座上颠动,一只手不时用鞭子抽马背。①

所以有人说,契诃夫的许多短篇小说是"现成的"小戏,无须做大的改动就能自然而然地转化为剧本②。契诃夫自己在生前就把多篇小说搬上了舞台,譬如《克尔汉特》—《天鹅之歌》、《众人中的一个》—《一个不由自主的悲剧角色》、《有将军参加的婚礼》—《婚礼》、《无力自卫的人》—《纪念日》、《秋天》—《在大路上》、《审判前夜》—未完成同名剧本等。从小说中汲取营养,对小说进行戏剧加工是契诃夫生前的意愿,既符合他小说创作的内在艺术特性,也符合他戏剧创作追求"生活化""平凡化""无冲突化"的艺术目标。高尔斯华绥对契诃夫短篇小说艺术特点的评论可谓一针见血:"对人的感情的直觉认识给予他的小说一种精神状态,它以戏剧情节的形式出现。"③契诃夫还善于用短篇形式讲述长篇内容。二十世纪五十年代,托马斯·曼受俄罗斯大型文学刊物《新世界》之约,撰文评价契诃夫,其中谈到,契诃夫去世时他就意识

---

① 《契诃夫文集》第4卷,汝龙译,上海:上海译文出版社,1984年,第162页。
② 叶尔米洛夫:《论契诃夫的戏剧创作》,张守慎译,北京:中国戏剧出版社,1985年,第6页。
③ 《高尔斯华绥散文选》,倪庆饩译,天津:百花文艺出版社,2001年,第164页。

到了这位俄国作家的伟大,但只是到了后来才明白,小型的、压缩的形式也可以传达真正史诗般的内容,而且就艺术的紧张程度而言,这种形式远远超越了许多大型的形式①。这里的"紧张程度"就是戏剧性。契诃夫用小形式讲大内容的方法深受戏剧创作的启发,戏剧总是要受到时间(剧本长度)和空间(舞台容量)的制约,在有限的时间和空间内讲出史诗般的内容,是契诃夫戏剧与小说创作的目标之一。正是在这个意义上,我们可以把契诃夫的剧本称为"小说化戏剧",把其短篇小说看成是"现成的"剧本。应该说,小说与戏剧意识的融合,为契诃夫创新戏剧和小说艺术提供了基础。

三、契诃夫戏剧在加拿大法语剧院

2005 年的俄文版《文学遗产:契诃夫与世界文学》第 2 卷②,以克莱顿主编的专论契诃夫接受情况的文集③为重要来源,提供了这位俄国作家在加拿大接受情况的资料。本节主要依据俄文版材料,简要介绍 20 世纪 90 年代前契诃夫戏剧在加拿大法语区的演出情况。

受英国与美国的影响,1926 年多伦多一家英语剧院上演了由 Bertram Forsyth 执导的《樱桃园》,这标志着契诃夫戏剧首次登陆加拿大。20 世纪 50 年代中期,在加拿大广播公司英语和法语电视频道大力推广戏剧文化的背景下,法语区剧院也开始引入契诃夫戏剧。法语电视录播了契诃夫的戏剧《熊》(1952 年 9 月 21

---

① 《文学遗产:契诃夫与世界文学》(第 1 卷),第 136 页。
② 《文学遗产:契诃夫与世界文学》(第 2 卷),莫斯科:科学出版社,2005。本节所引资料均出自该书第 779—813 页,不再另注。
③ Clayton, J. Douglas, ed. *Chekhov Then and Now: The Reception of Chekhov in World Culture*. New York: Peter Lang, 1997.

日)、《天鹅之歌》(1953年1月4日)、《万尼亚舅舅》(1958年12月11日)、《樱桃园》(1961年10月19日),转播了从法国引进的两部话剧,一部是根据短篇小说《人与狗的交谈》《谜一样的性格》《女合唱队员》《马姓》《小职员之死》《伊凡·马特维伊奇》《带小狗的女人》改编的《这是奇怪的动物(Cet animal étrange)》(1967年2月19日),另一部是由剧本《海鸥》《万尼亚舅舅》与小说《带小狗的女人》共同合成的《荣耀的礼拜日(Les Beaux Dimanches)》(1975年11月)。法语剧院公开上演的第一部契诃夫戏剧是《海鸥》,导演是让·加斯孔(Jean Gascon),1955年在蒙特利尔新世界剧院推出。皮埃尔·德·格朗普雷(Pierre de Grandpré)在剧评中指出,与《三姊妹》《樱桃园》相比,《海鸥》对魁北克观众的理解来说难度更大,新世界剧院挑选此剧来开拓契诃夫戏剧这个新领域,表现出了很大的勇气。他还不吝辞色赞美妮娜扮演者狄思·米索(Dean Musso)和特里果林扮演者让·加斯孔的精湛演技。《海鸥》的成功,不但很大程度上推动了新世界剧院的发展(之后在繁荣魁北克艺术文化方面发挥了重要作用),而且也促进了让·加斯孔的导演事业的发展,他因此于1966年受邀在安大略省的斯特拉福戏剧节上执导了英语版的《海鸥》。

20世纪六七十年代,虽然契诃夫戏剧在加拿大法语区没有在英语区那么流行,但仍有19个剧目上演且特色鲜明。制作者喜欢把俄国戏剧本土化。1977年让-德尼斯·勒迪克(Jean-Denis Leduc)使用罗伯特·兰洛德(Robert Lalonde)改编版导演了《三姊妹》,把故事发生地挪到了魁北克小城瓦勒多(Val-d'Or),人物的俄国名字变成了富有本土气息的法语名字,譬如奥尔加—Angelle、玛莎—Giselle、伊里娜—Isabelle,当地《责任报》(Le Devoir)上的剧评认为演出很成功,指出魁北克的生活与契诃夫时代俄罗斯外省生活有相似之处。制作者也十分喜欢根据契诃夫作品情节来新编剧本,排演剧目。法国作家加布里埃尔·阿鲁(Gabriel

Arout)以契诃夫的小说为蓝本改编过两部剧作,除了上面提到的《这是奇怪的动物》外,还有《夏娃的苹果(Des Pommes pour Eve)》,1969年在法国首演。该剧容纳了契诃夫数篇早期小说(《吃苹果》《波琳卡》《阿纽塔》《已经有过了幽会,只是……》等)的情节片断,主题如新编剧作名所示,讲的是女人与男人的关系。1978年《夏娃的苹果》在加拿大同时以法语和英语上演。

二十世纪八十年代,法语区对契诃夫戏剧的兴趣有所增强。1982年至1983年两年间,《万尼亚舅舅》在不同法语剧院上演了不下五个版本,特别是魁北克著名戏剧家米歇尔·特雷姆布莱(Michel Tremblay)的译本大受青睐。特别值得一提的是,1987年推出的新剧《契诃夫—契诃娃》引起了法语区观众的广泛关注,该剧由弗朗索瓦·诺谢尔(François Nocher)根据《契诃夫与妻子奥尔加·克尼佩尔—契诃娃通信集》的内容改编。

上述简介不足以展现契诃夫戏剧在加拿大法语区的演出全貌,但是我们可以从中窥探到把契诃夫作品搬上舞台的两个阶段和两个特色。第一阶段主要采取"忠实的、传统的"的表演方法,也就是以俄罗斯斯坦尼斯拉夫斯基现实主义舞台表演为依据的方法;第二阶段是对契诃夫作品进行舞台诠释,有两个特色,一是俄国戏剧的加拿大本土化,二是在法国的影响下把契诃夫的短篇小说串联起来搬上舞台,这个特色甚至成为了加拿大剧院演出契诃夫戏剧的一大传统,保留节目颇多,对中国观众来说,重要例证是在2004年"永远的契诃夫——中国首届国际话剧季"上,加拿大史密斯·吉尔摩剧院上演了《契诃夫短篇》,该剧以《在列车上》为中心,穿插了《洛希尔的提琴》《卡希坦卡》《套中人》《困》里的一些人物与情节,既是对契诃夫戏剧艺术的礼赞,也是对其小说艺术的独特阐释,既是对20世纪六十年代《这是奇怪的动物》的回应,也是对后现代主义文学思潮的呼应。

四、布赖恩·弗里埃尔对契诃夫戏剧的接受

布赖恩·弗里埃尔是当代英语世界最著名的爱尔兰籍剧作家,2015年10月去世,享年八十六岁。他写了二十四部原创剧本,七部翻译或改编剧本,原创剧作被译成多种文字,在伦敦与纽约获得了不少奖项①,论其创作的专著已达两位数之多②。自1977年翻译《三姊妹》开始,弗里埃尔便与契诃夫结下了不解之缘。本节以这位剧作家为例,通过对其后现代主义作品《后戏》(*Afterplay*)③的分析,简要介绍契诃夫戏剧在当代英语世界的跨文化旅行。

弗里埃尔接受契诃夫的创作,程度之高、形态之多、时间之久,在当代英语剧作界无出其右。他翻译的《三姊妹》于1981年在英国上演,2001年至2002年他改编上演了多幕剧《万尼亚舅舅》与独幕剧《熊》。他师法契诃夫,把后者的创作理念与手法融会贯通于自己的原创剧中,不少作品达到了能与契诃夫剧作媲美甚至青出于蓝而胜于蓝的高度,例如《信仰治疗者》(*Faith Healer*),由三个人物依次所做的四个独白构成,缺少外在情节与动作,人物充满内心冲突,结论扑朔迷离,结局荒诞不经,与契诃夫戏剧多有呼应之处④。更为有趣的是,他还以契诃夫剧作为蓝本,通过想象性

---

① Roche, Anthony. "Introduction." *The Cambridge Companion to Brian Friel*. Ed. Anthony Roche. Cambridge: Cambridge UP, 2006: 3.
② Richards, Shaun. "Modernity, Community, and Place in Brian Friel's Drama by Richard Rankin Russell (Review)." *Modern Drama*, Vol. 58, No. 2, (Summer 2015): 275.
③ Friel, Brian. *Three Plays After: The Yalta Game, The Bear, Afterplay*. New York: Faber & Faber Inc., 2002: 75—114. 下文对该剧作的征引,均出自此版本,只随文标注页码,不再另注。
④ Krause, David. "Friel's Ballybeggard Version of Chekhov." *Modern Drama*, Vol. 42, No. 4, (winter 1999): 634.

"续说",创作新话剧,其中最具代表性的是 2002 年首演的《后戏》,剧中主要人物索妮娅·谢列勃利亚科娃与安德烈·普洛佐罗夫,分别源自契诃夫的《万尼亚舅舅》和《三姊妹》。下面我们从情节、风格、生活双重性的角度简要分析《后戏》,揭示弗里埃尔"无法抗拒的最具契诃夫意味的内在感受"①。

弗里埃尔的《后戏》讲述了"契诃夫人物"二十年后(即1920年代初)在莫斯科一家咖啡馆里邂逅的情形,"后戏"之名即由此而来。故事从索妮娅和安德烈偶遇展开。虽然时间和地点发生了变化,但契诃夫式人物的命运并没有出现转机。安德烈已年近半百,还是那个生长在小城镇、充满困惑、缺少母爱、由专横的父亲和焦躁不安的三姊妹养大的独子形象;步入中年的索妮娅仍在苦苦经营乡间田产,依然无望地深爱着乡村医生阿斯特罗夫。两人在咖啡馆里邂逅,男主角主动向女主角搭讪,从素不相识到一见如故,谈笑风生,只是开始时都颇有顾忌,各自隐瞒了实情,生怕将内心的悲伤流露出来。后来都无法按捺住苦涩的回忆与现实的景况,从编织谎言转而互诉衷肠。最后以索妮娅离开咖啡馆、留下安德烈独自一人结束全剧。

读完剧本,印象最深的是情节无冲突、内在心理很复杂。契诃夫是"静态剧"的开先河者。淡化戏剧冲突并不是没有冲突,而是"将戏剧内在的冲突引向更加深刻的层面,即更具形而上色彩和抒情哲理意味的人与环境、人与时间的冲突"②,换言之,面对生活,在时间和环境面前,人无所作为,除了用谈话交流情感,不解决任何人物的实际问题。"或者也许,这些俄罗斯人物之所以吸引我,是因为他们似乎期待着生活的问题会随着谈话而消失,只要他

---

① Pine, Richard, "Friel's Irish Russia." *The Cambridge Companion to Brian Friel.* Ed. Anthony Roche. Cambridge: Cambridge Up. 2006: 114.
② 董晓:《契诃夫戏剧在 20 世纪的影响》,载《国外文学》2010 年第 2 期,第 40—47 页。

们能谈个不停。"①《后戏》通篇由男女主人公交谈构成,没有实际行动,没有什么作为,不解决任何生活问题,一切都悬而未决,没有出人意料或情理之中的结果,就好像生活停留在原地,唯一发生变化的是观众通过人物的谈话,一步一步地走进了他们的复杂的内心世界。《后戏》的静态性特征还表现在人物对话交流时的隔阂与停顿,因为言语交流的不畅通能够在客观上延缓、迟滞人物的行动,减弱舞台的动态性,同时展示出人物复杂的心理,埋伏蕴含丰富的潜台词。例子很多,仅举一例:

安德烈　我刚进门一眼就认出你了——
索妮娅　（给安德烈拿椅子）坐这儿。
安德烈　——从你背后。
索妮娅　（困惑）什么？（第82页）

索妮娅的困惑在于安德烈急于表达"认出你"的兴奋之情而没有把"我刚进门就从你背后一眼就认出你了"说完整。不难想象,在隐含的第一次偶遇时,索妮娅一定给安德烈留下了难以忘怀的美好印象,这与索妮娅一开始未能认出安德烈形成强烈的反差,他们结识仅仅出于好感,从某种意义上说,这里已经埋下了女主人公始终不能放弃阿斯特罗夫而接受安德烈这一结局的伏笔。

剧中不乏幽默、诙谐的成分。弗里埃尔深谙契诃夫"含泪的笑"的喜剧性创作理念之精髓,在1977年6月2日的日记中写道:

> 八十年来,契诃夫让这么多各不相同的人感到易于接受,是因为其戏剧暗示了悲伤、熟悉的忧郁,尽管他总把自己的戏剧归于"喜剧"这个伪装的/狡猾的名下。因为最终让人获得心灵慰藉的是悲伤和忧郁。悲剧无法安慰我们。悲剧要求完

---

① Murray, Christopher, ed. *Brian Friel: Essays, Diaries, Interviews* 1964—1999. London: Faber and Faber Inc., 1999:179.

结。契诃夫所担心的正是面对完结。①

越有幽默诙谐之处,越能反衬出人物内在的悲凉之感。幽默诙谐的言语与悲痛无奈的心境形成显文本与潜文本两个层面。譬如,索妮娅问安德烈在歌剧院排演时为何腿脚在弦乐区容易变得麻木,短暂停顿后安德烈答道:"因为在每一个管弦乐团里,弦乐区总是些酩酊大醉的酒徒。还有恶毒的流言蜚语。"(第86页)随着情节的发展,观众会发现安德烈荒诞不经的答话里潜藏着的深意:他平日站在街头卖艺时的苦楚,以及儿子银铛入狱和妻子弃家而去给他带来名誉上的伤害。再如,索妮娅多次问安德烈黑面包是否新鲜,后者喜欢给出肯定的回答并加以诙谐的补充"它是黑的,你看"(第83、85页)。黑色可以掩盖黑面包不够新鲜的事实,却掩盖不住男主人公生活的困窘与无奈。

弗里埃尔对契诃夫有继承也有创新,主要表现在生活双重性特征上。有人认为,契诃夫的现实视野既展现生活的本来面目,也暗示生活的应有面目,而这有赖于文本与潜文本、人物的外在生活与内心生活的相互作用,内外两种生活通常存在着巨大差异,内心世界充满个人的信念、目标和希望,外在世界则由人物在公共场合的行为以及与其他人物所建立的关系构成,两个世界的差异通过人物内心愿望的落空呈现出来②。在《万尼亚舅舅》中,阿斯特罗夫"手里拿着一张地图出现"③在谢列勃利亚科夫的夫人叶列娜面前,并向这位在音乐学院读过书的女主人讲解这张庄园所在地区的地图,面对"你对这个一点也不感兴趣"的责备,女主人用毫不

---

① Murray, Christopher, ed. *Brian Friel: Essays, Diaries, Interviews* 1964—1999. London: Faber and Faber Inc., 1999:67.
② Borny, Geoffery. *Interpreting Chekhov*. Canberra: The Australian National University Press, 2006:79—80.
③ 《契诃夫戏剧集》,第213页。

相干的"我在这些事情上,都是多么的无知"①来敷衍。讲解者对当地情况如数家珍,听者对这一切不感兴趣,背后的潜台词就是阿斯特罗夫很喜欢这个庄园,想拖延离开前的时间,以此来凸显人物在现实面前的无奈和悲凉。在塑造人物生活双重性方面弗里埃尔有自己的创新,如果说在《万尼亚舅舅》中生活双重性通过言此及彼的方法得到了实现,那么在《后戏》中是通过谎言和真相的对比来实现的。男女主人公内心世界中的信念、目标和希望主要通过谎言展现出来,而外部世界则通过彼此坦言相告而为观众所了解,两个世界的差异加深了人物内心的悲凉与无奈。忧郁的现实和理想的憧憬,对剧中人物来说是一对无法调和的矛盾,人只有坚忍,才能让生活继续下去。

契诃夫戏剧的静态性、独到的喜剧性、人物生活的双重性,在颇有后现代主义色彩的《后戏》中得到了忠实的继承,且又有所发展。弗里埃尔戏剧在当代英语世界的成功,从一个侧面折射出契诃夫戏剧的"永恒"魅力。

五、近十年契诃夫戏剧在中国的接受情况

2004 年至 2015 年对于契诃夫研究者来说是极有意义的十年:2004 年契诃夫逝世一百周年,2010 年契诃夫诞辰一百五十周年,2014 年契诃夫逝世一百一十周年。2004 年被联合国教科文组织命名为"契诃夫年",在中国,《读书》主办了"永远的契诃夫"座谈会,国家话剧院举办了名为"永远的契诃夫"首届国际戏剧季。2010 年在北京举行了由中国外国文学学会、俄罗斯文学研究会、中国社会科学院外文所和《世界文学》编辑部联合主办的"契诃夫与我们"纪念契诃夫诞辰一百五十周年学术研讨会,南京大学主

---

① 《契诃夫戏剧集》,第 215 页。

办了以"契诃夫与中国"为题的国际学术研讨会,中央戏剧学院与俄罗斯驻华大使馆及契诃夫基金会联合举办了"契诃夫在中国"纪念契诃夫诞辰一百五十周年大型活动。2014年契诃夫作品在京城频频上演,从台湾赖声川导演版《海鸥》,到中央戏剧学院教师版《樱桃园》,再到"美国运动集市剧团"肢体剧版《三站台》(改编自《三姊妹》),让观众从更广阔的视野领略了契诃夫的风采。2015年在契诃夫诞辰一百五十五周年之际,北京人民艺术剧院和中国国家话剧院分别排演了契诃夫名剧《万尼亚舅舅》(李六乙导演,濮存昕主演)和原创话剧《爱恋·契诃夫》(童道明编剧,杨申导演)。

从演艺界到文学翻译和研究界,对契诃夫戏剧关注程度一直很高。仅从知网和万方收集到的2004年至2015年数据看,与"契诃夫戏剧"相关的学术论文二百五十六篇①(不含报纸文章十六篇,会议、活动、新书发布等信息六篇),博士论文一篇,硕士论文四十六篇②,专论契诃夫戏剧的专著三部③,对契诃夫戏剧作品的译介多达十余种,2004年童道明先生编选的四卷插图本"百年契诃夫系列"影响很大,十年后修订、增补再版,以"纪念契诃夫逝世一百一十周年丛书"的形式面世,特别值得指出的是,2014年《契诃夫戏剧全集》总四卷出版,收录了契诃夫一生创作的十七个剧本,分别由焦菊隐、童道明、李健吾三位名家所译,这是国内首次

---

① 这是通过搜索"契诃夫"并分别含"戏剧""独幕剧""多幕剧""《樱桃园》""《海鸥》""《三姊(姐妹)妹》""《万尼亚舅舅》""《伊凡诺夫》""《普拉东诺夫》""《没有父亲的人》""《林妖》"等关键词,经比对筛选,找到的与"契诃夫戏剧"相关度较高的论文数据。
② 没有包含有关契诃夫小说与戏剧创作的总体研究的学位论文,文献来源主要有知网和万方网站,还有国家图书馆及北京大学图书馆馆藏信息。
③ 陈晖:《契诃夫戏剧创作研究》,北京:中国社会科学出版社,2013;童道明:《论契诃夫——纪念契诃夫逝世一百一十周年》,北京:线装书局,2014;杨莉,盛海涛,蔡淑华:《俄汉文学翻译中的文化认同研究:基于对契诃夫戏剧文本的多元分析》,长春:吉林人民出版社,2015。

"全集"形式呈现契诃夫剧作。

近十一年来有关契诃夫戏剧的论文大致可分为以下几类:1)对契诃夫戏剧整体创作特色的研究(59篇);2)对契诃夫具体戏剧作品的解读(81篇);3)对契诃夫戏剧创作的比较文学研究(70篇);4)对契诃夫戏剧舞台演出实践的评论(43篇)。就整体创作特色而言,内容相当丰富,有对体裁、结构、时空的分析,有对静态性、喜剧性、现代性、象征性的阐释,有对哲学、美学思想的研究,有对人物形象的解读等等,不一而足。新锐学者不断涌现,在契诃夫戏剧领地取得了令人瞩目的成果,如董晓、彭涛、陈晖等。以董晓为例加以说明。董晓是南京大学中文系教授,发表了论契诃夫戏剧的系列论文,探讨契诃夫戏剧的静态性、荒诞性、喜剧性,认为其"静态性呈现为人物行动的阻滞、对话交流的隔阂、言语的停顿,以及环境背景的抒情氛围的烘托等方面"①,介绍契诃夫戏剧体裁的悲、喜剧之争,提出契诃夫喜剧精神体现在"忧郁与幽默的融合"②之中,《契诃夫戏剧在二十世纪的影响》③则从静态性、荒诞性和喜剧精神三个方面探讨了契诃夫对俄罗斯、欧美和中国戏剧的影响。解读具体剧本历来是契诃夫学的重要方向,而重点对象仍是为数不多的代表作,特别是解读《樱桃园》的各类论文有四十三篇,占这类论文的一半多,《海鸥》其次,共有二十一篇,接着是《三姊妹》——八篇、《伊凡诺夫》《万尼亚舅舅》——各三篇、《普拉东诺夫》《熊》《天鹅之歌》——各一篇。有三十一篇论文分析了契诃夫对中国现当代戏剧的影响,受影响的既有老一代作家,如曹禺、老舍、夏衍、骆宾基,也有当代编剧和导演,如沈虹光、林兆华、

---

① 董晓:《论契诃夫戏剧的静态性》,载《外国文学研究》,2011年第5期,第57页。
② 董晓:《契诃夫:忧郁的戏剧家》,载《戏剧艺术》,2013年第2期,第24页。
③ 董晓:《契诃夫戏剧在二十世纪的影响》,载《国外文学》,2010年第2期,第40—47页。

赖声川等。需要专门提及的是陈建华先生主编的四卷本《中国俄苏文学研究史论》(2007)，对中国的契诃夫接受史做了考察，也按年代涉及了戏剧美学部分①。有九篇论文介绍契诃夫对二十世纪苏联戏剧风格和斯坦尼斯拉夫体系之形成的影响，论及万比洛夫、彼特鲁舍夫斯卡娅、科利亚达等当代作家创作中的契诃夫风格元素。十二篇论文介绍契诃夫对荒诞派戏剧以及奥尼尔、田纳西·威廉斯、戴维·威廉森、温迪·华瑟斯廷等欧美剧作家的影响。另有14篇论文是对契诃夫与中国及欧美戏剧家的作品和剧中人物形象的比较分析。剧评是接受契诃夫作品的又一重要方式，如《永远的契诃夫——"永远的契诃夫"戏剧节观剧札记》《我们离金字塔尖还有多远？》以以色列卡美尔剧院的《安魂曲》、加拿大"史密斯—吉尔·莫尔"剧团的《契诃夫短篇》与中国版契诃夫戏剧为比照对象，从戏剧改编、舞美和演出效果等诸多方面阐明国外几个版本揭示了"契诃夫"世界的丰富意味，尤其是《安魂曲》代表了"戏剧诗的高度"，使其他剧目"黯然失色"。与剧评有一定联系的是有关舞台阐释的论文，譬如导演眼中的契诃夫戏剧②及其在国外现代和后现代舞台上的排演历程③。

　　新千年中国契诃夫戏剧研究，形式更为多样，主题更加丰富，既有整体的观照，也有侧面的分析，最重要的亮点在于，随着我国戏剧舞台不断上演契诃夫剧目，对契诃夫剧本与舞台演出关系的

---

① 陈建华主编：《中国俄苏文学研究史论》（第3卷），重庆：重庆出版社，2007，第31章"中国的契诃夫研究"，第185—213页。

② 如：丁如如：《契诃夫戏剧与导演教学——契诃夫戏剧认识点滴》，载《戏剧（中央戏剧学院学报）》，2005年第3期，第84—89页；王晓鹰：《"普拉东诺夫"是个现代人》，载《艺术评论》，2010年第11期，第40—43页。

③ 如：彭涛：《现代舞台上的契诃夫演剧》，载《戏剧（中央戏剧学院学报）》，2014年第1期，第27—39页；唐可欣：《作为符号的"契诃夫"及其在当代俄罗斯剧院中的表现形式》，载《戏剧（中央戏剧学院学报）》，2015年第4期，第16—25页。

研究与评论开始增多。当然,不足也很明显,譬如具体作品阐释基本仍集中在传统的几部多幕剧上,对独幕剧关注甚少,对契诃夫全部戏剧作品的整体阐释力度不够。另外,对契诃夫戏剧语言特色的研究一直很欠缺,据统计,在二百五十六篇论文中仅有六篇论及语言问题,且五篇集中在《樱桃园》的语言上。

契诃夫戏剧是个"永远的"话题,不同时代、国家的人都能从其剧作中找到共鸣,这是契诃夫戏剧能够在跨文化中不断"旅行"的重要原因。

作为剧作家的彼得鲁舍夫斯卡娅及其独幕剧的时空结构

张凌燕

出生于 1938 年的彼得鲁舍夫斯卡娅(Петрушевская Л. С.)是俄罗斯文坛的一棵常青树,作为俄罗斯女性作家的重要代表,她的不少小说被译成中文,为中国读者所了解,也为中国研究者所关注。相比之下,我国学者对作为剧作家的彼得鲁舍夫斯卡娅研究甚少。实际上,她的戏剧作品在现当代俄罗斯戏剧史上很有分量,值得我们去了解和探究。

彼得鲁舍夫斯卡娅是苏联后期"新浪潮"戏剧的杰出代表,深受万比洛夫的影响,是所谓的"后万比洛夫"戏剧的领军人物。她的剧作主要描写处在社会边缘的小人物和最普通的日常生活,关注社会道德问题,洞察人物内心活动和心理危机。继万比洛夫之后,她接续并发扬了中断多年的契诃夫"社会心理剧""荒诞剧"的传统,其创作被誉为是"契诃夫戏剧在当代最温柔的回应"[1]。

独幕剧是彼得鲁舍夫斯卡娅颇为钟爱的戏剧样式,在其整个

---

[1] 董晓:《舞台的诗化与冲突的淡化——试论苏联戏剧中的契诃夫风格》,载《俄罗斯文艺》,2008 年第 2 期,第 51 页。

戏剧创作中占比很重,且有成熟的创作技巧,特别是从设定和处理时空方面,可以窥探到她戏剧创作的独到技艺和价值之一斑。这里没有曲折的情节和激烈的矛盾冲突,没有大量的人物动作,而是将时间巧妙地空间化,叙述本身可以成为事件,舞台线性时间的发展轨迹被打破,取而代之的是由人物对话、心理独白所营造出的场外时空及其所展现出的广阔世界。时空在这位剧作家笔下像一泓被微风吹皱的湖水,表面波澜不惊,实则波光粼粼,到处闪烁着亮点。从独幕剧的时空架构可以看出彼得鲁舍夫斯卡娅善于使小舞台获得大表现力的创作才情。

一、彼得鲁舍夫斯卡娅戏剧创作风格概说

彼得鲁舍夫斯卡娅的戏剧创作始于二十世纪七八十年代,当时苏联处于戈尔巴乔夫改革前夕,社会笼罩着停滞沉闷的气氛,文学界写阴暗面和"小人物"的创作受到压制,在"最发达的社会主义"的光环掩盖下,生活物资依旧匮乏,普通大众所面对的更多是如何生存的问题,人与生活环境的矛盾十分突出。彼得鲁舍夫斯卡娅对"非主流"阴暗面的描绘,远离社会主义现实主义主潮,其作品曾一度遭到严厉批判和禁演,原因在于戏剧中反映的"阴暗的日常生活冲突与'发达社会主义'的华丽背景极不协调"[1],评论界指责她残忍、无情地"直面"生活,毫不怜悯自己的主人公,也看不到作者的立场。另一方面,彼得鲁舍夫斯卡娅的戏剧一经上演就受到观众的喜爱,获得了很高的知名度,当时有评论指出,"如果把最近十年首都剧院舞台上演的现代作家剧目的海报集合

---

[1] Лейдерман Н. Л.,Липовецкий М. Н. Современная русская литература: 1950—1990-е годы:В 2 т. - Т. 2:1968 - 1990. - М.:Издательский центр «Академия»,2003. С. 611.

排列在一起,那么最受欢迎的剧作家就是彼得鲁舍夫斯卡娅"①。官方评论和大众接受之间的差异,说明这位剧作家有着远离主流意识形态、亲近百姓生活的创作个性。

彼得鲁舍夫斯卡娅的戏剧沿袭了她小说的创作风格:善于描绘日常生活的沉重、无奈和不堪。作为一名女性作家,她更关注家庭问题和女性命运。在她的笔下,家庭关系扭曲,亲情冷漠,男性责任缺失,女性大多命运悲惨,物质和精神生活极度贫乏。剧中主人公们往往职业模糊,姓名也是极为简单普通,甚至只用一个字母代替,这些灰色、无趣的小人物仿佛是平庸生活中的任意一员,挣扎在生存的边缘。就像契诃夫笔下的大自然成为戏剧冲突的参与者一样,彼得鲁舍夫斯卡娅戏剧中的日常生活也不再是背景,"而成了主人公,在与生活的冲突中,人们每天都在为生存而斗争"②。彼得鲁舍夫斯卡娅也是继高尔基之后又一位长期描绘社会"底层"的艺术家③,在她的笔下苏联社会中正常的贫穷状况被渲染到完全没有出路的可怕程度④。

二十世纪七八十年代的苏联,二战的创伤仍未完全愈合,斯大林神话破灭,官僚体制腐败,拜物主义盛行,人们失去了稳固的价值体系和信念目标,对社会生活赖以存在的意识形态感到怀疑。"彼得鲁舍夫斯卡娅所展示的灰色生活,正是苏联主流价值体系

---

① Демин Г. Пророческий лейбл, или Исчезновение Петрушевской. Современная драматургия. 1994. №1. C.176.
② Громова М. И. Русская современная драматургия. - 2-е изд. - М.: Флинта:Наука,2002. C.105.
③ Давыдова Т. Т. Модифицированный реализм Л. Петрушевской. Вопросы филологии. 2004. №2. C.115.
④ Славникова О. Петрушевская и пустота. Вопросы литературы. 2000. №2. C.55.

不断遭到人们自行消解的结果"①。作家"天生对丑陋的现实有着敏锐的直觉,具有直接在平静如水的生活中发现畸形和荒谬、古怪和极其可笑的事物的能力"②。她在波澜不惊的日常生活中挖掘戏剧性,借鉴了契诃夫创作中的荒诞手法,刻画日常生活中的荒谬与不合理,展现人与人之间的畸形关系。

剧作家采用自然主义风格,用现场录音的方式记录原始的语言材料,酷爱运用现代城市俚语,"借助于生活言语中的非标准语来准确描绘社会现实"③。许多人物说话带有口音,重音不准(作者专门标注出人物发音的不准或重音的错误),经常可见到语法和修辞错误,甚至思维混乱,口齿不清,语言表达杂乱而无意义。有俄罗斯学者认为,彼特鲁舍夫斯卡娅所创造的戏剧语言,其怪诞和新意在于细腻的现实主义心理描写与荒诞诗学的结合④。事实的确如此,剧作家喜欢借助于人物精神分裂的呓语、醉话、幻想中被打乱的时空、荒诞滑稽的行为等手法来打破常规世界的界限,表现失谐世界里人类存在的荒诞性和悲剧性。

在彼得鲁舍夫斯卡娅的许多剧作,命名也带有荒诞的色彩,往往是"徒有虚名",冠以浪漫美丽的名字,讲述的却是平凡、空虚甚至庸俗的生活。例如,《爱情》(《Любовь》)描绘新婚之日,本应是甜蜜的爱意倾诉,实则是丈夫对妻子坦承"我不爱你",爱情正是这个戏剧中最缺乏的东西;《三个蓝衣姑娘》(《Три девушки в

---

① 董晓:《试论柳德米拉·彼特鲁舍夫斯卡娅戏剧中的契诃夫风格》,载《国外文学》,2013年第4期,第150页。

② 转引自 Громова М. И. Русская современная драматургия. – 2-е изд. – М. :Флинта:Наука,2002. С. 100.

③ Давыдова Т. Т. Модифицированный реализм Л. Петрушевской. Вопросы филологии. 2004. №2. С.115.

④ Лейдерман Н. Л. ,Липовецкий М. Н. Современная русская литература:1950—1990-е годы:В 2 т. – Т. 2:1968—1990. – М. :Издательский центр «Академия»,2003. С. 611.

голубом》)看似充满浪漫想象,像契诃夫笔下的三姊妹那样优雅美丽,实际上却是三个远房亲戚的姑娘,为了争夺乡下漏雨的半间房屋,相互指责,谈话中随处流露出生活的窘迫;《音乐课》(《Уроки музыки》)、《行板》(《Анданте》)看上去似乎能给人带来高雅的精神享受,可描写的现实却是堕落、背叛与冷酷,与优美的音乐毫不相干;《约会》(《Свидание》)则是母亲与杀人犯儿子会面的场景。有些剧名和内容几乎没有太多的直接联系,譬如《我为瑞典队加油》(《Я болею за Швецию》)讲述的并不是球赛的故事,《板凳奖品》(《Скамейка-премия》)的名字更是让人匪夷所思,仅在戏剧结尾由主人公随口说出,而故事讲的是两人在共同创作剧本时发生的事情,剧名与整个情节似乎完全无关。作品命名是个技术活,彼得鲁舍夫斯卡娅深得题名诗学之精髓,用优雅的名称来吸引受众,却用背离的内容来打破他们的期待,对读者和观众产生心灵冲击,有意让读者与作品拉开距离,让读者以外位的视角更清醒地审视其中的人物和生活。同样是对小人物与平常生活的描写,在彼得鲁舍夫斯卡娅笔下已失去了契诃夫作品中的优雅与诗意,取而代之的是被放大了的冰冷的现实和无望的生活,主人公们更加麻木冷漠,不再有理想,也缺失美好的未来。

彼得鲁舍夫斯卡娅的多幕剧数量不多,多为早期作品,如《音乐课》(1973)、《三个蓝衣姑娘》(1980)、《待客之道》(《Сырая нога, или встреча друзей》1973—1978)、《莫斯科合唱》(《Московский хор》1984),奠定了她剧作家的地位。独幕剧的创作数量则较多,从20世纪七八十年代至90年代中期,发表了20多个独幕剧,出版了多部戏剧集,新千年以来仍笔耕不辍,陆续有作品发表。

情节冲突是戏剧的主要特征,独幕剧短小精悍,往往要求遵循浓缩原则,将生活中最精彩的片段、最激化的矛盾展现出来,快速推向高潮。因此,独幕剧通常被认为是一种突变的艺术。然而,彼得鲁舍夫斯卡娅的独幕剧继承了契诃夫的社会心理剧特征,淡化情节,场景单一,戏剧的外部冲突减弱,人物缺少形体动作,用对话取代情节发展,依靠对话和大段的独白来突出主人公的心理活动,深入人物的内心世界,表现出人与人之间严重的疏离感和孤独感。美国戏剧家乔治·贝克指出,戏剧动作既包括形体动作,也包括心理动作,它们都是用来表露内心的状态,为了激起观众的同情或反感,显著的内心活动可以同单纯的外部动作一样具有戏剧性[1]。这也正是心理剧所体现的"对人的观察与表现从'外'转向'内',戏剧动作也随之'内向化'了——着重揭示人的'灵魂',把人的丰富复杂的内心世界展现在戏剧舞台上"[2]。彼得鲁舍夫斯卡娅的独幕剧,很好地把握了人物"内""外"动作的平衡,对社会心理剧有一定的创新。

二、独幕剧的时空结构

彼得鲁舍夫斯卡娅将艰辛无望的生活压缩在短短的一幕之中,用生活的一段横截面来反映当时整个的社会现实。如何在浓缩的时空中以小见大,以小舞台来展现大世界,是需要重点探讨的问题。本文主要以《科洛姆宾娜的房子》(《Квартира Коломбины》)和《奶奶布柳兹》(《Бабуля-блюз》)两个独幕剧系列[3]为例,来分析彼得鲁舍夫斯卡娅独幕剧的时空结构特点。

---

[1] 乔治·贝克:《戏剧技巧》,余上沅译,北京:中国戏剧出版社,2004年,第34页。

[2] 董健,马俊山:《戏剧艺术十五讲》,北京:北京大学出版社,2004年,第58页。

[3] 本文所引该系列独幕剧出自于版本:Петрушевская Л. Три девушки в голубом:Сб. пьес. – М.:Искусство,1989。其中《科洛姆宾娜的房子》系列独幕剧包括:《楼梯间》《爱情》《行板》《科洛姆宾娜的房子》,《奶奶布柳兹》系列独幕剧包括:《起来,安丘特卡!》《我为瑞典队加油》《一杯水》《板凳奖品》《房子与树木》。

独幕剧大多是两三人一台戏,多则不过五六人,时间往往一个小时左右,基本遵循"三一律"原则,"行动存在于一个绝对时间和绝对空间之中,有着不可逆的顺序性,是一个确定的现在时态;空间固定、单一,具体化为一个确定的场景"①。但是,"要在极其有限的时空内展开冲突、塑造人物、揭示主题,做到既巧妙又自然,既严针密线又游刃有余,功力集中体现在结构上"②。因此,"即便行动与时间、空间绝对一致,也并非绝对铁板一块,空间本身是不运动的,却能借助流动的时间得到间隔"③。由此可见,独幕剧结构上的精妙主要体现在对戏剧时间和空间的处理上。

在欧洲文论和美学界很早就讨论戏剧的时间和空间,但将时间和空间作为一个有机整体看待的则是巴赫金,他借鉴爱因斯坦的相对论思想,用独创的时空体(хронотоп)范畴开辟了研究长篇小说体裁的崭新方法。"文学中已经艺术地把握了时间关系和空间关系相互的重要联系","这个术语表示着空间和时间的不可分割(时间是空间的第四维)"④。与小说相比,戏剧更明显地表现为空间三维加上时间一维的四维时空艺术。戏剧空间的结构可以划分成三个层次:一是剧场空间,即戏剧演出所需的场地;二是内在戏剧空间,这是演员在演出中借助道具、布景、灯光、音响等因素为观众展现出的剧内空间;三是外在戏剧空间,即剧作中所涉及的舞台上未展示、观众看不到的一些地方,实际上这个外在空间是内在戏剧空间的重要延伸。同样,戏剧的时间结构也分为三个层次:一是剧场时间,即演出实际所需要的时间;二是内在戏剧时间,指的是整个戏剧情节从开始到结束所经历的时间,具有连续性;三是外在戏剧时间,它是台词中所提到的背景或远景牵涉的时间,或是

---

① 孙祖平:《独幕剧的时间和空间》,载《戏剧艺术》,1988年第4期,第118页。
② 周端木,孙祖平:《论独幕剧》,载《戏剧艺术》,1982年第3期,第105页。
③ 孙祖平:《独幕剧的时间和空间》,载《戏剧艺术》,1988年第4期,第118页。
④ 巴赫金:《巴赫金全集》,第3卷,石家庄:河北教育出版社,1998年,第274页。

片段,但一般都是孤立的时间①。戏剧的多维时空基本建立在上述这三个相互对应的时空层次上。

巴赫金指出,时空体是形式兼内容的文学范畴,"时间在这里浓缩、凝聚,变成艺术上可见的东西;空间则趋向紧张,被卷入时间、情节、历史的运动之中。时间的标志要展现在空间里,而空间则要通过时间来理解和衡量。这种不同系列的交叉和不同标志的融合,这是艺术时空体的特征所在。"②他认为,时空体可为展现和描绘事件提供重要基础③。在彼得鲁舍夫斯卡娅独幕剧的时空体中,房子是整个情节事件的载体,生活中的矛盾主要围绕房子展开的。评论家指出,彼得鲁舍夫斯卡娅揭示了苏联社会所特有的边缘状态,即为房子的得失而斗争,这一点同特里丰诺夫的创作主题颇为相似④。在她的独幕剧中,主人公可以分有房和无房两类⑤,他们的活动空间围绕在房子的周围,人人都在为争取一点可怜的生存空间做斗争,"为了那头顶片瓦,为了那方寸之地",甚至"为了那院子里的茅厕",所有人际关系由此而变得扭曲变形⑥。在她的独幕剧中最常见的有这样一句话:"我无处可去!",体现出剧中人物无家可归的绝望心情和不可抑制的孤独感:

托利亚:去哪儿?我能去哪儿?

---

① 胡润森:《戏剧时空论》,载《戏剧》,1999年第4期,第5页。
② 巴赫金:《巴赫金全集》,第3卷,石家庄:河北教育出版社,1998年,第274—275页。
③ 同上,第452页。
④ Давыдова Т. Т. Сумерки реализма (о прозе Петрушевской). Русская словесность. 2002. №7. С. 33.
⑤ Никулина Е. В. Драматический цикл одноактных пьес Л. Петрушевской « Квартира Коломбины » как художественное целое. Вестник Томского государственного университета. Выпуск № 328 / 2009. С.27.
⑥ Лейдерман Н. Л., Липовецкий М. Н. Современная русская литература:1950—1990-е годы:В 2 т. - Т. 2:1968—1990. - М.:Издательский центр « Академия »,2003. С.612—613.

斯维塔：你是知道去哪儿的。[……]到你自己的妈妈那儿去。

托利亚：可她住在我姐姐家。那里能去吗？无处可去。

斯维塔：那就回你的老家斯维尔德洛夫斯克。

托利亚：我已经从那儿注销户籍了。[……]老家妈妈的房子也卖了。我无处可去！

(《爱情》，第 219 页)①

布里吉：而您，姑娘，我们要请您离开。不得不这样做。

阿乌：可去哪儿呢，我暂时无处可去。

(《行板》，第 237 页)

М.：所以拿起箱子快滚吧，滚吧。

А.：我无处可去。

М.：多新鲜的事儿！无处可去！？

А.：我哪儿都不去。

(《一杯水》，第 283 页)

薇拉·康斯坦丁诺夫娜：我无处可去。我快要死了，我在这儿也不会给他们留下什么。[……]我甚至去火车站过夜……在那里警察这样把我叫起来：奶奶，[这里]不准睡觉！可我确实无处安身哪！

(《房子与树木》，第 303、306 页)

---

① Петрушевская Л. Три девушки в голубом: Сб. пьес. – М.: Искусство, 1989. 本文所引作品原文均出自该版本，以下引用时只随文标明篇名与页码，不再另注。

老太太:我一个星期都在火车站过夜。[……]我身边没有亲人。我离家出走了。

(《我为瑞典队加油》,第272—273页)

房子是家的象征,代表温暖和生活的意义,家园丧失,人们失去物质基础的依存,心理必然会变得空虚绝望。即使是拥有一片存身之地,但逼仄的空间对人的挤压,也使人与人的正常关系被扭曲,在争夺生存空间的斗争中,即使最亲近的人之间也会变得自私无情:丈母娘不让新婚的女婿住进家里(《爱情》),老太太被儿媳赶出家门(《我为瑞典队加油》),哥哥为了独霸房子将妹妹送进精神病院(《一杯水》)(《Стакан воды》),父亲不允许儿子和他的朋友住进自己的房子,母亲在女儿婚后被迫离家(《房子与树木》)(《Дом и дерево》),诸如此类,这种看似人与人之间的冷漠和冲突,实际上是人与外部环境、与现实世界冲突的强烈反映,人们失去了自己在世界上的位置,自然也就失去了庇护亲人的能力。

由此可见,房子在彼得鲁舍夫斯卡娅的独幕剧中占据着重要的时空意义。情节围绕着房子被压缩到极为有限的时空中,有的发生在拥挤的房间里(《爱情》《行板》《科洛姆宾娜的房子》《板凳奖品》《我为瑞典队加油》),可以称之为"房间时空体";有的发生在楼梯间或家门口(《楼梯间》(《Лестничная клетка》)、《一杯水》、《起来,安丘特卡!》(《Вставай, Анчутка!》),《房子与树木》),则可称之为"门坎时空体"。

三、房间时空体

巴赫金指出,"时空体承担着基本的组织情节的作用","情节纠葛形成于时空体中,也解决于时空体中"[①]。时空将人物和事件

[①] 巴赫金:《巴赫金全集》第三卷,石家庄:河北教育出版社,1998年,第451页。

糅合在一起,推动情节的发展。房间内部是人的私生活领域,展现的是最普通的生活起居和家人亲友组成的小圈子的人际关系。彼得鲁舍夫斯卡娅独幕剧的房间时空体反映出内部拥挤的空间所造成的人际关系的疏离,以及对家的渴望。由于内部空间的局促,限制着主人公的行动,剧中人物大多只是坐在桌旁、椅子上、沙发上,不可能有太多的动作,势必要借助对话和独白展开回忆与想象,去营造和扩大外在戏剧时空来丰富情节的表现。

在独幕剧《爱情》中,舞台场景是摆满家具的房间,拥挤到无处转身,主人公的一切行为都围着一个大桌子进行。从一开场两个主人公的对话中得知,新婚夫妇刚登记结婚,宴请之后才入家门,观众期待的本是新婚的喜悦与甜蜜,但出乎意料,展开的却是二人斗嘴争吵的场景。两人的对话始终围绕着桌子进行,当新郎托利亚试图去靠近新娘斯维塔时,后者却总是以桌子作抵挡,绕到另一边。大圆桌原本是家庭和谐幸福的象征,在这里却成二人了近在咫尺却远在天涯的隔阂。更为荒诞的是,随着剧情的发展观众发现,这竟然是新婚夫妇第一次真正面对面的谈话,是彼此第一次坦诚相见,相互了解。谈话的内容也不是甜言蜜语、互诉衷肠,而是关于"爱与不爱"的争论,新郎一再宣称"我不爱你,你只是最适合结婚的对象""我从来都没有爱过任何人,我失去了爱的能力",新娘则认定他爱过那些所有成为他结婚候选的姑娘,却唯独没爱过自己——这个唯一最终成为他妻子的人。

新婚之夜房间里充斥着争吵,戏剧冲突仿佛已发展到顶峰,分手是自然而然的结局。可是,看似激烈的冲突只表现在言语上,男女主人公并未采取任何行动。"对往事的回顾和对现在的介绍总是叙述性的,即使内容本身充满了冲突,由于不曾在舞台上展现过,还不能构成真正的戏剧动作,场面是平静的、凝固的。这时,就需要导入一种破坏性的因素,打破平衡,通过现在某一个人的一个行为,迅速造成人物间的对立,造成一种冲突的情境。"①的确如此,剧中看似无可挽回的事态因斯维塔母亲的出现发生了突转,结局出乎意料:斯维塔并没有与托利亚分手,而是同他一起离开了自己的家,义无反顾地来到街头,哪怕是在即将下雨的寒冷之夜,无家可归,四处游荡。

与封闭的场内时空相比,《爱情》中通过对话打开了一幅广阔的场外时空,展现出主人公各自的生活经历。封闭和开放的两个时空之间形成一种张力,也隐含着男女主人公人生观和世界观的对立冲突。在这个场外时空里,斯维塔的生活空间封闭稳定,学习、生活、工作都在莫斯科,有住房,时间也仿佛没有流逝,始终和母亲生活在一起。单一的时空环境造就了女主人公单纯的性格,她幻想爱情,因此轻易接受了多年未曾谋面的同学托利亚的求婚,又义无反顾地同不爱自己的人离家出走。而托利亚的生活时空却是几经变迁,广阔的生活场景历历在目:从海滨(曾为潜水兵)到内陆(哈萨克斯坦),从国家的中心(莫斯科)到边远地区(斯维尔德洛夫斯克),服役——工作——上学——再工作——辞职,卖掉家乡的房子孤身来到莫斯科,寻找多年来一直观察挑选的最适合结婚的对象,然后求婚,登记结婚,这一切或许只是为了获得莫斯科户口。托利亚的生活经历随着时间的推移被分割成多个空间,在这个场外时空里充满了观众看不见的众多人物,他们实际上共同参与了情节,成为戏剧的建构者,打破了场内空间的局限性,使独幕剧也具有了更广阔宏大的场面。这些人物的命运片段组成了一个巨大的社会场景,在这里亲人间的不和与纷争要多于爱和幸福。托利亚辗转在这动荡开放的时空中,缺乏固定的生活空间造成了他的孤独感和不安全感,因此多年来他不断地在挑选适合结婚的候选人,寻找一个安稳舒适的家。

---

① 周端木,孙祖平:《论独幕剧》,载《戏剧艺术》,1982年第3期,第106页。

斯维塔安逸的空间正是托利亚对家的渴求和需要,尽管这个空间狭小封闭,但总归是一片栖身的庇护所。斯维塔同样渴望幸福与被爱,托利亚的介入,打破了她尘封已久的空间,也使她最终有勇气下定决心,面对母亲对这个外来闯入者——自己的新婚丈夫的羞辱,毅然决定走出温暖的家门,与托利亚一起投入到黑暗寒冷的外部世界。斯维塔如此选择,也许是因为在争吵中,托利亚不时流露出对她磨伤的脚的关心,也许是托利亚为结婚而刻意所做的准备——第一次亲手洗净、熨平新买的床单,也许是因为争吵和回忆本身就是心灵的碰撞和自我反思,使两个年轻人更深入地了解了对方。在二人似断似续的对话中,包含着丰富的潜台词,让观众去揣摩语言背后所发生的种种故事。

房间时空体所体现的场内时间与舞台演出时间往往是重合一致的,短短几十分钟的推进处于现在时态,情节也是线性向前发展。但是,场外时间则可以跨越几年,甚至几十年,叙述则以过去或将来时态进行。在独幕剧《我为瑞典队加油》中,老太太和自己的外孙十二年没有见面,老人一直遗憾没有尽到抚养孙子的责任,在她与孙子短暂的见面中,通过老人絮絮叨叨的诉说,将有限的几十分钟时间无限拉长,把十二年老人的艰辛苦难呈现出来:她的女儿——外孙的母亲,因丈夫外遇而自杀身亡,老人想亲手抚养外孙,但是遭到孩子父亲的反对,如今那个女人变成了孩子的继母。在这十二年中,老人将微薄的退休金积攒起来,幻想留给孙子一大笔钱,可到头来只攒下十卢布和一包饼干。老人被儿媳逼得离家出走,退休金被儿子全部拿走,随身的财产只剩下一个小包。为了能和外孙见上一面,老人乘火车来到这里,在车站露宿了一个星期。但是,十二年时间无疑造成了老人和孙子之间严重的隔阂,孙子对老人的诉说反应冷漠,并反复强调自己不喜欢饼干,语言的交流不仅没有增加相互的情感,反而使二人更加疏离,交谈一度无法进行。

孙子对"日古立"轿车的渴望无意中使老人摆脱了现实的困境,在共同搭建的幻想时空里两人建起了一个舒适和谐的家园:

老太太:[……]我这十卢布是给你的,我没舍得花。我攒啊攒,攒下这些都是为了你。吉玛:攒钱是为了(给我)买"日古立"吗?

老太太:这得多少钱?

吉玛:一万五千。

老太太:攒下了。

[……]

吉玛:[……]我们买"日古立",将开车去商店,想去哪儿去哪儿。妙极了!

老太太:我们买,买下它,可以开到任何地方去。开到乡下去挖土豆。

吉玛:开去电影院,随便去哪儿都行。

老太太:我们在乡下买个小房子。

吉姆:要带车库的。

老太太:应当打听一下,买房子要多少钱?

吉玛:那我们问问。你以前是干啥的?

老太太:在工地,是油漆工。

吉玛:那我们就自己刷房子。

老太太:我们贴壁纸,刷房子。把地板打光,再养只猫。

吉玛:也养只狗。

老太太:那就在院子里养狗,屋子里养猫。

吉玛:再孵些小鸡。[……]

老太太:挂上大窗帘,买个电视机。

吉玛:……也给小萨沙买个自行车。

(《我为瑞典队加油》,第 270—271 页)

对话营造出的虚拟时空使老人和孙子的愿望得以实现,隔阂与不和谐也不复存在。美好的幻想仿佛是残酷现实世界里的一束光亮,减弱了场内空间的压抑,舒缓了人物的心理空间,使人不至于因为生活的重压而窒息。在情节的叙述中,场内的现在时态,与描绘过去的过去时态和憧憬未来的将来时态穿插在一起,时间不再是单一的向前发展,空间被卷入到时间和历史的进程中去,随着时态的不同,空间在过去、现在和未来之间自由切换,交错的时空使情节结构更加疏密有致,富于变化。

不过,短暂的美好幻想总归被现实击得粉碎,老人不得不承认"我没有钱,一丁点儿也没有"(《我为瑞典队加油》,第274页),而外孙子为了看球赛,给瑞典队加油,甚至不愿意将老人送出家门。十几年内心的思念和盼望与几十分钟现实中的相见,时间的对比反差映射出现实的冷酷无情,人类存在的孤独与悲哀,在老人身上得到淋漓尽致的体现。面对人与环境和时间的冲突,人的无奈和无能为力,体现出人类无法操纵自己命运的悲凉与绝望,这为作品蒙上了一层存在主义的色彩。

彼得鲁舍夫斯卡娅独幕剧的结局大都是开放的,就像《爱情》中的男女主人公一旦走出那个房间,一旦面对更严酷的外部世界,便给观众提出这样的问题:真正的生活是否刚刚开始?未来命运又会如何?而在《我为瑞典队加油》中,走出房门的老人又将面临什么样的命运呢?无怪乎评论界认为彼得鲁舍夫斯卡娅的戏剧是"长篇小说的开端"[①],因为狭小的戏剧空间和有限的时间并没有妨碍读者去感受大容量的内容描绘。

巴赫金也说明了时空体的描绘意义,在这里,时间获得了感性直观的性质,是靠在一定的空间里把时间各种特征特别地渲染并

---

① 参见 Громова М. И. Русская современная драматургия. - 2-е изд. - М. : Флинта; Наука, 2002. С. 116.

具体化,并通过时空体得到充实,成为有血有肉的因素,参与到艺术的形象性中去,这个时间特征就是指人类生活的时间、历史的时间①。体现在彼得鲁舍夫斯卡娅独幕剧的房间时空体中,就是通过回忆和想象大大拓宽了时空的领域,将场内线性时间分解成一个个场外空间,这些空间几乎涵盖了主人公一生的重要时刻,它们营造出主人公的命运,打破了场内时空的限制,对人物形象的塑造和情节的发展起着关键性的推动作用。

四、门坎时空体

巴赫金在谈到门坎时空体时,指明这是危机和生活转折的时空体,门坎的隐喻意义同生活的骤变、危机、改变生活的决定(或犹豫不决、害怕越过门坎)等因素结合在一起,门坎时空体总是表现一种隐喻义和象征义②。在彼得鲁舍夫斯卡娅独幕剧的门坎时空体中,故事发生在通向室内的过渡区域,虽没有重大的情节冲突,却也决定着人物当时的去留命运。她的戏剧中同样充满了隐喻和象征意义:电梯的上上下下,象征着人物的命运发展,向上预示着通往文明和舒适的家,向下则对应着堕落和无家可归,《楼梯间》中两个男主人公最终正是下楼后在楼梯口安身,要来吃喝,满足口腹之欲。楼梯间里的"门"隐喻界限,门的一边是现实卑微的生存现状,而被阻隔的另一边是向往的生活。《一杯水》中的女主人公过着隐忍痛苦的生活,只是幻想在暮年之时能有人为自己端上一杯水,这杯水象征着对亲情关怀的渴望。房子是能够挡风遮雨的庇护所,代表和谐有序的内部世界,《房子与树木》中的老房子更是时空的聚合体,连接着过去和现在,见证着老人的一生。

---

① 参见巴赫金:《巴赫金全集》第三卷,石家庄:河北教育出版社,1998年,第451—452页。
② 巴赫金:《巴赫金全集》第三卷,石家庄:河北教育出版社,1998年,第450页。

门坎时空体中的情节冲突依然是围绕房子展开的,一方是固定房子的主人,一方是试图进入房间的外来"入侵者",这些外来者由于生活所迫,试图进入他人的内部空间,打破门坎的界限;同样为了生存,主人则不得不捍卫自己的领地,形成主客关系的对立,门口或门坎就成了理清人物关系,双方展开攻守的空间节点。有研究者指出,彼得鲁舍夫斯卡娅独幕剧中门坎时空体的结构冲突所表现出的空间界限,实际上是心理的和人际关系障碍的外化,占有固定房子的主人,在心理上却没有稳固的状态,在残酷的外部空间面前,他们依然什么都不是,他们对房子这个空间的占有权也是有限的,因此有房和没房的人之间的冲突是表面的,实际上他们的处境相似,都处在社会边缘地带,就像门坎的两边[①]。从门坎两边的对话交流中,主人公们互为镜像,在他人身上看到了自己,促使主人公从另一个视角反观自己的内心世界,暴露出他们在生存困境中深切的痛苦与不安。

《楼梯间》直接点明了情节发生的场所,加利娅与在车站偶遇的两个年轻人尤拉和斯拉瓦乘电梯而上,加利娅忘记拿钥匙,进不了门,不得不在楼道里等邻居归来。在接下来的闲聊中,我们得知,加利娅的父亲抛弃了母亲,与她的女朋友生活在一起,母亲因此住进了医院。为了安慰母亲,满足她想要孙子的愿望,老姑娘加利娅不得不贴出相亲启示,于是三人在车站相遇,一起来到加利娅的住所前。作家将会面特意安排在楼梯过道里,尽管没有对周围的环境做过多的描述,但可以想象,苏联时期的公共住宅混乱而拥挤,楼梯过道的公共空间更是堆满杂物,肮脏灰暗,甚至充满异味,这也暗示着主人公们的生活状态处于生存的边缘,在整个剧中加利娅一直不断地按门铃、敲门、找钥匙,潜意识里也是试图摆脱这

---

① 参见 Меркотун Е. А. Поэтика одноактной драматургии Л. Петрушевской. - Екатеринбург: Урал. гос. пед. ун-т. 2012. С. 192.

种边缘状态。空间的局促也不可能使主人公正常自由地表达自己的情感,尽管三颗孤独的心都充满真诚交流的渴望,但说出的话语却显得那么漫不经心、荒诞可笑。在漫无目的的交谈中,三个主人公时而相互挖苦讽刺,时而又坦诚相待,他们之间的关系忽远忽近,但每个人都能从对方的言语中越发感到自己生存的空虚与困惑。孤独、怯懦的加利娅虽然向往幸福生活,但经过这样的相亲后更加深了对生活的失望,最终将二人拒之门外。楼梯间变成了一个小小的时空聚合体,上演着荒诞的相亲和荒诞的对话,在平缓冷峻的基调下,隐藏着更深层的悲哀和绝望情绪。

在独幕剧《起来,安丘特卡!》中,门坎旁的冲突和剧中每个人物的出现有关,人物接二连三的出现不断加强着情节的冲突,三个不速之客都试图进入房子内部一探究竟,而老人则始终防卫,阻挡外人进入。通向老人之女塔尼娅房间的门起着关键性的作用,它象征着交际的障碍,隔开了场内和场外空间,虽然塔尼娅一直处在场外空间,始终没有露面,但她实际上处于情节发展的中心地位,她歇斯底里的哭声是秘密存在的标志,让在场的每一个人都想解开它。每一个新人物的登场,门铃声总会引起隔壁塔尼娅的敲墙声,场内外空间相互呼应①。老人在这两个空间中来回奔波,一面试图驱赶越来越多的不速之客,一面又要去安慰大声痛哭的女儿。每个人都面临着抉择,塔尼娅被丈夫所抛弃,不知如何面对以后的生活;老人想尽快使女儿恢复平静,却又极力掩盖女儿被抛弃的秘密,拒绝外人帮助;季亚布雷夫努力想帮助治好塔尼娅的"病",以达到交换住房的目的,甚至请来传说中会巫术的安丘特卡;塔尼娅的婆婆希望儿媳停止哭泣,以便要回儿子留下的钱。每个人都只关注自己的苦恼,因此他们对话的语义常常是不连贯的,貌似一问

---

① 参见 Меркотун Е. А. Поэтика одноактной драматургии Л. Петрушевской. - Екатеринбург: Урал. гос. пед. ун-т. 2012. С.190.

一答,实则互不关联,都是顺着各自的心思自说自话,更谈不上真正的信息交流,折射出人与人无法沟通的苦闷。尤其是九十三岁的安丘特卡,她滑稽的语言,一连串不知所云的咒语,使混乱无序的场景显得更加滑稽可笑,现场变成了一出狂欢式闹剧,连塔尼娅的哭声和悲痛也被遗忘在一边,失去了中心的位置,也让这出悲喜剧带上了"含泪的笑"。毫无疑问,在这部戏里,彼得鲁舍夫斯卡娅继承了契诃夫荒诞剧的创作风格,体现出"人生悲苦的喜剧性观照"①,在戏谑中进行着关于生存的思考。故事最终的结局仿佛又回到了开头,冲突之后什么都没有解决,人物依然保持以前的样子,这也正是沿袭了契诃夫戏剧解决冲突的独特方式。

独幕剧《一杯水》在创作形式上更加独具特色。剧中只有两个主人公,名字也简化到只用字母 M. 和 A. 代替,剧本一开始就是 M. 整页整页的大段独白,中间仅穿插 A. 的简短回应,后半部分则加入了 A. 的几段简短独白,整场戏几乎由独白构成,没有任何行为动作,场景似乎就是两个主人公或站或坐在门坎边的交谈。表面上,场内时空与现实生活中的时空发展相一致,是 M. 和 A. 的谈话过程。然而,从戏剧开始的第一句话起,M. 的大段独白就将场外时间拉回到从前,转向她的记忆深处,场内时间仿佛被凝固,渐渐呈现在观众面前的是 M. 四十年的生活历程。失去双胞胎孩子的彻骨之痛,战争中的艰难生存,丈夫的无情背叛,与丈夫及其情人生活在一个屋檐下的忍辱负重,都折磨和摧毁着她的神经。A. 带着箱子和字条来投靠丈夫,她的出现激起了 M. 痛苦的回忆,独白成了控诉不幸和倾诉内心深处孤独与绝望的最好方式,在这近似于疯癫的话语中,女性的悲惨命运尽现眼前。彼得鲁舍夫斯卡娅是残酷人生的书写者,在她的笔下几乎没有幸福的女性,女人的

---

① 董晓:《试论柳德米拉·彼特鲁舍夫斯卡娅戏剧中的契诃夫风格》,载《国外文学》,2013 年第 4 期,第 147 页。

命运要么被抛弃,要么是忍气吞声地妥协。A.在母亲死后被孪生哥哥赶出家门,被强迫送进了精神病院。《爱情》中斯维塔的母亲、《楼梯间》中加利娅的母亲、《我为瑞典队加油》里吉玛的母亲、《起来,安丘特卡!》中老人的女儿,都忍受着被丈夫抛弃的命运,《行板》里尤利娅明知丈夫与自己的闺蜜有私情,却只能装作若无其事的样子。这些女人的命运循环往复,互为映射,展现出那个时代女性生存的边缘性,以及她们在为生存所做的挣扎和内心的孤独。

《一杯水》用回忆、独白、精神分裂的呓语搭建成一个心理时空,观众关注的已不是舞台上发生了什么,而是主人公内心活动的展现,以人物的意识流动来叙述现实世界中发生的故事。这种意识流的随意性使时间变得离散、可逆、无序列,空间则是流动、多变、不确定的,故事情节失去了现实时空中的逻辑性,用理论话语来概括,就是时空转换犹如"蒙太奇"剪辑①,这也体现出门坎时空体的特点,一切都在未知的变动之中,充满不稳定感。心理时空是对隐藏在人物意识深处的情感外现,有时外在环境空间可以阻碍情感的表达或感受,因此剧中完全没有对环境时空的描绘,而是直接进入人物的心理时空,去纯粹感受个人的心理体验。

在以上的门坎时空体中,剧中人物都有着相同的边缘状态,相似的命运经历,在对话与争吵中,似乎不知不觉地拉近了距离。尽管这种距离很难让人察觉到,但是在这些独幕剧的结尾,主人公都做出了妥协,让出了一定的空间:阿乌最终被允许留下来过夜,不至于流落街头(《行板》);M.将 A.认作了四十年前死去的双胞胎孩子,似乎接纳她进了家门(《一杯水》);亚历山大虽然坚决不让儿子和朋友两家人进入自己的房子,但最终还是把加盖小屋的钥

---

① 参见孙祖平:《独幕剧的时间和空间》,载《戏剧艺术》,1988 年第 4 期,第 120 页。

匙给了他们(《房子和树木》);加利娅尽管不允许尤拉和斯拉瓦进屋,但给他们拿来了酒和小吃(《楼梯间》)。"我们都同样处于孤独之中,因此,从某种意义上讲,我们并不孤单!"①彼得鲁舍夫斯卡娅的戏剧确实体现出当代人深切的孤独感,这些主人公的行为也许正表达了作者对这种孤独感的深刻体悟和独特阐释。

戏剧是浓缩的人生,戏剧的魅力在于营造一个个现实与非现实的时空,呈现出流动的生活和深层的情感。彼得鲁舍夫斯卡娅的独幕剧为我们展现出一幅幅精彩独特的时空场景,在这些时空里,主人公不断寻找着自己的一席之地,寻找着人生的存在感。时空的转换可以从当下返回过去,从现实的存在跨越到虚幻的想象,使读者和观众感受到独幕剧时空的广度和宽度,丝毫没有人物贫乏和剧情单调之感,体现出剧作家平中见奇的创作技艺。

---

① 董晓:《试论柳德米拉·彼特鲁舍夫斯卡娅戏剧中的契诃夫风格》,载《国外文学》,2013年第4期,第151页。

科尔泰斯笔下的二十世纪末的社会晚景：
人与人之间的壁垒和交易*

张迎旋

戏剧在二十世纪末的法国，经历了潮起潮落，虽然由"大众"走向"小众"，但它仍旧一如既往地前行，而且它从来都不是仅供消遣、可有可无的小摆件，也从未偏离艺术的本源——人对自然、社会和自我的不断深入的探寻。弗洛伊德认为，戏剧给人的愉悦感来源于观众"游戏愿望"的实现："因为在现实中，人不经受苦痛、磨难和恐惧，就不可能完成他所渴望的那些英雄行为；但若是真的去经历那些磨难、痛苦和折磨，则毫无乐趣可言。人懂得自己只有一次生命，如果真的像英雄那样去抗争奋斗，付出的可能是生命。所以，观众的欢乐是基于幻觉之上的，他清楚地知道舞台上受苦受难的不是他自己而是别人，当他知道这只是一场游戏而不会实际威胁到自己的个人安全时，痛苦就淡化了，并可以心安理得地放纵自己平时在宗教、政治、社会和性方面压抑的冲动，在观赏戏剧所表现的人的各种经历中体验宣泄的快感。"①这一观点印证了戏剧的起源同祭祀是密切关联的，都是仪式性的共同体验，是一种

---

* 本论文是以北京外国语大学 2015 年基本科研业务费自主项目"法国现代戏剧课程建设与效果探讨"为依托。
① 唐礼兵，《文学语境下的戏剧剖析》，广州：暨南大学出版社，2013 年，第 96 页。

"创造和预见的快乐",而不是廉价的哗众取宠和庸俗的故弄玄虚。因而,酒神的"醉"是人挣脱文明束缚、返璞归真的最佳途径,也是戏剧的自由性、独立性和真实性的最高体现。纵观二十世纪末的法国戏剧,深入科尔泰斯的戏剧世界,我们依然可以寻见戏剧的这些可贵的品质,也依然可以体验到戏剧带给人们的真实的幻觉。

一、不疯魔不成活:现实主义和梦样谵妄(onirisme)的巧妙结合

在二十世纪八十年代的法国戏剧界,划过一颗耀目的流星——贝尔纳-玛利·科尔泰斯(Bernard-Marie Koltès)。五部剧作稳固了他在当时戏剧界的地位,而且他的作品很快被翻译成多国文字在世界各地上演,尤其是在德国,当时还没有统一的联邦德国和民主德国的民众,都对科尔泰斯的作品赞赏有加。当然,他这么迅速地功成名就离不开著名戏剧导演巴提斯·施豪(Patrice Chéreau)的知遇之恩。但他本人的实力和努力的确让人们钦佩,以致每一季观众们都迫不及待地想要领略"科尔泰斯的新花样"。

1948年,科尔泰斯出生在法国东部的一个富裕的家庭,父亲是职业军人,总是不在他身边。他被送到教会学校接受严格的基础教育,学过钢琴和管风琴。高中毕业后他曾一度想做记者。但在二十岁时,偶然的机会让他开始对戏剧产生了无比的兴趣:当他看到著名的阿根廷裔法国导演拉维里(Jorge Lavelli)执导的古希腊悲剧《美狄亚》(Médée)时,他对戏剧这门艺术的兴趣和激情被激发了出来。于是,他报考并成功考取了斯特拉斯堡国家剧院(Théâtre national de Strasbourg)的戏剧导演专业,并在那里执导了十几部戏剧。1970年,他建立了"河畔剧团"。他在俄罗斯、美洲和非洲游历期间写下了非常多的戏剧作品,如单人剧《森林正

前夜》(*La nuit avant les forêts*)、《遗产》(*L'héritage*)、《回归荒漠》(*Le retour au désert*)、《黑人与狗的斗争》(*Combat de nègres et de chiens*)、《西岸》(*Quai Ouest*)和《寂静的棉花田中》(*Dans la solitude des champs de coton*)等等。虽然很少去剧院,但1976年他观看的《施豪的争吵》这部戏剧深刻地影响了他的戏剧创作。1979年,在出版了《黑人与狗的斗争》之后,面对众多导演的关注,他选择了施豪。因为在《施豪的争吵》中,科尔泰斯发现了将现实主义和梦样谵妄(onirisme)巧妙结合的手段。

药物化学建立前最后的经典现象精神病学家法国精神病学大师亨利·艾伊(Henri Ey,1900—1977)认为,"梦样谵妄"的病理理论处于一个至关重要的位置,原因在于,梦涉及基本的精神病现象:幻觉与妄想的构成;同时,作为正常的神经生理现象,揭示了正常与疯狂的边界。当时医学界的先进理念为谜团和晕眩留下了和不可抗拒的现实一样的存在空间,也让科尔泰斯的写作从向内心求索到向外界探寻。安娜-弗朗索瓦兹·伯纳姆也证实了科尔泰斯全部作品的分水岭为1977年。这一年前的作品他在生前不愿整理出版,但从这一年开始,在阿维尼翁戏剧节上,科尔泰斯第一次作为职业戏剧人演出了自己的作品《森林正前夜》。而且,关于真实地点的描写,融入了戏剧元素:"科尔泰斯对真实现实的戏剧理念,与其内在性和外在性的可逆原则是密切相关的;客观现实(地点,情况)和主观现实的结构同一性恰恰是戏剧的特色。另外,施豪也曾认为《西岸》里的库房就是〈灵魂所在的地方〉。"[1]

这种现实与意识的"面面相觑"有助于我们理解科尔泰斯作品中的感召力和新奇性,因为他的戏剧作品总是在客观现实和剧中人物幻觉中的现实之间游移不定,暧昧不清。诚然,因为早年受

---

[1] Anne-Françoise Benhamou,《Le Lieu de la scène》; dans André Pétitjean (dir.),Koltès :*la question du lieu*,Metz,CRESEF,2001,pp.45—61(p.50).

到康拉德、福克纳、雨果和陀思妥耶夫斯基的影响,科尔泰斯密切关注时代风云。他作品中的主题有全球化进程中的城市生活状况,有富人和穷人、本地人和外来移民、第三世界国家和资本主义社会的分歧,有西方文明的瓦解的征兆:种族主义、暴力和恐怖,也有社会大同的乌托邦神话。但这些主题的表现方式非常冷硬和仓促,其中蕴含着两大隐喻:第一大隐喻是围猎区、黑人聚居区或监狱。在《黑人与狗的斗争》中,故事发生的地点是西非一个国家的外国工厂的集体劳作工地上,这里所谓的"城中之城是一个四周围着栅栏和瞭望哨所的地方,城中居住着干部,堆放着物质材料"。① 这些地点正隐喻着隔绝人与人之间的壁垒和边界,这些界限因为武装力量的捍卫而变得坚不可摧。第二大隐喻是交易关系,科尔泰斯虚构的人物的个人情感从来都是与其社会和政治交际混为一谈的。这些人物相互无情地窥伺,每个人都试图在对方身上找出弱点并大声宣称:"没有爱,没有爱"②,科尔泰斯对于这样的宣称也做出了回应:"我向来不喜欢爱情故事。这样的故事言之无物。我不相信什么爱情关系。这是浪漫主义捏造的东西。[……] 如果真要细致入微地表达,那我们不得不另谋出路。我认为'交易'是个绝妙的方式。它可以真正囊括其他一切。"③因此,在科尔泰斯的剧作中,人物生活中的每一个场景,甚至是最为隐秘的,都是无休无止的交易。这正是二十世纪末人类社会的地狱般的写照:商业是世界性的机构,统治着全球,独立运作,不受任何控制,人与人的交际沦为一笔笔交易,在短暂的交易过程中,一切都可以随时随地讨价还价。

---

① Bernard-Marie Koltès, *Combat de nègre et de chiens*, Paris, Minuit, 1989, p. 7.
② Bernard-Marie Koltès, *Dans la solitude des champs de coton*, Paris, Minuit, 1986, p. 60.
③ Bernard-Marie Koltès cité par Michel Bataillon,《Koltès, le flâneur infatigable》, *Théâtre en Europe*, no. 18, 1988, pp. 24—27 (p. 26).

这样的人际关系从另一个层面让每一种情境和每一段对话都添加了戏剧色彩:"当两个人都有欲望从对方得到某样东西时,他们除了语言没有别的资源可以利用,也就是说,每个人都要通过语言来完成行动,迫使对方就范。科尔泰斯笔下的人物正是使用了这种方式来交际的语言,这一点使得他刻画的人物不同于日常戏剧作品中的人物。因为他们的语言是强壮有力的,是曲折迂回的,是具有迷惑力的,是充满诗意的。"[1]

的确,科尔泰斯的戏剧作品永远都在研究人与人之间的交流,和上一代戏剧作家的荒诞派戏剧迥然不同,其作品建立在现实问题的基础之上,表达了孤独的存在和死亡的悲剧,笔风也强化了戏剧中的悲剧冲突和激情。他的作品被翻成三十多种语言,是全世界演绎最多的法国戏剧家,可惜英年早逝,四十一岁的时候就因艾滋病而死。

科尔泰斯的陨落也结束了施豪的戏剧导演生涯,他转而去拍摄电影。但他和科尔泰斯合作的那几年,捍卫和彰显了一种新的戏剧书写模式,正如他在一次访谈中所说:"我自相矛盾地以为,戏剧是直观思想和抽象的最佳场所,意识形态在那里变得具体而实际。"[2]

科尔泰斯本人也是一个充满了矛盾的人物。他一共创作了十五部剧作,被视作当时戏剧同辈中的翘楚,但他很少光顾剧院,更热衷于电影艺术。他笔下的戏剧情节多半发生在异国,而且他本人也似乎患了旅游强迫症,但他坚持认为法国是自己创作的主要论题。著名女演员玛利亚·卡萨雷斯(Maria Casarès)曾这样评价他:"一个闲逛者,一个流浪汉,看到的是城市的边缘,世界的边境

---

[1] David Brady, *Le théâtre en France de 1968 à 2000*, Paris, Honoré Champion Editeur, 2007, p. 484.

[2] Patrice Chéreau,《La mousse, l'écume》, entretien avec Emile Copfermann, *Travail Théâtral*, no. 11, 1973, pp. 11—12.

[……]他把所有被置于外围的事物都放到了中心。"①科尔泰斯一方面借用社会边缘人士的特殊语汇,另一方面又回归拉辛和马里沃的经典语言,时至今日,他的戏剧新美学仍然享有盛名,被称作"兰波和福克纳的完美结合体"。不过,科尔泰斯生前一直推崇的是大众艺术,并在《西岸》上演时明确表示:"我总是有点嫌恶戏剧,因为戏剧,是生活的对立面;然而我总是又回到戏剧,我热爱它,因为唯有在这个地方,我们才会说这不是生活。"②

二、不扬弃无以立:文化批判和精神漫游的错综关联

虽说戏剧不是生活,但是戏剧来源于生活。对于二十世纪八十年代的法国戏剧界而言,科尔泰斯的剧作无疑是充满活力的,且不论他的语言的音乐感和隐喻的现实性,仅仅英雄主义加滑稽的风格,就可以倾倒众生。他所做的文化批判主要是针对现代性的,因为"人类对科技理性和成功的盲目崇拜,导致对弱者和诗性的摧残。"③以前的悲剧由英雄承担,而科尔泰斯的后现代剧作中,社会的不幸由普通人承担,人物反抗的不再是危害国家的力量,而是危害全人类的邪恶。于是,科尔泰斯笔下的人物多为不相信"进化神话"的精神漫游者:"他们在历史列车飞速掠过的地方,对过去的事物频频眷顾,为了寻找既往价值,他们甘愿脱离历史的轨道而滞留于精神的荒野。这是一群不肯追随历史脚步的人。就是这些人,作为现代性的他者质疑着现代文明。"④ 在科尔泰斯的以

---

① Maria Casarès,《Les confins au centre du monde》,entretien avec Serge Saada, *Alternatives Théâtrales*, no. 35—36, 4e édition, 1995, pp. 25—28 (p. 27).
② Bernard-Marie Koltès,《Un hangar à l'ouest》, dans Roberto Zucco, Paris, Minuit; 1990, pp. 109—126 (p. 120).
③ 张兰阁:《戏剧范型:20 世界戏剧诗学》,北京:北京大学出版社,2009 年,第 186 页。
④ 同上,第 189 页。

下几部代表作中,我们不难找到这些"精神漫游者"。

1977年,科尔泰斯创作并亲自执导了独幕剧《森林正前夜》,在夏季阿维尼翁戏剧节上引起了轰动,之后该剧在欧洲各地不断巡回公演。这部作品代表了科尔泰斯的早期创作成就。剧本通篇只是一位年轻男子的独白,滔滔不绝地述说着自己的心事和过往的经历。他的名字无从知晓,但肤色不是很白,这就告诉了观众,他不是土生土长的法国人,祖籍在北非,很可能是阿尔及利亚、摩洛哥或突尼斯。自他出生以来,排除异己的种族主义言论总像是噩梦一样就缠着他,形形色色的极端主义时时刻刻威胁着他,让他感到惴惴不安也忿忿不平。于是,他决定为法国的外来移民打工族们呐喊申辩,希望建立一个"世界工会"。这部作品创作的背景是法国社会经济盛极而衰的时期,强大的资本主义社会和弱小的打工族形成了鲜明的对照,反映了贫苦大众的愤懑和无奈,其中也夹杂着些许期待:"然而我所要告诉你的主义就是:一个世界范围的工会——这特别重要,世界范围(我会给你解释的,就我自己,也挺难明白这一切的),但不是政治,只是自卫,我呢,我生性就会自卫,因此呢,我会全力以赴,我将是那实干的人,我的国际工会是为保护那些软弱的哥们儿……"①

《森林正前夜》的写作渗透了巴黎的地方口语,而且剧中描绘的街道、旅馆、咖啡馆、桥、地铁隧道和墓地都是以现实中的巴黎为背景的,而翻译这本书的宁春在前言中也评价道:"剧本语言朴实平易,看似信手拈来,却又极具功底;表面语无伦次,时断时续,实则酣畅淋漓,充满了音乐性。"②例如,破折号和括号在剧本中比比皆是,这使得内容看似断断续续,但增加了表达张力和节奏感:"但是我有个主意要告诉你——过来,我们别呆在这儿,否则会得

---

① (法)科尔泰斯著,宁春译:《森林正前夜》,北京:中国传媒大学出版社,2006年,第11—12页。
② 同上,《译者的话》,第10页。

病,肯定的——没钱,没工作,这不利于做事(我就没好好找过,根本就不是这回事),只是我有这么个主意,首先,我应该对你说,你,我,在这个奇怪的城市瞎转悠,身无分文(但我请你喝杯咖啡,同志,我付得起,我现在不是改口),因为,乍眼一看,不是钱,不是你,也不是我,使得我们喘不过气来!所以我,我有这么个主意,同志,为了那些像你一样没钱没工作的人,而且我根本就不再找了——因为在工作中,我们这些人,在外边,身无分文,我们一点儿也不重,稍一起风就能把我们吹起来,我们不能强迫自己呆在工地的架子上,除了把我们捆在上边,否则一阵风,我们就被吹起来了,轻轻地——要说在工厂里干活,我,从不!"①

维纳威尔在《关于科尔泰斯》一文中,对《森林正前夜》中的戏剧语言从微观层面上进行了解读,认为科尔泰斯的作品中的语言是充满诗意并且像火山一样不断喷发的,对话之中套对话,句中有句,词里有词,从而使内容和形式的融合浑然一体。而且,空间时而界定时而交错,时间时而碰撞时而交融,而戏剧则成了所有人生场景和灵魂活动的现在时。

1979年,科尔泰斯到尼加拉瓜、危地马拉和萨尔瓦多等地旅行后,写下了《黑人与狗的斗争》,表达了对贫弱的悲悯,对正义的呼唤。该剧遵守了古典戏剧的三一律:故事发生于一天夜里,在一个建筑工地上,一位黑人建筑工被杀,其兄弟来讨要尸首但没人能够或者愿意归还给他。剧中人物只有一件武器:语言。四个主要人物分别为工头、工头的女仆、年轻的工程师和死者的兄弟。工头试图和死者的兄弟达成交易,付给他一笔钱作为补偿,并答应第二天将尸体送回村庄,但死者的兄弟想要立刻就地领回尸体,如果办不到就不会回去。科尔泰斯在剧中呈现了两种不同的态度:工头

---

① (法)科尔泰斯著,宁春译:《森林正前夜》,北京:中国传媒大学出版社,2006年,正文,第8页。

是逻辑而理性的,自信能达到目的;死者兄弟是耐心而固执的,对死者充满了敬畏之心。工头认为一个人的价值在于他生前的成就,而在死者兄弟看来,一个人的地位体现在自然界中出生、存活和死亡的循环中。随着剧情的展开,观众们意识到了该建筑公司的腐朽内幕和其文明使者的虚假身份,说到底,这家公司不过是为老牌的殖民者们牟取暴利。

但是,这部作品并不是纯粹批判新殖民主义或种族主义的,虽然源于科尔泰斯本人在尼日利亚的法国建筑工地的经历,但着重表达的是法国人心理上的身份认同。剧中年轻的法国工程师是个无法与他人相处的怪物。他具有种族偏见,却还要到第三世界国家工作,因为收入丰厚。他利欲熏心,平庸暴戾,却让比他弱小的人去承担他的缺陷所招致的不幸。工头是一个完美的技师,他声称热爱非洲,但他所热爱的无非是一个广袤的工地,任由他施展技术才干。但是,死者兄弟却有着不同的世界观:他和死者的兄弟情义,他们在村里的地位,个人与集体之间和谐关系。

另外,这部剧的魅力还在于科尔泰斯对语言的运用,剧中人物充满戏剧性和诗意的大段独白,无论如何不会出自他在非洲游历时遇到的真实人物之口。因而,《黑人与狗的斗争》这部剧向我们展示的:"不是真实世界的具体画面,而是我们幻想世界里的阴暗魅影,我们这些欧洲人,想要强加给外部世界或他者的注定会回来纠缠我们,或许摧毁我们。"①一方面是欧洲白人,其自诩的文明已然腐朽,另一方面是非洲黑人,原始而又坚强,一出场就能粉碎白人惺惺作态的幻觉。在科尔泰斯看来,这部剧的成功之处,正是源于人们对"异国情调"和"浪漫主义"这两个字眼的误读。

《西岸》(*Quai ouest*)创作于1985年,虽然很有名气,但是他

---

① David Brady, *Le théâtre en France de 1968 à 2000*, Paris, Honoré Champion Editeur, 2007, p. 489.

的剧作中演得最少的作品之一。在这部作品中,科尔泰斯笔下的人物无论是语言还是来历都十分复杂。地点是一座他在纽约修德森河畔看到的废弃仓库,但也隐喻着二十世纪晚景的黯淡和冷漠。整部剧并没有一个中心冲突作为主旋律,而是小插曲环环相扣。人与人之间互相设置圈套,通过暴力和威胁迫使对方达成交易。《寂静的棉花田中》也是科尔泰斯创作于1985年的作品,该剧很长时间以来被人们称之为"文学戏剧"。故事发生在一个黑人毒品贩子和他的白人顾客之间。在一个远离人群的地方,两个人在黑暗中进行毒品交易。他们的交易过程充满了恐惧和欲望,让人感到不可思议。毒品贩子知道他的顾客依赖他的货物,而他也必须依靠顾客的这种需求才能生活下去。两个人互相依赖,密不可分,他们的交易简直是一场战争:暴力、滑稽,充满了讽刺意味。这场战争中,每个人都想捍卫自己身上所剩无几的尊严、骄傲和人性。整部剧是一场关于欲望的对话,是他最知名的一部剧作,类似于贝克特的《等待戈多》,因为一部剧演出完毕却似乎什么事也没有发生,但是,买与卖的对决却耐人寻味:

"不是我已经猜到了你可能想要的东西,也不是我急着想要知道这些;因为买家的欲望是最惆怅的,我们审视着这个欲望,就如同审视一个只求揭穿的秘密,而我们又不急于揭穿;好像我们收到的一个包装好的礼物,却没有迫不及待地去解开包装带。"①

"我的欲望,如果存在那么一个,如果我告知你,它会灼烧你的脸,会让你尖叫着抽回手,你会逃到阴暗的角落,宛如一只狂奔的狗一样让人们都看不见尾巴在哪里。"②

语言再次成为对决的武器,对于观众,这个语言游戏让他们卷入一场听觉盛宴,跟随着语言、哲学和诗意的旋律,心潮起伏。

---

① Bernard-Marie Koltès, *Dans la solitude des champs de coton*, Paris, Minuit, 1986, p. 10.

② 同上,第15页。

《回归荒漠》是他创作于 1988 年的作品,成为法兰西大剧院的保留剧目,故事发生在二十世纪六十年代的阿尔及利亚战争期间,在法国东部一个小城里,马蒂尔德·塞尔博努瓦兹带着孩子们从阿尔及利亚回到了自己阔别十五年的家乡。老家的房子里住着她的哥哥阿德里安一家。阿德里安原本希望马蒂尔德只是短期回来小住,但是这次是回来定居的。哥哥指责妹妹逃避战争,而且还要抢夺父母的遗产。这样,这个资产阶级家庭的成员们就像农民一样争吵不休,为了捍卫自己祖先留下的土地寸步不让。

这是一场充满暴力的戏剧,不论是人物的语言、行动,还是人物之间的关系……所有的一切都处在一种紧张的氛围当中,而且随时都可能爆炸。剧中,单单是阿尔及利亚战争这个背景就能够营造出一种悲剧的氛围了。更何况,剧中的人物都非善良之辈:执拗的马蒂尔德和蛮横无理的阿德里安,两人采取了一种暴力的沟通方式。但最终,兄妹俩都感到前途无望,纷纷移民他乡:"我热爱这片土地,是的,但我怀念往昔。我,怀念油灯的柔光,船帆的壮阔。[……]现在有人却对我说不该再这么怀旧,那个时代一去不复返。人们说边界迁移,如同浪尖波动,但是我们一定会淹没于潮起潮落之中吗?"①这段话并非直指阿尔及利亚战争或反殖民主义,但对于放弃殖民地的必要性,做出了讽刺和苦涩的回应。

演出结束后,观众们不禁要问:"回归荒漠,哪里是荒漠?北非,还是法国?"显然,剧中的荒漠不是地理意义上的,而是社会层面的。在艺术学院当了很长时间老师的姆利埃勒·马耶特(Muriel Mayette)认为这种题材会给年轻人带来巨大的震动。在这部剧中,科尔泰斯想讨论的是兄妹之情,家人间的感情和背井离乡的感受。他想告诉我们的是这个社会在实现非洲移民和欧洲人之间的平等这方面是无能为力的。他挖掘由于出生不同而带来的不公

---

① Bernard-Marie Koltès, *Le retour au désert*, Paris, Minuit, 1988, p. 56.

平,以及这种不公平在全世界造成的痛苦。正是这种情感、哲学和政治的混合物使得科尔泰斯如此贴近年轻人。

让-克里斯朵夫·塞伊(Jean-Christophe Saïs)曾评论说科尔泰斯把我们带到了一个富有寓意的世界中,他将为我们展现人类灵魂最深处的秘密;这些隐藏的暴力性让我们惶恐,让我们崩溃,让我们也变成流亡者、疯子和瘾君子。只有埋藏在我们内心最深处的欲望才能让我们放弃尊严……总而言之,这是一个关于欲望的故事。

二十世纪八十年代,科尔泰斯在世界各地游历采风,1988年,他创作了最后一部作品《罗伯特·朱戈》(Roberto Zucco),在剧中,十五个场景可以像电影一样迅速切换,显示了他创作的自由度又得到了提升。但是主题依旧沉重。在他看来,无论什么人都有可能杀人,只要道德底线松动。这部剧作被德国著名导演彼得·斯坦(Peter Stein)在1990年搬上柏林舞台作为世界首演,但此时,科尔泰斯已经仙逝。在1989年,身染艾滋病的科尔泰斯在墨西哥和里斯本等地旅行数月后回到巴黎,与世长辞,年仅四十一岁。

法国以及其他欧洲国家的观众们都为之哀叹,同时也被他的剧作深深震撼。二十世纪九十年代以来,他的戏剧不断在欧洲各国上演,成为法国当代戏剧的经典。科尔泰斯同时继承了荒诞派剧作家反传统的写作精神,但又另辟蹊径,语言平实,不假雕饰,功力深厚,粗犷又不失细腻,极富诗意。虽然他英年早逝,但当今法国许多青年剧作家的作品中都有他留下的烙印。法国著名导演米歇尔·迪迪姆(Michel Didym)在谈及科尔泰斯时也是佩服得五体投地,在他看来,科尔泰斯虽然极力隐藏个性,避免露出锋芒,但因为他生性率真,不屈不挠地践行自己的戏剧理念,即使违反常规、离经叛道也充满艺术和人性的尊严,总之,是一位地地道道的性情中人。

弗洛伊德在其晚期作品《文明及其缺憾》中,深刻地揭示了西方文化心理的悲剧根源:"个体的人的'自由要求'与'社会要求'处于永无休止的冲突之中。"①虽然人的"无意识"活动实施的是"快乐原则",要求"释放",反对"压抑",但如果满足快乐本能的一切需要,人类的文明就会沦陷,所以"制度"和"法律"的创立是对个性自由地限制,是以牺牲人的"快乐本能"为代价的,因而人有时候成了制度的奴隶。但是,人类的原始本能不会很轻易地被限制,在人性最深处的"无意识"中,依然保存着自由本能得到满足的记忆,正是这种记忆促使人们为重新争取到这样的满足而斗争。而调节这种冲突的就是艺术,是人受压抑的自然本性的自由抒发,因而无论是喜剧的笑,还是悲剧的哭,都是人的本能的实现或宣泄。

科尔泰斯正是领悟了这种冲突,才在作品中不断发掘人类的"无意识",使其冲破"前意识"和"意识"的防线,激发出"精神力量",虽然有时候这种精神力量的迸发是充满了暴力的。

1968年以来,西方资本主义国家先后步入了后工业社会和信息时代。虽然科学发展日新月异,物质生产和商品消费更加富足,但一脚踏进后现代激流的西方人面临着巨大的生存压力:"高度而急速的资本集中、巨大而残酷的劳动力剥削、紧张而狂热的竞争淘汰、低增长高通胀的循环刺激、近利而贪婪的商业投机、表面的商业繁荣与居高不下的失业率、人人可以畅所欲言的网络平台与媒体对社会话语权的实际操控,等等,以不同于以往任何历史时期的面目扑面而来。人陷落在生存的夹缝中,变得无所适从——怎么做都行,有怎么做都不行,自我的迷失、绝望的放纵、沉陷的厌倦导致后现代的迷思、乌托邦的遐想、无政府主义的意识日渐抬头,

---

① 杨哲、杨明新:《中西喜剧文学简史》,肇庆:当代中国出版社,2004年,第385页。

犯忌与反叛精神在整个西方社会腹地酝酿着。"①

作为"镜照时代"的文化现象和艺术形式,戏剧欣然面对后现代主义的浪潮。后现代主义的戏剧家与现代主义戏剧家一样抗拒传统、力主革新。但不同的是,后现代主义戏剧既不力图揭示社会真相和事物本质,也无意于改造社会,创造一个更美好的世界,而是致力于在政治、经济、意识形态和价值取向等各方面"犯忌",在思想和美学两个层面进行激进的变革。当我们深入科尔泰斯的剧作中,就不难发现后现代的印记:多视角、多声部和多样化,不再探寻所谓的终极真理,也不再尊崇所谓的最高权威:"他们执着追求的就是可视现实的间断性,以及随意将事物并置的偶然性,拒绝以权威的立场向观众做隐含的说教。他们采用后现代的书写方式,对当代人的生存困境和人生的残酷做进一步的荒诞描画;通过对无法确定的人物身份或事实真相的反映,来表现这个错综复杂、光怪陆离的社会。"②

后现代主义戏剧的崛起突出体现了西方人在后工业社会的生存困境和精神焦虑,既嘲笑他者,也解构自我,坦然接受世界的荒诞性并且将荒诞进行到底,使观众不仅思考外界事物,也审视人类自身。虽然思想上犯忌,形式上叛逆,但后现代主义戏剧并没有彻底丢弃戏剧的传统:自由性、独立性和真实性。相反地,这些既有的传统得到了进一步的丰富和发展。法国著名戏剧家安托南·阿尔托曾评论道:"真正的戏剧在动,在使用活的道具,因此它一直晃动影子,而生活也不断地倒映在这些影子中。"③而真正的艺术,要有令人振奋的力量,不要藐视神奇,不要忽略诗意,那些既无时

---

① 潘薇:《西方后现代主义戏剧文本研究》,北京:中国戏剧出版社,2013 年,第 1 页。
② 同上,第 3 页。
③ (法)安托南·阿尔托著,桂裕芳译:《残酷戏剧:戏剧及其重影》,北京:中国戏剧出版社,2006 年,第 7 页。

间也无空间,被人类的精神意志所掌控的文化,也会生机勃勃地再现。"打碎语言以接触生活,这便是创造或再创造戏剧。"①这条金科玉律和"第四堵墙"的概念不谋而合。虽然未来的戏剧不可预测,但这堵把观众和演员分开的"巨大的墙"却一直提醒剧作家"把审美活动和功利行为分离开来"②,保持戏剧的独立性。

---

① (法)安托南·阿尔托著,桂裕芳译:《残酷戏剧:戏剧及其重影》,北京:中国戏剧出版社,2006年,第7页。
② 孙惠柱:《第四堵墙:戏剧的结构与解构》,上海:上海书店出版社,2006年,第9页。

主题研究

浅谈法国中世纪戏剧中对地狱的表现

周　莽

地狱的法文是"enfer",来自拉丁文"infernus",词源"inferus",意义应是"低下,地下"之意。日耳曼语的地狱,英文"hell",德文"hölle"也有此义,英文的"hole"(坑洞)也与德文很接近。地狱的观念在各文明中都有,法文的地狱概念来自基督教世界。《圣经》传统中对地狱有多种表述,矶汉那(géhenne)即耶路撒冷城外的欣嫩谷(hinnōm),也可称"Shéol"(阴间),或用希腊传统的哈德斯冥府(Hades)。

《圣经》中对地狱并未过多提及,我国读者对基督教文化中的地狱描写最熟悉的应该是但丁的《神曲》。其中《地狱篇》[①]描写一个悲惨的深谷或深坑,人物多为象征意义的,代表着他们的罪行。在该书的《译者前言》(p.17)中,田德望引拉莫奈(Lamenais)对《神曲》的评价:"百科全书性质的诗"(poème encyclopédique)。但丁作品体大虑周,他是位集大成者,处在托马斯·阿奎那《神学大全》开启的各种大全的时代。译者田德望的印象是"炼狱是希望的境界,在其中净罪的灵魂,个人的意志都统一在渴望升天的共同愿望中,彼此之间没有什么矛盾冲突,也很少有戏剧性的场面出

---

① 但丁:《神曲·地狱篇》,田德望译,北京,人民文学出版社,1990。

现,因此人物形象和个性不如地狱中的人物鲜明突出……"(p.20)。《天堂篇》所值得圈点的也只是"天人般的绰约形象"的少女玛苔尔达,"天国是幸福的境界,那里的灵魂都已超凡入圣,他们的意志已经完全和神的意志冥合,因而不再具有明显的个性,但他们毕竟都曾生活在人间,在天上对人世间仍甚关怀,显示出不同程度的人情味……"如此而已。让·德吕莫在《天堂还剩下什么?》的《引论》中谈到自己是与习见背道而驰,这种习见认为基督教文学与图像表现更成功的是在地狱,地狱是多彩的,有力的,天堂则是乏味的。那些布道者也避免过于具体和人性的去刻画天堂,天堂无法言说,描写地狱则更加容易,这话也是就但丁的作品而说的①。

根据《地狱篇》,进入地狱之前有昏暗的平原,过了愁河之后进入九层地狱,第一层是灵簿狱(田德望译作"林勃")。真正的地狱从第二层开始,地狱判官米诺斯(Minos)②进行甄别发落。狄斯(Dis 罗马神话中的冥神)城的城墙后是深层地狱,是地狱之主路西法(Lucifer)的城,重罪人都在城内。六层是异端,七层是暴力罪犯,包括自杀者(对自己施暴)、渎神者(对神施暴)、同性恋者(对自然施暴)和高利贷者(对艺术技艺施暴),欺诈者在八层。然后有十条壕沟容纳"淫媒和诱奸者、阿谀奉承者、买卖圣职者、占卜和预言者、贪官污吏、伪善者、窃贼、策划阴谋诡计者、制造分裂和挑拨离间者、作伪以假乱真者(炼金术士、造伪币者、假冒他人者)",称为"恶囊"(p.23),真正的第九层是个冰湖,即科奇土斯(Cocytus),分四个同心圆层,容四种背叛者,地狱核心是路西法。这是一种朝向中央的结构,呈漏斗型下陷,地狱中心有竖井通向第九层。这种井的意象,我们后文还会谈到。但丁的地狱有许多自

---

① Jean Delumeau: *Que reste-t-il du paradis?* Paris, Fayard, 2000, p.10.
② 在希腊罗马神话中,公正的米诺斯(弥诺)在死后成为冥界判官。

己的个人见解,但整体上是能代表中世纪的地狱观的。《神曲》原名comedia,喜剧,非是戏剧意义的喜剧,而是从地狱到天堂的上升,具有美好的得救的结局。这种对人类命运的通观的,整体的把握,同样体现在真正的中世纪戏剧中,这已经成为一种共识。但是,在下文中,我们将通过戏剧作品和现代研究著作来考察一下法国中世纪戏剧中对地狱的表现是如何具体实现的。

一、《亚当剧》中的地狱

《亚当剧》(Jeu d'Adam)仅存于一部稿本(并非单独成册),法国图尔市图书馆编号927,缮写者用拉丁文记下的篇目为:Ordo representacionis ade,直译为"表现亚当故事的祭礼仪式",对于这种中世纪拉丁文的拼写,后来的校勘者改为Ordo representionis Adae①。这是一部十二世纪的作品,作者不详,对白为古法语的英伦-诺曼底方言,夹杂着唱诗班拉丁文的轮唱。关于演出布景、道具、服装和演员动作的舞台指示以及唱诗班的唱词用拉丁语。舞台指示用红色墨水(rubrica)书写,现代法语"rubrique"(红色标题;专栏标题;祈祷书中红色印刷的礼规,仪式指示)从此而来。这个本子具有传奇性,语言是十二世纪的英伦-诺曼底方言,存世的抄本却是法国南部普罗旺斯语区十三世纪的,研究法国和英国戏剧史都必须提到它,而且稿本是用的阿拉伯纸(植物纤维的,而非羊皮纸)②,这是最古老的纸质的法语抄件,它是第一部比较长的法语剧作,是第一部关注舞台指示的作品。这部剧的拉丁文舞

---

① 关于《亚当剧》的名称和校勘本的情况,请见:周莽:《从〈亚当剧〉看中世纪宗教剧》,载北京大学欧美文学研究中心主办"欧美文学论丛"第六辑《法国文学与宗教》,北京,人民文学出版社,2011,第1—25页。

② Lynette R. Muir: The Biblical drama of medieval Europe, Cambridge/New York, Cambridge University Press, 1995, p.30.

台提示是研究欧洲中世纪戏剧的重要史料。

该剧第一部分讲亚当和夏娃受诱惑而失乐园,即人的原罪,人类因此而有死亡,并在死后下地狱。第二部分讲该隐与亚伯的故事,是人类第一次谋杀罪行,人类堕落的后果。第三部分是众先知的预言,期待对人类的拯救。对上帝的指称用"Figura",上帝以圣言之形(figura)而成耶稣,所谓"道成肉身"(Verbum caro factum est),我们可以翻译成"上帝的角色"。魔鬼也用拉丁文"Diabolus",未称路西法或撒旦。开始为一段拉丁文的舞台指示①:

> Constituatur paradisus loco eminentiori; circumponantur cortinae et panni serici ea altitudine ut personae, quae in paradiso fuerint, possint videri sursum ad humeros; serantur odoriferi flores et frondes; sint in eo diversae arbores et fructus in eis dependentes, ut amoenissimus locus videatur. Tunc veniat Salvator indutus dalmatica, et statuantur coram eo Adam, Eva. Adam indutus sit tunica rubea, Eva vero muliebri vestimento albo, peplo serico albo; et stent ambo coram Figura—Adam tamen propiu, vultu composito, Eva vero parum demissiori. Et sit ipse Adam bene instructus quando respondere debeat, ne ad respondenum nimis sit velox aut nimis tardus. Nec solum ipse, sed omnes personae sic instruantur ut composite loquantur et gestum faciant convenientem rei de qua loquuntur; et in rhythmis, nec syllabam addant nec demant, sed omnes firmiter pronuncient, et dicantur seriatim quae dicenda sunt. Quicunque nominaverit paradisum, respiciat eum et manu demonstret. Tunc incipiat lectio: In principio creavit

---

① 为方便起见,本文引用的部分来自:*Ordo Repraesentationis Adae*, in David Bevington (ed): *Medieval Drama*, Boston, Houghton Mifflin, 1975, pp. 78—121。

Deus caelum et terram. Qua finita chorus cantet: Formavit igitur Dominus.

[天堂将会设在一个高出地面的地方；用丝绸的帷幕和幔帐围起,其高度让在天堂里的人仅能从外面看到肩部以上。有香味的枝叶和花朵,各种结满果实的树木安置在那里,使人感觉那是个美妙的所在。救世主(Salvator)来了,穿着一件祭披,亚当和夏娃站在他面前。让亚当穿着红色的长祭服,夏娃穿白色女装,披一件白色丝绸的修女头披。两人站在上帝(figura)之前——亚当更靠近他,面目安宁；夏娃在另一边,神情更谦卑。让亚当很好地学会他应当回答的时候说些什么,不要太快也不要太慢。这不仅适用于他,适用于所有人物。必须让他们学会从容地说话,配合说话与动作,在他们读诗句的时候要按节奏,不增加也不删减音节,而是全部用力地说出,始终按照指定的顺序。不论是谁在说到天堂的时候,都要看着它的方向,并用手指出。接下来让人开始诵读:起初,神创造天地。这句读完,唱诗班唱:天主造了人。"然后饰演上帝的人(Figura)说:"亚当。"后者回答:"主人。"]

这段舞台提示体现出了对演出效果的关注。重要的信息是天堂高出地面,人物衣着华丽,有香气和果实。这个地方是一个"loco"(locus),场所,地点,戏剧中常用来称搭景。地狱是作为天堂的对立面存在的,但对于地狱布景的刻画却不如天堂布景这么详细。亚当和夏娃的结局是被魔鬼用锁链拽入地狱:

Tunc veniet diabolus et tres vel quattuor diaboli cum eo, deferentes in manibus catenas et vinctos ferreos, quos ponent in colla Adae et Evae. Et quidam eos impellent, alii eos trahant, ad infernum; alii vero diaboli erunt juxta infernum obviam venientibus, et magnum tripudium inter se facient de eorum

123

perditione; et singuli alii diaboli illos venientes monstrabunt, et eos suscipient et in infernum mittent. Et in eo facient fumum magnum exurgere, et vociferabuntur inter se in inferno gaudentes, et collident caldaria et lebetes suos, ut exterius audiantur. Et facta aliquantula mora, exibunt diaboli discurrentes per plateas; quidam vero remanebunt in inferno. (v. 590 后)

[然后恶魔将来到,跟着三四个魔鬼,手持铁链和脚镣,锁在亚当和夏娃的脖子上。一些鬼推他们,另一些拽,把他们带向地狱。其他魔鬼在地狱近旁,等着他们来到自己这边,他们对亚当和夏娃的劫难欢欣鼓舞。他们来到时,每个魔鬼都手指他们,把他们推入地狱。在地狱里面,他们将让浓烟冒出,彼此喊叫着,他们欢欣鼓舞,将敲击罐子和锅,噪声让外边听到。片刻之后,魔鬼们将出来,跑过演剧区。其中一些则留在地狱里。]

地狱中的浓烟大概同后来的宗教剧中一样有硫磺燃烧,臭味与天堂的香气形成反差。与天堂的安宁相反这里是喧闹的。亚当和夏娃受到锁链的拖拽,而之前在天堂里,他们"在天堂里悠闲漫步,满心欢畅"(Adam et Eva spacientur, honeste delectantes in paradiso, v. 112 之后)。他们的服装则在食禁果后发生变化,亚当脱下华服,穿上了无花果树叶缝制的寒酸衣服(induet vestes pauperes consutas foliis ficus, v. 314 后)。该隐的故事也与亚当故事形成反差,该隐的犯罪无须撒旦介入,因为原罪已经种下。交代该隐和亚伯结局的部分也有反差,魔鬼们对亚伯要温和些:然后上帝角色回到教堂。群魔走来,带该隐入地狱,时不时地打他。他们对亚伯则温和得多[①]。

---

① Tunc Figura ibit ad ecclesiam. Venientes autem diabolic ducent Chaim saepius pulsantes ad infernum; Abel vero ducent mitius. (v. 744 之后)

亚当和夏娃也形成反差,亚当两次拒绝魔鬼的引诱,而夏娃却接受了。魔鬼对夏娃说自己洞悉天堂所有秘密(toz les conseils de paraïs, v. 210),引起夏娃的好奇,好奇心是堕落的第一步。魔鬼说夏娃肯听人劝,相比亚当太愚蠢(trop est fols, v. 221)。夏娃辩解说他只是有些固执(un poi est durs, v. 222),魔鬼肯定说他会变软的,他现在比地狱还硬(Il serra mols. / Il est plus dors que n'est emfers ! vv. 223—224)。"dur"有生硬,固执,严酷的意思。这里软与硬之间还有现在时与将来时的对比。接着魔鬼对夏娃说:"你是娇弱的,比玫瑰娇嫩,比水晶晶莹,比深谷的冰上的落雪还白。造物主制造了不般配的一对:你太柔弱,而他太生硬①。"在这不般配的一对(mal cuple)中夏娃的柔弱(fieblette e tendre)与亚当的生硬固执(dur)相对。魔鬼告诉夏娃的秘密是那棵树恩赐生命、权力与统治和善恶之知(grace de vie, de poëste e de seignorie, de tut saver, bien e mal, vv. 249—251),甚至可以等同上帝(Al Creator serrez pareil, v. 265)。好奇心、虚荣心、骄傲促使夏娃接受了禁果。在这部剧中并非夏娃摘取苹果,有一条制作精巧的蛇(serpens artificiose compositus)爬上树,夏娃只是接受(accipiet Eva ponum v. 292 之后)。亚当与夏娃在天堂的布景中,魔鬼不能进去,只能以蛇的化身出现。

舞台提示中有 platea,可以指广场(place)或宽的街道,也可以指平地或平台,研究者将其理解为后世剧本中的演剧区(champ du jeu)。对于演剧中心的转移我们可以如下整理,上帝将天堂乐园交给亚当后回到教堂(ad ecclesiam v. 112 之后),亚当和夏娃在天堂(in paradiso),群魔登场(per plateas),魔王靠近天堂(juxta paradisum)。亚当第一次拒绝诱惑后,魔王回到演剧区(per

---

① Tu es fieblette e tendre chose, / E es plus fresche que n'est rose ; / Tu es plus blanche que cristal, / Que neif que chiet sor glace en val. / Mal cuple em fist li Criator : / Tu es trop tendre, e il, trop dur. vv. 257—231.

plateam,v. 172),然后回来诱惑亚当(ad temptandum Adam)。亚当第二次拒绝后,魔王走到地狱门口(usque ad portas inferni,v. 204 之后),然后走到观众中间(per populum),然后从夏娃那边靠近天堂(ex parte Evae accedet paradisum)。完成诱惑后,魔王回到地狱(ad infernum,v. 276 之后)。蛇爬上禁树干(juxta stipitem arboris vetitae,v. 292 之后),亚当和夏娃食禁果,换衣。上帝巡视乐园,看到亚当和夏娃躲在乐园角落(in angulo paradisi,v. 386 之后)。上帝将他们逐出乐园(Figura expellet eos de parodiso,v. 490 之后),天使持剑把守在天堂门口(ad portam paradisi,v. 512 之后)。上帝角色回到教堂(ad ecclesiam,v. 518 之后),亚当和夏娃在地上劳作,在某个地方(in loco aliquantulum)坐下。哀叹之后,亚当和夏娃被拽入地狱(ad infernum,v. 590 之后),一些魔鬼跑上表演区(per plateas),一些留在地狱里(in inferno)。

剧中演绎人类下地狱的这一部分伴随着演剧中心在天堂,演剧区和地狱的不断转移。中世纪演剧的雏形已经具备。戏剧的搬演与古典主义时期强调三一律的戏剧完全不同,时间跨越人类的历史,地点也在不断变化。加斯东·帕里斯在校勘阿尔诺·格雷班的《基督受难神秘剧》时最先提出戏剧布景不是前后顺序的,而是同时在场①。这就是我们所说的"同时性的导演方法"(mise-en-scène simultanée)或"同时性的布景"(décor simultané)。这种观念不局限于戏剧。古列维奇在《中世纪文化范畴》②评论中世纪绘画作品:"所有这一切并不是用序列的方式前后相联地表现出来,而是在同一幅画面中被综合成一个统一结构。这种打破时间限制,在一个艺术平面上表现前后相继的事件的手法,尽管对于我

---

① Le Mystère de la Passion d'Arnould Greban, éd. par Gaston Paris et Gaston Reynaud, Paris, F. Vieweg, 1878.
② 古列维奇:《中世纪文化范畴》,庞玉洁等译,杭州,浙江人民出版社,1992 年,第 6 页。

们今天这种只能表现瞬间事件或状态的绘画思想来说是十分陌生的,但在文艺复兴时期的艺术作品中仍然可以找到。"比如波蒂切利对但丁《神曲》的图解。

魔鬼跑进人群(ad populum),说明演剧区与观众无隔,这与后世先锋戏剧的做法是可以比照的。宗教与生活无隔,这是宗教剧成功的主要因素。因为提到上帝角色回到教堂(ad ecclesiam),研究者便据此认为《亚当剧》是"户外的祭礼"(Officeextérieur)①,瞻礼剧走出教堂占据了教堂前的广场(parvis),即舞台提示中的platea。进而有人提出"半瞻礼剧"(semi-liturgique)的概念,认为这是向广场戏剧的过渡②。但近年来,这种看法受到质疑,莫里斯·阿卡里认为文中所谓"教堂"(ecclesia)即"基督堂",与"犹太堂"(Synagoga, v. 882 之后)相对,"天堂"(paradisus)与"地狱"(infernus)相对③。教堂象征基督徒的《新约》,犹太堂象征《旧约》,《旧约》与《新约》之间是相呼应的。舞台象征着整个世界图景,包含了从原罪、基督救赎、最后审判的整个人类历史,稿本最后的地位未定的先知预言应该是对救赎和最后审判的预告。

拉丁文的舞台提示提到了演剧区(platea)和搭景(locus),天堂和地狱都有门可出入,魔鬼可以呆在地狱里面。地狱中有浓烟,噪声,喊叫,可能还有硫磺臭味。至于地狱具体是怎样布置的,我们只能通过后面时代的证据进行猜测,或许这里的地狱之门已经有后来"地狱之口"(Gueule d'enfer)的雏形。但除了了这些提示

---

① Marius Sepet :*Les prophètes du Christ* :*études sur les origines du théâtre au Moyen Age*,Paris,Didier,1878,p. 111.

② 可参考 Gustave Cohen :*Histoire de la mise en scène dans le théâtre religieux français du Moyen Age*,Paris, H. Champion, 1926,重印本 New York, Burt Franklin,1972 。以及同作者的 *Le Théâtre en France au Moyen Age*,Paris, Rieder,1928 第一卷。

③ Maurice Accarie :《La Mise en scène du Jeu d'Adam》 *in Théâtre*,*littérature et société au Moyen Age*,Nice,Serre,2004,p. 125—140.

之外，我们应当注意到所谓"内在的舞台提示"（didascalie implicite），比如上帝造人仅用对白"我用黏土造了你"（fourmé te ai de limo terre, v. 2）。对白中对地狱也多有提及，比如撒旦说亚当比地狱还硬。对白多体现一种前后的关照，亚当拒绝魔鬼时说："上帝告诉我违反禁令我会死去"（Deus le m'a dit que je murrai / Quant son precept trespasserai, vv. 143—144）。使用的是将来时，等同于预言。后文上帝说："等尝到了死亡的滋味，你们将无可宽恕地下地狱。你们的身体遭流放，到地狱受苦，灵魂在那里受怕。撒旦将掌握你们。谁能帮助你们，如果我们不可怜你们的话？"①正如同夏娃在吃禁果时说"我从未尝过这么甜的东西"（Unc ne tastai d'itel dolçor, v. 304），而在死前说"果子是甜的，惩罚是严酷的"（Li fruiz fu dulz, la paine est dure, v. 585）。

《亚当剧》中亚当和夏娃被逐出乐园之前各有一段哀歌，亚当对夏娃说"你的罪将载入圣书"（li toen pecchié iert escrit en livre, v. 542），"因此我们将被深深地带入地狱"（menez en serroms en emfer laidement, v. 549），子孙后代（nostre lignee）都会感到你的恶行的沉重负担。夏娃的哀歌更为成功，她呼唤亚当"亲爱的主人"（bel sire），似表示女性的地位更低，但她承认自己所有的罪孽，并寄希望于神的恩宠，"上帝将再给我他的恩宠，他将会愿意用他的威力将我们拨出地狱"（Deus me rendra sa grace e sa mustrance; Gieter nus voldra d'emfer par puissance, vv. 589—590）。我们不应当简单地看到男女的对立，实际这句话是与后世戏剧中的耶稣下至地狱处在同一个思想系统之中。

十二世纪还留下一个《神圣复活》（La Seinte Resureccion）的

---

① Depois qu'averez gusté mort, / En emfer irrez sanz deport. / Ici avront les cors eissil, / Les almes en emfern peril. / Satan vus avra en baillie. / N'est hom que vus en face aïe :/ Par cui soiez vus ja rescos, / Se moi nen prenge pité de vus ?（vv. 505—512）.

残篇,共371行诗句,讲述基督复活的故事,同为英伦-诺曼底方言写作,开篇的引子里有一个角色交代场景①:"我们应当以这样的方式来讲述神圣的复活。首先,我们要准备所有的场所和搭景,最早立十字架,然后才是圣墓;那边应该有个监牢来囚禁囚犯;让人把地狱放在这一边。然后准备另一边的搭景和天堂……"②。这里我们注意到十字架、圣墓、监牢、地狱、天堂的布景,这里称为"mansion",即搭景。地狱与天堂处于对立的两侧。这个引子为我们提供了另一种了解舞台布景的角度。

二、神秘剧中的地狱:基督下入地狱

十三世纪对圣母玛利亚的崇拜(culte marial)大兴,"神迹剧"(Miracle)的开端,但我们在鲁特波夫(Rutebeuf)的《圣泰奥菲尔的神迹剧》中看不到对地狱的表现。泰奥菲尔是第一个与魔鬼订约的人,他悔过感动圣母,圣母从魔鬼那里拿回契约。自此,圣母神迹剧大兴,对圣母的崇拜有些过头,只要罪人悔过呼叫圣母,圣母便会在耶稣那里求情。有论者认为十四世纪兴起的耶稣受难神秘剧是为了制衡圣母神迹剧的泛滥。这些受难剧中有耶稣下入地狱一节,为我们考察戏剧对地狱的表现提供了方便。

基督教三大传统《信经》(Credo)之一,始自四世纪的《使徒信经》或译《宗徒信经》(Credo Apostolorum)已有:"我信全能者天主圣父,化成天地。我信其唯一圣子、耶稣基利斯督我等主。我信其

---

① La Seinte Resureccion in David Bevington (ed): Medieval Drama, Boston, Houghton Mifflin, 1975, pp. 122—136.
② En ceste manere recitom / La seinte resureccion. / Premierement apareillons / Tus les lius et les mansions, / Le crucifix primerement / E puis après le monument ; / Une jaiole i deit aver / Pur les prisons enpriser ; / Enfer seit mis de cele part / Es mansions del altre part / E puis le ciel ; ...(vv. 1—11)

因圣神降孕,生于玛利亚之童身。我信其受难,于般雀比拉多居官时,被钉十字架,死而乃瘗。我信其降地狱,第三日自死者中复活。我信其升天,坐于全能者天主圣父之右。我信其日后从彼而来,审判生死者。我信圣神。我信有圣而公教会,诸圣相通功。我信罪之赦。我信肉身之复活。我信常生。阿们。"(天主教会文言版)"Credo"是"我信",拉丁文本第六行中"descendit ad inferos"(祂降地狱)。"inferus"和"infernus"是长期混用的,但有论者认为存在"ad Inferos"(入地下、死国)与"ad inferno"(入地狱)的转变。

基督下入地狱(Descensus christi ad inferos)在《圣经》正典中只模糊提及,但提到的地方很多,解决了受难星期五耶稣入坟墓到礼拜日复活之间是何状态的问题。《彼得前书》三:18—19:"因为基督也曾一次为罪而死,且是义人代替不义的人,为将我们领到天主面前;就肉身说,他固然被处死了;但就神魂说,他却复活了。他藉这神魂,曾去给那些在狱中的灵魂宣讲过。"狱中的即是地狱中囚禁的。《彼得前书》四:6:"也正是为此,给死者宣讲了这福音:他们虽然肉身方面如同人一样受了惩罚,可是神魂方面却同天主一起生活。"《马太福音》二十七:50—52:"耶稣又大喊一声,遂交付了灵魂。看,圣所的帐幔,从上到下分裂为二,大地震动,岩石崩裂,坟墓自开,许多长眠的圣者的身体复活了。"《使徒行传》三:15,《罗马书》八:11,《哥林多前书》十五:20 也都提到耶稣"从死者中复活"。《马太福音》十二:24,《罗马书》十:7,《以弗所书》四:9 也都说要先下到死者中,再升上来。《约翰福音》五:25:"时候要到,且现在就是,死者要听见天主子的声音,凡听从的,就必生存。"《希伯来书》二:14—15:"为能藉着死亡,毁灭那握有死亡的权势者—魔鬼,并解救那些因死亡的恐怖,一生当奴隶的人。"《启示录》一:18:"我是生活的;我曾死过,可是,看,我如今却活着,一直到万世万代;我持有死亡和阴府的钥匙"。《腓立比书》二:10:"致使上天、地上和地下的一切,一听到耶稣的名字,无不屈膝叩拜。"

雅克·勒戈夫在《炼狱的诞生》中谈到"基督下入地狱"时说①:"这段插曲——显然超出其纯粹的基督教意义:即基督神性的证明和未来复活的许诺——处于一个古老的东方传统中,它已由约瑟夫·克罗尔(Joseph Kroll)出色地研究过。这是上帝之战的主题——是太阳与黑暗之战,在这场战斗中,太阳必须战胜敌对力量的这个王国被等同于亡者世界。这一主题在中世纪瞻礼仪式中大获成功:在拔除恶魔的驱魔咒语中,在赞美歌中,在赞课中,在譬喻中,最后是在中世纪末期那些戏剧中。但这段插曲在中世纪得以普及,却是通过一个福音书伪经中所做出的明确描述,即《尼苛德摩福音》②。在下至地狱时,基督从地狱里解救出一部分因禁在那里的人,他们是未受洗礼的义人,因为他们生活在基督降临俗世之前,即主要是教长和先知们。但他留下的那些人将被囚禁,直到世界末日。因为他用七封印永远给地狱加了封印。从炼狱的角度看来,这一插曲具有三重意义:它揭示出,即便属于特殊情况,存在着在人死后来减轻某些人的处境的可能;但它将地狱从这种可能性中排除,因为地狱被封印,直到世界末日;最后,它创造了一个新的彼岸世界的场所,即地狱外缘的灵簿狱(limbes),灵簿狱的诞生几乎与炼狱诞生同时代,是处在十二世纪对彼岸世界的地理描述的重大调整之中。"

现存最早的耶稣受难神秘剧是梵蒂冈图书馆的十四世纪的一部,共1996诗句,编号:Palatinus latinus n°1969,所以称为《罗马教廷的受难剧》。我们参考格拉斯·弗兰克的校勘本③。其中对耶稣下至地狱的表现主要通过对话,vv. 1396—1450。耶稣之灵

---

① Jacques Le Goff: *La naissance du purgatoire*, Paris, Gallimard, 1981, p. 68.
② 尼苛德摩此人在《新约》中出现,译名有尼哥底母、尼哥迪慕。
③ *La Passion du Palatinus. Mystère du XIVe siècle*, éd. par Grace Frank, Paris, H. Champion, 1922.

(Li Espreriz Jhesu)说:"打开地狱之门!"(Ovrez les portes infernaus! v.1396)。遭到拒绝后用十字架打开门,或许这就是《启示录》所说的"阴府的钥匙"。他轻易制服了撒旦,对他说:"退后走开,去见魔王,让你不再有威力,不再有人听信你"(Va t'en arier apartement. / Va,au deable te commant! / Que tu n'aies jamais puissance,/ Que tu n'aies jamais audiance! vv.1402—05)。之后对要解救的圣者们说:"从这牢狱中出来,我的朋友、亲人、弟兄们。我来自我父的右手,为了拯救你们我忍受了死亡。现在地狱之门将为你们敞开。随我去上面的天堂,我将另你们去我安居之所。快随我来,我的朋友们①"。与《亚当剧》不同,撒旦与魔王(deable)路西法已经是两个角色。这里有地狱的大门(la porte d'enfer et li huis)。文本无法告诉我们演员是如何表演的,也没有布景和服装的信息。戏剧要依靠很多语言之外的因素,比如动作、神态、声音变化,我们应正确评价文字的单薄。参考同时代的绘画作品,从文本的语言风格看,应该有魔鬼的表演(diablerie)的位置,包含着杂技、喜剧表演、口技效果,舞台的效果应该也有一些。

十四世纪初写作《神曲》的但丁提供了更多关于基督下至地狱的信息,确切说是灵簿狱。维吉尔对他说:"我处于这种境地不久,就看见一位戴着有胜利的冠冕的强有力者来临。他从这里带走了我们的始祖和他儿子亚伯的灵魂,挪亚以及立法者和惟神命是从的摩西的灵魂,族长亚伯拉罕和国王大卫,以色列(雅各)和

---

① Issiez hors de ceste prison,/ Mi ami,mi cousin,mi frere. / Je vieng de la destre mon pere. / Pour vous sauver ai mort sofferte. / Maintenant vous sera overte / La porte d'enfer et li huis. / Ou moy en paradis laissus / Vous en menrrai en mon repos. / Or est tout fait et tout esclos / Quanqu'il dit en la prophetie / De Jesucrist,le fil Marie. / Or tost venez en,mi ami ! (vv. 1430—1442)

他的父亲(以撒)、儿子们以及他多年才娶到的拉结,还有许多别的人,都使他们得享天国之福。我还想让你知道,在他们以前,人类的灵魂没有得救的。"(第五章,p.23)基督在坟墓中时,他的灵魂去解脱那些在他降临之前生活的义人们。他们的灵魂囚禁在灵簿狱,要等耶稣用他的血打开天堂之门之后才能进入天堂。十四世纪佛罗伦萨的安德雷阿(Andrea da Firenze)的画作《耶稣下入灵簿狱》中,左侧(是图画自身的右侧)耶稣穿白袍,持十字旗(他曾被嘲笑像旗子挂在十字架上),脚下是倒下的大门,门下压着守门的鬼卒,鬼卒手里还拿着钥匙。被解救者最前列的是一个白胡须男子(始祖亚当),身后的男女同他一样头后画光轮,表示是获选者。可以认出亚当身旁白衣的夏娃,身后的亚伯(抱着羊表示他是牧人),大卫王手持乐器,所罗门王被画成没有胡须,摩西在大卫前面,手持十诫的石板,其他的是《旧约》中的先知。画家依据的是《尼苛德摩福音》(伪经)第21章,描述耶稣作为荣耀之王将死神踩在脚下,抓住撒旦,让地狱失去威力,将始祖亚当带入光明。他对亚当和诸圣画十字,右手携起亚当,升离地狱,诸圣跟随。我们可以此想象神秘剧的表演。

1401年法王查理六世颁给巴黎的"受难剧行会"(Confrérie de la Passion)特许,独揽戏剧演出,到1676年,该行会被路易十四解散。时至1597年,亨利四世仍特许行会上演神秘剧,但显然这种宗教剧已经过时,十八个月后遭议会禁止,国王未加反对。十五至十六世纪,神秘剧有兴盛转向衰微,社会观念和品味发生了改变。我们挑选十五世纪中期,神秘剧大盛时的阿尔诺·格雷班(Arnoul Gréban)的《耶稣受难神秘剧》(约1440年)加以考察[1]。此剧近35000行诗句,分为四天,讲述人类的堕落,灵簿狱中先知预言拯

---

[1] 我们依据 *Le Mystère de la Passion d'Arnould Greban*, éd. par Gaston Paris et Gaston Reynaud, Paris, F. Vieweg, 1878。

救,耶稣的诞生、布道、受难、复活、升天。但在人类堕落之前,先有路西法(Lucifer)的堕落,而且是在上帝刚刚创造元始天、四大元素和诸天使之后,在分光明黑暗,分天地之前。也即是说,在人类堕落,死后要落地狱之前,地狱已经存在。但丁《神曲》地狱之门上有文字:"由我进入愁苦之城,由我进入永劫之苦,由我进入万劫不复的人群中。正义推动了崇高的造物主,神圣的力量,最高的智慧,本原的爱创造了我。在我以前未有造物,除了永久存在的以外,而我将永世长存。进来的人们,你们必须把一切希望抛开!"(p.16)。

由于傲慢,路西法不愿服从上帝,被上帝派米迦勒(Michel)和加百列(Gabriel)镇压,路西法及其同伙被判跛足(tresbuchier v. 399),被打入地下的深渊(abisme soubz terre, v.400),黑暗的井(ou puis tenebreux, v.404)。在但丁的《地狱篇》中,我们看到地心的路西法三面(红黄黑),六目,六翼,用嘴嚼碎罪人犹大、布鲁图和卡修斯。黄面象征虚弱无力,黑面象征愚昧无知,红面象征憎恨。对应着三位一体的神性:力量、智慧和爱。魔的三面:无力、无知和憎恨。路西法被比作"那洞穿世界的恶虫",他们拽着他的毛,爬到地心另一边,重见群星(第三十四章,p.284)。

人们认为地狱形成与魔鬼有关,堕落天使路西法落下大地,砸出深渊,随从的堕落天使们是群魔。跛足的魔鬼也是传统的形象。我们的文本中,米迦勒告诉魔鬼们是"可怕的火和永远的死"(feu terrible et mort pardurable, v.420)。舞台提示中,路西法摔下,在地上跛脚(cheant et trebuchant a terre),然后撒旦等一众堕落天使以魔鬼之形摔下,在地狱里跛着脚(Icy cheant et tresbuchant les mauvais anges en enfer en fourme de deables, v.426之后)。他们应该是从高处落下,地狱是一处搭景,而魔鬼之形则意味着形象发生改变,可能是改变服饰。路易·珀蒂·德·朱勒维尔在《法国戏剧史》卷一《神秘剧》中提到有的神秘剧表演中可以变脸,不知是否与中国戏曲川剧变脸一个原理①。在魔鬼们进入地狱之后,舞台提示"此时制造很大声音"(Icy doivent fere grant tempeste, v. 451 之后)。从后来的关于神秘剧演出的记载文献我们知道,魔鬼们用鼓、号、长炮、蒙皮革的木桶造成很大声响。还有用铁环捆扎的木炮来制造爆炸。

耶稣下至地狱的文本(vv. 26224—26425)前后标注"Pose"(休息),应该是为演员转场留下时间。群魔加固城门,然后耶稣之灵(Esperit Jhesus)来到(v. 26256 之后),唱诗班唱起:"众城门哪,你们要抬起头来!永久的门户,你们要被举起!那荣耀的王将要进来。"(Attolite portas, principes, vestras et elevamini, porte eternales, et introibit rex glorie)。灵簿狱的众灵魂唱:"这荣耀的王是谁?"(Qui est iste rex glorie?)圣灵:"就是英勇大能的上主,是那有力作战的天主。"(Dominus fortis et potens, dominus potens in prelio)。反复歌唱。我们知道这是《旧约》的《诗篇》二十四:7—8。之后,当耶稣将十字架打在门上,门应该倒下(Icy doivent cheoir les portes quand Jhesus frappera sa croix encontre)。这些门应该是有机构可以放倒的。耶稣战胜群魔,抓住亚当的手(prent Adam par la main)对他说:"亚当,朋友,让你和你正直的子孙得安宁,你们在这黑暗牢狱哀哭了太久。我将带你们去另外的地方,那里你们能安歇,你们在那里等我到升天的日子,那时我将带你们去我永远的国②。"这里的安歇处应该是被称为"亚伯拉罕的怀抱"的地方。亚当、施洗约翰、夏娃、大卫、以撒、以西结、耶

---

① Louis Petit de Julleville: *Histoire du théâtre en France. Les Mystères*, vol. 1, Paris, Hachette, 1880, p. 401.
② Adam, amis, paix soit o toy / et tous tes filz justes et bons:/ en ces tenebreuses prisons / avez lamenté grant espace :/ je vous menray en aultre place / ou tout vostre soulas prendrez,/ et en ce lieu tous m'attendrez / jusqu'a ce qu'au ciel monteray ; / et lors je vous transporteray / en mon royaulme perdurable (vv. 26283—26292).

利米发言后,耶稣带他们出地狱,带他们去某个地方,而魔鬼们在地狱里造成大声响(tandis font grant tempeste les diables en enfer,v.26335 之后)。

撒旦与路西法是两个人物。撒旦路西法的最佳的遣使(meilleur ambassade),是俗世统治者。《约翰福音》十二:31:"现在就是这世界应受审判的时候,现在这世界的元首就要被赶出去。"戏剧表现中路西法是被锁在地狱中,在地狱搭景的雉堞之后,而撒旦作为代表在外面活动,爬上禁树的蛇只是恶魔的替身①。

关于地狱的最详细的图像作品是于贝尔·卡尤(Hubert Cailleau)为1547年瓦朗谢讷(Valenciennes)上演的《耶稣受难神秘剧》所作图画(见图1),见手稿 bibl. Nat. Fr. 12536 和 Rothschild 1—7—3。地狱是个雉堞的城堡,有二层,上层有个平台能看到里面。旁边有灵簿狱,也是二层的,从格栅里能看到里面。地狱的底层是地狱之口(Gueule d'enfer),这是个重要布景,外观是龙头。格林·威克姆《中世纪戏剧》转述亨利·德·乌特曼对1547年瓦朗谢讷演出的见证,假景以假乱真,有天使从高处飞下,时而显现,时而消失。路西法一下骑着龙从地狱里升起,看不清是怎么做到的。摩西的枯萎的树棍突然结出花果,希律王和犹大的灵魂被魔鬼带上空中②。

法国尚帝利(Chantilly)孔代博物馆藏《埃蒂安·舍瓦利耶的祈祷书》中看到让·富凯(Jean Fouquet 或 Jehan Foucquet)绘制的细密画(见图2),表现十五世纪神秘剧《阿波丽娜圣女的受难》演出场景。可见周围搭台和中间演剧曲的区分,演出区有调度人(meneur de jeu)或演剧班头(maître du jeu)在场指挥,搭台上为不同的搭景和人物。地狱在图的右上角,紧挨着前一个搭台,楼上

---

① Robert Pignarre:*Histoire de la mise en scène*,Paris,PUF,1975,p.41.
② Glynne Wickham:*The Medieval Theatre*,Cambridge,Cambridge University,1974,pp.87—88.

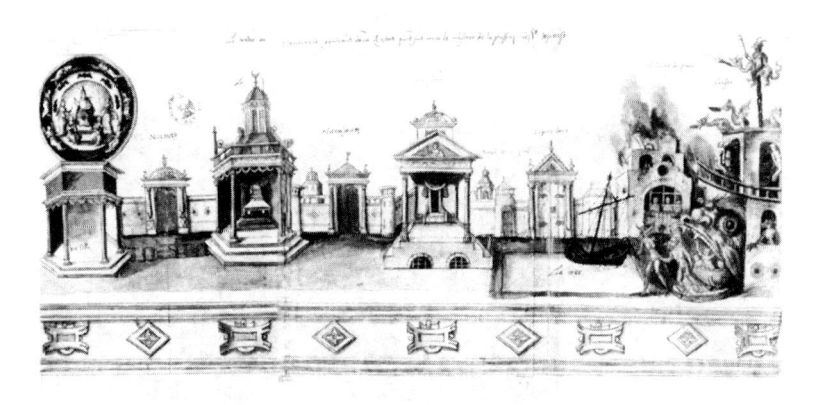

于贝尔·卡尤为1547年瓦朗谢讷上演的《耶稣受难神秘剧》所绘

是一些金色的魔鬼,腰部以下被栏杆遮住。地面上是地狱之口,张开着,一个魔鬼守门,其他魔鬼站在门外。这两幅画是最常被戏剧史家参考的。

埃利·科尼格森在《中世纪戏剧空间》中《地狱与灵簿狱》(p. 244—245)一节谈到地狱和灵簿狱的表现基本固定,地狱呈现为一座大的坍塌的塔,它的门的位置是一个龙口。灵簿狱是与之并靠的一座塔,或者比地狱更高。1536年,布尔日(Bourges)上演《使徒行传神秘剧》之前的"展示游行"(monstre 现代法语为 montre),与现代马戏团的游行宣传近似,此次展示被记载在《游行报告》中,提到"地狱十四尺长,八尺宽,做成岩石的样子,上面立着一座塔持续冒火,里面是路西法,只露出头和上身。……岩石的四角是四个小塔,可以看到灵魂在里面受各种折磨。石头正面露出一条吐信的大蛇,口、鼻孔、耳朵都喷火。岩石各个部分都钉挂着各种蛇和大蟾蜍。"前面有"长十二尺的龙,不断动着头、眼睛、尾巴,吐舌头,常从口里喷火。翅膀有时扇动,两翅之间坐着撒旦"①。彼得·

---

① Elie Konigson :*L'Espace théâtral médiéval*,Paris,CNRS,1975.

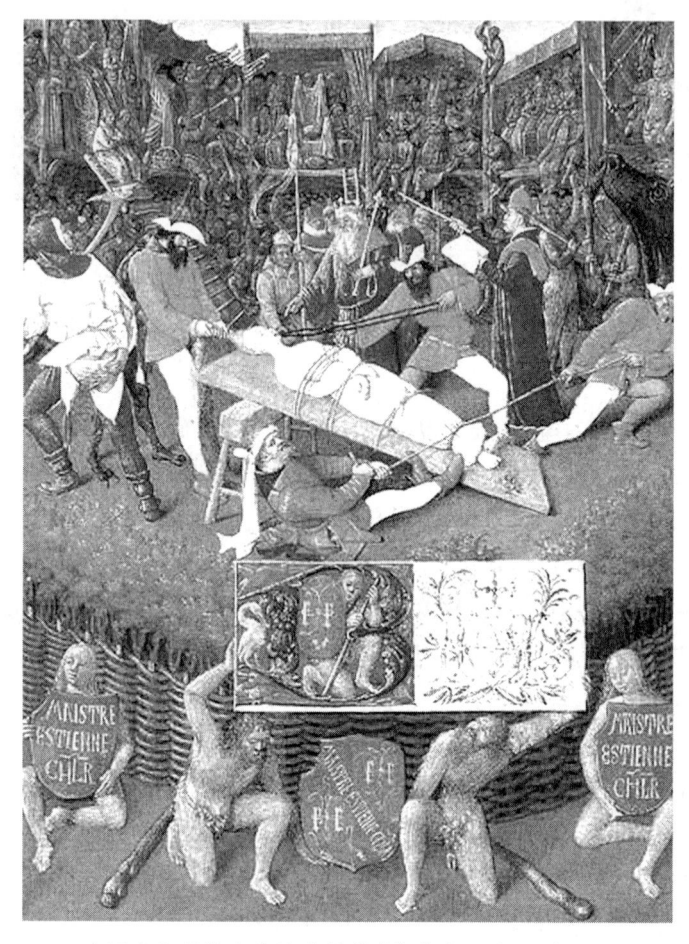

法国尚帝利的孔代博物馆藏《埃蒂安·舍瓦利耶的祈祷书》中让·富凯绘制的细密画

梅雷迪斯编的《晚期中世纪欧洲宗教剧舞台》①中，我们知道路西法穿着熊皮，有亮片，戴着有两张兽面的面具（tymbre à deux museaux）。他不停地吐火，手握各种蠕动的吐火的毒蛇。这个地狱是可移动的，靠着里面的一些人推动前进，他们在各个制定地点表演地狱折磨。

在这本资料中，我们还看到卢采恩1583年上演《基督受难神秘剧》，地狱之口前两个木桩悬挂地狱之口（p.81）。梅斯1437的地狱之口的机构，可开合自如，头上有很大的铁制的眼睛，光彩夺目。鲁昂1474年的地狱之口张合自如，人类族长被囚的灵簿狱像一个监狱，只能看到他们身体上部（du hault du corps）。蒙泰菲朗1477年3月20日，一批铁环（faysse de cercles）用在地狱之口（应该是捆扎木炮用的），一车荆棘摆在地狱周边。巴黎1419年《耶稣复活神秘剧》，基督的灵魂（Anima Christi）下入地狱，从井上面的台阶上推撒旦的头，撒旦大声嚎叫。这个井应该是在地狱之口和灵簿狱之间，在表演区（champs du jeu）的旁边，以便让人看清楚。外表看上去要像黑色石头砌的（maçonné de pierre de taille noire），灰浆（bousilles）不可绽露在外。从一边，基督要投掷众魔，另一面要冒出燃烧的硫磺、火药、雷声和其他剧烈声响（tempestes），直到基督把撒旦和众魔投进去，然后便安静下来，基督之灵（Anima christi）用十字杖打破灵簿狱的大门。灵簿狱在地狱平台（parlouer）的一侧，大门上有建筑（habitacion），盖成四方的塔楼，绕着网（rethz），基督之灵破门后，让观众区（parc 栏）看到里面的灵魂，但之前要覆盖黑幕帘，盖住那些网，直到基督之灵进入才

---

① Peter Meredith, John E. Tailby (ed.): *The Staging of Religious Drama in Europe in the Later Middle Ages*: *Texts and Documents in English Translation*, Kalamazoo, Western Michigan University Medieval Institute Publications, 1983, p.91.

拉开，一些小铁环(annelez)相当于窗帘环①。基督之灵进入时,塔里要有几个火把和灯笼亮起。塔后要有人大声呼嚎,他们是无望的灵魂(desesperés),但观众看不到他们,声音不要太久。在蒙斯,地狱用粘土涂石膏(placquier l'enfer),然后装饰。将头发(poil)加入灰泥(mortier),上面可以画画。这个搭景(hourt)有多个出口,用了一车的柳树桩(teste de sauch)。1474年,鲁昂,提到鼓和机械(engins),轻型长炮(couleuvrines)从地狱之口的蟾蜍的鼻孔、耳朵发射。鼓、烟花、长炮经常被用来制造音响效果。蒙斯用到杉木桶(thonneau de sapin)上蒙牛皮,铁锅上蒙羊皮,还有铜盆。

地狱之口多为丑恶的龙或蟾蜍之口。里面有火盆和烟囱,让火和烟能从口、鼻孔、眼睛、耳朵中冒出去。透过龙口能看到里面的一部分。魔鬼们造成很大声响。群鬼最活跃,善于翻跟头,高空跳跃。转场时穿插的魔鬼表演(diablerie)最受观众喜爱。对于大多数人而言,撒旦及其随从的杂技和搞笑是最具吸引力的。人们烧起炭火,燃烧松脂和硫磺,群鬼在烟雾中跳进跳出。魔鬼的服装也很讲究,拉伯雷在《巨人传》第四卷里谈到魔鬼披着狼皮、小牛皮、羊皮,戴羊头、牛头,系响铃的腰带。手持黑棍子,上挂着鞭炮,有的拿着点燃的火绳,在每个路口撒一把松脂粉,制造可怕的火焰和浓烟②。

---

① 近似的描写见：Gustave Cohen ：*Histoire de la mise en scène dans le théâtre religieux français du Moyen Age*, New York, Burt Franklin, 1972 ; 1926年版重印。p. 92—99 地狱,主要依据法国国家图书馆稿本972的《神圣复活稿本》(Manuscrit de la Resurrection),被认为是让·米歇尔的作品。基督下至地狱的内容。

② Louis Petit de Julleville, *Histoire du théâtre en France. Les Mystères*, vol. 1, Paris, Hachette, 1880, p. 395.

三、舞台的象征意义

对于中世纪戏剧,大家往往感到类型化、程式化。剧情上无悬念,完全可预期。人物之间的区别度不大,演员可替换,靠服装和化妆的约定,是符号性的,约定性的,从传统上继承下来的。演出时间遵循岁时节日,与宗教活动结合。演出在习惯的地点进行,在固定的位置搭景,遵循固有传统,通常是在市场里①。或许与中国戏曲可比较,程式化并不妨碍演员的演出经常,也不排除有局部的创新。让人意外的东西在于表演。

从观众接受方面看,观众要靠类型化的东西来识别场景和人物。从方位上看,以演员的右边为天堂,左边地狱,因为耶稣在上帝的右手,那里是尊位。东方相对于西方也是尊位,因为耶路撒冷在欧洲的东方,所以天堂常常布置在东方。古列维奇指出教堂大门被视作通往天堂之门,表现世纪的未来(世界末日)的雕塑在西门即正门,而神圣的过去(十字架上的耶稣)在东边②。地狱一般跟天堂正对,我们在卡尤与富凯的绘画中也能验证,天堂在演员的右边,地狱在左边。除了水平面上的对立,在高度上的对立也有意义,比如炼狱要比灵簿狱更高。天堂是在天堂搭景的二层,离开地面的,而地狱搭景虽然高度不低,但它的开口在地面,而且由井可以将撒旦推下。我们在对《亚当剧》的分析中,看到服装的标识作用,华服到树叶显示出人类的堕落。服装的颜色也是程式化的,比如亚当在食禁果之前穿着红色的祭披,是尊崇的颜色。

象征系统是一种知识体系。天堂的永福对应地狱的永劫。犯

---

① William Tydeman :*The Theatre in the Middle Ages*,Cambridge,Cambridge University Press,1978,p.138.
② 古列维奇:《中世纪文化范畴》,庞玉洁等译,杭州,浙江人民出版社,1992年,第77页。

罪的亚当对应救赎的耶稣,亚当是人类之父,耶稣是上帝之子。天堂的禁树对应着耶稣受难的十字架,人类吃禁果犯罪,耶稣在十字架上救赎。人类之母夏娃对应着圣母玛利亚。《圣母经》(Ave Maria 万福玛利亚)中的 Ave(万福、致敬)对应着罪人 Eva(夏娃)。《亚当剧》中,夏娃被神诅咒将有生育之苦,《受难剧》中圣母玛利亚无玷受孕,且无生育之苦。《新约》与《旧约》的相互关照表现得很明显。食禁果,人类通过感官犯罪,耶稣则通过其无辜之身受酷刑来救赎,为了感官的喜悦而犯罪,就要用感官的苦楚来偿还。在十四世纪叙事诗《受难之书》(Livre de la Passion)①中,这种对应关系体现在五种感官上:荆棘冠在头部,惩罚亚当不服从告诫,众人辱骂耶稣,惩罚亚当听从夏娃和恶魔的意见(听觉),耶稣看到人们向他吐口水,这是惩罚亚当喜爱禁果之美(视觉),囚禁尸臭的场所,是惩罚亚当闻了禁果(嗅觉),耶稣被打的牙齿脱落,为惩罚亚当咬禁果,手足被钉,为惩罚亚当手握禁果(触觉),耶稣口渴只能喝污秽,是为惩罚亚当品尝禁果滋味(味觉)。

与圣母相对的还有另一个玛利亚,抹大拉的玛利亚(Maria Magdalena),她是悔改的罪人,她的形象更具有俗世的审美,有更多感官、肉体之美。是她发现耶稣肉身不见了,这表示她对肉身的依恋。复活的耶稣先向抹大拉的玛利亚显现,对她说:"你别拉住我不放,因为我还没有升到父那里"(《约翰福音》二十:17,《圣经》思高本)。十五世纪意大利版刻家大卫·多纳太罗(Danatello)的木刻《抹大拉的玛利亚的出神冥思》和15—16 世纪荷兰画家昆汀·梅齐斯(Quentin Matsys)的《抹大拉的玛利亚》都表现抹大拉的玛利亚的裸体,仅以自己的长发覆盖。

圣母玛利亚是上帝的中间人,常替人说情。撒旦则是路西法

---

① Livre de la passion:poème narratif du XIVe siècle,éd. par Grace Frank,Paris, H. Champion,1930.

的中间人,对人施加引诱。这是个道德化的世界,善恶体现在各种对立。天国的向往,俗世的诱惑,人生正是克服矛盾的过程。古列维奇谈中世纪象征意义时说,象征是将一些显现的东西结合起来,从中透露出不显现的东西,并非推论意义上的见微知著,而是直接显现出推论得不出的事物。象征不是主观的,是客观的,有普遍强制性的,象征揭示世界的隐微中的意义①。

结 论

我们应当记住宗教剧有向普通人,向未受教育的阶级说教的目的,寓崇高于卑微(Sublimitas in humilitate,),应当是谦卑的,亲近人的。宗教剧的演出与人群混杂,演员也多为业余的。人在戏剧中,却同时清楚这是在演戏。人物非具体的人,个性的人,而是人格化了的道德价值。

古列维奇说:"在基督教中,历史的时间采取了戏剧的形式,戏剧的开始是人的第一个自由行动——亚当被赶出伊甸园,紧接着是基督受上帝派遣来拯救人类,在人世结束的时候是末日审判②。"宗教剧所搬演的正是人类的拯救这一宏大戏剧。

地狱是教会的"牧道工具"(outil pastoral),通过恐惧来向普通人传道。地狱中有种种酷刑,从但丁的《地狱篇》里可以看到那里黑暗、恐怖,有狂飙、污秽、恶臭、火雨、冰冻、酷刑,沸腾的血水河(即火焰河)里煮着嗜血的罪人,冰湖冻着罪人,到处叹息哀号。地狱对罪人的惩罚,体现着人们希望俗世中的不义能遭到报复,原

---

① 古列维奇:《中世纪文化范畴》,庞玉洁等译,杭州,浙江人民出版社,1992,第336页。
② 古列维奇:《中世纪文化范畴》,庞玉洁等译,杭州,浙江人民出版社,1992,第123页。

则是从哪里犯罪,便从哪里受折磨①。在《恶魔的历史》②罗伯特·缪尚布雷指出,十二世纪,恶魔最初的形象和身材接近人类,有动物的特征。十四世纪,社会深刻变化,进入中世纪之秋。文明在转型,人类、君主、教会的力量在增强。作为对恶具有解释力的东西,路西法也更强大,更丑恶,强调他巨大的身材始自十四世纪的意大利。地狱和恶魔都更加具象化,越来越远离人形。

然而,宗教剧中魔鬼的表演(Diablerie)充满了喜剧因素,魔鬼们插科打诨,如同马戏团的小丑,混迹观众之中,戏仿前面剧情。地狱的恐怖似乎被冲淡了。其实,十二世纪的叙事曲《欧加辛和尼科莱特》(*Aucassin et Nicolette*)中就已经提出问题:我进天堂去做什么(En paradis qu'ai je a faire)? 那里只有些老神甫、瘸腿、断胳膊,整日跪在祭坛前,饥饿贫寒,破衣烂衫。我想下地狱(en infer voil jou aler),俊美的教士,漂亮骑士,游吟诗人都在地狱里,我想去那里,只要我亲爱的尼科莱特跟我在一起③。

彼得-安德雷·阿尔特的《恶的美学》④以黑格尔的矛盾为思考原点,一方面黑格尔认为恶不允许成为艺术的对象,另一方面,他的多次演讲却以恶在诗歌中的功能为主题。恶在文学中具有重要地位,魔是恶的绝对的范畴。地狱则是罪与罚实现的场所。阿尔特指出原罪神话的戏剧性,这是蛇制造的悲剧,人类的悲剧,其戏剧性在受到引诱,心念一转的时刻。现代文学中撒旦的审美功能倍增,不再需要外貌上的丑恶,与寻常人无异(p. 93)。翁贝托·艾柯在《中世纪美学中的艺与美》指出现代文学

---

① Georges Minois :*Histoire de l'enfer*, Paris, PUF, 1994, p. 50.
② Robert Muchembled :*Une histoire du diable (XIIe-XXe siècle)*, Paris, Seuil, 2000.
③ *Aucassin et Nicolette, chantefable du XIIIe siècle*, éd. par Mario Roques, Paris, H. Champion, 1980, p. 6.
④ 彼得-安德雷·阿尔特著,宁瑛等译 :《恶的美学》,北京,中央编译出版社,2015 年。

直白表露人的矛盾性,而中世纪审美虽然黑白分明,但在这之外却加上些暧昧,手稿正文的有序世界之外,在页边上(marginalia)却表现着一个颠倒的世界。相同的印象启发钱锺书结集《写在人生的边上》。艾柯谈到典型的"天主教"态度是"大家很清楚什么是善,并且谈论善,建议大家追求善,同时却接受生活是另一个样子,并希望上帝最终将给予宽恕①。"所以,对于中世纪作品的审美应该跨出现代的标准,进入另一种心态。爆炸、烟火、敲击、喊叫、气味、灯光效果、特技、假景、杂耍,这些文本之外的东西,这些页边上的内容也需要我们给予重视,充分结合图像资料和一些目击的记述。

十六世纪伴随历史剧兴起,暴力与酷刑更加显著,宗教剧中恶魔所为的,在历史剧中却成了人的作为②。没有了中世纪戏剧中穿插搞笑的鬼卒,但地狱却好像在人间了。

---

① Umberto Eco:*Art et beauté dans l'esthétique médiévale*,由 Maurice Javion 译自意大利语,Paris,Grasset,1987,pp. 220—221。
② Lynette R. Muir:*The Biblical drama of medieval Europe*,Cambridge/New York,Cambridge University Press,1995,p. 165.

语言学研究

维诺库尔论《聪明误》的语言*

聂凤芝

作为"俄罗斯戏剧从古典主义走向现实主义的一个里程碑"①,格里鲍耶多夫的喜剧《聪明误》在诞生伊始却备受争议,而争议都集中在剧作的语言创作风格上。贬者(卡拉姆津学派的保守作家们)不赞该剧大规模使用真实的日常生活言语,认为这是戏剧文学形式所不允许的,认为很多词汇是"下等的""下流的""可笑的"②,但好评更多,普希金预言"这部作品的大多数句子将变成成语和谚语"③,别林斯基对《聪明误》所开创的俄语诗体剧和贵族口语风格钟爱有加,"想要继续这种创作风格,需要无与伦比的天赋"④,这一溢美之言把对格里鲍耶多夫艺术贡献的评价推到了巅峰。白银时代随着俄国形式主义思潮的兴起,不少有识之

---

* 基金项目:国家社科基金重大项目"当代俄罗斯文艺形势与未来发展研究"(批准号 13&ZD126)

① 李锡胤:《走向现实主义——(俄国)格里鲍耶多夫的〈聪明误〉》,载《外国语文》,1987(1)。

② Виноградов В. В., Очерки по истории русского литературного языка XVII - XIX веков,(Моска:Высшая школа,1982) стр 211.

③ РВБ:А. С. Пушкин. Собрание сочинений в 10 томах. 109 А. А. Бестужеву, Конец января 1825 г. Из Михайловского в Петербург. http://rvb.ru/pushkin/01text/10letters/1815_30/01text/1825/1292_109.htm.

④ 满涛译:《别林斯基选集》第二卷,上海:上海译文出版社,1982 年,第 112 页。

士大力探讨作家语言风格和现代俄语标准语的形成问题,《聪明误》的语言特色开始在语言风格史和标准语形成史的理论视域中得到全面探究,其中探究最深入的当推维诺格拉多夫(В. В. Виноградов)和维诺库尔(Г. О. Винокур)。国内已有学者研究维诺格拉多夫的文学修辞学思想①,而俄国形式主义诗学运动的积极参加者、曾接替雅各布森(Р. О. Якобсон)担任莫斯科语言学小组领导人的维诺库尔及其诗学思想,至今仍未进入国内俄罗斯文学界的学术视野。本文试图借维诺库尔论《聪明误》语言的长文,介绍文论家眼中这部戏剧的语言特色,评析长文作者分析该剧语言特色的语言学诗学理论基础,简要评价由这种理论所开创的语言风格分析对后世的影响。

一、维诺库尔对《聪明误》语言特色的分析

维诺库尔对《聪明误》这部诗体戏剧给予了高度评价,视其为俄语标准语史上一部纪念碑式的作品,是俄罗斯文学语言的典范,认为作品中所展现的俄语语言技巧是这部作品最杰出的成就。为证明这一论点,他专门撰写了《〈聪明误〉——俄罗斯文学语言的里程碑》一文,从语轮结构、语轮连接手法、长短语轮的功能特点、人物语言的口语特征等几个方面对《聪明误》的语言特点进行了缜密细致的分析。下面我们就分别从这四个方面对维诺库尔的主要观点做一简要分析和阐述。

1. 语轮结构特点

维诺库尔认为,在舞台表演艺术中,最基础的话语单位是语

---

① 白春仁:《文学修辞学》,长春:吉林教育出版社,1993 年。黄玫:《韵律与意义:20 世纪俄罗斯诗学理论研究》,北京:人民出版社,2005 年,等等。

轮①。语轮是体现戏剧特色的重要因素。每一次语轮的转换都意味着舞台情节的变化,即便是同样的一句话在不同人物之间进行转述时,意义都会发生变化。语轮转换是舞台表演行为发展过程中最重要的推进力②。因此"语轮"就成为维诺库尔研究《聪明误》的最基本单位。《聪明误》首先是一部舞台艺术作品,其语言既是戏剧语言,又是诗体语言,从语言结构上看完全符合戏剧艺术的要求。这种语言只有在舞台场景中形成,并在一定时间维度(即语轮)中展开,其独特性才能被读者和观众真正认识。研究由这种语言组成的语轮,既要关注其外在形式,又要关注其内在功能,这一点在诗体戏剧作品的研究中尤为重要。诗歌语言是由各种等量划分的成分(诗行,诗节,音节)构成,这就使得诗体戏剧中的语轮在时间延长度这一点上也非常敏感。《聪明误》的语轮在这一维度中呈现出丰富多彩的外形特点。

维诺库尔认为,《聪明误》的语轮结构一个总的特征是:各种长度的语轮类型众多。他研究了从语轮长度为一个音节(在两个或几个语轮中被打断的部分)或整行诗句只有一个音节的诗行,到最多六十五行的长篇大论的语轮(譬如第三场结束时恰茨基的独白)③,并把它们分成五十六种长度各不相同的类型④。其中数量最多的是不完整诗句构成的语轮,共有二百个,一句式语轮一百三十四个,两句式语轮七十个,三句式语轮四十三个,四句式语轮

---

① 语轮,这里指在两个或几个人之间进行的对话中,任意一人说出且没有被他人打断的一次完整的话语表述。
② 维诺库尔:《语文学研究:语言学与诗学》,莫斯科:科学出版社,1990年,第197页。
③ 维诺库尔在研究中把不完整的各种诗行看作一个整体,暂时把各种不同音步抑扬格的各种不同形式都不予考虑,统一称其为自由体诗。
④ 这里是指维诺库尔按照自己的标准进行的语轮划分和筛选。如果无止境地细数那些与语轮内部单个诗行结构有关的所有细节,这个数字还会继续扩大。

三十一个。在《聪明误》中最短的语轮由一些单音节词构成。这些单音节词语轮从发音角度而言实际上就是一个音节功能的浊辅音,在日常生活口语中用于模仿、表现不同的感叹声。比如:法穆索夫的 Tc!(这个单音节语轮恰巧是在非重音音节上),以及公爵孙女们在某一语轮的一行诗句中重复了两遍的 Шш!。比如"(Наталья Дмитриевна) Вот он!""(Графиня внучка) Шш!""(Все) Шш!"等。还有同样在非重音音节上的 cc!,及感叹词 гм。这种单音节语轮有时还带有响辅音音节,在剧中杜戈乌霍夫斯基公爵的语轮中常见(如"о! хм!""и-хм!""а! хм?""э, хм?"等)。十五句以上的语轮在整部剧中都只出现过一次。《聪明误》中短语轮数量众多,经常重复;长语轮数量较少,很少重复,而这正是诗体戏剧语言的自然特性。

在《聪明误》数量众多的语轮中,语轮的长度由人物性格决定,并由事件本身加以推动。剧中最长的语轮属于最主要的人物恰茨基,相比而言次要人物杜戈乌霍夫斯基的语轮长度从不超过两个音节。剧中每一个主人公都有机会在一些场合,在有一定长度的语轮中表现出自己的性格,尤其是六个主要人物,他们的语轮长度完全符合这一特点。《聪明误》中说话最多的是恰茨基和法穆索夫,他们在所有事件中都是主要对手,所以最长的语轮属于他们。六个人物中最短的语轮属于莫尔恰林和斯卡洛茹勃,这也符合他们的性格和社会地位特点。语轮长度居中的是索菲亚,因为整部戏的进程都取决于周围人对她的态度,另一位语轮长度居中的是索菲亚忠实的女仆丽莎。

恰茨基长篇大论的独白语轮不仅展示出了他热情演说家(道德捍卫者和讽刺家)的特征,而且从他的语轮中自然而然地流露出作者的观点。恰茨基起到了作者代言人的作用。法穆索夫的长篇大论,不仅是要保持他那副空洞无聊,搬弄是非的假面孔,而且还要阐述与作者相对立的思想、感受和满腹怨愤,而这些又为恰茨基的愤慨提供了理由和材料。从这些语轮中完全可以看到人物形象发展形成的清晰而直接的轨迹。比如第二幕的中心内容就是恰茨基与法穆索夫激烈辩争的语轮和冲突,占据了这一幕绝大部分的篇幅。他们的独白语轮一个接一个轮流展开,转换间隔也非常短,尤其在第二次冲突中两人各自的独白竟占五十七句之多。分量如此之重的语轮篇幅正是由他们在剧中的重要性决定的。

话语不多的莫尔恰林①和斯卡洛茹勃的语轮也非常符合人物的舞台性格特点。莫尔恰林在剧中甚至有从头到尾不曾发一言的场景(如第一幕第三场,他首次展现在观众面前时,以及第二幕第十场)。在随后的情节发展中他的语轮大多也是不完整诗行,基本上为一句或一句半,长度在三句以上的语轮很少,只有一个六句的语轮(即第三幕第191—196行与恰茨基的谈话)。莫尔恰林总共只有两个稍长的语轮:一个是要勾引丽莎,一个是向丽莎解释自己的爱情。莫尔恰林虽然话语不多,语轮篇幅不长,却在舞台上最大程度地展现出了人物的积极性。至于斯卡洛茹勃,他是凭借其笨拙而结结巴巴的只言片语获得了人物形象上的和谐,作者通过其语轮言语特点描绘出了这个人物在舞台上真实存在的细节。剧中另一次要人物列毕季洛夫是传播流言诽谤的代表。有关恰茨基的那些流言蜚语和诽谤正是通过他传到了恰茨基本人面前。这个人物语轮的最大特征是简短、频繁,体现其多嘴多舌,急于四处散播小道消息的性格特征。尽管他出场很晚,时间也比较短,但恰恰因为他典型的语轮特点很好地反映出了人物的个性特征,才使他在第三幕那些稀奇古怪的人物中占据了一席之地。

除上面两点外,维诺库尔还注意到这部戏剧中另一个独具一个的语言结构特点,那就是短语轮聚集具有极强的表现力。维诺

---

① 《聪明误》中一些人物的名字带有隐含的内在形象特点。其中莫尔恰林在这层意思上是展现得最透彻,其词根意为沉默。

库尔认为,戏剧中短语轮的聚集与戏剧场景本身的发展有着密切的联系,而不只是传统戏剧中所谓的仅仅是"戏剧艺术的一种表达手段而已"。他发现,在《聪明误》中没有长语轮之间的转换和独白之间的转换,三句或三句以上的语轮连续使用的情况在整部剧中不超过两次。相反短语轮的聚集却比较普遍,且表现力极强。如一开场(索菲亚和丽莎之间):

  索菲亚:几点了?
  丽莎:家里人都起来了
  索菲亚(在自己房里说话):几点了?
  丽莎:七点,八点,九点钟了。
  索菲亚(仍在房内):胡说。

这种半句话的语轮转换是因为人物之间进行语轮交替时看不见对方,不是面对面的交谈,只是一定要问的问题和必须的回答之间的交换,是同语反复。这种同语反复不仅所问问题的音节形式相同,就是答句也相同,以此明确传达出索菲亚的不安和丽莎的不耐。类似短语轮聚集在其他场次中也有:索菲亚因莫尔恰林摔落马而惊叫着出现的一场。

  索菲亚(跑到窗口):啊呦!天哪!摔了,受伤了!(昏厥)
  恰茨基:谁?什么人?
  斯卡洛茹勃:哪一个出了事?
  恰茨基:她吓唬昏了!
  斯卡洛茹勃:是谁?在哪儿?
  恰茨基:撞上什么了?

这里接连使用六个不完整句:索菲亚的惊叫、昏厥、激动;恰茨基的极度震惊;斯卡洛茹勃戏剧性地站在一旁摸不着头脑。如此复杂的情况仅仅通过一系列短语轮的快速交换自然而然就表现了出来。这种支离破碎的话语之间快速替换和交叉,使得情节紧张生动,富有强烈的现场感。而且索菲亚开头的几个断断续续的感叹,也可以看作是同一个人物一口气说出的四个短语轮。

另外两个典型的短语轮聚集出现在散播流言蜚语的过程中。先是索菲亚与某甲(Г.H.)的交谈。某甲正是散播针对恰茨基的阴谋诡计和流言蜚语的始作俑者:

> 某甲(走近):你在沉思。
>
> 索菲亚:在想恰茨基这个人。
>
> 某甲:他这次回来怎么样?
>
> 索菲亚:神色不大对头。
>
> 某甲:发神经了吗?
>
> 索菲亚(停了一会):不完全是。
>
> 某甲:有点儿苗头?
>
> 索菲亚(注目看着某甲):我觉得。
>
> 某甲:不得了,年纪轻轻!

这里语轮转换的节奏缓慢。索菲亚说的很慢,不急不慌,一开始她在慢慢想,在掂量每一个词,仔细考虑她突然想到要报复恰茨基的计划可能出现什么样的结果。在兴致勃勃的某甲的纠缠追问下,她边说边思考的特点显得更加明显。紧接着是发生在某甲、某乙之间的短语轮快速交替。这是流言蜚语和诽谤传播的第二个阶段。对话从几个不完整句构成的短语轮(一问一答)开始。一共四个对话,都是疑问语调,语轮非常短,每句都不超过四个音节:

> 某甲:听说没?
>
> 某乙:什么事?
>
> 某甲:恰茨基。
>
> 某乙:怎么了?
>
> 某甲:是神经病!

快速转换的问题和紧缩化的语轮,把观众迅速带入关注舞台上接下来会发生什么的紧张氛围中。而在舞台上,瞬间大批人群好像都被这突如其来的流言蜚语的火苗所俘获,引起这场火灾的正是索菲亚偶然透露的言辞的火花。最终,当恰茨基出现时,所有人霎时间都安静下来,只有三个由感叹词构成的超短语轮,

"他来了。"
"嘘!"
"嘘!"

极具效果地展现了作者精心设计的舞台情节。由此可见,《聪明误》中语轮的外在特点是:相似或相同类型的语轮聚集,每次都使情节得到戏剧化的推进,且都使用了戏剧艺术中多种新奇的表达手法。

2. 语轮连接手法

作为以对话为主的诗体戏剧,对话如何推进,各语轮间通过什么手法连接起来,这些是非常值得探讨和研究的问题。在对语轮连接手法进行深入分类和比较之后,维诺库尔把《聪明误》中典型的语轮连接手法主要有:剧中人物、词法形态、韵律节奏这三大类。

通过剧中人物连接语轮在《聪明误》中是比较常见且变化多样的语轮连接手法。新人物出场,剧中人的话语、行为、呼语,或是剧中人对所听到的话语内容之所思所感,以及人物话语中的关键性词语,都能成为连接前后语轮的手段。

a)以新人物的出场作为连接手法,如第二幕第一百八十八语轮:法穆索夫:谢尔盖·谢尔盖耶维奇要到我家来。随后新人物谢尔盖·谢尔盖耶维奇·斯卡洛茹勃的出现成了第二幕第五场的开端,也由此引出了法穆索夫与斯卡洛茹勃之间的一个新的对话语轮。

b) 以剧中人物的话语和行为作为连接手法,如第一幕第一百五十三语轮:

> 法穆索夫:什么故事?
> 索菲亚:说给您听听?
> 法穆索夫:说吧。

这里法穆索夫的提问和对索菲亚要讲述之故事的态度成为语轮连接的推动力。

c) 以剧中人对同伴的呼语作为连接手法,如第一幕第九十六语轮:

> 索菲亚:爸爸,我头昏脑胀,……
> 法穆索夫:对不起,怪我来的突然!……

类似还有第一幕第二百语轮:

> 莫尔恰林:我只拿来向您汇报,其中有的自相矛盾,有的文不对题——不核对发不出去。
> 法穆索夫:先生,有件事我最怕……

这些前后语轮的连接都是通过一格呼语来实现的。

d) 以重复同伴说过的词语(但意思不重复)作为连接手法,如第一幕第二十六语轮:

> 丽莎:不敢,老爷。我……只是无意中……
> 法穆索夫:说是无意,得管着点你。

类似还有第一幕第五十四语轮:

> 丽莎:门轻轻一响,轻轻说一句话,全都听得见……
> 法穆索夫:全是瞎说。

这里的"全"字是连接手法,但含义截然不同。上一句指全部的人,下一句指全部的话。剧中人物在舞台上的任何言语行为和情感表达都会成为剧情发展的推动力,成为各种语轮发生和继续的载体和语轮连接手段。

通过不同的词法形态连接语轮是指说话人借助有共同构词成分的不同词汇来连接语轮的手法,即通过词法形态的变化使各种语轮关系变得复杂化。基本有两种类型:

第一种是使用词法形态上不同性、数、格属性的词来连接,如第一幕第二十八语轮:

> 法穆索夫:嗳,迷人的,淘气精(баловница)。
>
> 丽莎:您才淘气(баловник)。这副好色的尊荣与您的身份相称吗?

再如第二幕第二百一十六语轮:

> 法穆索夫:可是您老表(братец)曾经向我说过,您帮了他不少的忙。
>
> 斯卡洛茹勃:一三年我和老表(с братом)一同授奖……

还有一种是用语法上的同根词作为连接手法,如第一幕第四十五语轮:

> 丽莎:怕把她吵醒(разбудите)。
>
> 法穆索夫:什么吵醒(будить)?你自己拨钟……

第二幕第六十语轮用三个动词来连接语轮:

> 法穆索夫:而最要紧的是谋个差事干干(послужи)。
>
> 恰茨基:干差事倒行(служить),阿谀奉承我觉得恶心(прислуживаться)。

这种通过词形变化及同根词的手法连接前后语轮在《聪明误》中是一种比较普遍连接方法。

通过韵律节奏连接语轮也是语轮结构中的一个明显特点。维诺库尔把《聪明误》中使用韵律做语轮连接手法的情况分为三类。

第一种,是根据诗行自身行末韵律来划分,即遵循诗行结尾时的格律规则。格里鲍耶多夫严格遵守古典诗歌做诗法中阴阳韵的交替规则。在一个语轮格律为闭合时,下一个语轮一定用与上一语轮末行相对的韵律开始,使不同人物的语轮呈现出连续一贯的韵律景象。比如恰茨基的一段独白:

  Опять увидеть их мне суждено судьбой!（阳韵）
  Жить с ними надоест, и в ком не сыщешь пятен?（阴韵）
  Когда ж постранствуешь, воротишься домой,（阳韵）
  И дым Отечества нам сладок и приятен!（阴韵）

这里最后一句诗行以阴韵结束,紧接着索菲亚的语轮中第一句就用了相对的阳韵:

  Вот вас бы с тетушкой свесть,（阳韵）
  Чтоб всех знакомы перечесть.（阳韵）

紧随其后是恰茨基的独白,又继续前面语轮的韵律顺序,在第一句中使用阴韵:

  А тетушка? Все девушкой, Минервой?（阴韵）
  Все фрейлиной Екатерины Первой?

  第二种是,在语轮更替中,不同的剧中人都遵循各自不同的韵律,即使有时语轮被打断,韵律的一致性也会一直延续下去。比如第一幕第十四至十七语轮:

  丽莎:分手吧。早晨了。……还能怎么呢(что-с)?
  索菲亚(在自己房间里说话):几点了?
  丽莎:家里人都起来了(поднялось)。
  索菲亚:几点了?
  丽莎:七点,八点,九点了(девятый)。

索菲亚:胡说。

第二幕第五百二十至五百二十三语轮:

索菲亚:谁觉得可笑,就请小;谁觉得可恶,就请骂吧(бранят)。

莫尔恰林:举动太露会使好事更多磨(эта)。

索菲亚:难道想找你决斗不成(захотят)?

莫尔恰林:唉,恶言恶语比手枪更可怕(пистолета)。

这样的例子很多,且维诺库尔所分析的韵律种类也很多。较特别的是上述最后一例:其中出现了对话者彼此打断对方语轮的情形(莫尔恰林的第一句被索菲亚打断,而索菲亚的第二句又被莫尔恰林打断),于是双方严守各自的韵律用各自不同的韵律交叉说话。这样不仅强调了参与对话的每一个声音的独立自主性,同时也收到了细腻的戏剧效果。这种语轮外部形式与内在实质的契合具有深刻的艺术性。此外,同一人物不同语轮的韵脚也能鲜明地刻画出人物特征。如杜戈乌霍夫斯基公爵夫人,其语轮中所用的词都有特殊节奏和韵脚。格里鲍耶多夫用给这些词划上数个小线条的方式,把这些词分成几个音节,准确传达出了杜戈乌霍夫斯基公爵夫人用词上的节奏和韵脚特点,以及人物搞笑而又纠缠不休的性格特征。如:

娜塔莉亚·德米特里耶夫娜:刚回来不久,恰茨基。

公爵夫人:离——职——回来?(От-став-ный)

娜塔莉亚·德米特里耶夫娜:对,不久前旅行归来。

公爵夫人:还——未——婚配?(И хо-ло-стый)

以及她话语中的"Бо-гат"、"пе-да-го-гический"等等。

第三种情况是,三个语轮中,如果开头和结尾语轮属于同一人,中间的语轮则属于另一人,且中间语轮会按照两头语轮的韵律

来组织语言。如,第三幕第四百〇五至四百〇六语轮:

> 赫列斯托娃(坐着):您早先在这一带……在团里……掷弹兵……(гренадерском)
>
> 斯卡洛茹勃(低沉地):您是想说(сказать):皇上陛下亲自指挥的那支"新地"滑膛枪部队(мушкетерском)?
>
> 赫列斯托娃:这些旗号、招牌,我弄不清楚(различать)。
>
> 再如第二幕四百一十八语轮,
>
> 恰茨基:怎么帮她?快说(скорее)。
>
> 丽莎:那边房里有凉水(стоит)。
>
> 恰茨基:倒好了(налит)。把衣带松开点儿(вольнее)。

维诺库尔高度评价了格里鲍耶多夫多样化的语轮连接手法,称《聪明误》是"一本戏剧结构手法大全"。

3. 长短语轮的功能与特点

维诺库尔把《聪明误》中的语轮按照篇幅长短粗略分为长语轮和短语轮,长短语轮有各自不同的功能特点。一般来说,戏剧中的独白是说话者在行为中展现人物性格的一种方式,是戏剧刻画人物形象的有力手段。《聪明误》中的长语轮大多为剧中人物的独白,其特点是:大部分独白语轮被直接放在舞台对话当中,以外在的对话形式展现出来,但不同人物的独白语轮却有着不同的功能。

维诺库尔指出:《聪明误》中独白长语轮具有双重作用。一方面独白语轮对人物形象的塑造起到了极大的辅助作用。另一方面,独白长语轮也是作者表达个人思想的工具,尤其是恰茨基的独白语轮最典型。《聪明误》中恰茨基的独白几乎都是说给与之交谈的对方听的。比如,第一、三幕中是说给索菲亚;第二幕中是说给法穆索夫和斯卡洛茹勃的;第四幕中是说给法穆索夫和索菲亚的;只有第四幕结束时的独白中才有一点内容是说给自己的。一些极具洞察力的评论家们曾因恰茨基独白中展现出的性格而对格里鲍耶多夫进行了指责(其中就有普希金和别林斯基)。其实,与其说他们指责的是恰茨基话语的内容,不如说他们指责的是恰茨基的独白到底是说给谁听的。维诺库尔认为,恰茨基的独白大部分是抒情的,首先代表的是作者的观点、情感和判断。而剧中其他人物的独白即便有着对话的形式,但所说的都是人物自己的观点,而不涉及作者的情感与评价,是典型的戏剧式独白,就是单纯帮助刻画人物形象而已。比如第一幕第二百九十五语轮,索菲亚与丽莎对话中的独白,其实是在袒露自己,说给自己听。第一幕第一百五十四语轮,索菲亚向法穆索夫讲述自己的梦境,她在独白语轮中一边述说,一边瞎编。通过这一独白作者把索菲亚说谎的形象和内心的矛盾想法清清楚楚地刻画出来。第二幕开头法穆索夫的那段独白,从表面上看,那是一段与彼得鲁什卡的对话,而从内容上看,则是法穆索夫说给自己听的,所谓的法穆索夫哲学的内容。

相对独白长语轮,剧中的短语轮节奏和句法结构变化则显得丰富多样。前文中提到《聪明误》中短语轮聚集是这部作品的一大特点。维诺库尔把短语轮中节奏变化和句法结构的特点大致归为以下几方面:

a)短语轮连接紧密使语轮变成独立的,脍炙人口的成语谚语。比如:第一幕第三十语轮,法穆索夫:看样子倒很文静,可脑子里尽是些花花念头。第三幕第二百一十三语轮,莫尔恰林:我这个年龄,不该有自己的判断。另有第一幕第三百五十语轮,索菲亚:唐突的问题,贼溜溜的目光,谁都会觉得不好意思……以及第四幕第三百三十三语轮,丽莎:您这样求爱的郎君,可得紧迫点,不能马虎了。结婚前少吃又少睡,才有望成功!

b)严格遵守句法规则和诗行界限。《聪明误》中鲜少在诗行中间移行，极少有不符合句法规则和诗行界限的情况。《聪明误》文本中诗行结构基本由七个准确的四行诗构成。其中每一个四行诗都有一个完整的小节，每个小节又都包含明显的句法结束点。《聪明误》大部分文本是由这种严格的诗节格式构成的，只在极少数的语轮中偶有偏离这种语言材料分布状态的情况。比如，在恰茨基关于波尔多法国女人的那段独白中，有节奏的四行诗曾有两次中断：一次是在组成独白第一个环节的最初三个诗节之后，用一个突然出现的短三音步形式的六音步诗行强调了这一环节的结束（такой же толк у дам, такие же наряды... // Он рад, но мы не рады）。这里的一个六行诗节构成了独白的第二个明显的划分，而第二个诗节也是以最后一个诗行被截短的方式强调了这一环节的结束，使句子本身具有了插入语的特征（Урок, который им из детства натвержен. // Куда деваться от княжен!）。上述特点使《聪明误》呈现出古典戏剧结构上的特征。格里鲍耶多夫更善于在传统诗节结构中运用各种有趣的诗节连接手段和诗行内部材料的安排手法。

c）诗节交界处多有自由诗节奏的转换。这种诗行节奏转换从句法上看是和谐而有必要的。如第一幕第二百二十五语轮，丽莎：Вот то-то-с, моего вы глупого сужденья // Не жалуете никогда: // Ан, вот беда. // На что вам лучшего пророка? 其中第三句与其他诗句突然偏离，采用了双音步形式。句法上也存在偏离，这种自由节奏的变化是对前面内容的总结，同时得出结论，并在下文中得到继续发展的句子。再如另一处：Будь плохинький, да если наберется // Душ тысячки две родовых, -- // Тот и жених... 这是熟悉的短诗句语轮或结构的结尾形态。

d）句法节奏骤变表现剧中人物的直接心理特征。比如索菲亚讲述自己的梦境：Позвольте... видите ль... сначала //

Цветистый луг; и я искала // Траву // Какую‐то, не вспомню наяву. 讲述从 траву 这个词开始变化,突然转向修饰语 какую-то 的下一行诗句。显然索菲亚是在讲故事的时候,才开始编自己的梦,她并没有决定要在梦中找什么,也没有找到一个合适的词来修饰 траву。第一句中的省略号也说明:句子从无动词句转向用过去时作谓语的句子,而索菲亚这个人物的心理变化通过语轮节奏和句法结构的变化清晰地展现了出来。再如法穆索夫在第二幕第三百〇一语轮,先是用两个五音步诗句勾画出莫斯科女士们的特点,其中每一句都包含有命令式和相关联的不定式:Скомандовать велите перед фрондом! // Присутствовать пошлите их в Сенат! 然后是两个六音步诗行,每一句中都有两个对称的名字和父称:Ирина Власиевна! Лукерья Алексевна! //Татьяна Юриевна! Пульхерия Андревна! 这些诗行在句法上包含有韵阶的形式,结构匀称,读起来朗朗上口,完美反映出法穆索夫的赞许与夸奖之情。

4. 人物语言的鲜明口语特征

《聪明误》鲜明的口语特征一直为俄罗斯文学评论界所津津乐道。维诺库尔没有停留在笼统的重复叙述上,他针对剧中每一个人物的语言进行了缜密深入的归类和分析。他认为:《聪明误》中所有出场人物,从主要人物到最不起眼的小人物,都在同一个鲜活,机智,尖锐而又用词奇准的语言环境里生活和活动。还用详实的数据证明了大家一致赞同的冈察洛夫对《聪明误》语言的评价。维诺库尔认为,《聪明误》中所有出场人物,无论是主要人物还是次要人物,是正面的人物,中立人物还是反面人物,都创造出了独一无二的口语材料。每一个人物都被赋予了具有自身特点的口语词汇和表达方式。比如:

a) 属于恰茨基的是一些混合着法语和城市下层人民语言的

混合语。在他的语言中能找到至今仍保留在俄语公众词汇中的一些表达方式：числом поболее, ценою подешевле（只求人数多，束脩低）；служить бы рад, прислуживаться тошно（干差事可以，阿谀奉承我觉得恶心）；свеже предание, а верится с трудом（听起来新鲜，却难以置信）；я глупостей не чтец, а пуще образцовых（我不读愚蠢的作品，尤其是愚蠢的模范）；рассудку вопреки, наперекор стихиям（违反理智，不和自然）；не поздоровится от эдаких похвал（这种称赞可真不好受）。此外，正是由于恰茨基巧妙地引用并改编了杰尔查文那句"祖国的炊烟更香甜"的句子，这句话才开始在大众口中被广泛使用，并衍生出具有荷马诗句特点的形式。

b）来自法穆索夫的表达有：с чувством, с толком, с расстановкой（要带感情、有节奏、加停顿）；подписано, так с плеч долой（签上字，就没我的事）；что за комиссия, Создатель, быть взрослой дочери отцом!（主呀！成年女儿的父亲，肩上的担子真不轻！）；нельзя ли для прогулок подальше выбрать закоулок（散步怎么不选个远点儿的地方）；ну как не порадеть родному человеку!...（哪能不优先照顾亲亲眷眷呢！）；в деревню, к тетке, в глушь, в Саратов（把你送到萨拉托夫穷乡僻壤的姑母身边去）；к тому, к сему, а чаще ни к чему（东拉西扯，空空洞洞争论一阵）。

c）来自索菲亚话语中的口语表达有：счастливые часов не наблюдают（幸福的人们不看钟）；шел в комнату, попал в другую（进屋走错了门）；Где же лучше? Где нас нет（哪里更好？没有我们的地方更好）；герой,... Не моего романа（可不是我的意中人）。

d）属于丽莎的名句有：минуй нас пуще всех печалей и барский гнев, и барская любовь（上帝保佑，别碰上老爷的怒和

老爷的爱）；грех не беда, молва не хороша（犯错不要紧，人言最可畏）；она к нему, а он ко мне（她爱他，他爱我）；

e）属于莫尔恰林的表达有：уменненность и аккуратность（(本领有两件:)安分和谨慎）；не смеет свое суждение иметь（不能自作主张）；

f）一些非主角人物也各有出彩的名句。如列毕季洛夫的：шумим, братец, шумим（喧闹吧，兄弟，喧闹吧）；взгляд и нечто（"一瞥"和"浅谈"）；да！водевиль есть вещь, а прочее все гиль（通俗喜歌剧才是正经事儿，其余的都是废话）；赫列斯托娃的：все врут календари（日历上记的最坑人）；не мастерица я полки-та различать（这些个旗号、招牌，我弄不清楚）等。

二、维诺库尔的理论基础

《聪明误》在俄罗斯文学史中占有非常重要的地位，一经问世便受到来自各方褒贬不一的评论，每一种评论都有自己的理论基础。维诺库尔分析《聪明误》语言特色的理论基础是其一生所倡导和践行的语言学诗学。

1. 俄国文学批评史的史料基础

纵观俄罗斯文学史，很多作家、诗人和文学评论家都曾对《聪明误》发表过自己的看法。别林斯基认为："这是一部非常有天赋和充满独立深邃智慧的作品，其中没有任何模仿、虚伪和不自然的成分。作品无论在整体还是细节，情节还是性格，激昂的情感还是行为，思想还是语言上，都完全渗透着真正俄罗斯的真实存在。作品中那些具有独特魅力的诗歌，使《聪明误》长久以来力压所有此类诗体戏剧作品。如果有人想要继续在格里鲍耶多夫开创的这项事业中取得成就,需要无与伦比的天赋。"①冈察洛夫看到了《聪明误》语言"俏皮风趣,讽刺挖苦,这是口头的诗歌,这部作品中睿智尖刻而又生动的智慧似乎永远不会死亡,……无法想象还能出现另外一种更加自然、朴素,更直接来自生活的言语。散文与诗歌在这里汇合成某种无法分离的形式,然后,似乎是为了人们能更轻松地把它们保留在脑海里,作者又把所有收集来的智慧、幽默、笑话及俄罗斯智慧和语言中邪恶的东西再次放了出来"②。比科萨诺夫对格里鲍耶多夫也有很高评价:"与格里鲍耶多夫最为接近的是冯维辛的戏剧作品。他们都富于现实主义,尽管还有一些古典主义的形式……作品中的思想大体上是勇敢而正确、鲜明而深刻的,这些思想很快就被社会所接纳并成为社会思想的常在形态。这也恰好说明《聪明误》的思想性和社会意义,其政治内容远比《纨绔子弟》深刻,也比同时代的其他作品更深刻。"③此外,比科萨诺夫还从当时的政治群体十二月党人及其政治活动的意义方面,对《聪明误》中的个别人物形象和内容作了对号入座的联想和解释。他认为"尽管作者并没有参与到十二月党人的组织和社团,也没有与自己的十二月党人朋友们分享什么乐趣,但他在政治上的怀疑主义通过列毕季洛夫的言语行为反映了出来……是一部勇敢抨击和讽刺性的作品。"④

从文学史上看,绝大多数评论涉及的是《聪明误》人物形象及其思想与社会现实的映射关系、作品的社会影响和社会意义等,与十九世纪俄国文学批评的思考路径是契合的。

---

① 满涛译:《别林斯基选集》第二卷,上海:上海译文出版社,1982年,第104页。
② 冈察洛夫,《痛苦万分》出自《冈察洛夫文集》第8卷,莫斯科,1952年。
③ 比科萨诺夫,《〈聪明误〉的创作史》,莫斯科-列宁格勒,1928年,第289—291页。
④ 《俄罗斯文学大百科》(电子版),比科萨诺夫:《格里鲍耶多夫的戏剧〈聪明误〉》,第289—291页。

2. 语言学诗学理论基础

普希金曾有"(《聪明误》)作品的大多数句子将变成成语和谚语"的评价,即使我们把这句话看作是从作品语言角度考察《聪明误》的一种观点,它也仅限于在普希金给友人的回信中随口提及,并没有深入从作品本身这一微观而具体的语言世界角度,从为什么这些语言会成为成语和俗语这一角度进行深入探讨。而从上文维诺库尔对《聪明误》所做的研究和评论中,我们可以看到:维诺库尔研究的主要对象恰恰是《聪明误》这部作品的语言。维诺库尔通过对作品语言的韵律节奏、词汇语法、句法、修辞等方面进行层层剖析和多角度探讨,阐释和论证了自己的各种观点和结论。这种研究方法正是他一贯坚持的俄国形式派文学理论中的语言学诗学的理论观点和研究方法。

语言学诗学观是二十世纪初俄国形式主义批评流派中莫斯科语言学小组成员们一直大力提倡和坚持,用于进行文学批评活动的一种新方法论。俄国形式主义学派一直倡导文学,尤其是诗歌的研究问题,应该从语言实际出发,落实到文学作品的语言上。语言学诗学的积极倡导者雅各布森认为,既然文学是一种语言艺术,那么研究诗学,从材料、程序、结构、功能、艺术形等无论哪一个问题来进行研究都与语言学结下了不解之缘,分析诗学也就不能不联系语言学。[①] 雅各布森还提出:诗性表现在哪里? 表现在词。……表现在词、词序、词义及其外部和内部形式不只是无区别的现实引据,而是具有了自身的分量和意义。[②] 维诺库尔与雅各布森同为莫斯科语言学小组的重要成员。在雅各布森出走欧洲后,维诺库尔接替成为该小组的执行秘书。他们在诗学研究主张和对待

[①] 方珊,《形式主义文论》,济南:山东教育出版社,2002 年,第 115 页。
[②] 《马克思主义文艺理论研究》编辑部 编选,《美学文艺学方法论》之《雅各布森,〈何谓诗?〉》,北京:文化艺术出版社,1985 年,第 530—532 页。

文学研究的方法论认识上有很多共同之处。维诺库尔认为,语言与诗学中"语言是诗歌的材料。我们不能在研究作者个性的时候说我们是在研究诗歌,因为诗歌能在语言中实现单纯的审美趋向。进一步而言,作者的个性在诗歌中不会表达的与现实中一模一样。如果是那样,在对诗歌作品进行阐释时,就会引出很多可以作为个人文献的滑稽可笑的事情。"①维诺库尔坚持:诗学研究的对象应是文本语言本身,而不是作者生平、社会影响或心理学的内容。社会学会针对文本提出任务和问题,但其本身无法在文本中解决这些问题。而语言学却可以通过自身内在的语言分析研究方法直接对文本语言事实进行阐释和分析,并在此基础上寻找解决问题的方法和手段。因此,维诺库尔坚持语言学研究是诗歌研究的基础,语言学诗学是解决各种诗学问题的最基础的理论指导。只有深入解决了诗歌文本的语言学问题,其余社会学、心理学等问题和内容才有了解释和分析的基础,相关难题才能迎刃而解,得到合乎情理的阐释和回答。维诺库尔还强调:诗歌反映重要社会活动的事实,自然需要对诗歌做出相应的社会学解释。但这种解释必须以语言现实为基础,必须尊重文本语言的现实,而不能去解释那些缺乏现实内容、虚构的、幻想和联想的抽象概念。维诺库尔倡导的这种语言学诗学分析方法与俄国形式派其他成员的观点基本一致。如日尔蒙斯基和艾亨鲍姆。他们也坚持认为:诗歌的材料就是词,而且只有词。再复杂的情节结构最终还是要归结到对语言事实的研究中去。

三、语言学诗学理论的影响

语言学诗学从产生之初就与诗歌创作紧密相连。坚决倡导语

---

① 维诺库尔,《科学的诗学是什么?》,《语文学研究:语言学与诗学》,莫斯科:科学出版社,1990年,第13—14页。

言学诗学研究方法的莫斯科语言学小组的成员经常与名噪一时的现代派文学创作团体阿克梅派、未来派的成员们一起讨论诗歌创作问题。马雅可夫斯基、阿谢耶夫、帕斯捷尔纳克、曼德尔施塔姆等是莫斯科语言学小组研讨会上的常客。因此无论是阿克梅派诗人们奉行的"词的崇拜",还是未来派诗人们倡导的"自在的词"和"无意义的词"等概念,后来都进了语言学诗学的理论体系,成为语言学诗学进行文学研究的素材库。也确定了此后一段时期文学研究的根本:文学本体和文学性。

语言学诗学的研究方法究竟为诗学带来了什么?首先增强了诗学"学科化"和"科学化"的信念,语言学诗学理论是诗学研究在方法论上的一次革新,它的提出对其后近一个世纪的西方文艺批评产生了巨大的影响,为后来诗学理论的发展奠定了基础。布洛克曼把俄国形式主义语言学诗学理论看作是结构主义发展路程的第一站。① 雅各布森是语言学诗学的倡导者之一,经过他的阐释和推进,以及随着他出走布拉格和在语言学领域的进一步探索,语言学诗学成为对布拉格学派影响极为深远的一种理论,并通过布拉格学派又进一步向结构主义迈进,成为现代语言学和符号学发展的原动力。在此维度上,随后的结构主义诗学研究也出现了语言学转向。结构主义的基础是语言学,语言学不仅仅是激发灵感的动力和源泉,还是一种将结构主义原本各行其是的种种设想统一起来的方法论的模式。② 有理论家认为,新批评的"一般理论可以简单归纳为,文学是一种特殊形式的语言,而批评实践则反映并受制于这一原则"。③ 就英美新批评理论而言,其与俄国形式主义

---

① 布洛克曼著,李幼蒸译:《结构主义》,北京:商务印书馆,1980年,第58页。
② 乔纳森·卡勒著,盛宁译:《结构主义诗学》,北京:中国社会科学出版社,1991年,第24页。
③ 大卫·H·里克特编:《批评的传统——经典文本与现代趋势》,纽约,1989年,第728页。

学派异曲同工,相互印证和补充。而法国结构主义主要是结构主义语言学与形式主义文学理论相结合的产物,其直接思想渊源可追溯到索绪尔和雅各布森的语言学观点,以及俄国形式派与布拉格结构主义的文艺美学观。伴随结构主义兴起逐渐形成的叙事学,虽然诞生在法国,却也是俄国形式派、普洛普民间故事研究与结构主义思潮结合的产物。

　　语言学诗学研究方法是文学批评中一种获取可靠诗学知识的工具,是传统诗学研究追求科学化的"方法论转向"。如果没有语言学诗学理论的支持者们提出"文学性"的问题,就不会有后来的结构主义、新批评、乃至现代、后现代等理论的突起和成长。在诗学研究的具体方法层面,语言学诗学对诗歌语言、韵律及其手法的研究也大大丰富了文学研究的内容,为文学理论的发展做出了巨大的贡献。俄国形式主义从语言特性入手、从文本出发所做的努力,无疑为整个二十世纪对艺术形式的全面深入的探讨迈出了有意义的第一步。

李尔与三个女儿

——莎士比亚《李尔王》中的 Thou/You 转换分析

宫蔷薇

莎士比亚戏剧作为处于早期现代英语(Early Modern English)语言背景的作品,其语言特色成为文学、语言学、社会学、以及心理学等领域广泛关注的课题。其中第二人称单数代词 Thou/You① 的使用,于细微之处显宏貌。自上世纪初,在莎翁笔下二者变换的复杂用法即吸引了大量莎学研究者的目光。尽管经过一个世纪的研究,最常听到的论断仍然是"主导[Thou/You]②选择的其它背景因素复杂繁多,无人能称完全破译其使用编码"[1]。佩妮洛普·弗里德曼(Penelope Freedman)写出三百多页长篇论著,*Power and Passion in Shakespeare's Pronouns:Interrogating "you" and "thou"*[2],专论莎剧中 Thou/You 的用法,试图解释其内在变换机制。正如其题目"审问"(Interrogating)所示,作者微观细察,通过莎剧作品中一个个有特色的例子,来试图说明这一对代词

---

① 本文讨论的 Thou 涵盖 thou,thee,thy,thine and thy selfe;You 涵盖 you,ye,y',your,yours,your selfe。需要说明的是,You 可以同时指代第二人称单数和复数人称,而 Thou 则只能指代第二人称单数。本文以及相关研究关注的重点是 Thou/You 作为第二人称单数代词时的使用情况。
② 方括号[]内容为笔者添加,旨在廓清句意。

复杂的使用方法。该研究采用文学视角,涵盖广泛,莎剧多部逐一涉及,每部作品举例若干。然而由于研究方法的局限,缺乏宏观视角和系统阐释,个例解释难免主观片面,始终涉及《李尔王》中Thou/You使用的谬误后文会有提及。

这种文学阅读、肉眼审查的办法多见于国外早期的莎剧研究[1],例如早期莎剧词典的编撰工作和语法知识的总结工作等,要求研究者具备较高的文学素养和敏锐的观察能力。

进入二十一世纪,随着计算机技术的发展,统计研究方法在社会学科中的逐渐普及,Thou/You的使用方法也受到了这一研究方法的关照,例如特里·沃克(Terry Walke)在其论著 *Thou and You in Early Modern English Dialogues*:*Trials*,*Depositions*,*and Drama Comedy*[3]所做的统计工作。该书时间跨度广(1560—1760),语料规模大(其中语料主要来源 CED 语料库包含英文单词约一百二十万),分类细致(对话双方性别、年龄、职业、阶层等)。但研究成果更多局限于社会语言学百分比的简单呈现,说话人的情绪、个人喜好、谈话具体背景、对话双方关系等影响人称代词选择的因素,而由于语料库过于庞大,也难以对之一一关注,深入探究。

语料库的研究从语言学领域传来,也逐渐应用在文学作品的文本分析中。有莎学研究者试图将文学阅读与数据统计相结合,例如盖布瑞拉·梅宗(Gabriella Mazzon)[4]和迪特尔·斯坦(Dieter Stein)[5]的研究,将相对宏观的数据与作品细节相结合,通常只采用两三部莎剧进行讨论,不仅有职业、家庭、权势关系等因素分析,更细致到各人物之间的具体细节探讨。本文采用第三种研究方法,所选文本为《李尔王》,剧中主要角色李尔王由于身份的变化与其他角色的权力关系也发生着改变,这种权力关系在对

---

[1] 国内类似研究也是从这个角度出发,例如谢世坚,《莎剧中的 thou 和 you 及其翻译》,天津外国语学院学报,第 14 卷第 3 期,2007 年 5 月,pp.7—13。

话中第二人称代词 Thou/You 的选择中有着明显的体现。由于涉及同一角色权力身份转换的几个时期,该剧成为研究权力关系在 Thou/You 选择中所起作用的最佳文本。

一、标注说明

本文分析的文本《李尔王》出自 Oxford Text Archive(OTA)数据库提供的 Mr. William Shakespeares Comedies, Histories & Tragedies,1623(First Folio)版本,其中《李尔王》题为 The Tragedy of King Lear①。全文标注参考斯坦的方法,将同一人物按照不同身份标注罗马数字加以区分,而非大部分研究单纯按照人名区分。主要人物多重身份标注情况如下表所列:

表1 主要人物的多重身份标注

角色	区分标准
李尔(Lear②) I	健康状态的李尔
李尔 II	癫狂状态的李尔
李尔 III③	恢复神志的李尔
贡纳莉(Gonerill) I	公主贡纳莉
贡纳莉 II	统治者贡纳莉
芮根(Regan) I	公主芮根
芮根 II	统治者芮根
考狄利娅(Cordelia) I	公主考狄利娅

---

① *http://ota.ox.ac.uk/text/5710.txt*,下载时间 2015.1.21 10:30。
② 剧中人物名称的拼写在第一对开本中并不统一,例如 Edmund 和 Edmond, Gloster 和 Gloucester, Albany 和 Albanie 等,本文以原文出现频率最高的拼写为准。
③ 在苏醒前睡眠中的李尔没有再重新赋值,睡眠中的李尔可以看作处于癫狂与恢复的中间状态,由于不具备有癫狂的举动和特征,故归于李尔 III。

考狄利娅 II	法国皇后考狄利娅
肯特(Kent) I	大臣肯特
肯特 II	伪装成平民的肯特
肯特 III	伪装成李尔仆人的肯特
肯特 IV	去除伪装的肯特
爱德伽(Edgar) I	贵族爱德伽
爱德伽 II	伪装成疯癫乞丐的爱德伽
爱德伽 III	伪装成农夫的爱德伽
爱德伽 IV	去除伪装的爱德伽

与斯坦标注不同的是,斯坦将恢复神志的李尔以及去除伪装之后的肯特和爱德伽分别归于李尔 I,肯特 I 和爱德伽 I,而笔者则加以区分(单列为李尔 III,肯特 IV 和爱德伽 IV),以便更清楚地表明情节发展对人物自我身份意识塑造的影响。不仅仅是外在环境事过境迁,有了很大的变化,更重要的是人物通过外部环境的变化,自我认识也有改变,这在某种程度上也影响了他们与他人关系的构建。这种重构的认知关系,在他们第二人称代词的选择上也有体现,特别是李尔 III 对考狄利娅 II 的称呼(详见下文)。

身份,作为权势的象征,一直是 Thou/You 研究关注的重点。罗伯特·布朗(Robert Brown)和阿尔伯特·吉尔曼(Albert Gilman)就讨论了权势与等同对 Thou/You 选择的影响,并指出 Thou/You 转换用来表达"瞬间态度"(transient attitude),受到偏离常规的特定语境下权势或者等同的影响[6]273—274。本文对剧中人物身份的标注分为以下几类:

表 2 人物身份分类

身份	角色
统治者	李尔 I,II,III 贡纳莉 II 芮根 II 考狄利娅 II 法国国王(France) 勃艮第(Burgundy) 奥尔巴尼(Albany) 康沃尔(Cornwall)①
贵族	贡纳莉 I 芮根 I 考狄利娅 I 肯特 I,IV 葛洛斯特 爱德伽 I,IV 爱德蒙(Edmund) 骑士 绅士

---

① 需要注意的是康沃尔和奥尔巴尼也同三个女儿一样,都经历了身份由贵族到统治者的转变,不同之处在于康沃尔和奥尔巴尼在身份为贵族的时候没有对话独白。文本中出现二人对白的时候,他们已经是统治者身份,所以没有再用康沃尔 I,II 和奥尔巴尼 I,II 来做区分。

奴仆	肯特 III
	奥斯沃德(Oswald)
	裘兰(Curan)
	仆人
	随从
	长官
	传令官
	医生
平民	老人
	肯特 II
	爱德伽 III
弄臣	弄臣(Foole)

由于弄臣的 Thou/You 选择有很大的随意性,置入奴仆范畴将会很大程度上影响数据的准确性,因此单独列出。斯坦[5]260—261将奥尔巴尼和康沃尔列为贵族明显不妥,二人随着李尔 I 分割国土而与贡纳莉和芮根同时获得统治者身份,康沃尔在审讯肯特 III 和葛洛斯特时的强硬表现,剧末奥尔巴尼独白让贤都表示二人自我定位于统治者之列。但同时需要注意的是,身份的定位在对话双方的意识中并非统一一致,这种定位差异,很大程度上解释了矛盾冲突的来源,推动了剧情的发展。例如康沃尔和奥尔巴尼自我认可的王权身份,则得不到贡纳莉的认可。贡纳莉 II 对奥尔巴尼所说"Say if I do,the Lawes are mine not thine,| Who can araigne me for't?"(TLN3116—3117)①充分表明了她对丈夫的身份定位,并由此推出她将康沃尔也排除在统治者之外。此外,李尔 I 在分割国家之后

---

① TLN(citing through-line numbers)意为通篇索引行数。详见 The First Folio of Shakespeare (2nd edition),prep. Charlton Hinman. New York:W. W. Norton,1996.

对自己的定位与两个大女儿对他的定位也有差别。李尔Ⅰ认为自己即使不再是一国之主,却仍是一家之主,尽管没有了皇权,却享有绝对的父权,事事力争决策权。但正如冯伟所说,"作为君主和全国最大的土地持有者的双重身份,李尔的身份和政治危机在他宣布划分疆土的那一刻起就暴露出来"[7]34。斯蒂芬·格林布拉特(Stephen Greenblatt)也指出,父亲一旦割裂自己的土地,便成了曾经自己家中的"寄居者"(sojourner)[8]126。李尔Ⅰ自我的身份构建并不为两个大女儿所承认,两个女儿认为他丢掉的不仅仅是皇权。正是这种身份构建的差异导致了之后的矛盾和悲剧。下面,我们主要围绕权力关系具体展开Thou/You的讨论。

二、李尔对话中的Thou/You使用

You曾经只指代第二人称复数,后来用于第二人称单数,在早期研究中一般认为使用You称呼对方以示尊重。Thou作为单纯的第二人称单数人称,其情况由于相对复杂而更受关注。埃德温·A. 艾伯特(Edwin A. Abbott)在其经典论著 *A Shakespearean Grammar* 中,总结Thou的用法分为四类:(1)朋友之间称呼以示情谊;(2)善心的上等阶层称呼奴仆,(3)表示对陌生人的鄙视或是愤怒[…];(4)出现在高度诗性的文体以及严肃祷告的语言之中[9]。艾伯特的总结涵盖了Thou的大部分用法,但是其中也有疏漏,涉及本文研究内容的有以下两点。其一,Thou表示鄙视或愤怒不仅针对陌生人,也可以针对相熟之人。肯特Ⅰ指责李尔Ⅰ不该意气用事苛责小女儿考狄利娅时说"When Lear is mad, what wouldest *thou*①do old man?"(TLN155);爱德伽Ⅳ质问临死前的爱德蒙,向其表明身份时所说"I am no lesse in blood then *thou* art Edmund"

---

① 本文引文中的斜体均为笔者所加,以示强调。

(TLN3128);以及上文所列贡纳莉II对奥尔巴尼所说的"Say if I do,the Lawes are mine not *thine*,| Who can araigne me for't?"(TLN3116—3117)。其二,艾伯特遗漏了Thou的一个重要用法,即父母对子女的称呼通常用Thou。在当代仍有T/V[①]之分的语言系统中,则很容易理解这种用法。德语和法语使用者一般使用du或者tu来称呼其子女,而不用*Sie*或*vous*。与《李尔王》同样创作于十七世纪,由那鸿·泰特(Nahum Tate)改编的《李尔王史》(The History of King Lear)的开头部分,李尔称呼三个女儿都用Thou。父母以Thou称呼子女,子女则以You称呼父母[10]。这种不对等的称呼方式体现了父亲对子女的绝对权威,这种称呼方式可以理解为公共领域的权力准则在家庭关系中的延伸和应用,权力上层阶级对下层阶级以Thou相称,而权力下层阶级则用You称呼权力上层阶级[11]。在家庭中父母代表了权力上层阶级,而子女处于权力下层的位置。

剧中李尔与家庭成员的对话主要是与三个女儿之间发生,也是本文研究的重点;与女婿也有对话产生,但非常少。对话中女儿女婿对李尔的称呼也一同在下表列出,以供对比参考。

对话关系	Thou	You	总数
李尔—女儿[②]	59(激怒27,呼语6)	25	84
女儿—李尔	7(呼语7)	75	82
李尔—女婿	1(激怒1)	3	4
女婿—李尔	—	3	3

图表1

---

① T/V缩写最初由Brown和Gilman在其文"The Pronouns of Power and Solidarity." T. A. Sebeok (ed.). *Style in Language.* Cambridge; Mass:MIT Press, 1960. 253—276中提出,分别来自于拉丁文代词tu和vos。顺便一提,弗里德曼认为这一传统缩写来自于法语tu和vous(2007:1,note 2)则是一种误识,尽管这两种语言的首字母缩写一样。

② "父—女"这一表达具有方向性,指父亲对女儿单向的称呼,不具有相互性。其它类似标注同理。

仅观察表3的宏观数据,可以得出的结论如下:

1)李尔对女儿的称呼以Thou为主;

2)李尔对女婿的称呼以You为主;

3)女儿女婿对父亲的称呼以You为主;

下面我们将通过具体的文本分析,验证上述纯数据所得结论的可靠性。

梅宗认为女儿本应该使用You称呼父母,最著名的例外则是诚实真诚化身的考狄利娅偶尔对李尔使用Thou来称呼,这是她对父亲温柔爱意的体现[4]230。弗里德曼认为考狄利娅死后,李尔称呼周围诸人为You,而用Thou称呼怀中女儿,是深深父爱的体现[2]163。这两种解释皆认识有误。梅宗所指的例外即上表中"女—父"关系七例Thou的使用,这七例均来自于考狄利娅II对睡梦中李尔III的称呼,不能否认考狄利娅II见到苍老父亲熟睡模样时所体会到浓厚的父女情谊,但这并不是此处选择Thou的原因。对睡眠、死亡、不在场的人用Thou相称的情况在中世纪英语中已经存在,并在乔叟诗篇 *Troilus and Criseyde* 中可以找到类似的使用[12]。考狄利娅II此处用Thou是由于她对睡中父亲所说的话,属于"呼语"(apostrophe)。《牛津英汉高阶双解词典》对"apostrophe"给出的解释是"在演说或诗歌等中对某人,常为死者或不在场者,或对拟人的事物所说的话"。根据字典释义以及实例研究,笔者将呼语情况总结如下:

1. 对话对象为不在场的人;

2. 对话对象为在场的人,但已经死亡或处在睡眠状态,说话人明确对话对象不能听到自己的话语;

3. 对话对象为神明或拟人事物;

《李尔王》文本中笔者共统计到呼语一百二十例,其中囊括以上三种情况,除了五十例对话对象为复数而使用You以外,其余单数情况都使用Thou。可以肯定,呼语中出现第二人称单数时一定是Thou。

斯坦也试图解释呼语的适用范围,他将肯特Ⅲ询问旷野小屋中爱德伽Ⅱ的话"What art *thou* that dost grumble there i'th' | straw? Come forth."(TLN1825—1826)列为呼语,而将肯特Ⅲ询问执火把而来的葛洛斯特所说"Who's there? What is't *you* seeke?"(TLN1906)定为正常对白。斯坦认为询问爱德伽Ⅱ是呼语,是因为肯特Ⅲ发问的时候爱德伽Ⅱ尚且躲在茅屋之中,未见其容;而询问葛洛斯特不是呼语,斯坦给出的原因是肯特Ⅲ已经远远看出来人是一个绅士[5]264。斯坦的划分并非不可行,但他的解释有误。爱德伽得到的Thou可以理解为呼语,属于说话者对鬼怪幽灵称呼的Thou。并非斯坦所说因为未谋其面,而是因为肯特Ⅲ不确定茅屋之内吓跑弄臣的爱德伽Ⅱ究竟是人是鬼,因而问话是"What art *thou*?",而非"Who art *thou*?"。

回到考狄利娅Ⅱ对睡眠中李尔Ⅲ的对白,该对白明显属于呼语,故而用Thou,并非为了强调对父亲的情感。如果真认为情感流露,则难以解释为何李尔Ⅲ醒来之后考狄利娅Ⅱ就再没有使用过Thou称呼深爱的父亲。弗里德曼的错误也在于此,李尔Ⅲ称呼已经死去的考狄利娅Ⅱ出现的四例Thou,不是父爱的体现,而是呼语对第二人称单数代词选择的限制。

表3中明显可以看出的是"李尔—女儿"称呼以Thou居多,如果我们排除其中呼语四例以及李尔情绪激怒下所使用的Thou二十七例,则Thou/You比为28/25。李尔对女儿的称呼明显不符合前文提及的父母对子女通常用Thou的说法。这就是单纯数据说明在文学作品分析中的缺陷,我们必须回到具体的语境,才会发现这两个貌似失衡的数据,实际上体现了剧中人物复杂的性格,蕴含深层次的情节隐情。

李尔Ⅰ在分割王国前,让三个女儿分别用语言表达她们对自己的爱。此时李尔Ⅰ对三个女儿的称呼分别为Thou,Thou,You。

除了小女儿之外,李尔 I 对两个大女儿的称呼都为 Thou。考狄利娅 I 的回答激怒李尔 I 后,李尔 I 以 Thou 称呼考狄利娅 I。弗里德曼认为李尔在寻求两个大女儿爱的证明时,使用的是正式、第三人称形式,或无人称代词的命令句。而对小女儿的称呼相比之下非正式并富含爱意[2]159。同时,弗里德曼又认为贡纳莉和芮根的奉承迎合博得了李尔充满父爱的 Thou 的回应[2]160。弗里德曼同时将"充满爱意"(affectionate)既用来解释李尔 I 对考狄利娅 I 起初的 You,又用来解释李尔 I 对贡纳莉和芮根回应所用的 Thou。

李尔 I 索要三个女儿爱的证明并回复贡纳莉和芮根爱的宣言时,对三个女儿的介绍分别为:

Gonerill, | Our eldest borne, (TLN58—59)
(对贡纳莉的介绍)
Our deerest Regan, wife of Cornwall, (TLN73)
(对芮根的介绍)

          Now our Ioy,
Although our last and least; to whose yong loue,
The Vines of France, and Milke of Burgundie,
Striue to be interest. (TLN88—92)
(对考狄利娅的介绍)

单从语言的篇幅,不难看出李尔 I 对小女儿青眼有加。对于女儿爱的告白,李尔 I 的回复却缺少爱意,对两个大女儿的回复分别为:

Of all these bounds euen from this Line, to this,
With shadowie Forrests, and with Champains rich'd
With plenteous Riuers, and wide-skirted Meades
We make thee Lady. To thine and Albanies issues
Be this perpetuall. (TLN68—72)

（对贡纳莉的回复）
To thee, and thine hereditarie euer,
Remaine this ample third of our faire Kingdome,
No lesse in space, validitie, and pleasure
Then that conferr'd on Gonerill. (TLN85—88)
（对芮根的回复）

　　对贡纳莉的回复由两个程式化的句子组成。第一个句子展示了领土的大小范围，整个句子的所有形容词"shadowie"，"rich'd"，"plenteous"，"wide—skirted"都用来修饰无生命的景致。第二个句子以介词 To 开头，正式的公文版式，甚至没有出现受赠人大女儿的名字，只有大女婿奥尔巴尼的名字。而对芮根的回复则只有一个以 To 引导的句子，领土详细介绍都被略去，只简单说不比给姐姐的小。同样受赠人的姓名没有提及，甚至连二女婿康沃尔的名字也一并省去，并且迫不及待地引入小女儿的详细介绍（TLN88—92）。整体看来李尔 I 的回应语言冰冷客套，缺乏热情。通过文本的分析，很难看出来李尔 I 对两个大女儿的爱意，使用 Thou 并非如弗里德曼所说是由于听到了女儿的告白心中欢喜。而是由于 Thou 是父母对子女的无标记称呼代词。弗里德曼将其标记为"充满爱意"，是由于她将 You 简单作为无标记的存在，而将父母—子女的 Thou 理解为具有特殊感情的标记性称呼。这种错误认识不仅是受到僵硬的标记/无标记区分的影响，也是对早期现代英语人称代词用法掌握不够充分的结果。

　　再看李尔 I 对考狄利娅 I 所用的 You，作为父母对子女的称呼而言，这是一个标记性称呼。考狄利娅 I 并不比父亲位高权重，不需要使用 You 表达敬意。李尔 I 在小女儿未来丈夫面前，要求小女儿表示对自己绝对完整的爱，并对小女儿婚后只能拨出一半的爱恼羞成怒。李尔 I 对小女儿的 You，与其说是父女之间的称呼，不如说更接近夫妻之间公共场合的称呼。通过表 3 我们可以看出,夫妻之间称呼共十九例,除去激怒五例,剩余十四例全为 You。正如约翰·唐纳利(John Donnelly)所说,"他[李尔]想从她[考狄利娅]那里得到的是完整的,因而是乱伦的,爱情"[16]153。这种爱正解释了为何李尔 I 不用父女之间的 Thou,而用夫妻之间的 You 来称呼考狄利娅 I。这个 You 相较于其他两个女儿为标记称呼,但对于李尔 I 和考狄利娅 I 而言,不排除这是他们习以为常的称呼方式,属于他们的无标记称呼。

考狄利娅 II 与父亲李尔 III 重逢后,李尔 III 曾经恢复了他们之间 You 的称呼,基准的恢复代表着父女和好,关系重建。但很快李尔 III 便由 You 转为 Thou 称呼考狄利娅 II,直至其死去。这次转换,不同于第一次李尔 I 盛怒之下由 You 转为 Thou 称呼考狄利娅 I,可能的解释有两种:(1)李尔 III 放弃不伦之爱,以父女之 Thou 替代夫妻之 You,在剧终重建了正常的父女关系;(2)李尔 III 对考狄利娅 II 的爱失而复得且进一步加深,此处的 Thou 类似于夫妻情侣之间在私密场合情浓之时的称呼,是更加亲密的表现。李尔 III 被监禁时说希望与小女儿像两只小鸟一起唱歌一起谈天[i],格林布拉特也指出李尔希冀通过监狱中与女儿独处、受其照顾,幻想获得女儿长久和无限的爱[8]130。相较之下,第二种解释更加合理。

李尔 I,II,III 与家庭成员之间的称呼分别如下:

表 4 李尔 I,II,III 与家庭成员之间的称呼

对话关系	Thou	You	转换次数
李尔 I - 贡纳莉 I	2	—	—
李尔 I - 贡纳莉 II	22(激怒 22)	3(讽刺 3)	1
李尔 I - 芮根 I	2	—	—
李尔 I - 芮根 II	18(激怒 3)	4(恳请 3)	4

李尔Ⅰ-考狄利娅Ⅰ	6（激怒6）	5	1
李尔Ⅲ-考狄利娅Ⅱ	9（呼语4）	11	2
李尔Ⅰ-奥尔巴尼	1	1	1
李尔Ⅰ-康沃尔	—	2	—

李尔Ⅰ先将小女儿赶出家门，Thou/You 转换一次；再与大女儿贡纳莉Ⅱ吵架出走，Thou/You 转换一次；最后投奔到唯一的二女儿芮根Ⅱ身边后，Thou/You 转换四次，充分表明了当时李尔Ⅰ走投无路只剩下一个选择，心情紧张几近崩溃的景况。李尔Ⅰ见到芮根Ⅱ的第一句话 "Regan, I thinke *you* are"（TLN1407），以 You 尊称芮根Ⅱ，先将自己摆在弱势地位，仰仗之情溢于言表。或觉太过仰人鼻息，紧接着下一句话即刻回复父亲身份，变为以 Thou 相称，并教训女儿一定要对自己好[ii]。之后下跪恳求芮根Ⅱ收留自己，女儿再次成为强势主体，Thou 转换为 You。称赞芮根Ⅱ善良孝顺，为了拉近关系表示亲近又转换为 Thou。贡纳莉Ⅱ赶到之后，李尔Ⅰ眼看芮根Ⅱ要与大女儿联盟，情急之下脱口而出 "O Regan, will *you* take her by the hand?"（TLN1484）。这次转换由 Thou 到 You，未来的生活着落全靠二女儿，此刻二女儿又要与大女儿联合，转换表达了李尔Ⅰ的恳请之意。之后芮根Ⅱ与贡纳莉Ⅱ联合，要求李尔Ⅰ不要再豢养骑士时，李尔Ⅰ盛怒，又改以 Thou 称呼芮根Ⅱ。这一部分李尔Ⅰ对芮根Ⅱ的对白涉及二十二例人称代词，Thou/You 转换频繁令人眼花缭乱，不仅表现了李尔Ⅰ的绝望与无助，展现了人物权势的不断变化与较量，也体现了当时李尔Ⅰ神智已经濒临崩溃的边缘，为下文暴风雨中疯狂的李尔Ⅱ做铺垫。

本文通过结合数据统计与文本分析，详细阐述了对话双方权势关系、情感诉求、身份认可等对贵族阶级家庭关系中 Thou/You 人称代词的选择的影响。父—女的称呼基准为 Thou,但《李尔王》中父亲对关系异常亲密的女儿、以及对未有合法继承人地位的儿子,则以 You 相称。此外,特殊语境下作为暂时弱势群体的父亲以乞求的姿态恳请女儿做出对自己有利的判断时,也会用 You 称呼女儿。除了呼语中任何语境下皆以 Thou 来称呼第二人称单数对象的情况,女—父的称呼则不受情感、诉求和权势关系的影响统一使用 You。

此外,未详细分析的非家庭关系的 Thou/You 使用则相对明晰,统治者和贵族之间一般以无标记 You 互称,对仆人也以 You 互称,上层对陌生的平民以 Thou 相称,对陌生的绅士贵族以 You 相称。《李尔王》中只有弄臣对 Thou/You 的使用多数情况不遵循权利关系和感情因素,例如 Foole 对李尔 I 的称呼 Thou/You 比为 56/3,转换两次。本研究虽然只选取了一个剧本作为分析对象,但该剧由于家庭关系经历巨变,人物身份性情前后产生强烈对比,提供了深入研究 Thou/You 家庭关系称呼很好的证据。当然,如果要完全廓清莎剧中家庭关系中 Thou/You 使用情况,多部剧本的分析无疑将会提供更丰富的语料和证据,随之而来详细复杂的文本标注将成为有兴趣于此的研究者的主要挑战。

剧论研究

德莱顿·英国新古典主义·妥协精神[*]

——《论戏剧诗》导读

韩敏中

约翰·德莱顿(1631—1700)是英国王政复辟时期的桂冠诗人、剧作家、翻译家和文艺理论家。他的创作和批评活动引领了来自欧陆的最新文学潮流——古典主义,在当时具有鲜明的"现代性",并对十七、十八世纪英国新古典主义文学的发展产生了深刻久远的影响。

德莱顿的文学主张比较自由化,在古今之争中又很为现代作家说了些话;这听上去似乎和"古典主义"有点矛盾,但欧洲文学史上公认的新古典主义文学潮流的代表,如法国的高乃依、莫里哀,英国的德莱顿、蒲伯,很少死抱古人的教条不放。他们往往在古代权威与现存秩序中寻找一种妥协。殊不知"妥协"精神,正是新古典主义的核心。

英国的新古典主义文学发生在从王政复辟开始的漫长的十八

---

[*] 本文首次以《德莱顿和英国古典主义》为题发表于《国外文学》1987 年第 2 期(第 28—37 页);原稿经基本重写后,以四倍于原先的篇幅和现标题被用作《论诗剧》的导读(商务,2017);现文对"导读"做了大量删节并有少量修改。

世纪。① 在此我们不妨以较长的篇幅重温一下十六世纪三十年代到 1688 年光荣革命的进程：在这一个半世纪中，英国最明显、最强烈的冲突表现在宗教信仰问题上，而信仰对立又与英国和欧洲的政治版图、生产方式和阶级关系异动、权力和权利的再分配、思想意识乃至文化趣味等方方面面的问题紧密咬合在一起。英国的基本历史走向和社会架构就是在这个时期确定下来的。

十六世纪社会的剧烈震荡由宗教改革引发，原先统治了欧洲千年的罗马天主教在宗教改革运动的冲击下，面临着被统称为"新教"的诸多敌对的"抗罗宗"（the Protestants）。那个年代，信仰问题比天大，比性命大。② 亨利八世和他的三个直系继承人在新教和天主教路线之间的曲折选择使十六世纪成为异常惨烈、无情的年代：王公、贵族、宫廷大臣动辄被砍头，上绞刑架并尸裂，数百名新教徒在火刑柱上殉道。经过新教派的爱德华六世和伊丽莎白一世的努力，比较保守的主教制新教路线成为主流，被确立为英国国教，到世纪末，曾不可一世的"普世基督教"（Catholic 一词的原意是普遍的，无所不包

---

① 在文学分期上，《诺顿英国文学选集》第 8 版第 1 卷把 1603—1660 年定位为"十七世纪早期"，而 1660—1785 年则为"复辟时期和十八世纪"（1660 年后社会、思想和文化风气有很大的转变，在气质上更接近十八世纪）：*The Norton Anthology of English Literature*, 8th ed., vol. 1, gen. ed. Stephen Greenblatt (New York: Norton, 2006), Contents xviii, xxv. 以下该卷简称《诺顿》，若无另外说明，均随文注页码。

② 杨周翰先生谈到十七世纪的激烈论辩时说，"我们说政治斗争是在宗教外衣下进行的，是说宗教论争甚至宗教战争实质上是政治斗争，但当事人在他们主观意识里，恐怕至少有一半是真心诚意地把这场辩论或战争看成是宗教信仰问题的。如果我们停留在'宗教斗争＝政治斗争'这一简单公式上，就很难理解论争的具体内容，以及这场斗争怎样具体地影响每个人的心灵。"见杨周翰，《十七世纪英国文学》小引，北京大学出版社，1985 年版，第 1 页。所谓罗马天主教统治欧洲千年，主要指西欧和哈布斯堡王朝统治地区；在十一世纪天主教东西教廷分立后，希腊、俄罗斯和一些东欧、巴尔干半岛国家信奉东正教。宗教改革使西派（拉丁系）天主教会进一步分裂，产生了对抗罗马教廷的新教，一般认为资本主义最早成形于新教地区和国家。

的)竟然和新教中被称为"清教"的极端派别一样,都成了迫害的对象。但是权势的选择不等于人心的选择,由于印刷术的发展,不同的信仰和见解仍通过地下印刷品得到广泛传播。①

到了十七世纪上半叶,过去那种以宗教为名大张挞伐的势头表面上有所缓和,但是一系列宗教改革的具体措施仍时时引发信仰冲突,公开发表或地下流行的文墨大战仍在激烈进行,而在政治上逐渐演变为企图专权的斯图亚特王朝君主同议会,尤其是同把握着征税权的下议院的冲突,终于在世纪中叶爆发了内战。战争的一方是议会革命军,代表新兴资产阶级,要求进行更彻底的宗教改革(俗称"清教"革命派),另一方为保王军,代表传统的王权和贵族政治势力;斗争的高潮就是英国史上绝无仅有的审判并处死在位君主查理一世,英国一度实行共和。然而,战争和弑君似乎也消耗了激进的能量;和以前的君主一样专制、不宽容的执政者克伦威尔也招致国内的普遍不满,况且由于现存体制尚不能解决批准权力转交的问题,共和实验失败,内战以流亡在外的王长子回英国继位宣告结束。② 查理二世在位时,国内就有呼声反对与法国宫

---

① 参见《诺顿》十六世纪引言中的"宗教改革"(Reformation)部分,第490—93页,以及"信仰冲突"(Faith in Conflict)专题的综述,第616—617页。编者指出,宗教改革风刮到英国并非因为神学论争或民众的不满,而主要是出于朝代政治的考量和王室的贪婪:亨利八世因为想要男性继承者而诉讼离婚,与罗马教廷闹翻,并在十六世纪大规模毁灭修道院,剥夺其财产归王室所有(第491、616—617页)。

② 《诺顿》"十七世纪早期:1603—1660年"引言,第1235—1241页。英国传统上权力在君主、上议院和下议院之间分有,但斯图亚特头两朝君主显然想获得更大的权力,尤其是新征税的权力,因而同下议院矛盾很大(1235),他们可以长期不召集议会,或动辄解散议会。英国的上议院是"贵族院",下议院是"平民院"(the House of Commons),所谓平民(commoners)并非今天意义上的普通民众,而是指有一定地位和财力的人;从法律地位来说,哪怕是公爵的儿子在未继承爵位前就是平民(他们可以有荣誉贵族称号),而下等贵族如从男爵、骑士(可以尊称爵士/Sir)是平民,无封号的士绅等级(the country gentry)是平民,伦敦富商更是平民。

廷关系密切、有天主教背景的其弟詹姆斯继位;1685年,当这种担忧变为现实时,英国展示了理性、果敢地解决争端的政治智慧,1688年从荷兰请回了新教徒、奥兰治的威廉和玛丽来英国联合执政,詹姆斯二世也逃离了英国,实现了一场不流血的变革。"光荣革命"标志着英国在世界上首创并确立了以后几百年政权的主要形式——君主立宪制,标志着君主的权力受到进一步限制,而下议院即平民院的权力则大有提升;在日后的历史进程中,议政施政的权力还会进一步朝中下阶级开放,君主和世袭贵族的权力会受到更大的制约。

至此,英国走温和、保守的新教路线这个方向已经确立,英格兰、威尔士、苏格兰的民众比较普遍地接受了新教信仰,民族国家意识也已确立。① 英国人唾弃了以大规模杀戮、迫害来解决教派间矛盾冲突的方式,国家从此未再发生大规模内战就是很好的证明。各种不同的宗教信仰、政治见解、经济利益诉求会持久共存的状态渐被接受为一种常态;分歧没有彻底消灭(也不可能消灭),而是通过争取信仰自由、言论自由、反新闻审查的方式得以延续和传播。同时,在1688年及此后的一两个世纪内,英国议会多次通过法案,逐步实行宗教宽容,逐渐将公民权利还

---

① 不列颠三地比较普遍接受了新教信仰,但具体形式上,苏格兰仍有自己的长老制、而非主教制教会。1707年,通过联合法案,苏格兰议会并入英格兰议会,遂正式有英、威、苏三地合一的"大不列颠联合王国"(威尔士则在1536年就有法案并入英格兰,都铎君主来自威尔士);1801年爱尔兰并入联合王国,十九至二十世纪的民族独立运动最终中止了不列颠与爱尔兰的联合法,只有北爱尔兰还留在联合王国(参见 Brewer's Dictionary of Phrase and Fable, Century Ed., rev. Ivor H. Evans [London; Cassell, 1975] 1115—1116)。苏格兰并入联合王国三百多年,头四十年詹姆斯二世党人借老国王儿子、孙子名义(分别被称为老僭君、小僭君)多次企图武装反攻,均告失败;说到"民族感情",他们一直同英格兰若即若离,近年来要求独立的呼声日高。民族国家意识是非常复杂的问题,各时期的复杂性又各不相同,不过伊丽莎白时期英国打败西班牙无敌舰队(Armada)确实振奋英格兰的民族自豪感,就像1666年英国舰队战胜荷兰舰队一役也使民族自信心上扬。

给不奉国教的各新教宗派,到十九世纪二十年代末,议会又通过了天主教解禁法案,法律上不再视天主教徒为敌人,恢复了他们的公民权利。①

英国清教革命和后来的光荣革命似乎很不够"彻底革命"的资格,但是英国的选择总的说来摈弃了偏执、狂热、极端的态度,形成了能审时度势,善于运用理性、中和、妥协的态度求得稳定和发展的传统。这一传统也深刻地影响了英国的思想文化:既然人类社会不可能消灭不同的信仰、思想、趣味,那么不如提倡自由的精神,寻求在现有民族国家框架内部进行自由的、公开的、理性的表达和争论。从这个意义上说,英国文学中的新古典主义潮流也引领了思想文化风气的转变。就个人气质和品味而言,德莱顿可以说适逢其时;正如他的散文批评代表作《论戏剧诗》所体现出来的,他往往能在不同原则间寻求妥协、调和,"既要尊重传统,又要提倡创新;既要借鉴外国文学,又要珍视本国的成就;既要遵守古

---

① 英国在确立国教的过程中,通过一系列措施剥夺了不奉国教者的基本人权(如不能担任公职、大学教职,无选举与被选举权等)(参见《诺顿》第1239、1241、2058页等处)。十七世纪后期起,英国逐步出台宗教宽容法案,在有限程度上允许不同于国教的信仰和崇拜方式存在,对宗教异见者的公民权利也有所尊重。

信奉新教的英国广大民众对天主教形成了很深偏见,国家对新教其他教派实行容忍早于对天主教的容忍,例如,将宣誓效忠的对象改为君主,对于新教各派并无太大困惑,但是对于认梵蒂冈教皇为牧首的天主教徒来说却实难做到;这种分别对待在当时不失为一种"可行的妥协"(a workable compromise)(《诺顿》第2059页)。天主教徒欲在体制内有所作为恐怕首先必须公开声明改奉国教,内心的挣扎可想而知。17世纪早期的著名诗人邓恩(John Donne)便是如此(杨周翰,《十七世纪英国文学》,第106—107页)。

典文学的创作规则,又要根据实际需要允许突破"①——这样的文艺主张颇符合当时的政治气候和时代精神,可以说他是新古典潮流的推波助澜者。

新古典主义潮流发轫于十七世纪的法国。同样经历过宗教改革和政治斗争动荡岁月的法国后来走了与英国很不同的道路,在十七世纪上半叶就大力推行中央集权制度,1661年路易十四亲政之后更紧紧把住"行政、司法、财务、税务"权力,而文化上推崇古典主义正是呼应了"建立专制王权"的需要,"力图以文化一统……来保证政治的一统并作为政治一统的补充"。从十七世纪三十年代起,崇尚理性,讲究"秩序、规则、整一等概念"的古典主义文学"逐渐取得了对巴罗克文学的优势,成为法国文学的主流"。成立于三十年代中期的法兰西学士院以完成"编纂一部字典、一部语法、一部修辞法、一部诗学"的任务,企图"为文学立法……建立统一的标准,培养统一的审美趣味"。哲学思潮方面,笛卡尔的唯理论学说尽管受到教会的压制,但仍流传于法国的上流社会和文化知识界,"促进了理性主义哲学文化氛围的形成";加之法国

---

① 李赋宁总主编,刘意青、罗经国主编,《欧洲文学史》第1卷(商务印书馆,1999年)第340页(以下该卷简称《欧史》,若无另外说明,引用均随文注页码)。

德莱顿本人的宗教和政治态度耐人寻味。1659年,文学上起步不久的德莱顿写《英雄诗章》,纪念克伦威尔这位护国公;转年,1660年,他又写《正义女神阿斯特莱雅的回归》,与民同庆国王归来,从此持坚定的保皇立场。如果说他年轻时可能有清教倾向,至少在创作盛期他是坚定的国教信徒,1682年还在谈信仰基础的诗歌中一手反对理性主义的自然神论,一手反对罗马,捍卫国教的"中间道路";但信奉天主教的詹姆斯二世继位后不久,他和两个儿子就都皈依了罗马天主教;尽管英国很快有了新教君主威廉和玛丽,德莱顿却未再改变天主教信仰,因而"失势",失去了桂冠诗人和皇家史官的位置以及对于生活十分必要的津贴(《诺顿》第2083—2084页)。这样的人生看起来有点投机色彩,然而英国优秀文人中类似的改宗事件,尤其从主流的国教出来皈依不被宽容对待的天主教,却不是个别现象,例如十九世纪的纽曼和诗人霍普金斯(G. M. Hopkins)。这种在风云变幻中寻觅内心最深刻依托之确证的痛苦过程和对待精神事务的严肃性,恐怕更值得人们去思考和理解。

有宫廷和沙龙文化这样活跃的上流社会交际圈,这种种因素都促成了古典主义文学在法国的兴盛。①

值得注意的是,除了英国以外,这股潮流当时并未在全欧流行。从前经济和文化发达的意大利、西班牙、德意志等国因内外战乱,政局不稳,经济衰落,宗教裁判所势力强大等原因,不大可能发展出以理性思维为基底而且维系政治向心力的优势文学形式。②英国出现新古典主义文学,除了前述一个多世纪历史选择的基础外,还有更为直接的原因——内战期间,王室成员流亡在法国,耳濡目染法国宫廷习俗,王政复辟后他们将法国的潮流、时尚和审美趣味带回了英国。相对于波涛汹涌、大浪淘沙的文艺复兴和宗教改革时期,深受法国路易十三、十四时代新古典主义影响的优秀英国文学少了很多火药味,表现出一种优雅,温和,合适,得体的精神,讲究规则和秩序。它延续了文艺复兴对古典文化的喜爱,但倾向于更加精确地研究题材、体裁、内容、形式、创作原理、规则等,更全面地借鉴古代文化为自己所用。"理性"体现在一切新古典主义的创作与批评活动中。

另一方面,相较于文艺复兴和宗教改革时期,复辟时期的文学具有明显的贵族气息,它为之服务的圈子空前狭小,宫中麇集了一

---

① 《欧文史》第293—296页。巴罗克文学早于新古典主义文学流行,强调生活的丰富、多彩、动荡和感觉经验,不承认世界或文学有秩序、纪律、规则,风格夸张,语言雕琢,叙事线索繁复而丰富(299页);古典主义占上风后,它并没有消失,"既作为古典主义的对照,又作为古典主义的补充而继续在文学殿堂占一席之地"(294页),例如莫里哀这样的古典主义作家在许多方面表现出巴罗克文学的特征(311页)。

② 参见《欧文史》第290—293页十七世纪文学,第一节概述,及第四、五、八节对西葡、德意志和意大利文学的描述。这些地区的巴罗克文学艺术颇有一番表现,在奥地利尤其辉煌。十八世纪文学中,新古典主义在英国文学中仍有地位,蒲伯,甚至约翰逊仍然有明显的古典主义特征;法国也是古典主义牢据文坛,欧洲"许多国家先后有了自己的古典主义流派"(377页),如德意志(439页;454、456页歌德对三一律的矛盾态度),俄国(486、489页),西班牙(493、494页)。但总的来说,十八世纪产生全欧性影响的是启蒙运动。

帮骚人墨客,不少人言必称希腊、罗马,自诩"恪守正统",而且媚法。作为宫廷御用文人的德莱顿当然没有超脱这一社会环境的局限,一生写了许许多多对复辟王朝的褒词颂语,例如《论戏剧诗》①的卷首致巴克赫斯特男爵查尔斯·萨克维尔的献词就赞扬宫廷"是作品之最好,最可靠的审判官。"(《作品集》4页)但最能体现他富有理性的妥协精神这一倾向的,莫过于他的文艺评论文字。那是论述性散文的范例,他往往结合自己和同时代人的作品实际,以序、跋、对话录等形式探究经典著作的真髓,抒发自己的文艺见解。

最能表现新古典主义文学艺术理念和特征的品种,当数戏剧,无论法国英国均如此。德莱顿本人在复辟后"约三十年间"就创作了"近三十部戏剧"(《欧文史》339页)。内战爆发后,伦敦很多剧院被封,王政复辟后舞台重又活跃,但是1665年瘟疫期间再度关闭。在1663—1665年间,德莱顿就开始写散文体和诗体戏剧,②加之法国风气和理论随着王朝回归进入英国,所以他在1666年以不短的篇幅写下专论诗体剧和戏剧理论的著作也就不奇怪了。下面以《论戏剧诗》为主,联系他的另一些戏剧评论和戏剧创

---

① 《论戏剧诗》(*An Essay of Dramatic Poesy*)又译《论剧体诗》,或《论诗剧》,写于1666年,发表于1668年,是新古典主义时期的重要戏剧批评著作。本文谈到的《论戏剧诗》主要依据两个版本,一是加州大学(伯克利)出版的、使用德莱顿写作时拼写方式的20卷作品集之第17卷(第2—81页):Samuel H. Monk and A. E. Wallace Maurer, eds., *The Works of John Dryden: Prose 1668—1691: An Essay of Dramatick Poesie and Shorter Works*, vol. 17 of The Works of John Dryden, gen. ed. H. T. Swedenberg, Jr. (Berkeley, CA: U of California P, 1971) 2—81, 20 vols;以下提到此卷简称《作品集》。另一个版本是1920年起担任牛津大学诗歌教授的学者克尔(1855—1923)用现代英语拼写编辑的两卷本《德莱顿文论》之第1卷(第21—108页):W. p. Ker, ed., *Essays of John Dryden*, vol. 1 (Oxford: Clarendon, 1926) 21—108, 2 vols;以下对此版本简称《文论》。如无另外说明,这两种版本的引文均用简称并随文注页码。

② William Frost, ed. and intro., *John Dryden: Selected Works*, 2nd ed. (New York: Holt, Rinehart and Winston, 1971) xxiv. 以下提到该书简称《文选》并随文注页码。

作,对德莱顿和英国新古典戏剧从理论和舞台实践及审美诉求这两个方面进行简要的讨论。

古典戏剧理论·英法实践·自由化与民族性

德莱顿由衷地热爱并尊重古希腊罗马的经典理论,作品中旁征博引,现代一些讲究的版本往往附有他所引用的亚里士多德、贺拉斯、朗吉努斯、奥维德等人语录的英译(他已在文中给出不少引语的英译),并纠正其引用拉丁或希腊原文的偏差。他在《论戏剧诗》中讨论了古典规律、英法舞台高下之争、当代与文艺复兴舞台高下之争、韵诗在戏剧中的运用等一系列问题,事实上此文采用的四人对话录形式就发展自柏拉图和西塞罗,也是基于法国(尤其是高乃依)的批评理论。①

在戏剧题材问题上,德莱顿和许多新古典主义剧作家一样,基本上都是沿用古希腊、罗马的历史和文学材料。他在1679年发表

---

① 《文选》第428页。用对谈方式表示各自的观点这种形式一般认为来自柏拉图和西塞罗(文中常提到的Tully就是西塞罗在英文中的名字)。《论戏剧诗》中参与谈话的四个人是尼安德(Neander)、尤金尼厄斯(Eugenius)、利西藏厄斯(Lisideius)和克利蒂斯(Crites),分别代表德莱顿与他的三个青年贵族朋友——诗人巴克赫斯特男爵亦即后来的多赛特伯爵,剧作家查尔斯·赛德利爵士(Sir Charles Sedley),以及德莱顿的妻舅、诗人兼剧作家罗伯特·霍华德爵士(Sir Robert Howard)。参见《文论》引言第xxxvii页,《文选》第427页。
《论戏剧诗》开篇表明,这场虚构的四人谈发生在泰晤士河上的一艘船上,时间是1665年6月3日,英国海军在英吉利海峡同荷兰海军进行的一场交战中取胜。说话刻薄的克利蒂斯预料到将会有大批不堪入目入耳的歌颂出现,从而引起几个人之间一场有关诗歌,尤其是诗体剧的"不同意见交战"。德莱顿在卷首献词中已经说明,作家之间,甚至朋友之间的"意见交锋"在任何年代都会发生(《作品集》第9-13、5页)。文章的结构上,四人交谈时"各有一次正式发言,一个为古人辩护,一个支持今人;一个强调法国戏剧优点,另一个(德莱顿的代言人)则喜欢英国戏剧。"参见安德鲁·桑德斯著,谷启楠等译《牛津简明英国文学史》(上),人民文学出版社2000年,第385页。

的《悲剧批评的基础》中比较全面地阐述了亚里士多德的悲剧理论。显然,他同意并力求体现亚氏的基本观点:悲剧是"摹仿一个完整的、伟大的并且有可能发生的行动",悲剧是"表现出来、而非叙说出来的",它"引动我们的恐惧和怜悯,从而有利于消除我们心中的这两种激情"。① 然而,德莱顿又在赞同古人的基础上用更大的自由度定义了亚里士多德所说的"可能性"(probability),主张在已知的史实中,加入至少有可能发生的虚构事件,这样可避免希腊悲剧用人人尽知的材料,因而吸引不了观众注意的弊病。他理性地分析说,悲剧行为"不一定要有真实的历史内容,但却必须酷似真实,即要有一种超过勉强可能程度的真……因此,创造一个可能的行为,又要将它表现得奇特惊人,就是诗歌艺术中最困难的任务了;不奇特惊人的行为不是伟大的行为,无发生可能的行为取悦不了理智的观众。"②

德莱顿的创作实践也体现了既遵守又有所创新地运用古训的思想。他用素体诗写的悲剧《一切为了爱》(*All for Love*,1678)与莎士比亚的《安东尼与克莉奥佩特拉》(*Antony and Cleopatra*)取材相同,但创作原则和预设的效果却和莎剧有很大区别,明显地体现了文学趣味的变迁。和法国很多新古典主义悲剧一样,这个剧有明确的道德寓意,即个人的爱情、情欲要服从国家的利益。安东尼虽是伟大人物,但他沉溺于情色之中,误了大事,德莱顿对此多

---

① 《悲剧批评的基础》是德莱顿为自己的剧作《特洛伊罗斯和克瑞西达》所作的序("Preface to *Troilus and Cressida*, Containing the Grounds of Criticism in Tragedy"),见《文论》第202—229页。谈悲剧定义的引文见第207页。
② 《文论》第209页。虚构的概念仍服从于亚里士多德所说的"可能性"这个前提,严格说应是法国戏剧在这方面做了很好的探索;在《论戏剧诗》中,利西戴厄斯发言时就盛赞法国戏剧家超越了僵硬的三一律,"将真实与可能发生的虚构交织在一起,给了我们令人愉悦的错觉"。有的故事本来结局模糊,作家以诗人所拥有的特权自由地选取最适合自己设计的那种,即使史实确凿,只要作家处理得"像真事一样",那么观众都会"心甘情愿地受骗"。见《作品集》第36页。

有批评。然而这一人物的设计和悲剧的目的一致,就像《悲剧批评的基础》中论述的那样,德莱顿并不认为主人公不能有任何恶行,但同时认为"自然中绝无十全十美的完人,故而也不存在对完美的摹仿";主要人物当然不能是恶棍,而应该是"掺杂着缺陷"的人,其善仍应压过坏的方面,这样才能"留下惩罚的余地,却又引起同情怜悯"(《文论》210—211页)。安东尼就是这样的人物,他性格中美好的一面超过他的缺陷,因而观众能怜悯他的悲剧命运,达到净化感情的效果。至于前述的"可能性"观点,剧中虚构了安东尼的妻子和克莉奥佩特拉见面并发生冲突的情节,增加了戏剧张力。

德莱顿旗帜鲜明地否定在悲剧中刻画人物一生的做法,也反对在剧中写双重行动或设主副线。在界定亚里士多德所说的"行动"时,他说:

> 首先必须只是一个行动或说单一的行动,也就是说,那决不能是诸如亚历山大大帝或尤里乌斯·恺撒这样的人物的生平,而只能是他们的一个行动。仅此一点就把莎士比亚的历史剧全都否定了——它们表现的是编年史,而不是悲剧,而且还否定了戏剧中所有的双重行动。(《文论》207—208页)

双重行动不应提倡,因为"两个互相独立的不同行动分散了观众的注意和关切",尤其是当诗人意欲激起恐惧和怜悯时,如果有一条喜剧线,一条悲剧线,"前者便会逗乐观众,使得[诗人]更崇高的目的完全虚化了。"① 其实,早在《论戏剧诗》中,德莱顿已借利西戴尼斯之口大段谴责英国舞台过多使用次要情节

---

① 《文论》第208页。德莱顿早期写过悲喜剧,如《女情敌》(1664),后来倾向于将喜剧和悲剧分开(《欧文史》第339页)。悲喜剧(tragicomedy)基本上悲剧成分多,高乃依的《熙德》被套上过"混淆悲剧和喜剧"的罪名,主要因为古典主义认为悲喜剧是崇尚感性的巴罗克风格作品(《欧文史》第295、303页)。

线(under-plots),"同时上演两个剧"的双情节,尤其是把"戏剧"和"闹剧"同时扔给观众的悲喜剧。(《作品集》34、35页)利西戴尼斯还以十分生动的语言挖苦莎士比亚的历史剧,说那是"列王编年志",把三四十年间发生的事情"压缩进两个半小时加以表现":这"不是摹仿自然"倒是像"拿着望远镜的小头看自然,和真实的生平相比,不仅看到的形象大大削弱,而且远不是完整的了"。(《作品集》36页)在创作实践上,和莎士比亚的同一题材悲剧相比,《一切为了爱》严格限制了行动(情节)、时间和地点,亦即比较自觉地遵守了三一律:不全面铺陈,而是选择一切矛盾走向最后解决的一刻,人物、情节全围绕安东尼是否离开克莉奥佩特拉重上沙场而设计、展开,干净利落;地点也基本不变(最后一幕安东尼和克莉奥佩特拉自杀之地离前几幕地点仅咫尺之遥)。他还按同一原则改写了莎士比亚的《特洛伊罗斯与克瑞西达》。

怎样对待三一律①最能体现德莱顿对古典理论和法国榜样的真实态度。《论戏剧诗》用较大的篇幅谈到了三一律问题。这表面上是戏剧题材的处理规矩,实际上牵涉到怎样继承古典文化遗产和本民族传统,以及艺术真实性等根本问题。"自由化"和"民

---

① 三一律(three unities)是一种古典戏剧结构理论,通常认为从亚里士多德《诗学》中引申出来,指戏剧应遵守时间、地点、行动的一致性。亚氏强调戏应具备有机体的整体性,即行动整一,也顺带提到行动应约束在太阳运行一周的时间内。后来意大利的卡斯特尔维特罗(L. Castelvetro,1505—1571)据此推导出时间和地点的整一性;在法国,斯卡里热(J. C. Scaliger,1484—1558)亦曾据亚氏理论提出时间地点"两个一律",此原则又被德·拉塔耶(Jean de la Taille,1540—1607)重申;高乃依的《熙德》引起争论后,三一律遂被"提到了文学法规的高度",悲剧和喜剧必须严格区分等也成了"必须遵守的圭臬"(《欧文史》第296—297页)。另外,亚氏所说"太阳运行一周"(a single revolution of the sun),应是指太阳一起一落,他有自创的"地心说"(《不列颠百科全书》国际中文版第1卷第463页),和后来的托勒密体系不尽相同。

族性"是德莱顿新古典主义戏剧理论的两大特征。

前面已说过,德莱顿原则上赞成三一律,认为时间、地点、情节划一的规定是由艺术摹仿自然的根本要求决定的,有利于真实地表现生活,方便集中矛盾,约束杂芜的想象,剔除无关大局的情节与人物,更有效地达到既定目的。例如,古代戏剧演出的时间不超过一天,所以剧中行动时间约束在二十四小时内,是对自然最接近真实的摹仿,也是最能达到戏剧效果的经济做法:剧作家们"就好像把观众放到了赛跑的终点,省得他们眼巴巴地乏味地看着诗人如何出发,又如何一步步地跑完前面那段路程;他们让你到他接近目的地、快跑到你跟前时才看到他"(《作品集》18页)。地点问题,亚里士多德和贺拉斯虽然没有提出过地点不变,但地点与时间有相应关系,理由仍然是艺术摹拟自然:既然是一天内的行动,人物也就不可能跑到当时交通条件下在一天内不能到达的地方去,因而将行动限制在一城一镇不无道理。他对高乃依"连场"(Liaison des scenes)的做法表示了兴趣(《作品集》19、26—27页),在《一切为了爱》中也采取了这个办法。情节或行动整一,上面已谈过,不再赘述。

正是基于这样的观点,他特别称赞本·琼生的"正确"(correct)与"规则"(regular),后者与莎士比亚相比,是"更为正确的诗人","他给了我们最多正确的剧"(《作品集》58页);同样,"在制定许多有益于完善舞台的规则戒律方面,他的贡献一点不比法国人少";莎士比亚或弗莱彻的剧往往"不规则",相比之下,"本·琼生的剧大多是规则的",他"小心翼翼并深明就里地遵循着戏剧的规则"(54、55页)。德莱顿虽在许多评论作品中赞扬莎士比亚,却并不赞成同代人再写那种两个半小时内囊括几十年历史的"不规则"剧。事实上,他在《论戏剧诗》中大量提到本·琼生的贡献,专论他的部分就长达七八页(57—64页)。崇尚古人、贬抑今人的第一位发言者克利蒂斯直指本·琼生抄袭:这位"上一时代写得最好的人……不但自诩摹仿贺拉斯,而且还深有学问地抄袭了所有其他[古人];在他们的雪地里到处可见他的踪迹"。他当然不认为本·琼生自己有什么"新鲜的严肃的思想",觉得他不过是学了古人的皮毛,只因"喜欢古人的时尚而穿起他们的衣裳"(21页)。克利蒂斯有自己的目的:任你们对本·琼生这样的人褒也好,贬也好,总之他们都会把你引到崇古派的道上来。口气揶揄挖苦,却道出了一个基本事实,那就是英国新古典主义并非纯粹的法国"进口货",而在一定程度上是英国文学和文化自身发展的必然过程,是文艺复兴对古典遗产浓厚兴趣的延续。早在16世纪末,以本·琼生为代表的一些诗人和剧作家就表现出与莎士比亚有所不同的倾向。本·琼生更喜欢用古希腊罗马的题材进行创作;比起莎士比亚丰富的想象力和驳杂宽广的领域来,他显得更加现实,并已明显表现出对完美形式的追求,戏剧创作中运用三一律,注意语言的规范确切。《论戏剧诗》中德莱顿本人的化身尼安德如此回应克利蒂斯对琼生的"抄袭"指控:"他深谙希腊拉丁古训,大胆地借鉴……他是公然进行偷盗,可以看出他根本不惧法律上的责罚。他如君王般侵袭作家们的领地,搁在别的诗人身上叫偷窃,在他则只是得胜归朝。拿着这批战利品作家,他向我们再现了古老的罗马,其仪式、典礼和习俗……"(57页)。可以说,对英国自身文化传统十分敏感并为之自豪的德莱顿,自觉地继承了本·琼生开始的英国新古典主义,并使之发展成十七、十八世纪文坛的主潮。

然而,英国文艺复兴的舞台上,大量的是莎士比亚式的"不规则"戏剧;而同英国相比,十七世纪下半叶的法国舞台可算得是一丝不苟地实践三一律的样板了,因此,出现"英不如法"的声浪并不奇怪。

要看德莱顿如何为莎士比亚所代表的英国舞台辩护,恐怕需要认识到,他实际上往往将戏剧能否愉悦观众看作是首要标准。文艺复兴以来,谈到文学艺术或曰"诗"的宗旨,一般都会使用两个动词:"教育人并使人愉悦"(to teach and delight),而且两个动词的出现顺序基本固定。①《论戏剧诗》开头,四位对话者先就亚里士多德和贺拉斯均不曾明言的戏剧定义达成了基本一致:"戏剧应当成为人性之贴切而生动的形象,具体展示出人性的喜好激情,心性脾气,以及命运的跌宕起伏;其目的在于使人愉悦并受到教育。"近结尾处,他重申了前面的定义,说声气相通的史诗和悲剧"都是在人的行动、激情和曲折的命运中形象地表现恰切生动的人性",并再次强调"两者的目的也一样,都是为了使人愉悦并受益"。② 说得最明确的是可视为《论戏剧诗》后续篇的《为论戏剧诗辩护》:"令人愉悦是诗歌首要的、即便不是唯一的目的;教化只能是第二位的,因为诗歌只有在愉悦人的时候才可能起教诲作用"。③ 可以看出,他特别重视戏剧的愉悦功能,甚至超过了教化功能。在这样的观照下对比法国和英国舞台,无论本·琼生还是莎士比亚和弗莱彻都熠熠生辉。

以情节和人物刻画来说,德莱顿认为法国是在西班牙诸多戏本的基础上,"把原先令人愉快的东西规则化了",但这样一来,所有的戏"情节都那么雷同,怎能常常带来愉快呢,这点无需举出我们自己的舞台经验来解释"。(《作品集》45—46页)说到人物,法国戏台上性格类型单薄,仅本·琼生一个戏中的性格样式变化(variety of

---

① 参见菲立普·锡德尼的《诗辩》节选,《诺顿》第958页(该页注释提示此说法来自普鲁塔克和贺拉斯)。中文通常译为"寓教于乐",这当然是对的;笔者在此只是希望读者注意德莱顿有时会颠倒两个动词的顺序。
② 《作品集》第15、75页。着重号为笔者所加。
③ "A Defence of An Essay of Dramatick Poesy", 1668,见《文论》第113页,着重号为笔者所加。文章是关于韵诗的争论。文集的编者克尔(W. p. Ker)在长序中指出,韵诗问题因时过境迁,早已无关紧要了,但以上引文则仍可"表明德莱顿的总体立场";克尔还指出这一流传下来的娱乐教育相结合的套话是"每个作家都要面对"的问题,高乃依的态度和德莱顿相仿(Introduction, xlix-li)。

[humours])就比法国所有的戏加在一起的变化还多。① 尊奉"情节整一"的做法实际上付出了很大的牺牲,无法真正愉悦观众。

既然如此,那为什么"利西戴厄斯和那么多人"却在为这种贫乏寡淡的情节唱赞歌,认为它们好过于"英国百变而丰富的情节"呢? 相较前述德莱顿本人在《悲剧批评的基础》(1679)中反对双情节、主副线的强硬态度,可以说后来的德莱顿很赞同《论戏剧诗》中利西戴厄斯的见解,但是当时尼安德的态度却温和得多。与其说他赞同繁复的情节线,认为那样好于行动整一,不如说他想为英国舞台的丰富性做出解释和辩护。这次他用了天体运动的类比,在亚里士多德摹仿自然说的观照下,双情节甚至悲喜剧便理所当然可以成立了。他说,"假如自然中能找到相反的运动达到和谐一致的状态,假如一颗行星同时能向东行又向西行,一是凭借本身的运动,另一是凭借第一推动力,那就不难想象仅仅是不同于、还不是悖逆于主要剧情的次要情节,可以自然而然地伴随着主线开展"。② 还有一个当时的热门话题,即舞台体统:凡是涉及暴力

---

① 《作品集》第45页。此处所说的"性格"或"性格类型",在英文中是 humours 一词,指古希腊流传下来的四种体液说。杨周翰先生曾详细解释了这个古代概念:"四种体液:血液,司激情,包括勇敢、情欲;粘液,主麻痹、冷淡、淡泊;黑胆液,主忧郁、愁闷;黄胆液,主暴烈、易怒。这四种体液在每个人身上的不同程度的配合就形成这个人的性格。本·琼生在《人人扫兴》(1599)剧本的序幕里也系统地讲了一遍。……[这种理论]指出的是人类的病而不是人类的健康和美。"见《十七世纪英国文学》之《性格特写》篇,第51页。

② 《作品集》第46、47页。"第一推动力"(the first mover)在此引文前的原文中用了"the motion of the *primum mobile*",意为原动天的运动。第378页对47页的这段文字做了详细注释:原动天是托勒密体系中的最外层天体,包裹着恒星和行星,带动其完成一日内自东向西的旋转,但有时行星体也会表现出自西向东的逆行倾向;德莱顿在介绍这个理论时用"人们说"开头,表明了他的迟疑,因为当时新的天文学理论对貌似逆向的运行做出了不同的、不那么矛盾的解释。注释指出,德莱顿"并非当时唯一在几种宇宙体系论中保持平衡(poised)的人"。这在一定程度上也解释了他对双情节等问题的矛盾态度,甚至也可以解释他在《论戏剧诗》和其他作品中所表现出来的温和、折中的态度。

行为的打斗、死亡,都不应直接展示,而应通过"叙述"告知观众。按说讲究得体,反感粗鄙、失当的德莱顿应该批评英国做法才对,但他觉得英国人或许是本性使然,似无法割舍好勇斗狠等恐怖的事物,所以就用"可能性"和"真实性"来为之辩护,对英法各打五十大板,说"英国表现这种行为太多该受责备,法国则错在展露这种行为太少,明智的作家应在两者之间取中才对"(《作品集》51页)。

至于对时间、地点一律的硬性限制,他指出,即使像泰伦斯(Terence)那样很规则的古典大师,也常有写两天的行动的。喜剧还好办一些,悲剧行动的成熟往往不可能在一天内完成,硬框在一天内,必然影响舞台上的真实性。(26、52页)地点不准变,场次不准打断,舞台上不能没人,更造成荒谬:有时不得不叫卑微的小人物跑到国王寝宫中去表演,或者人站立不动,"街道、窗子、两幢房子和密室却走来走去"。(52、53页)这类批评的依据仍然是亚里士多德的摹仿自然论以及其中包含的真实性要求,也就是说,对于有生活经验并有一定智力的观众来说,舞台上发生的事情必须有发生的起码可能性才能服人,才能产生效果。他能看到,遵守三一律即使有好处,带来的也只是"机械的美"(mechanic beauties),而非"戏剧的活生生的美"。①

德莱顿还特别强调了英国戏剧的本土性;他充分意识到英国有自己的戏剧和文学传统,并自觉加以整理和提炼。他说翻译过来的法国戏剧"从来不曾也不可能在英国舞台上获得成功",因为论剧情,英剧"更富有变化",论文体,英剧"更灵敏活泼,更富精气神"。英式剧情是"英国织布机织出来的",是本土产品:其人物性格的"多样和伟岸"源自莎士比亚和弗莱彻,而计谋多端、编织绵密则继承自本·琼生。(53页)他小结说,关于英国戏剧有两点人可肯定,一是英国有许多和法国一样守规则的戏,何况规矩之外还

---

① 《文论》第212页,及第318页的相关注释。

加上了"情节和性格的多样性"(这点当然是说本·琼生),二是即便在莎士比亚或弗莱彻的多数不规则的戏中,字里行间也含有比任何法国戏剧都"更雄奇的想象和更高亢的精神"。(54页)他论述莎士比亚时经常用"精神"(spirit)和"心灵"(soul)这样的词,甚至说"所有的现代诗人、或许连同所有的古代诗人当中,[莎士比亚]具有最宽厚、最博大的心灵"(55页)。按说,从审美趣味推论,德莱顿或许更喜欢本·琼生,因为后者更为"正确""规则";然而无论是冷静的理性判断,还是切身的感受,他都深深为莎士比亚"更了不起的智慧"所折服,乃至说出"我钦佩[本·琼生],但是我热爱莎士比亚"(58页)。由此可见,他心目中戏剧应提供的"愉悦"绝非廉价的讨好讨巧,而是指观剧时人在更高精神层面上受到的震动,是享受好的戏剧所激发出来的更为宽厚、高远、深邃的精神境界,并自愿融入具有摄人魂魄力量的宏大气场之中。

  作为新古典主义者的德莱顿当然始终不忘亚里士多德的艺术摹仿自然这个根本。对莎士比亚的最高评价莫过于将他等同于自然本身:他似乎浑然天成,"不必借助书本这副眼镜去阅读自然;他只朝内心看去,发现自然就在那里"。莎士比亚和本·琼生又分别被比作古希腊和古罗马最伟大的诗人:"莎士比亚是荷马、亦即我们戏剧诗人之父;琼生是维吉尔,是精巧设计制作的样板"。(55、58页)十八世纪大诗人蒲伯在他著名的《论批评》中不仅接过了这一类比,而且进一步挖掘了德莱顿的言中之意:"荷马与自然……实为同一",而维吉尔式的"效法自然就是效法[古人的]规仪"。① 也就是

---

① Alexander Pope (1688—1744), *An Essay on Criticism* (1711), Part I, ll. 130—140. Aubrey Williams, ed., *Poetry and Prose of Alexander Pope*, Riverside editions (Boston: Houghton Mifflin, 1969) 41—42. 蒲伯的诗中,自视甚高、心浮气躁的维吉尔不想理会古人,只愿从"自然的喷泉"(133行)汲取灵感,最终却发现,"荷马与自然……实为同一"(135行),从此老实学习、尊奉古人的规矩,严格把关,犹如亚里士多德本人在看着他写每一行(137—39行),因为"效法自然就是效法[古人的]规仪"(140行)。

说,荷马(或莎士比亚)是原版的自然,是作为创作源泉的自然,而维吉尔(本·琼生)在摹仿那个自在的自然,研习其中的规则,成了将设计和写作精细化完善化的模范。后人做得再好,再完美,都无法否定那个激发巨大潜力的源头。

归根到底,新古典主义戏剧与文艺复兴戏剧仍有莫大区别:它崇尚理性,其优秀作品具有理智、紧凑、规整的优点,但往往比较狭隘,没有文艺复兴作品的那种包罗万象的气概,蓬勃奋发的精神,更缺少巨大的热情与活力。德莱顿提倡的创作自由,只是在执行拘泥、古板的古典主义信条这个大原则下保有一定的灵活和松动,哪怕是较大的灵活和松动。所以,与其把他的自由化看成反古典主义的倾向,不如把它称为英国的古典主义更为合适。

德莱顿的难能可贵,在于始终保持独立的见解,懂得让步,不走极端。新古典主义所崇尚的理性在他身上体现为健全的判断力和常识常理。他凭借常识之力抓住了文学创作的灵魂,因而能在文学风尚、趣味发生了很大变化的时期清晰地看到,自己一代人尽管可以挑出莎士比亚许多表达上的毛病,却永远无法企及莎士比亚的地方:"我们……不能因同类的或更大的错误得到宽恕。这些错在我们更无可原谅,因为我们缺乏他们的美来抵消自己的过失"(《文论》211—212页)。

关键词·审美趣味

《论戏剧诗》中反复使用下列词汇及其派生词,如自然(nature,(un)natural),真实/逼真/可能性/可信性(truth, verisimility, probability, likelihood, resembling truth, (in)credibility),机智(wit),规则或遵守规范((ir)regular),正确/确切/准确(correct, exact, accurate),鉴识力/判断力/对头(judgment, right),明智审慎

(judicious, sense),(表达上的)贴切/合适/得体(just, apt, fitting, (im) proper, due, decorum, propriety),轻松自如/无拘束(easy, free),优雅(refined, refinement, elegancy, courtly)等等。德莱顿通过这套词汇不仅立下了新古典主义的标准、理想和价值判断,也藉由它们凸显了新古典主义的审美取向。

前面的论述已多次提到"自然"。十八世纪新古典主义谈摹仿自然时,"自然"一词并不指向后来浪漫主义想象中那种自在的大自然,而是指人性,指"人类经验中普遍的永恒的成分",与"直觉知识"的意思接近;当然,如果说"人性……是同一的,一个个的人……却是千变万化的"。① 不过,在十八世纪大行其道的自然即普遍、永恒人性的信条,却没有在德莱顿的批评作品中明确体现出来,至少在《论戏剧诗》中他更热衷于为英国舞台上人性的丰富和多样进行辩护。《德莱顿文论》的编者克尔(W. p. Ker)在长序中说,"自然"一词是德莱顿和同时代人(或可说是历来的诗人评家)都使用的一个概念,"尽管词义含混,却很少产生误解"。克尔仍然指出了几种可能的理解:"'自然'意味着作家认为对头的一切;有时候它指艺术家所摹仿的现实情形(reality);有时候,更经常指有稳健理性的诗学原理;有时指'理式'"。(《文论》序,第 xxiv-xxv 页)前几种意思在德莱顿的批评中都能找到,或可说,在德莱顿看来,合乎自然就是人在经验和思考中认为合乎情与理的表述,符合人心中"正确""对头"的范围,是对人眼中和心目中的"真实"之再现。换言之,"自然"或合乎自然的概念与"真实"的概念

---

① 《诺顿》第 2072、2497 页。笔者用 general, universal, permanent, enduring 等搜索词查《论戏剧诗》,发现一处用的 general,另一处用的 universal 与人性的一般表现或一个时代的普遍气质有些关系,然而从上下文看,发言者恰恰是在批评人物刻画太缺少变化,或是在强调一个时代有其专属的气质及其塑造的独特兴趣和特长(《作品集》第 60、15 页)。

有所重合,而所谓"真实性"往往可以换用低一个等级的"逼真性"①来表述,于是"逼真"又和以上谈过的允许"虚构"但应使其有起码的发生"可能性"这个古典原则联系了起来。

需要注意的是,德莱顿论述中的"truth"基本不应理解为我们通常所说的"真理"(类似放之四海而皆准的抽象永恒"理式")。上述推论已可表明,这一"真实"很难具有纯粹的客观性和不容反驳的真理性,它主要与人的理性和经验判断相关,因此必然带有主观认知和感觉的成分。然而,另一方面,现当代意识中何为"真实"这一问题可能会引发很大分歧甚至对立,对于这一点德莱顿并没有表现出忧虑,甚至未曾当作命题加以论述;这恰又印证了当时的文人有大致相同的认识预设,即有知识文化的、有教养的人在一起讨论时,是能听懂相互的意思的,对一些用语背后的根本问题是有一定共识的。这种不言而喻的姿态,或许就是克尔所说"自然"词义含混但当时却鲜有误解的意思。从这个意义上说,德莱顿对于存在着普遍、永恒人性这样的认识应不会有异议。

德莱顿用很大的精力倡导机智、文雅、适宜、得体的诗性表达。把"优雅"作为一种很高的理想,并使之成为文学艺术的一条硬性标准,促成审美趣味的大变化,其背后最大的推动力应为王政复辟这一政治事件:正是王室把法国式趣味带进了英国,才有了看似突如其来的文艺风范和品味的大转变。可以说,德莱顿只是从理论上、审美上为英国读者细细品析了这一变化的要义和优越性。

关于1660年这个时间节点,有两点需要说明:一、在饱受动乱

---

① 《论戏剧诗》两次出现 verisimility 一词(《作品集》第36、74页,现在一般拼写为 verisimilitude)。第一次提到时,称"人的心灵只有在有真实(truth),或至少有逼真感(verisimility)的情况下才能感到满足";接着使用了两个古希腊词语强调诗歌必须真实,"即便不'真'(the truth),也要'很像真的'(resembling truth)"(第36—37页,对希腊词的英语释义见第374页注释)。下面的"可能性"问题参看以上注15和注23处指涉的文字。

折磨的英国,"几乎所有臣民都欢迎查理王归来",并"热切地相信国王会把秩序,法治,以及一种温和的精神带回到国民生活中来"①——这是风气转变的社会基础;二、迅疾的转变其实代表了较长时间内欧洲文化、尤其十七世纪法国文化的趋向,即一种"走向优雅质朴的愿望":不要艰涩、浮夸、陡峭、玄妙,而要"节制、清晰、规则和理智"。(《诺顿》第2070页)简朴淡雅,这就是德莱顿崇尚的、有鲜明的宫廷文化圈背景的审美取向。《论戏剧诗》中利西戴厄斯的一段话,可以作为佐证。他说,要论四十年前(亦即十七世纪二十年代)的戏剧,自然英国优于法国,但自从那时以来"我们有那么长时间做了坏英国人,乃至没有空闲去做好诗人了"。坏,当然指造反,打仗,弑君那些事:"仿佛在如此恐怖的年月里,智慧以及那些对人性的温和描绘同我们无关了"。尼安德也说,"二十年中,内战之火,权力,已任由野蛮的族类、一切高尚知识的敌人操控,把缪斯众神埋葬在君主政体的废墟下",但现在"幸福日子回来了,我们看到苏醒的诗歌昂起了头,已将重重堆积在身上的垃圾尽数抖落"。(《作品集》第33—34、63页)历史进程造成的不同政治环境会倾向不同的文化诉求,现在不流行野蛮了,整个文化心态变得温和起来。

把新的审美趣味及其王室根基和法国源头说得最透彻的,当数德莱顿在1672年发表的《为收场诗一辩》一文。② 他看似一反《论戏剧诗》中竭力为英国优秀戏剧传统辩护的姿态,对莎士比亚、弗莱彻和本·琼生横挑鼻子竖挑眼,可实际上却没有否定前辈作家的"美和高度",对其"卓越表现"仍是"赞赏不已"。这篇文章只不过换了看问题的角度,要为备受国人指责的当代戏剧正名;

---

① 《诺顿》第2058页。着重号为笔者所加,下同。
② "Defence of the Epilogue; or, An Essay on the Dramatic Poetry of the Last Age",见《德莱顿文论》第1卷,第162—177页。

他是在尽批评的本分:"谋划着敌人要做的事,却在尽朋友的职责"。① 他的吹毛求疵,或许道出了一个基本判断:上一代气势十足,却相对粗糙,往往出现流于低俗的情况,而自己这一代准确运用语言的自觉性大大提高了,善于琢磨,字、词都渐渐有了明确的雅、俗、高、低之分,词义趋向明确,妙语机锋更具睿智,文体趋向平易自然,句式干净利落,语法规范化,可以说做到了"精""准""雅"。

德莱顿对上代作家的挑剔集中在语言运用和机智表达方面,但更重要的是"言谈"或曰"谈吐"(conversation),因为德莱顿生活在一个"好交际的时代(a sociable age)",作为社交用文体的散文(a social prose)应该"轻松安逸,泰然自若",具有"教养良好、谈吐温雅"的风范。② 他设问并自答:"为什么我们的言谈会变得如此优雅?我必须直言不讳、毫无阿谀之意将其归功于宫廷⋯⋯尤其是国王,他的典例给优雅谈吐立下了规矩。"内战期间,查理王子不幸的流亡经历却也使他熟悉了最优雅的欧洲宫廷,刻上了受过豪侠、高洁精神训育的印记。他回国时,发现国家深陷叛乱而且变得野蛮;他以纯良的天性原谅了反叛,以优秀的举止改造了野蛮。想摹仿如此卓越榜样的愿望唤醒了天生矜持的英国人那愚拙、笨重的心灵,把他们从拘谨呆板的交往方式中解放出来,使他们相互的谈话变得轻松自如,百般柔韧。于是,不知不觉中,我们的生活方式变得更自由,而从前被过于拘束和忧郁的教养压住的英式才智,其火花绽放出来,把英国的厚重坚实同我们邻国的轻松

---

① 引文依次见《文论》第 176、171、166 页。德莱顿认为在他生活的时代,作家犯最小的过失都会招致酷评(167 页)。
② 《诺顿》第 2074 页。关于机智(wit),诺顿文选(2497 页)指出这是个多义词,可以指巧妙的话,说妙语的人,别出心裁的比喻,灵敏的思想,创造性,奇思异想,天赋,天才,诗歌本身等等。《为收场诗一辩》主要从三个基础层面入手,说明"我们时代的语言、机锋和言谈进步了,变得优雅了⋯⋯由此不难推断,我们的戏剧接受了上述优越性的影响"(《文论》第 163 页)。

快乐结合起来,展示了其力量。(《文论》第176页)在德莱顿笔下,乱世英国遭遇查理二世便如沐春风,世风的清澈甘洌完全仰仗国王的雍容大度和高雅榜样的力量。他甚至认为,上一代诗人中除了本·琼生,没有人熟悉宫廷(conversant in courts),而本·琼生的禀赋又不是那一路的,以至于虽熟悉也没有使自己的谈吐在好的影响下有所改进。毕竟"和现在相比,那时伟人不那么容易接近,交谈也不那么自如"。① 德莱顿对于自己"近朱者赤"的兴奋可谓溢于言表。虽是溢美之词,却也出于真心,即使后来风云变幻,江山易主,他对查理朝的忠心却一如既往。

尽管新古典主义审美情趣的渊源是上层社会的社交言语,但它在强调优雅格调的同时也提倡理性的、直白的表达。如果说王

---

① 《文论》第175页。在论述机智(wit)的部分,德莱顿认为"上一代的机智不是绅士的智慧,总有那么点欠缺教养,滑稽可笑,这反映出作者的言谈水平"(174—175页)。他对前辈作家的批评比较有分寸,基本点到为止,例如说莎士比亚有时表现的机智"比我们这代或前代最迟钝的作家都低下""没有一个作家会像他那样从思想的高处一头栽进语言的低洼地",说莎士比亚就是长着两张面孔的门神雅努斯,"你刚要赞叹一张面孔,就不得不鄙视起另一张面孔了"。(172页)本·琼生总是"往下看,去再现低于他的那些人",写得最好的就是"低俗人物的恶品败德和愚行",这时他的妙语机锋往往借鉴自古罗马戏剧家普劳图斯(Plautus),"不借鉴时就会跌入低劣的表达。简直可以说他无法摆脱最低级最卑下的俏皮话……"。(172—173页)这些低俗指斥所涉的一层意思,可参看上海作家小白著,《好色的哈姆莱特》(人民文学出版社,2009年);书中的同名文章(87—102页)用现代人"穿越"的视角,幻视和幻听了四百多年前环球剧场的欢闹演出,我们心目中的忧郁王子哈姆莱特竟然变成了下流话不断的"咸湿双关语"达人,许多著名台词无不有了淫秽指涉;而荤段子不仅讨好下层阶级,"上层人士也同样喜欢",主教和宫廷大臣成了著名色情场所的"后台和主顾",就连"詹姆斯一世本人也是历史上著名的脏话大王"(第99页)。作家陈村在书的序言中如此介绍小白:"一个从不出国的人,在互联网时代竟能占有极多的资料……他爱逛网上的外国大学数据室。说他是浏览西方性学资料最多的人,应无大错"(第3页)。如果小白的资料可靠,那我们大可怀疑复辟后的宫廷以及它所赞助的戏剧在这些方面有什么本质的变化;或许是仍然要俏皮,要有机锋,指涉虽相同但是所用的语言要高档一些,说得更雅,不能赤裸裸地放肆。

室、宫廷、贵族只是少数人的圈子,那么平实简洁的文风却能惠及大多数有阅读能力的读者,从而产生广泛的影响,甚至可以说参与塑造了现在我们头脑中英国绅士的刻板形象——从穿着、举手投足到说话,无不透出自制力,内敛、温雅、有礼,连发怒、骂人都特别含蓄(外国人甚至不大听得懂他在夸你、表示异议还是挖苦你),少有大声喧哗,一惊一乍(除了特殊场合,如足球场)。后世记住德莱顿,并不是他创立或阐明了什么高深的理论,而恰恰因为他的朴素、洗练而隽永的表达。他的说理散文,尤其《论戏剧诗》具有示范作用,鲜活地体现了何为机智、文雅、贴切、适度、合宜而且进退有据。例如,用简朴易懂的家常比喻表明何为适切的机智:"最受到赞赏的巧思妙言,是把不平凡的思想裹在平常话里说出来,让哪怕理解力最平庸的人也能悟解其意,好比最好的肉最容易消化一样。"相反的做法是思想无奇却一味用艰涩字眼唬人,这种诗"读来让人不禁要做鬼脸,字字都像在吞苦药",又好比诗人一再让读者"啃坚硬的核桃,崩坏了我们的牙齿,付出了辛苦却连一丁点儿桃仁都见不到"。(《作品集》第 30 页)他即使不留情面地给莎士比亚挑刺,最后仍用人人懂得的比喻无情揭示了"我们"和"伟人"的真实距离:"即使他所有的绣衣浮饰统统燃尽,留在坩埚底部的仍是银子";而在伟人之后"更为文雅的时代里"的作家,倒常会画虎不成反类犬,"巨人的袍子里面连个侏儒都找不到"。(《文论》第 227 页)

  这就是德莱顿的理性:平衡,冲和,能自省,有分寸感,不惮一针见血的批评,更不忌承认自己这代人的不足;他不仅持论公允,更能用平易、亲切且富于形象的英语表达出来,使之成为多数人能接受的、不大受时序更迁影响的常识。如克尔所论,德莱顿"天生的批评习惯……使他本能地认出何为优秀,并赞扬之";在文学论战中,不随意选边站,而是"用自己的眼睛"看问题,决心"不让任何一方承受不公正待遇"。(《文论》序,第 xxiv 页)同文艺复兴时期大量扩充词汇的"开放"倾向相比,德莱顿及后世作家如塞缪尔·约翰逊(Samuel Johnson,1709—1784)显然代表比较保守的"收缩"倾向。但这"放"和"收"此消彼长的过程,却是英国语言发展史上的事实,也是英语成长成熟的内在规律,缺一不可。没有文艺复兴时期莎士比亚式的首创精神和大胆的借鉴,英语绝不可能发展为具有今天规模的丰富多彩的世界语言。同样,没有德莱顿式的锄草农夫或修枝花匠,英语也不可能成为一个无愧于文明民族、先进国家的科学语言。这也可看作是德莱顿和新古典主义学派的历史功绩吧。

新艺·新剧·新声

——洛佩·德·维加的戏剧理念

许 彤

菲利克斯·洛佩·德·维加·卡尔皮奥(Félix Lope de Vega Carpio,1562—1635)①,戏剧家、诗人和散文家,西班牙"黄金世

---

① 也称洛佩·菲利克斯·德·维加·卡尔皮奥(Lope Félix de Vega Carpio)。下文依照传统简称为洛佩·德·维加或洛佩。在作家姓名的中文翻译问题上,目前通用的中文译法是洛佩·德·维加。曾用主要译名还包括:1)洛贝·台·维加(杨绛译,见《古典文艺理论译丛·第十一册》,北京:人民文学出版社,1966年);2)洛卜·德·维迦(廖可兑译,见《西欧戏剧史》,北京:北京戏剧出版社,1981年);3)洛佩·德·维噶(董燕生译,见《西班牙文学史》,北京:外语教学与研究出版社,1998年)。本论文涉及的洛佩·德·维加生平介绍和16、17世纪西班牙戏剧发展概况主要参考了下列文献:1) Jesús Bregante, *Diccionario ESPASA Literatura Española* (Madrid:Espasa Calpe, 2003), pp. 1019—1023;2) Alonso Zamora Vicente, *Lope de Vega. Su vida y su obra* (Madrid:Editorial Gredos,1969);3) Américo Castro, Hugo A. Rennert, *Vida de Lope de Vega (1562—1635)* (Salamanca:Anaya,1968);4) Hugo Albert Rennert, *The Life of Lope de Vega (1562—1635)* (New York:G. E. Setechert,1937);5) José María Díez Borque, *Sociedad y teatro en la España de Lope de Vega* (Barcelona:Bosch, 1978); 6) Lope de Vega. *Encyclopaedia Britannica. Britannica Academic.* Encyclopædia Britannica Inc., 2015. Web. 30 Aug. 2015. ⟨http://academic.eb.com/EBchecked/topic/624545/Lope-de-Vega⟩;7) 陈众议:《西班牙文学——黄金世纪研究》,南京:译林出版社,2007年,第307—320页;8) 沈石岩(编著):《西班牙文学史》,北京:北京大学出版社,2006年,第65—72页;9) 董燕生:《西班牙文学》,北京:外语教学与研究出版社,1998年,第47—51页。

纪"文学巨匠和民族戏剧的奠基人,对后世西班牙语文学乃至欧洲文学发展都产生过深刻影响,在世界文坛享有不朽声誉。洛佩·维加于1562年11月25日出生在今天的西班牙马德里,他出身平民,生性倜傥,经历坎坷,命运跌宕起伏。洛佩曾在阿维拉大主教赫洛尼莫·曼里克资助下进入阿尔卡拉大学深造,又先后投身于阿尔瓦公爵、马尔皮卡侯爵、塞萨公爵等望族门下效力,后因至亲接连离世而悲辛莫衷,在渐入老境之际领受神职,希望在天主教的虔静中托庇心灵。然而厄运的镰刀从未停止收割,无情的噩耗纷至沓来,暮年的洛佩身心饱受折磨,晚景凄凉。1635年8月27日,年逾古稀的洛佩在马德里与世长辞,"西班牙天才中的凤凰"①自此陨落。

洛佩·德·维加幼有神童之誉,少赋文名,青年时代声名鹊起,壮年时期佳作频出,晚年文声不坠。他一生笔耕不辍,著述汗牛充栋,作品主题包罗万象,体裁涵盖诗歌、戏剧、叙事文学、评论、记事等各种文学类别。无论就彼时声誉还是后世影响而言,洛佩·德·维加首先是一位杰出的戏剧大师,是"西班牙人文主义戏剧最最完善的标志"②和"全部意义上的民族戏剧的创始人"③,因为"洛佩今天的最大价值在于他从民族共同体的角度艺术地再现了西班牙人的生活,其深度、广度与锐度都是其他任何现代民族所无法比拟的"④。

毋庸置疑,洛佩不是书斋戏剧作家,他的剧本时至今日仍在舞台上大放光彩,令一代又一代观众心醉神迷。基于西班牙戏剧发

---

① J. Bregante, *Diccionario ESPASA literatura española* (Madrid:Espasa,2003), p.1023.
② 廖可兑:《西欧戏剧史》,北京:中国戏剧出版社,1981年,第97页。
③ A. Zamora Vicente, *Lope de Vega. Su vida y su obra* (Madrid:Editorial Gredos,1969), p.188.
④ A. Zamora Vicente, *Lope de Vega. Su vida y su obra*, p.188.

展的传统,洛佩还相当重视戏剧理念的建构,而且他的理论表述"没有空泛的学究式的内容,而是他自己的创作实践的具体总结"①。《喜剧创作新艺》(1609)②是洛佩·德·维加最具代表性的戏剧理论表述,涉及喜剧观、剧本创作和演出诸多内容,确立了西班牙民族喜剧范式,宣示了剧作家的美学观念和艺术追求——主动适应观众的趣味与需求,在戏剧舞台上传递时代的心声。

下文将结合洛佩戏剧创作实践,分析《喜剧创作新艺》的基本观点,探讨洛佩戏剧理念的特征和价值。同时尝试从文化研究的维度,揭示洛佩的西班牙民族喜剧对于大众趣味合法化的意义。

一、洛佩·德·维加时代的西班牙戏剧生态

在西班牙哈布斯堡王朝治下,看戏算得上是被社会基本认可的体面娱乐方式。当时的西班牙盛行宗教剧、宫廷剧和喜剧③三

---

① 廖可兑:《西欧戏剧史》,北京:中国戏剧出版社,1981年,第107页。
② 原书名是 *Arte Nuevo de hacer comedias en este tiempo*。本论文中参考的版本是 Lope de Vega, *Arte nuevo de hacer comedias*, ed. Enrique García Santo-Tomás(Madrid:Ediciones Cátedra,2009 [2006])。其它主要中文译名有:1)《当代写喜剧的新艺术》(李健吾译,见《光荣永远属于人民的号手——纪念世界文化名人洛卜·德·维迦诞生四百周年大会上的讲话》);2)《编写喜剧的新艺术(在马德里学会的演讲)》(杨绛译,见《古典文艺理论译丛·第十一册》,北京:人民文学出版社,1966年);3)《今日新的编剧艺术》(廖可兑译,见《西欧戏剧史》,北京:北京戏剧出版社,1981年)。目前使用较广的译法是《喜剧创作新艺》。下文简称为《新艺》。
③ 西班牙语原文是 comedia。在西班牙语中,comedia 含义丰富,主要词义有:1)戏剧或电影作品,剧情大多轻松愉快,风趣诙谐,幽默滑稽,结局往往幸福美满;2)戏剧作品的总称;3)喜剧或滑稽剧;4)洛佩·德·维加确立的戏剧样式;4)现实生活中令人感到有趣和惹人发笑的事件。5)骗局或弄虚作假;6)剧场。为避免意义混乱,本论文将洛佩确立的戏剧样式翻译为西班牙民族喜剧。

种戏剧类型。喜剧情节生动,通俗易懂,贴近当地生活,适应大众趣味,颇受观众喜爱。喜剧演出定点化和常态化的呼声也越来越大。

1. 喜剧剧场:西班牙戏剧的新生态

十六世纪中期之后,伊比利亚半岛的巴伦西亚、托莱多和塞维利亚等城市相继出现了喜剧剧场。① 为戏剧演出提供固定场所。早期的喜剧剧场多利用民宅开设,舞台一般设在后院,用几块木板草草搭建,演员露天表演,观众露天站着看戏,所谓雅座也不过是本宅和邻宅的临窗之处。尽管演出条件简陋,观剧环境也远非宜人,喜剧剧场的出现受到了剧坛和观众的广泛欢迎。此时,一项慈善事业对西班牙戏剧发展产生了不可估量的影响。1565 年,马德里的一些善心人士组织了神圣受难教友会。教友会取得了国王和卡斯蒂利亚枢密院的支持与保护,并获准在马德里托莱多大街开办贫病妇女救济院。为筹募兴办资金,时任卡斯蒂利亚枢密院议长授权神圣受难教友会兴办喜剧剧场,以票房收入充抵善款支持救济院运营。1568 年马德里第一家喜剧剧场在太阳大街正式开张,观众蜂拥而至,演出利润喜人。不久,新的经营者逐渐加入,剧场数量稳步增加。1579 年和 1584 年,十字剧院和王子剧院两间公立喜剧剧院相继投入运营,很快垄断了马德里的戏剧演出市场。②

喜剧剧场和剧院的出现回应了整个社会(特别是城市市民阶层)对戏剧演出常态化和定点化的需求,催生并促进了专业演员

---

① 原文是 corral,也被翻译为围栏剧场(董燕生译,见《西班牙文学》)、喜剧院或喜剧之家(陈众议译,见《西班牙文学——黄金世纪研究》,第 77 页)。它源于通俗拉丁语,指设于院子或田里的畜栏,也可以指公开水域的围捕渔场。

② 关于喜剧剧场的详细情况参见:José María Díez Borque, *Sociedad y teatro en la España de Lope de Vega* (Barcelona: Antoni Bosch, 1978), pp. 3—28; Américo Castro. Hugo A. Rennert, *Vida de Lope de Vega* (Salamanca: Anaya, 1968), pp. 113—127.

和专业剧团的出现和发展,也使经营剧院成了依赖观众购票选择而生存的生意。由于观众等待着欣赏"一种市民的、通俗的和大众的戏剧"①,剧作家必须按照他们的喜好,创作出让他们甘心情愿捧着钱来观看的剧目,实现"观众—口碑—票房"三者之间的良性循环。在新的戏剧生态下,趣味贴近观众、剧情喜闻乐见的西班牙民族喜剧成为最受观众追捧和市场青睐的戏码。

2. 西班牙现代民族戏剧的先行者剪影

随着戏剧生态的演变,"十六世纪晚期伴随着变革的热望出现了对古代经典作家传统范式的漠视"②。部分富有革新意识的剧作家,如洛佩·德·鲁埃达③、胡安·德·库埃瓦④、塞万提斯⑤、安德雷斯·雷伊·德·阿尔帖达⑥、克里斯托弗·德·比鲁埃斯⑦、弗朗西斯科·奥古斯丁·塔雷嘎⑧等人,充分意识到古代艺术准则与当代风俗趣味之间的差别。他们不再拘泥于古代大师的创作模式,

---

① A. Zamora Vicente, *Lope de Vega. Su vida y su obra*, p. 188—189.
② E. García Santo-Tomás,"Introducción",*Arte nuevo de hacer comedias*, Lope de Vega, ed. E. García Santo-Tomás(Madrid:Ediciones Cátedra,2009 [2006]),p.27.
③ 洛佩·德·鲁埃达(Lope de Rueda,1510—1565),西班牙喜剧的开创者和第一位职业戏剧家。他身兼编剧、演员和剧团经理数职,作品生活气息浓郁,情节轻松风趣,语言诙谐通俗。
④ 胡安·德·拉库埃瓦(Juan de la Cueva,1543—1612),诗人和剧作家,西班牙民族历史剧的开创者和戏剧理论家。
⑤ 塞万提斯(Miguel de Cervantes Saavedra,1547—1616),西班牙著名文学家,现代小说的奠基人,戏剧作品传世数量有限,但类型丰富,情节复杂丰富,语言栩栩如生,具有鲜明的现实意义。
⑥ 安德雷斯·雷伊·德·阿尔帖达(Andrés Rey de Artieda,1549—1613),巴伦西亚军人、诗人和剧作家,喜剧革新的先行者。
⑦ 克里斯托弗·德·比鲁埃斯(Cristóbal de Virués,1550?—1614?),巴伦西亚军人、诗人和剧作家,其在戏剧创作中的新尝试对后世作家影响较大。
⑧ 弗朗西斯科·奥古斯丁·塔雷嘎(Francisco Agustín Tárrega,1555?—1602),巴伦西亚剧作家,标志着西班牙剑袍喜剧(comedia de capa y espalda)正式确立的代表人物。

从本土现实出发,进行了多姿多彩的创新尝试,以扎扎实实的作品为西班牙现代民族戏剧的发展铺就道路。他们的主要贡献有①:

(一)受《拉塞莱斯蒂娜》②文学样式和内容创新的影响,在借鉴意大利艺术戏剧理念的基础上,尝试调和古代悲剧范式,"使之既能与戏剧教化功能和当代趣闻相适应,又不会真地沦为纯粹的民众娱乐"③,客观上突破了古代悲喜剧之间的严格分野。

(二)探索西班牙民族喜剧的艺术表现手法。例如,挖掘喜剧的可能性,把"喜剧培育、扶上舞台并使之光彩夺目"④;尝试悲剧和喜剧因素的杂糅,强化情节因素,凸显剧情的时代感,拓展剧本的感染力和表现空间;注重人物的性格塑造,用戏剧艺术手段"表现人物内心世界的想象、潜藏的思想,以及把道德说教人物搬上舞台"⑤,加强作品的感召力;扩充了诗剧的格律形式,将谣曲等西班牙语特有的诗歌样式纳入戏剧框架,增强了戏剧语言的表现力和现实感。

(三)主动迎合观众趣味,引入本土题材。注重民族精神的表达,以民族历史记事、英雄史诗、民间传说为创作蓝本,利用戏剧艺

---

① 主要参考文献:1)Rinaldo Froldi. *Lope de Vega y la formación de la comedia: en torno a la tradición dramática valenciana y al primer teatro de Lope*(Madrid:Anaya,1968);2)Joan Oleza Simó (dir.). *Teatro y prácticas escénicas* (Valencia:Institución Alfonso el Magnánimo, 1984); José María Pozuelo Yvancos (dir.). *Historia de la literatura española*:8. Las ideas literarias 1214—2010 (Madrid:Crítica,2011);3)Alonso Zamora Vicente,*Lope de Vega. Su vida y su obra*;4)Carlos Alvar. José-Carlos Mainer. Rosa Navarro. *Breve historia de la literatura española* (Madrid:Alianza Editorial,2005[1997]);5)陈众议:《西班牙文学——黄金世纪研究》。

② 原名《卡利斯托和梅利贝娅的悲喜剧》(*Tragicomedia de Calisto y Melibea*, 1499),作者费尔南多·德·罗哈斯(Fernando de Rojas,),是西班牙公认的第一部悲喜剧。《拉塞莱斯蒂娜》(*La Celestina*(1499)。)是其常用名。

③ Josep Lluís Sirera, "Los clasicistas",*Teatro y prácticas escénicas*,ed. Joan Oleza Simó (Valencia:Institución Alfonso el Magnánimo,1984),p.73.

④ 塞万提斯:《塞万提斯全集,第二卷:喜剧》,刘玉树译,北京:人民文学出版社,1996年,第1页。

⑤ 塞万提斯:《塞万提斯全集,第二卷:喜剧》,第2页。

术手法加以重新演绎,在戏剧舞台上展现当代风土人情,为西班牙现代戏剧的发展注入现实主义气息。

(四)重视戏剧理论的建构。剧作家或借剧中人之口传达自己对当代戏剧的思考;或在出版剧本时专门撰文阐述;或在其他作品中加入戏剧评论内容(如《堂吉诃德》第四十八章);或著书立说传播自己的戏剧理念,如胡安·德·拉库埃瓦的《诗学范本》。

注重舞台呈现效果,关心服装造型和舞美设计,重视剧本的编辑、出版及流传。

总而言之,十六世纪以来西班牙戏剧孕育着新的创作走向,也不断进行着新的艺术试验和理论探索。现在大幕开启,洛佩·德·维加闪亮登场,开始了他的戏剧艺术冒险,迈出了缔造西班牙现代戏剧的坚定步伐。

二、洛佩·德·维加的戏剧创作实践与《喜剧创作新艺》

黄金世纪文学研究者普遍认为洛佩·德·维加于1583年前后在剧坛崭露头角。他"文笔华丽精巧,词曲优美,娓娓动听,充满了庄严的警句,总之风格高雅流畅"①,短短数年间已然风光无限,成为炙手可热的明星编剧。塞万提斯《堂吉诃德》写到:

> "随后就冒出个天生的怪物——伟大的洛佩·德·维加,他建立了滑稽戏王国。(……)所写剧本之多,超出一万印张,凡看过或听过他的剧本演出的,无不称之为剧作。有人(这样的人很多)想达到他的作品的全部或部分光彩,实际上这些人所写的全部作品,加起来也不及他的一半。"②

---

① 塞万提斯:《堂吉诃德》,董燕生译,武汉:长江文艺出版社,2006年,第366页。
② 塞万提斯:《塞万提斯全集,第二卷:喜剧》,第3页。

1. 洛佩·德·维加的戏剧创作实践

洛佩曾夸耀说自己从十一二岁就开始创作剧本①。传说他一天能写好一个剧本,一生总共创作了一千五百部剧作。《西班牙文学辞典》认为除四十二则宗教短剧外,流传至今的西班牙语戏剧作品中"有四百二十六部剧作托名洛佩·德·维加,但其中'仅有'三百一十四部可以确定无疑是洛佩的作品"②。洛佩戏剧作品数量之巨,类型之多,题材之广,无不令人叹为观止。

除宗教短剧外,洛佩的剧作总体上看"其实不出两类:一类是以国内外历史及相关传说为题材的历史剧,一类是描写人情世态和阴谋诡计的袍剑剧"③。洛佩历史剧代表作有喜剧《爱情与荣誉》④《羊泉村》⑤《最好的法官是国王》⑥《奥尔梅多的骑士》⑦以及悲剧《比塞奥公爵》⑧等。剑袍喜剧代表作有《傻姑娘》⑨《园丁之犬》⑩《马德里泉水》⑪等。⑫

对于中国读者而言洛佩·德·维加并非一位全然陌生的西班

---

① Lope de Vega, *Arte nuevo de hacer comedias* (Madrid:Cátedra,2009 [2006]), v.219.译文参见:维加:《编写喜剧的新艺术(在马德里学会的演讲)》,杨绛译,载中国社会科学院文学研究所(编)《古典纹理理论译丛(卷四·第十一册)》,北京:知识产权出版社,2010 [1966]年,第2081页。
② J. Bregante, *Diccionario ESPASA literatura española* (Madrid:Espasa,2003), p.1022.
③ 陈众议:《西班牙文学——黄金世纪研究》,南京:译林出版社,2007年,第310页。
④ *Peribáñez y el Comendador de Ocaña* (1610?)。
⑤ *Fuenteovejuna* (1612?—1614?),又译为《羊泉镇》。
⑥ *El mejor alcalde, el rey* (1620—1623),又译《国王,最伟大的法官》。
⑦ *El caballero de Olmedo* (1620?—1625?)。
⑧ *El duque de Viseo* (1604?—1610?)。
⑨ *La dama boda* (1613),又译《傻大姐》。
⑩ *El perro del hortelano* (1613?),又译为《狗占马槽》
⑪ *El acero de Madrid* (1608),又译为《马德里的铁水》《马德里的矿泉水》。
⑫ 尽管付出了巨大努力,洛佩·德·维加剧本出版纪念上仍有诸多不明之处有待研究者厘清。参见 S. G. Morley. C. Bruerton, *The Chronology of Lope de Vega's Comedias* (London:Oxford University,1940)。

牙文人。1961年,留苏实习生、导演蒋祖慧为天津芭蕾舞剧院排演了根据《羊泉村》改编的芭蕾舞剧《西班牙女儿》,并于当年首演成功①。这是洛佩·德·维加的戏剧作品在中国的第一次重要演出。1962年,我国召开了纪念世界文化名人洛佩·德·维加诞辰四百周年大会,戏剧评论家李健吾发表纪念讲话②,介绍了洛佩的创作历程、艺术特征及西班牙戏剧的流变,指出他的喜剧展现了现实主义的精神和手法,同时赞扬洛佩是西班牙人民的号手。同年人民文学出版社还出版了朱葆光翻译的洛佩代表作《羊泉村》③。二十世纪八十年代以来,我国先后翻译出版了数部维加戏剧选集④,虽然

① 李澄、高志强:《记芭蕾舞剧〈西班牙女儿〉的排演》,载《戏剧报》1960年10月27日第2期,第31—32页。
② 李健吾:《光荣永远属于人民的号手——纪念世界文化名人洛卜·德·维迦诞生四百周年大会上的讲话》,载《戏剧报》1962年6月30日年第12期,第20—25页。
③ 洛卜·德·维迦:《羊泉村》,朱葆光译,北京:人民文学出版社,1962年。
④ 我国翻译出版的维加戏剧选集主要有:1)上译版《维加戏剧选》(维加:《维加戏剧选》,朱葆光译,上海:上海译文出版社,1983年),收录了《羊泉村》、《塞维利亚之星》、《园丁之犬》三个剧本;2)漓江版《爱情与荣誉》(维加:《爱情与荣誉》,徐曾惠译,桂林:漓江出版社,1994年),收录了《爱情与荣耀》、《最好的法官是国王》、《奥尔梅多的骑士》三个剧本;3)春风版《洛佩·德·维加剧作选》(维加:《洛佩·德·维加剧作选》,段若川译,沈阳:春风文艺出版社,1996年),收录了《羊泉村》、《最好的法官是国王》、《比塞奥公爵》三个剧本;4)人文版《维加戏剧选》(维加:《维加戏剧选》,胡真才、吕臣重译,北京:人民文学出版社,1998年),收录了《羊泉镇》、《塞维利亚之星》、《奥尔梅多的骑士》、《傻姑娘》、《马德里泉水》五部作品;5)昆仑版《维加戏剧选》(维加:《维加戏剧选》,段若川、胡真才译,北京:昆仑出版社,2000年),收录了《羊泉村》、《最好的法官是国王》、《比塞奥公爵》、《塞维利亚之星》、《傻姑娘》五个剧本;6)燕山版《洛佩·德·维加精选集》(维加:《洛佩·德·维加精选集》,朱景东编选,北京:燕山出版社,2008年),收录了《羊泉村》、《最好的法官是国王》、《园丁之犬》、《塞维利亚之星》、《傻大姐》、《奥尔梅多的骑士》、《比塞奥公爵》、《马德里的矿泉水》八部作品;7)河北教育版《洛佩·德·维加戏剧选》(维加:《洛佩·德·维加戏剧选》,胡真才译,石家庄:河北教育出版社,2008年),收录了《羊泉镇》、《塞维利亚之星》、《傻姑娘》三部作品。北京大学外国语学院学生朱玲玲在毕业论文《洛佩·德·维加的戏剧世界——试论〈羊泉村〉中的"喜剧创作新艺"》中对维加戏剧的中文翻译情况进行了梳理。本人也在指导过程中萌生了撰文探讨洛佩戏剧理念的想法。在此感谢朱玲玲同学为本论文产生做出的贡献。

译介剧本的总体数量不多,所幸涵盖了洛佩相当一部分代表剧作,部分作品还有多个翻译版本。

二十世纪六十年代之后我国对洛佩·德·维加戏剧理念进行了比较系统的译介。李健吾在1962年的纪念讲话中介绍了《新艺》的基本内容和价值。1966年,《古典文艺理论论丛》(第十一册)刊行了杨绛的《新艺》散文体译本。廖可兑在《西欧戏剧史》专门介绍了《新艺》的核心内容①。近年来,国内西班牙语语文学者陈众议②、沈石岩③等均在西班牙文学研究专著中专门谈论了《新艺》的价值和意义,此外相关领域也出现了比较文学方向的研究论文④。

2.《喜剧创作新艺》的内容和基本观点

1609年,洛佩·德·维加已年过不惑,盛名远播,俨然彼时剧坛第一人。他投身戏剧创作二十余年,写的剧本"连本星期完成的一个已经有四百八十三个"⑤,整个西班牙的剧院经理都对他的剧本趋之若鹜⑥。然而在道学家和正统派看来洛佩的戏剧作品(尤其是西班牙民族喜剧作品)"公然胡诌、颠三倒四"⑦,偏离正

---

① 廖可兑:《西欧戏剧史》,第102—107页。
② 陈众议:《西班牙文学——黄金世纪研究》,南京:译林出版社,2007年,第307—320页。
③ 沈石岩:《西班牙文学史》,北京:北京大学出版社,2006年,第65—72页。
④ 例如:吴世友:《异曲同工同工异趣——瓜里尼、维加的戏剧理论与中国明代戏剧理论的比较》,载《台州学院学报》2006年2月第28卷第1期,第30—34页。
⑤ Lope de Vega, *Arte nuevo de hacer comedias*, vv. 367—369. 译文参见:维加:同上,第2084页。
⑥ A. Castro, H. A. Rennert, *Vida de Lope de Vega (1562—1635)* (New York: Las Américas Publishing Company, 1968), p.86.
⑦ 塞万提斯:《堂吉诃德》,第364页。

统,声名不佳①。1609 年,洛佩借应邀在马德里学会演说的机会发表了《喜剧创作新艺》,"为自己喜剧创作中突破和违背古典文艺准则的做法辩护"②。

《新艺》为十一音节无韵诗,全篇三百八十九行(含拉丁文诗十行),总计二十八节,每节行数不一,最后两行押韵。胡安·马努埃尔·罗哈斯③将《新艺》划分为三大部分:楔子(第 1—146 行)、理论阐述(第 147—361 行)、尾声(第 362—389 行)。恩里克·加西亚·桑托-托马斯④认为《新艺》由五个部分组成:绪论(第 1—48 行)、古代戏剧特征(第 49—127 行)、主题过渡(第 128—156 行)、新喜剧特征(第 157—361 行)、结语(第 362—389 行)。尽管划分标准有所不同,《新艺》的核心内容都是西班牙民族喜剧观、艺术理念和创作规则。

洛佩·德·维加在《新艺》中围绕西班牙民族喜剧的喜剧观、三一律、喜剧题材、喜剧结构、喜剧语言等问题比较系统地阐述了自己的戏剧理念和创作原则。具体内容如下:

西班牙民族喜剧观。亚里士多德在《诗学》中指出"悲剧是对于一个严肃、完整、有一定长度的行动的摹仿;它的媒介是语言(……);摹仿方式是借人物的动作来表达,而不是采用叙述法;借引起怜悯与恐惧来使这种情感得到陶冶"⑤。因此他认为悲剧与

---

① José María Pozuelo Yvancos, *Historia de la literatura española*: 8. *Las ideas literarias* 1214—2010 (Barcelona: Crítica, 2001), p. 276.
② A. Castro, H. A. Rennert, *Vida de Lope de Vega (1562—1635)*, p. 177.
③ Juan Manuel Rozas, "Guion pedagógico", *Arte nuevo de hacer comedias en este tiempo*, ed. J. M. Rozas (Alicante, Biblioteca Virtual Miguel de Cervantes, 2002), URL: http://www.cervantesvirtual.com/nd/ark:/59851/bmcms3r3.
④ Enrique García-Santos, "Introducción", *Arte nuevo de hacer comedias*, ed. Enrique García-Santos (Madrid: Cátedra, 2009 [2006]), pp. 46—51.
⑤ 亚里士多德:《诗学》,罗念生译,载《罗念生全集(第一卷)》,上海:上海人民出版社,2004 年,第 36 页。

喜剧的重要差别在于"喜剧总是摹仿比我们今天的人坏的人,悲剧总是摹仿比我们今天的人好的人"①。亚里士多德学说被后人简单推演为"喜剧模仿卑微小民的行动,悲剧模仿帝王贵人的行动"②,并据此判定"悲剧取材于历史;喜剧的题材是虚构的,因此大家认为是题材卑下的鄙俚小戏"③。然而,在实际创作和演出中,古代喜剧多姿多彩,样式复杂,类型丰富。据被认为是属于亚里士多德学派的《喜剧论纲》所言,"喜剧的种类分'旧喜剧'(剧中有极多的笑料)、'新喜剧'('新喜剧'不重视笑而倾向于严肃)、'中期喜剧'(为前二者的混合物)"④。所以古代喜剧往往是"对于一个可笑的、有缺点的、有相当长度的行动的摹仿,(……)借引起快感与笑来宣泄这些情感"⑤。

洛佩·德·维加支持亚里士多德的戏剧观念,但他并不赞同对于亚里士多德的讲话认识与片面解读,而是希望"恢复古喜剧的做法"⑥,使喜剧回归喜剧理念的本原。他在《喜剧创作新艺》中指出"喜剧称为'扮演'⑦,因为它模仿普通人的行动和事

---

① 亚里士多德:《诗学》,第25页。
② Lope de Vega, *Arte nuevo de hacer comedias*, vv. 58—59. 译文参见:维加:《编写喜剧的新艺术(在马德里学会的演讲)》,杨绛译,第2077页。
③ Lope de Vega, *Arte nuevo de hacer comedias*, vv. 111—113. 译文参见:维加:《编写喜剧的新艺术(在马德里学会的演讲)》,杨绛译,第2078页。
④ 佚名:《喜剧论纲》,罗念生译,载《罗念生全集(第一卷)》,上海:上海人民出版社,2004年,第399页。
⑤ 佚名:《喜剧论纲》,第397页。
⑥ Lope de Vega, *Arte nuevo de hacer comedias*, v. 165. 译文参见:维加:同上,第2080页。
⑦ 原文是 acto。本是喜剧的统称,在《新艺》中,acto 等同于今天我们所说的喜剧(见:Enrique García-Santos, Nota 62, *Arte nuevo de hacer comedias*, ed. Enrique García-Santos (Madrid:Cátedra, 2009 [2006]))。这两句诗的原文意思是喜剧被称为喜剧是因为它们摹仿小民所行之事和所谋之利。

情"①因此他援引西塞罗的观点赞美喜剧是风俗的镜子和真理的写照②。不难看出洛佩的喜剧观与今天关于喜剧的定义不同。他的西班牙民族喜剧并非局限于"把可笑事件组织起来的安排"（佚名，2004），而是"模仿人的行动，描绘他们所处的时代的习俗"③。换言之，西班牙民族喜剧仿佛世情百绘图与历史风俗卷。它源于现实生活，也是现实生活的再现；它讲古说今，也是历史和社会的投射；它把握时代脉搏，也是时代精神的反映。因此洛佩认为创作喜剧基本原则是"不可能的事必须避免，因为只应该模仿真情实况"④。剧作家需要从现实中汲取素材，捕捉典型人物，描摹世态人情，提炼艺术真实。西班牙民族喜剧洋溢着朴素的现实主义气息，也因其现实主义色彩而倍受历代戏剧观众喜爱。

为了实现"看看喜剧怎样反映人生，怎样逼真地模仿老老少少的人"⑤，洛佩提出喜剧创作要调动起一切可资利用的艺术工具，选取观众喜爱的题材，做到人物栩栩如生，台词通晓顺达，剧情真实可信。例如，他要求剧作家突破悲剧和喜剧之间自古矗立的壁垒，"把悲剧的语言掺和在格调卑下的喜剧里"⑥（维加，2010），努力"使作品一方面严肃，一方面滑稽，因而丰富多彩，增加趣味。

---

① Lope de Vega, *Arte nuevo de hacer comedias*, vv. 63—64. 译文参见：维加：同上，第 2077 页。

② Lope de Vega, *Arte nuevo de hacer comedias*, vv. 123—126. 译文参见：维加：同上，第 2079 页。

③ Lope de Vega, *Arte nuevo de hacer comedias*, vv. 51—53. 译文参见：维加：同上，第 2077 页。

④ Lope de Vega, *Arte nuevo de hacer comedias*, vv. 284—285. 译文参见：维加：同上，第 2082 页。

⑤ Lope de Vega, *Arte nuevo de hacer comedias*, vv. 377—379. 译文参见：维加：同上，第 2084 页。

⑥ Lope de Vega, *Arte nuevo de hacer comedias*, vv. 191—192. 译文参见：维加：同上，第 2080 页。

大自然就给了我们好榜样,因为像这样的丰富多彩是会产生美感的"①。悲剧和戏剧元素的交错融合是洛佩·德·维加喜剧观的核心元素。它既不违背古代喜剧观的实质,也是对西班牙悲喜剧②传统的发展与完善,使西班牙民族喜剧拥有了广泛的艺术发展可能性与可行性。

此外,鉴于"在喜剧里,笑应当有适当的限度"③,洛佩还在《新艺》告诫剧作家不要曲意奉承、刻意投观众所好,避免作品堕入胡诌荒唐、人身攻击的陷阱,因为"讽刺的部分不要明显露骨。(……)刺痛人的时候不要狠毒,假如偶尔有所诽谤,别指望观众喝彩,也别指望出名"④。只有杜绝过犹不及,观众才能借助剧作家生动的笔触"为噱头欢笑,因箴言获益,叹服剧情的曲折,学会明智地思索,警惕谎言欺骗,领受榜样的感召,怒斥恶习,归顺美德"⑤。在享受喜剧欢愉的同时,体会到喜剧所唤起的美好情感,得到喜剧的启迪,受到喜剧的感化。

总之,洛佩在《新艺》中确立了西班牙古典喜剧的内涵和规范。洛佩·德·维加的西班牙民族喜剧观是对西班牙"悲喜剧"

---

① Lope de Vega, *Arte nuevo de hacer comedias*, vv.177—180. 译文参见:维加:同上,第2080页。
② 悲喜剧一词源于拉丁语 *tragicomoedia*. ,是悲剧和喜剧两个词共同组成的合成词。悲喜剧形式上类似于案头剧,为对话体作品,一般篇幅较长,难以直接搬上舞台。西班牙中世纪文人费尔南多·德·罗哈斯(Fernando de Rojas,1465—1541)创作的《拉塞莱斯蒂娜》是西班牙语文学史上公认的第一部悲喜剧作品。从艺术特色上看,《拉塞莱斯蒂娜》人物形象各异,个性鲜明,情节有血有肉,复杂真实,情感冲突激烈,语言契合人物身份,融高雅和俚俗为于一体。悲喜剧是具有鲜明本土特色的文学范式,被视为西班牙语文学成熟与革新的象征。费尔南多·德·罗哈斯的创作理念和实践对西班牙民族喜剧的形成产生了巨大影响。
③ 佚名:《喜剧论纲》,第398页。
④ Lope de Vega, *Arte nuevo de hacer comedias*, vv.341—346. 译文参见:维加:同上,第2083页。
⑤ 塞万提斯:《堂吉诃德》,第366页。

的继承和发展。他既是古代喜剧规范的真正践行者,也是西班牙语戏剧的开拓者。在洛佩的民族喜剧中古代的和现代的、民族的和域外的、宗教的和世俗的并肩而立①,借由剧作家的生花妙笔共同搭建出一个令人赞叹与沉迷的虚构世界。

西班牙古典喜剧与三一律。洛佩·德·维加受到的一项重要指责是不遵守戏剧结构的三一律。塞万提斯曾借用笔下人物之口批评洛佩在西班牙古典喜剧中公然违背古代艺术规范传统:

"说到再现古代和当代事件时必须遵守的时空一致规则,我就看过这样的戏,第一幕在欧洲开始,第二幕就到了亚洲,第三幕在非洲结束。要使再有个第四幕的话,只怕还得挪到美洲去,一下跑遍世界四大洲!"

我们现在谈论的行当里,就有这样的事,比如:第一幕第一场里还是包在小毯子里的娃娃,到了第二场就长成了胡子拉碴的大男人;还有比这个更荒唐的吗?"②

然而正如罗念生先生所言三一律"并不是如提倡者所称,在亚里士多德的《诗学》有什么确实的根据"③。亚里士多德在《诗学》中提出④悲剧作为艺术的有机整体必须实现叙事完整,情节统一,布局完美。他认为通过限制演出时长可以避免剧情枝蔓横生、结构散乱,并对悲剧的长度提出了具体规定——"就长短而论,悲剧力图以太阳的一周为限,或者不起什么变化"⑤。十六世纪的意大利语文学者将叙事时间与演出时间混为一谈,将亚里士多德的观点错误地诠释为时间整一律和地点整一律。⑥ 后来法国

---

① A. Vicente Zamora, *Lope de Vega*, p.154.
② 塞万提斯:《堂吉诃德》,第365页。
③ 罗念生:《罗念生全集(第一卷)》,第17页。
④ 亚里士多德:《诗学》,第17—18页。
⑤ 亚里士多德:《诗学》,第33页。
⑥ 罗念生:《罗念生全集(第一卷)》,第17—18页。

诗人波瓦洛将它们提炼为众所周知的三一律：

"我们要求艺术地布置着剧情的发展；
要用一地、一天内完成的一个故事
从开头直到末尾维持着舞台充实。"①（波瓦洛，1959）
（44—46行，32页）

洛佩在西班牙民族喜剧创作中坚持亚里士多德强调的艺术有机体的完整性。他主张剧作家不必在表面形式上大费周章，而是将才华投注在维护作品内在的完整性和逻辑一致性上，使作品依靠内在机制扭合黏接在一起，生长为一个有机的整体。为此，剧作家无需过分强求时间和地点在形式上的整一，他们真正需要做的是确保喜剧"选定的题材单是一桩事件，故事切不可枝枝节节"②，以便实现对一个完整事件的有效摹仿。当然为了更好的戏剧呈现效果，为了更加吸引观众，剧作家完全可以各施奇招。例如，"尽量把故事限在最短的时间以内，除非编写历史剧，事情须有几年的过程，那么，可以叫某一个角色在这段时间内旅行一番"③。这种处理方式既能确保剧情合情合理，还可以避免作品冗长拖沓，消磨观众的观看兴趣。

以西班牙古典喜剧《最好的法官是国王》④为例。它是洛佩·德·维加的代表作之一，全剧三幕，取材于卡斯蒂利亚历史纪事。故事发生在阿尔方索七世统治时期的加利西亚。仆从桑乔的新娘

---

① 波瓦洛：《诗的艺术》，北京：人民文学出版社，1959年，第32页。
② Lope de Vega, *Arte nuevo de hacer comedias*, vv. 181—183. 译文参见：维加：同上，第2080页。
③ Lope de Vega, *Arte nuevo de hacer comedias*, vv. 193—198. 译文参见：维加：同上，第2080页。
④ 原文剧本参见 *Teatro Espanol del Siglo de Oro* (http://teso.chadwyck.co.uk/）。译文分别参考：1）人文版《维加戏剧选》；2）昆仑版《维加戏剧选》；3）燕山版《洛佩·德·维加精选集》。

艾尔维娜貌美如花,领主堂特略看到后心生歹意。他下令中止婚礼,当晚便带人抢走了新娘。桑乔救妻未果,连夜赶往王庭,请求国王阿尔方索主持公道。国王致信堂特略,命令他释放新娘,让桑乔和艾尔维娜成婚。堂特略拒不遵从国王的指令,桑乔只得再度出逃求国王做主。国王乔装成法官来到堂特略的领地听取了艾尔维娜的控诉。在国王的审判下,堂特略的罪行大白于天下。骄横的领主被处决,正义得到了伸张,有情人历尽磨难终成眷属。在《最好的法官是国王》一剧中,从桑乔求婚的那个清晨到国王宣判堂特略有罪,时间远远超过了时间整一律所谓的"一天"。事件发生的地点众多——从加利西亚乡村到堂特略豪华的宅邸,从桑乔小小的家到巍峨的王庭,而且空间随人物的行动而数度变化,也不符合地点整一律规定的"一地"。尽管剧本表面上有违三一律规范,但剧作家通过一系列艺术设置,在作品内部实现了对整体性的总体把握,以文本内在的整一性取代了外部的一致性。洛佩将王权与领主权的矛盾设定为作品的整一性内核,利用堂特略的抢婚事件引爆整个事件。以桑乔和艾尔维娜的顽强抗争推动情节前进,并将国王阿尔方索七世推向了舞台中心,成为全剧矛盾的超级结点。随着事件的展开,阿尔方索七世逐渐深入真相,国王与领主之间不可调和的矛盾层层暴露。当国王在剧末宣布裁决时,也昭示着天下万事都将在他主持的审判中因他的意志而得到圆满解决,从而庄严地宣告了国王的神圣地位和王权的绝对权威。在洛佩设定的整一性内核作用下,《最好的法官是国王》的全部情节纠结为一个有机整体,整部喜剧作品结构统一,布局合理,情节连贯,完整建构了亚里士多德所谓的"有整一性的行动"[①]的艺术有机体。

由此可见,虽然三一律在实际创作中并非全无意义,但凡事过

---

① 亚里士多德:《诗学》,第43页。

犹不及,否则无异于作茧自缚。洛佩·德·维加的西班牙民族喜剧挣脱了三一律的机械束缚,情节挥洒自由,文本内在整一性清晰完整,有效地拓展了喜剧的表现空间,因为"有时候不合规格的东西正因为不合规格而得人喜爱"①。

西班牙民族喜剧的题材。正如前文所述,洛佩的喜剧观主张在舞台上呈现人间万象和世间百态,为此西班牙民族喜剧必须找到适合自身艺术规律的题材。《新艺》在喜剧题材问题上着墨不多,但字字珠玑,切中要害。洛佩认为有两类题材适用于西班牙民族喜剧:

其一,"有关体面的事件更好,因为能使每个人都深受感动"②。

其二,"美德的行为也受欢迎,因为美德是到处叫人喜爱的"③。

洛佩生活的时代,"名誉"是一件能让人神经错乱的事情④。没有人愿意和不体面扯上关系,因为失去体面就意味着丧失荣誉,名誉扫地无异于反道败德,声名狼藉。洛佩巧妙地把握社会热点,从现实生活中汲取素材,以名誉和美德为切入点,在喜剧作品中提出了"十五世纪末以来伴随封建制度方式的清除而出现的各种问题"⑤,以及发生在社会观念、生活方式和价值体系中的种种变化。

---

① Lope de Vega, *Arte nuevo de hacer comedias*, vv. 375—376. 译文参见:维加:同上,第 2084 页。
② Lope de Vega, *Arte nuevo de hacer comedias*, vv. 327—328. 译文参见:维加:同上,第 2083 页。
③ Lope de Vega, *Arte nuevo de hacer comedias*, vv. 329—330. 译文参见:维加:同上,第 2083 页。
④ Jesús G. Maestro,"Sobre el 'Arte nuevo de hacer comedias'", ed. José Luis Campal Fernández, *La Ratonera* (200909, Vol. 27), p. 90.
⑤ A. Vicente Zamora, *Lope de Vega* (Barcelona: Salvat Editores, 1985), p. 155.

《羊泉村①》是一部取材于真实历史事件的西班牙民族喜剧杰作。洛佩利用群像塑造在戏剧舞台上全景式再现了羊泉村百姓抗击暴政的英雄事迹。在剧作家笔下,羊泉村的百姓勤劳本分,盼望在乱世之中保有安居乐业的一片乡土。他们用华丽的诗句赞美卡拉特拉瓦骑士团的功绩,他们向骑士团队长呈上贵重的礼物,希望以此换取安身立命的太平空间,然而奉献财物换不来和平,顺从却引来了无尽的欺凌与屈辱。当人身和人格一次次被践踏,被侮辱和被损害的羊泉村百姓揭竿而起,反抗骑士团的统治②:

埃斯特万	对于丧失尊严、横遭蹂躏的故乡,
	全体乡亲们该做出什么举动?
	如果荣誉在召唤,
	如果我们人人都遭受过这个
	野蛮人的欺凌,事情该怎么办?
	……
赤发胡安	既然灾难临头,
	让我们性命都难保,
	那我们还等待什么呢?
	他们烧毁了
	我们的房子和葡萄园,
	他们是暴君。
	我们要向他们报仇雪恨!

---

① 羊泉村是一个真实存在的地方,位于今西班牙安达卢西亚自治区科尔多瓦省西北部。中世纪时,羊泉村富庶繁华,是各方势力争夺的目标,统治权曾数度易手。十五世纪中期,羊泉村成为卡拉特拉瓦骑士团的领地。骑士团队长戈麦斯·古斯曼横征暴敛,骄奢淫逸,民怨滔天。1476年4月22日,忍无可忍的羊泉村百姓发动起义,杀死了戈麦斯·古斯曼。几经周折,羊泉村的管辖权回归到了世俗政府手中。
② 洛佩:《维加戏剧选》,胡真才、吕臣重译,北京:人民文学出版社,1998年,第76、78页。

羊泉村起义的矛头直指卡拉特拉瓦骑士团的暴政,但百姓们反抗的却不仅仅是队长一个人的恶行,也不仅仅是骑士团对个体的霸凌。他们捍卫的是人身安全与自由,他们维护的是自己人格的尊严——人之为人的尊严。

　　在中世纪的社会形态中,骑士团生来就是高高在上的贵族老爷,而羊泉村百姓则命贱如蝼蚁,只该匍匐在贵族脚下任凭他们驱使奴役。封建贵族天然拥有高贵的血统与财富,"名誉"和"美德"更是他们的专属物,因血统而存在并随血统而传承。因此,当羊泉村百姓恳求骑士团队长停止侵犯他们的荣誉时,队长骄横而轻蔑地反诘到①:

> 队长你们也有荣誉
> 那么卡拉特拉瓦骑士团
> 骑士又该怎么样?"

然而羊泉村百姓相信身份地位可以有云泥之别,但"名誉"和"美德"绝非血统与出身的附属品。在献上祝词的同时,羊泉村百姓并不甘于无条件地卑躬屈膝,他们用朴实的言语表明了自己的骄傲②:

> 埃斯特万　　大人,百姓希望
> 　　　　　　在您的荣誉下生活
> 　　　　　　您可以看到,在羊泉镇
> 　　　　　　有十分杰出的人物。

　　"有十分杰出的人物"昭示了羊泉村百姓的"名誉"观和"美德"论。升斗小民只要能立身正直、行为正派、造福乡里,一样称得上品德高尚,声名响亮,荣誉闪光。羊泉村百姓因此分外珍视

---

① 维加:人文版《维加戏剧选》,第45页。
② 维加:人文版《维加戏剧选》,第44页。

"名誉"和"美德",因为它们不该只是身份和血统的馈赠,而应是人自身努力的成果。就此而言,羊泉村百姓争取的不止是脱离骑士团的统治,更是要维护一种新的、正在萌生的价值体系——人不再基于出身而不平等,人的价值取决于人的尊严。

西班牙民族喜剧赞美老百姓的"名誉"和"美德"。这是观众认同的价值取向,也是他们心底灼热的期盼。观众买票入场,等待演员登场,为喜剧虚构的力量感染,笑看期待成真,心满意足地离开,盼望下一次大幕升起……还有比"名誉"和"美德"更恰当的喜剧题材吗?

西班牙民族喜剧的结构。《喜剧论纲》指出"喜剧的篇幅分四部分"①。西班牙传统喜剧也是分四幕演出的,洛佩在《新艺》中曾直言"我十一二岁的时候(喜剧)就是分四幕写,(……)好比婴儿四肢着地爬行,因为那时候的喜剧也正在婴儿时期"②。十六世纪下半叶西班牙部分剧作家开始尝试创作三幕喜剧,幕次的减少使喜剧节奏更加紧凑,更带来了演出形式的新变化,幕间短剧和舞蹈演出逐渐退出了戏剧舞台。洛佩·德·维加亲历了西班牙喜剧由四幕向三幕发展的全过程,他延续了前辈作家的结构创新,不仅在自己的喜剧作品中广泛应用三幕剧形式,还通过自己的作品规范了西班牙古典喜剧三幕式结构原则。

洛佩在《新艺》中提出喜剧要"按时间分为三幕,每一幕里尽量使一天的过程没有间断"③,而且"每一幕只可以用四张纸,因为十二页的戏正适合观众的时间和耐心"④,因为"西班牙人意坐下

---

① 佚名:《喜剧论纲》,第399页。
② Lope de Vega, *Arte nuevo de hacer comedias*, vv. 216—220. 译文参见:维加:同上,第2081页。
③ Lope de Vega, *Arte nuevo de hacer comedias*, vv. 212—214. 译文参见:维加:同上,第2081页。
④ Lope de Vega, *Arte nuevo de hacer comedias*, vv. 338—340. 译文参见:维加:同上,第2083页。

看戏,就指望在两小时内从开天辟地一直看到世界某日审判,不然就怒不可遏"①,所以"戏院既然得迎合看客,(……),最好还是能博得他们的欢心"②。在剧情展开的过程中剧作家需要在每一幕中完成不同的戏剧任务——"第一幕说明剧情,第二幕使事情发生纠纷,要使这场纠纷一直保持到第三幕的半中间,谁也猜不透如何了局"③。换言之,洛佩要求剧作家将作品划分为不同的功能板块,以时间为线索嵌构"开端—危机—高潮"的三幕式结构,将整部喜剧串联为一个有机整体,持续推进叙事展开,全力保持剧情张力,不断强化戏剧性效果。同时,洛佩还强调剧作家必须从结构上对剧本进行整体把控,借由起转承和的巧妙剧情设置,使剧本"接榫的地方要承接上面的开头,然后一气贯注到下一部"④,令不同的功能板块通过剧本的内在结构彼此纽结在一起,环环相扣,步步相连,使观众不由自主地沉迷于剧情的跌宕起伏,为喜剧的魅力所倾倒。

　　三幕式机构的良好运作有赖于戏剧矛盾的有效制造、处理和解决。洛佩·德·维加指出剧作家必须要不停地制造悬念,将戏剧矛盾一个又一个接续推出,令观众欲罢不能,身不由己地沉醉在剧作家创造的虚构世界中,跟随剧情的发展喜喜悲悲,伴随人物的命运哭哭笑笑。他指出喜剧应该"常要叫观众猜测不到,戏里暗示的一些事情不是下面要演出的事"⑤,而且"故事里的纠纷一定

---

① Lope de Vega, *Arte nuevo de hacer comedias*, vv. 205—208. 译文参见:维加:同上,第 2081 页。
② Lope de Vega, *Arte nuevo de hacer comedias*, vv. 209—210. 译文参见:维加:同上,第 2081 页。
③ Lope de Vega, *Arte nuevo de hacer comedias*, vv. 298—301. 译文参见:维加:同上,第 2082 页。
④ Lope de Vega, *Arte nuevo de hacer comedias*, vv. 232—234. 译文参见:维加:同上,第 2081 页。
⑤ Lope de Vega, *Arte nuevo de hacer comedias*, vv. 302—304. 译文参见:维加:同上,第 2082 页。

要到末一场才有分解"①,否则"观众一知道结局,就会掉头走出戏院,把三个钟头以来眼睁睁等待的情景抛在背后……就没有再要知道的事情了"②。悬念一旦被解开,戏剧幻境就会消散,观众的兴趣将随之褪去,喜剧也会失去安身立命的本钱。此外,洛佩还提出喜剧人物是剧本的有机组成部分,人物的设置应该符合剧情需要,要能够引起观众的好奇心和关注,激发、烘托和推动戏剧矛盾,为整部喜剧的整体戏剧效果服务。因此剧作家要力求避免"戏台上没有人物出现的场面应该少有,因为这种场面使观众不耐烦,又把故事拖长。这不仅是一个大毛病,避免了还可以使这出喜剧更加漂亮、更精致"③。

剑袍喜剧名作《园丁之犬》④充分诠释了洛佩·德·维加的喜剧结构观念。这部戏具有典型的洛佩型三幕式结构,悬念机巧,妙趣横生,一直深受观众喜爱。《园丁之犬》讲述了一对门不当户不对的青年男女如何克服身份障碍缔结良缘的故事。洛佩围绕主要戏剧矛盾设置了多组次要戏剧冲突,将它们错落有致地分布在三幕剧中,环环相扣,将剧情由一个高潮推向另一个高潮,令观众乐此不疲地追着剧情跑。

《园丁之犬》的核心戏剧冲突是女伯爵狄安娜和男秘书特奥多罗能否并如何合理合法地结合。洛佩在三幕剧的空间中将戏剧

---

① Lope de Vega, *Arte nuevo de hacer comedias*, vv. 234—235. 译文参见:维加:同上,第2081页。

② Lope de Vega, *Arte nuevo de hacer comedias*, vv. 236—239. 译文参见:维加:同上,第2081页。

③ Lope de Vega, *Arte nuevo de hacer comedias*, vv. 240—245. 译文参见:维加:同上,第2081页。

④ 《园丁之犬》的剧名源于一条西班牙语谚语,意思是看守菜园的狗"它不吃甘蓝,谁要吃,/它必阻止"(维加,1998),意指无事生非、多管闲事的人。洛佩在《园丁之犬》用它形容女主人公狄安娜在门第与爱情发生冲突时尴尬任性的举动和复杂心境。

矛盾分步骤展开。在第一幕中狄安娜无意中发现特奥多罗与女仆幽会。她巧妙布局，先答应女仆为她的婚事做主，又向男秘书暗示自己垂青于他。在洛佩的铺陈下，观众随着狄安娜的心绪起起落落，想弄明白女伯爵会不会承认自己的感情。当第一幕进入尾声时，狄安娜委婉地表达了对特奥多罗的爱慕，但观众又被立刻引向下一个悬念——女伯爵和男秘书能够顺利相爱吗？洛佩在第二幕中细致刻画了狄安娜的犹疑、烦闷和任性。她急急招来特奥多罗，让他帮自己选个丈夫，还叫他去报喜领赏钱。在男秘书那边，由于女主人的"示爱"，他急火火地抛弃了对他痴心一片的女仆，希望自此踏上富贵和权势之路。但狄安娜若即若离的态度令他先无所适从，继而羞愤交织，甚至冲动地当面指责狄安娜玩弄感情[1]：

> 特奥多罗　　您要是不吃，
> 　　　　　　就让别人吃，
> 　　　　　　从此我就回到
> 　　　　　　爱我的人那里去。"

戏剧冲突在第二幕中似乎达到了某种临界点，观众们的好奇心也随之无限膨胀，急切地想知道这团乱糟糟的情事会如何收场。剧情在第三幕急转直下，完全出乎观众意料，却又符合观众美好的期待。幕起时狄安娜已经放弃了特奥多罗，可她的追求者们怀疑后者有僭越之举，不惜买凶杀人，维护贵族血统的纯洁。特奥多罗本想远走他乡逃命，但狄安娜的一位仆从心生一计，他"巧妙地／把一位出身高贵的父亲带到你（特奥多罗）家里，／让你的身份／和伯爵夫人一致"[2]。特奥多罗被迅速"包装"成卢多维科伯爵失散多年的独子，他和狄安娜能够"像高贵的人那样平等相待，／因为

---

[1] 维加：《洛佩·德·维加精选集》，朱景东编选，北京：燕山出版社，2008年，第252页。
[2] 同上，第266页。

你我都有高贵的身份"①。在仆人编造的谎言中,身份、血统和门第障碍被扫除干净。女伯爵和男秘书终于得偿所愿,共结连理。

洛佩·德·维加在《新艺》中比较完整地表述了自己的喜剧结构观念,提出了喜剧的剧情编排、人物设置、幕次安排、幕长限度等基本创作规范,并结合自身的创作实践完善了西班牙古典喜剧的三幕剧结构范式。

西班牙民族喜剧的语言。《喜剧论纲》指出"喜剧的言词属于普通的、通俗的语言。喜剧诗人应当使他的人物讲他自己的本地语言,应当使一个外地人讲外地语"②。洛佩·德·维加不仅尊重古代艺术规范,还根据彼时喜剧观众的特点、趣味和喜好提出了详细的创作原则:

首先,喜剧语言应该通俗易懂,生动易近,简洁明了。在西班牙戏剧生态下,喜剧观众构成复杂,文化水平不一。为了让观众喜闻乐见,洛佩援引修辞学家阿利斯底狄斯的论述要求"喜剧的语言应该简洁、明白、流利……应该符合群众所习惯的话……不要引经据典,也不要用文绉绉的字眼叫人听来不顺"③,更不应该背离剧情发展而刻意模仿上流社会"华丽、响亮而有文采的"④谈吐和用语,令整部作品虚假做作,毫无生活真实。

其次,人物的台词要"要按照角色的身份说话"⑤。洛佩认为台词符合角色身份是喜剧语言成功的基础。他指出"如果是皇帝说话,尽量模仿皇帝的庄严。年高德劭的人说话要语重心长。描

---

① 维加:《洛佩·德·维加精选集》,第 290 页。
② 佚名:《喜剧论纲》,第 398 页。
③ Lope de Vega, *Arte nuevo de hacer comedias*, vv. 257—265. 译文参见:维加:同上,第 2082 页。
④ Lope de Vega, *Arte nuevo de hacer comedias*, v. 263. 译文参见:维加:同上,第 2082 页。
⑤ Lope de Vega, *Arte nuevo de hacer comedias*, v. 266. 译文参见:维加:同上,第 2082 页。

摹情侣要有热情,使人听了他们的话非常感动。(……)奴仆不该谈论高雅的事,也不用咱们从外国戏里听来的那些奇怪的比喻"①。他还强调喜剧必须重视人物独白的功能和效果,要求剧作家"写独白要使演员说的时候仿佛整个人都起变化;他自己变,使听的人也有所变。他可以自问自答;如果抱怨诉苦,该始终对女人保持应有的尊敬"②。换言之,喜剧独白可以不拘形式,或壮怀激烈,或扪心自问,或指天骂地,或自怨自艾,但绝不能粗陋污浊,言之无物,否则既无法感动演员更无力打动观众。另外,他还强调"修辞学的各种方式很有用"③,它们的合理运用能够增强台词表现力,提高喜剧的感染力。

再次,人物的台词要符合剧情的需要。情节中人物如同现实生活中的你我,不可能一个腔调一辈子,总得学着见人说人话,见鬼说鬼话。洛佩提出剧作家要根据剧情为人物安排合理的台词。例如,"家常琐碎的事应该只反映在两三个人的谈话里,在这方面不要浪费格言成语和俏皮的辞句"④。可是当"一个角色在申说道理、忠告或劝阻的时候,就该有名言隽语。这显然是符合生活真实的,因为这是一个人在出主意、劝导或阻止一件事的时候,说话的格调"⑤。台词切合剧情强化了作品内在的一致性,也使剧作更加贴近生活,更具有现实感和时代感,从而更加真实可信。

同时,人物的台词还要具有一致性。维加强调"一个角色无

---

① Lope de Vega, *Arte nuevo de hacer comedias*, vv. 269—273, 286—289. 译文参见:维加:同上,第 2082 页。

② Lope de Vega, *Arte nuevo de hacer comedias*, vv. 274—279. 译文参见:维加:同上,第 2082 页。

③ Lope de Vega, *Arte nuevo de hacer comedias*, v. 313. 译文参见:维加:同上,第 2082 页。

④ Lope de Vega, *Arte nuevo de hacer comedias*, vv. 246—249. 译文参见:维加:同上,第 2081 页。

⑤ Lope de Vega, *Arte nuevo de hacer comedias*, vv. 250—256. 译文参见:维加:同上,第 2081—2082 页。

论如何不能和自己说过的话相矛盾;我指不可忘记自己的过去"①。戏剧依靠台词推动情节的发展,因此台词的一致性构成了事件一致性的基础,也是作品整体性的支柱。

最后,洛佩认为剧作家在创作台词时应该配合内容谨慎选择诗体,充分利用诗体格律的可能性与可行性,强化台词的表现力与艺术感染力,从而确保整部喜剧具有完满的戏剧效果。他指出"要把诗体和题材配合得当。十行体宜于抱怨诉苦,期望等候的人宜用十四行体,叙事须用歌谣体,不过用八行体也非常精彩,严肃的题材可用三行体,谈情说爱用八音节的四行体"②。由此,西班牙古典喜剧的格律规则得以确立。

在剑袍喜剧代表作《傻姑娘》中,姐姐菲内娅姿容秀丽,嫁妆丰厚。可惜她天生傻里傻气,冥顽不化,说话行事颠三倒四,连教书先生都被她气得落荒而逃。例如,第一幕第十五场菲内娅给女仆看未婚夫的画像,她指着利塞奥的半身像傻乎乎地说③:

> 菲内娅　　只看到他是个长着脸穿着上衣的家伙。
> 　　　　　不过,克拉拉,
> 　　　　　如果他只有半截身子,
> 　　　　　这样的丈夫或什么人
> 　　　　　再漂亮又有什么用?
> 　　　　　在家里你见不到一个
> 　　　　　没有腿的人。

这段台词原文为八音节诗体,共十二行,四行可成一节,节内

---

① Lope de Vega, *Arte nuevo de hacer comedias*, vv. 289—290. 译文参见:维加:同上,第2082页。
② Lope de Vega, *Arte nuevo de hacer comedias*, vv. 305—312. 译文参见:维加:同上,第2082页。
③ 维加:《维加戏剧选》,段若川、胡真才译,北京:昆仑出版社,2000年,第496页。

为全谐音抱韵,每节韵脚不同,重音错落有致,朗朗上口。整段台词平铺直叙,句法简单,词义浅白,内容不知所云,将菲内娅的傻气和娇纵刻画得淋漓尽致。随着剧情的发展,菲内娅情窦初开,整个人像"服用了健脑药剂"①似的变得聪颖多情,自信从容,与从前的傻姑娘判若两人。菲内娅的台词风格也随之而变。例如,洛佩在第三幕第一场为她专门创作了一段赞美爱情的独白②:

> 菲内娅　　爱情,你是保存我们
> 　　　　　自然美丽的绝妙创造,
> 　　　　　(……)
> 　　　　　你的意志产生了人间奇迹,
> 　　　　　你能使愚昧消弭,
> 　　　　　你能把愚蠢笨拙的傻子,
> 　　　　　变成聪明博学的智者。
> 　　　　　(……)
> 　　　　　你可以教会我,
> 　　　　　更好地同他相爱。

菲内娅的这段独白长三十行,为七音节诗体,五行可成一节,节内全谐音和半谐音韵交替使用,各节之间韵脚重音变换复杂,节奏明快,热烈清新。独白感情真挚,意象生动,毫无矫揉造作之气,既契合菲内娅的个性设置,又生动描摹了爱情对女主人公的塑造与改变。傻大姐儿浴"爱"重生,成长为勇敢保护爱情的聪明女人。

综上所述,《喜剧创作新艺》阐述洛佩·德·维加关于西班牙民族喜剧的构想与实践。洛佩维护的西班牙民族喜剧与当今戏剧分类中的喜剧差别明显。它们有的植根现实生活,剧情生动亲切,

---

① 维加:燕山版《维加戏剧选》,第 533 页。
② 维加:燕山版《维加戏剧选》,第 551—552 页。

幽默诙谐,作品结局完满幸福;有的角色夸张怪诞,台词忍俊不禁,表演滑稽逗趣,与后世的闹剧相仿;有的取材于民族史诗、英雄传奇和民间谣曲①,故事家喻户晓,人物深入人心,往往令观众如醉如痴……换言之,西班牙喜剧"不像古希腊的喜剧和'悲剧'对立,它的意思相当于中国的'戏'"②,是一种有着鲜明民族特色和强烈时代感的独特戏剧样式。

三、《喜剧创作新艺》的意义和影响

对于戏剧创作的自我反思及其引发的论争③贯穿西班牙戏剧发展进程的始终。洛佩·德·维加的《喜剧创作新艺》无疑是西班牙民族喜剧理论的开山之作,也仿佛是献给西班牙民族喜剧的开场颂歌④。无论对洛佩本人的戏剧创作还是对于西班牙民族喜剧的发展,《新艺》的价值与地位都不容小觑。

首先,《喜剧创作新艺》是洛佩·德·维加个人戏剧创作的理论升华与实践总结。在《新艺》问世之前,洛佩的剧本虽然连年大卖,但并没有创作出文学史意义上的代表作。尽管一个时代有一个时代的趣味风尚和评判标准,但西班牙民族喜剧杰作《羊泉村》《最好的法官是国王》《团丁之犬》《傻姑娘》等均未问世。《新艺》的发表标志着洛佩的西班牙民族喜剧创作进入了一个新阶段。他

---

① 西班牙语原文是 romance,起源于 12 世纪出现的武功诗,并在 15 世纪前后成为独立的文学形式。详见《西班牙语西班牙语美洲诗歌导论》(赵振江:《西班牙语西班牙语美洲诗歌导论》,北京:北京大学出版社,2002 年,第 47—58 页)。

② 杨绛:《编写喜剧的新艺术(在马德里学会的演讲)》译注 1,载中国社会科学院文学研究所编《古典文艺理论译丛(卷四)·第十一册》,北京:知识产权出版社,2010 年,第 2076 页。

③ Enrique García Santo-Tomás, "Introducción", p. 13.

④ A. Porqueras-Mayo, "El Arte nuevo de Lope de Vega o la loa dramática a su teatro", *Hispanic Review* (1985, Vol. 53), p. 412.

243

从写作实践中提炼出《新艺》,再以《新艺》指导新的创作实践,实现了剧本创作数量和质量的螺旋式上升。

其次,《喜剧创作新艺》提出了西班牙民族喜剧的创作准则,确立了西班牙民族喜剧的基本范式。《新艺》是洛佩·德·维加为数不多的戏剧理论专著①。它行文俏皮,笔法诙谐,与传统文艺理论著作颇有差别,就其内容而言是一部"从头到尾都严肃、严格和扎实的戏剧创作规范"②。洛佩将自己对戏剧的长期思考和基于创作实践的深刻认识③,总结为《新艺》中的西班牙民族喜剧创作要点,在嬉笑怒骂之间"亦庄亦谐地道出了自己关于如何创作满足当代观众需求的戏剧作品的独特想法"④。需要指出的是,《新艺》问世之前,西班牙民族喜剧"并未获得文学界的认可,是一个缺乏合法性的文学样式和戏剧类型"⑤。洛佩的剧作虽然受到观众热捧,却因背离古代范式而饱受文坛所谓正统派的批评和职责,他在《新艺》从喜剧本质到艺术手法,从选材要旨到谋篇布局,引经据典,旁征博引,为自己的喜剧原则和艺术追求辩护。同时,在继承本土前辈作家戏剧理论探索的基础上,洛佩·德·维加发展了亚里士多德的诗学准则,从喜剧内涵、情节、结构、语言等多个方面阐述了他所坚持的西班牙民族喜剧观,诠释了西班牙民族喜剧的创作规范,确立了西班牙民族喜剧艺术范式,为西班牙民族喜剧(乃至现代戏剧)的发展奠定了理论基础。

最后,《喜剧创作新艺》承认大众趣味具有合法性。洛佩·德·维加生活在西班牙哈布斯堡绝对主义王朝统治之下。绝对主

---

① Ramón Menédez Pidal,"Lope de Vega. El arte nuevo y la nueva biografía",*Revista de Filología Española*(No. 22,193501),pp.337—398.
② Jesús G. Maestro,"Sobre el 'Arte nuevo de hacer comedias'",p.89.
③ A. Porqueras-Mayo,"El Arte nuevo de Lope de Vega o la loa dramática a su teatro",p.402.
④ Jesús G. Maestro,"Sobre el 'Arte nuevo de hacer comedias'",p.88.
⑤ Jesús G. Maestro,"Sobre el 'Arte nuevo de hacer comedias'",p.88.

义国家制度是"向资本主义过渡时代封建贵族的统治"①,尽管"绝对主义保持了不容低估的封建主义性质"②,但在意识形态层面,随着新的生产关系的发展和全新社会阶层的出现,人文主义思想传播渐广,新的生活方式和观念日益风行,中世纪的封建主义价值观和道德体系受到了严重冲击。事实上,"文艺复兴时期正是巩固绝对主义的第一个时期"③。在这一社会背景下,传统的贵族艺术赞助人制度日渐式微,艺术家们发现自己面对的不再是一位权势滔天的贵族赞助人,而是要取悦面目不明、身份不一、口味难测的"大众④"。洛佩在《新艺》中用"大众"一词指代彼时的喜剧观众,他们可能没有高雅精致的艺术取向,但是否购票入场这一行为已经明确表露了"大众"的趣味和选择。现在"大众发布了法规"⑤,剧作家必须主动了解观众的喜好,在舞台上表现他们的所知、所思、所愿、所有。洛佩是为市场写作的第一位西班牙剧作家⑥。他充分认识到观众的选择决定一部作品的成败、一位编剧的贫富和一家剧院的兴衰。同时,他也清醒地意识到满足观众既不能屈尊讨好,也不能生硬迎合,而是要从题材选择、人物设定、悬念制造、台词风格、舞美道具等方面全方位回应"大众"趣味。事实上,在洛佩面对的戏剧生态中观众趣味逐渐演变为评判体系的发端,"大众"的选择自然而然取得了合法地位,并且迅速利用这种合法地位抢占了戏剧市场,在舞台上合法地宣扬"大众"趣味。

---

① P·安德森:《绝对主义国家的系谱》,上海:上海人民出版社,2001年,第42页。
② P·安德森:同上。
③ P·安德森:同上,第49页。
④ 原文是 vulgo,泛指普通人或者在某一方面没有专门知识的人。参见:www.rae.es。
⑤ José María Pozuelo Yvancos (dir.), *Historia de la literatura española*:8. Las *ideas literarias* 1214—2010 (Barcelona: Crítica,2011), p. 285.
⑥ Jesús G. Maestro,"Sobre el 'Arte nuevo de hacer comedias'", p. 89.

就这个意义而言,西班牙民族喜剧既是"大众"趣味的外化载体,也是"大众"趣味凝结的成就。

在生产关系的过渡时代,洛佩·德·维加的西班牙民族喜剧如同绝对主义国家制度一样充满着各式各样的矛盾。他戏剧世界里没有振聋发聩的变革号角,他的角色还在寄望国王个人的公正,他的喜剧还在维护王权的大一统和神圣不可侵犯。然而当桑乔几度奔赴王庭告御状捍卫家人,当特奥多罗绞尽脑汁谋求改变命运,当菲内娅学会了爱自己和爱别人,当羊泉村百姓异口同声地说羊泉村是凶手……观众在西班牙民族喜剧舞台上看到了人的力量、人的意志和人的尊严。

洛佩·德·维加曾说过"我的难处是曾经编写过喜剧,而没有讲究艺术"①,但这些"没有讲究艺术"的剧作直至今天依然活跃在戏剧舞台之上。他还留下了一本三百八十九行的《喜剧创作新艺》为西班牙民族喜剧创作指点迷津,也在时光中诉说着一位剧作家的坚持和骄傲。其实喜剧的好与坏,观众最有发言权,那么大家还是"留心看戏吧,别争论艺术了,因为喜剧把艺术体现出来;只要看来喜剧,就会明白里面所有的艺术。"②

---

① Lope de Vega, *Arte nuevo de hacer comedias*, vv. 15—16. 译文参见:维加:同上,第 2076 页。
② Lope de Vega, *Arte nuevo de hacer comedias*, vv. 387—389. 译文参见:维加:同上,第 2084 页。

一个诗人的戏剧

——加西亚·洛尔卡戏剧创作理论浅析

卜 珊

作为西班牙二十世纪的文坛奇才,费德里科·加西亚·洛尔卡的创作涉及诗歌、戏剧、绘画、音乐等各个领域,在试图对他在某一领域的创作进行深入研究时,我们会遇到一种身份界定的困难,会发现洛尔卡在各个领域的创作早已跨越所谓的类别界限,而形成了一个完整的艺术世界。正因如此,在谈到洛尔卡的戏剧创作时,我们也有必要关照到他的诗歌创作。作为一位诗人,洛尔卡的整个文学创作都势必浸染了他在诗歌创作中所获得的对世界、对人生的理解。可以说,洛尔卡的诗学理念统领了他用自己的创作构建起来的文学艺术殿堂。

1932 年,洛尔卡在为赫拉尔德·迭戈的《诗歌选集》所写的文章中曾这样写道:

"关于诗歌我要说些什么呢?……我只能凝视,凝视着那些云朵,凝视着那片天,除此之外,我什么也不会做。你会明白,对于诗歌这个话题,一个诗人是无可奉告的……就在这里:凝视吧。我的手中正捧着一簇火焰。我深深理解那火焰的意义以及它所意味的一切辛劳,但如果我不是每时每刻都在改变看法,我就无法对它妄下断言。……在我的讲座中,有时我会谈到诗歌,但我唯一无法谈论的就是我自己的诗歌。这并不是因为我对自己的所作所为无知无觉。正相反,多亏了上帝的——抑或是魔鬼的眷顾,我是个诗人,但我之所以成为诗人也在于对技巧的掌握和不断的努力,同时,也因为我完全懂得,什么是一首诗。"①

很明显,洛尔卡并不愿意在美学意义上为自己的诗歌创作下一个明确的定义,"凝视"的说法似乎在告诉我们,他的诗歌创作的基础是实践而不是单纯的理论,他不对自己的作品妄下结论并不是因为缺乏评判和批评的能力和勇气,恰恰是因为他对所有与诗歌创作相关的理论都有着独到而深刻的见解,他将这种见解放到诗歌世界的大背景中,而不是仅限于自己的创作范围。通过上面这段简洁而隐晦的发言,洛尔卡对自己的诗学理论已经作了一定的阐述,他的那种将一切可以用诗歌来表达的东西作为诗意本质的看法,以及他对诗歌的"不可言喻"性的认定,都使我们进一步认识到他在诗歌创作中所表现出来的信仰。就在他生命中的最后一年,洛尔卡还曾有过一段与诗歌创作有关的精辟言论:

"诗歌就是一种穿行在大街上的东西。它游荡着,从你我身边经过。一切事物都有它神秘的一面,而诗歌就是一切事物所拥有的神秘。它同一个男人一起经过,盯着一个女人看个不停,又去猜测一只狗行进的方向,而在所有这些人类的举动中都存在着诗歌"②。

由此可以看出,我们每个人的手中都可能有"一簇燃烧的火焰",而它燃烧的最终目的就是照亮诗歌本身,让人们了解诗歌存

---

① García Lorca, Federico. *Obras Completas*, Recopilación, cronología, bibliografía y notas de Arturo del Hoyo, Prólogo de Jorge Guillén, Aguilar S. A., 1978. Tomo I. p.1171.

　　本文中费德里科·加西亚·洛尔卡的作品及书信、访谈等引文除特别注明外均引自 Agular 出版社的《洛尔卡全集》,文中对出自本书的引文出处标注为 OC(Obras completas)。

② "Poética". OC I. p.1171.

在的意义。因此,洛尔卡的诗学理论与当时另一位"二七年代"代表诗人豪尔赫·纪廉(Jorge Guillén)的看法有所不同①,后者将诗性完全归于诗歌形式,认为诗意是在诗歌创作的过程中体现出来的,只有诗人才能对诗意有着完全的控制力。而洛尔卡的理论中却体现着"处处皆诗意"的观点,当然,这种观点的形成与当时风行在欧洲文坛的各种"主义"有着非常密切的关联,这些使文艺界特别是诗坛受到巨大震动的新思潮使得当时的许多诗人重新认识并塑造了自己的美学信仰,这其中,当然也包括了洛尔卡。尽管洛尔卡在关于诗歌理论的表述和评论中,往往会显示出一种反复无常,但这丝毫不妨碍他向人们传达自己对诗歌创作的目的和风格所持的明确态度,同时也让他在戏剧创作的理念和实践中体现出一些鲜明的特点。

一、对文化传统的更多关注

费德里科·加西亚·洛尔卡的戏剧作品在经历了几十年的舞台实践的考验后,仍然以其独特的风格被公认为西班牙戏剧历史中的珍品,作为一位诗人,洛尔卡在戏剧创作中充分调动了自己的诗性情感,使戏剧表演中充满诗意,这一点使洛尔卡成为同时代剧作家群体中最不同凡响的一位,也让他的作品久演不衰。洛尔卡的戏剧在今天仍然得到认同,这一方面是因为他的作品从主题到结构显示出了许多可以跨越时空限制的因素,另一方面也因为他在作品中表现出了对文化传统的关注,即使是在他的超现实主义创作时期,他在追寻探索一条反传统、反理性的创作道路时,文化传统也深深浸润在他创作的精神内核中,成为与创新并行的一条

---

① 参见"No hay más poesía que la realizada en el poema...", Jorge Guillén, "Carta a Fernando Vela". *Poesía española contemporánea*, Gerardo Diego, ed. Madrid: Taurus, 1968. p.327.

宗旨。

在洛尔卡的所有作品中都不难找到作者对自己所了解的文化传统进行诠释和宣扬的意图,其频繁的程度和形式的多样性是同时代的其他作家所无法比拟的。从他最早的文集《印象与风景》到他1936年6月遇害前几天创作的诗篇,总有传统的声音跨越岁月的障碍回荡在字里行间:从熙德和贝尔塞奥(Berceo)到拉蒙·佩雷斯·德·阿亚拉(Ramón Pérez de Ayala);从歌曲、舞蹈、民间艺术到精致的古典和现代的音乐佳作。洛尔卡对传统的认识不仅仅停留在单纯的形式上的继承,而是对传统的进一步了解、丰富和在此基础上的创新,当然,洛尔卡的这种对传统的重新认识不仅仅局限在西班牙文化的范围内,而是将目光放在了世界与人类的层面上。

在《印象与风景》中,可以相对容易地找到年轻的洛尔卡向人们展示他所认识的文化的急切渴望。《梦魇的少女》(*Canéfora de pesadilla*)中的妓女在洛尔卡的笔下是"戈雅心中的梦想或圣胡安眼中的怪物。被瓦尔德斯·雷阿尔(Juan de Valdés Leal)①所爱恋,抑或是杰·维恩尼克斯(Jan Weenix)②心目中的殉道者……"③但在随后的文章中,可以看出,诗人对于表述的方式有了更为纯熟的掌握,对传统事物的表现形式已经不再局限于文人气十足的文雅排比,而是用一种来自安达卢西亚文化的幽默为原本粗陋的事物披上精致的外衣。

关于传统的隐喻和知识与他从童年就熟知的种种独特的民间语言一起从他的笔尖流淌出来,不仅出现在他的诗歌、散文作品

---

① 瓦尔德斯·雷阿尔(Juan de Valdés Leal,1622—1690),西班牙十七世纪巴洛克时期的著名画家、雕塑家,曾作名画《人间荣耀的终结》和《转瞬之间》,现存塞维利亚的"慈济医院"。
② 杰·维恩尼克斯(Jan Baptist Weenix,1621—1660),十七世纪荷兰著名画家。
③ "Canéfora de pesadilla", *Impresiones y paisajes.* OC. I. p.915.

中,同样也出现在他的讲座、访谈中,例如,在他题为《堂路易斯·德·贡戈拉的诗歌形象》的著名讲稿中,就处处隐藏着与传统文化相关的隐喻,而在对这些传统符号进行理解和运用的过程中,洛尔卡在风格和着眼点上都显示出与同时代的其他作家截然不同的角度,并因此而使得自己的作品展现出与众不同的魅力。对此,洛尔卡曾这样说:"要想让一个比喻获得生命力,就需要两个最根本的条件,那就是形式和动作的感染力。"①他还进一步解释了自己的这个判断:"即使是那些最富幻想的英国诗人,例如济慈,都必须来描画和控制他们的比喻和幻想,而济慈因他令人羡慕的可塑性而脱离了诗歌中危险的幻觉世界。然后,他自然会感叹道:'只有诗歌能够讲述他的梦境'"。②

毫无疑问,洛尔卡对文化传统中各种符号的这种熟悉在他的戏剧创作中发挥了极其重要的作用,在其先锋时期的作品中,不乏在戏剧表现符号中引进传统因素的现象,特别是在《观众》这部作品中,我们不难发现,洛尔卡已经将对传统文化中各种资源的运用发挥到了淋漓尽致的地步。对罗密欧与朱丽叶传统题材的借用和重新演绎、对牧人波波(傻牧人)的幕间独角戏形式的采用,以及遍及全剧的各种来自文化传统的带有隐喻意味的符号和语言,都显示出洛尔卡对于传统的深刻了解和独特创新。在其后创作的《就这样过五年》中,对于一些来自民间传统的题材的发挥,也是俯拾皆是,例如丑角(*Arlequin*)曾带着双重意图提到与维吉尔(*Virgilio*)的魔力相关的诸多传说中的一个:

> 丑角:诗人维吉尔造出了一只金苍蝇,于是所有污染那不勒斯空气的苍蝇就都死光了。在那里面,在那竞技场里面,就

---

① "La imagen poética de don Luis de Góngora". OC. II. p.1038.
② 同上。

有柔软的黄金,足够造出一尊和……和您一样大的塑像。①

这样的例子可以说形成了洛尔卡戏剧创作的一个特点,也正是因为这个原因,如果没有掌握相关的传统文化的基本背景,那么在阅读或观赏洛尔卡的戏剧作品时就会产生理解上的困难,所以,在开始研究洛尔卡的文学作品,特别是戏剧作品之前就不能不考虑到作者在创作中对传统文化的关注,注意到这一点,并且在开始研究之前做好相关的准备,我们的工作才会按部就班地顺利进行,也才会体会到洛尔卡戏剧作品的魅力所在。

二、真正的戏剧——"地下戏剧"

在费德里科·加西亚·洛尔卡的创作生涯中,曾有过许多关于戏剧问题的言论,其中有一点格外突出,那就是"戏剧的本质目的到底是什么"。在洛尔卡看来,戏剧艺术的使命在于表现"真正的事实",而这种看法,在他带有超现实主义色彩的作品《观众》中得到了最充分的体现。

在《观众》中,男人甲曾对导演表白:"我一直在同那些面具斗争直到看到你赤身裸体"。而随后,导演也表示他的《罗密欧与朱丽叶》的表演的目的在于"描绘一种隐秘力量的模样"。同他作品中试图揭露真相的人物一样,洛尔卡在创作过程中所关注的中心就是如何解开表象,让观众了解最深层的真实,从早期的那些傀儡短剧到他最后的《贝纳尔达·阿尔瓦之家》,洛尔卡都在试图剥掉每个人的伪装面具,他的每个戏剧人物都披着一件"诗意的外衣",但同时却又都让人看到"他们的骨头和鲜血"。《观众》中的人物也不例外,开场的那一"X 光透视"效果的舞台设计无疑是在向观众们暗示,作品中的人物都将从这种具有透视魔力的舞台上

---

① "Así que pasen cinco años". OC. II. p.435.

走过,将真实的自我呈现给人们。《观众》这部作品不仅是洛尔卡在先锋时期最重要的实验作品,它还集中反映了他在戏剧方面的主要思想。洛尔卡认为,揭示真相一向是"创造者"们应当承担的义务,然而,那些为了艺术真实而辛苦工作的剧作家会发现自己总是受到来自社会的种种制约,自己在美学思想上的自由也会被束缚。戏剧如果要生存下去,剧作家们就得冲破一切藩篱,以最理想的艺术形式来揭露现实的本质。在题为《关于戏剧的谈话》中,洛尔卡曾表示,剧作家必须要用最大胆的攻击向那些障碍和束缚挑战。正是这样的信心和勇气促成了《观众》的产生,这部作品中出现了象征着真正戏剧的"地下戏剧"的概念,与那些只能向观众展现虚假表象的"露天戏剧"形成鲜明的对比。在第一场中,当作为典型"露天戏剧"的《罗密欧与朱丽叶》获得演出的成功后,三个男人来到导演的房间,要求他去演出一场真正的戏剧——地下的戏剧:

  导演:先生们,那并不是问题所在。

  男人甲:(打断他。)没有其它的问题。由于所有人的怯懦,我们必须将这戏剧埋葬。……

  导演: 这是一目了然的,先生。您不会想着让我把面具从舞台上清除出去吧。

  ……

  男人甲:……但是,您想做的却是欺骗我们。欺骗我们,好让一切都保持原样,……

  导演:……但您想从我这里得到什么呢?您是不是带来了一部新作品?

  男人甲:您觉得还有比留着大胡子的我们……还有您自己更新颖的作品吗?①

---

① "El público", OC. II. pp.467—468.

通过三个男人与导演的争论,"露天戏剧"和"地下戏剧"的对立关系清清楚楚地展示在观众们的眼前:"露天戏剧"意味着顺从于观众欣赏口味的传统戏剧;而"地下戏剧"则要将社会和个人隐藏在表象下的真实层面彻底挖掘出来。洛尔卡曾深入到戏剧的内部去研究这种"真实"与"虚假"之间的对立,并且通过《观众》这样一部结构极为复杂的作品表述出自己关于戏剧理论与实践的构想。在作品那众多纷杂的多重主题中,有一个命题格外突出,那就是:戏剧不仅是一种对生活的比喻,它还是一种值得人们去思考和讨论的艺术形式。对洛尔卡来说,戏剧要推动人们去撕下面具,审视自我,去发现世界上一切事物无法持久的本质。洛尔卡一直在追求一种观众、演员和剧作家之间相互理解的理想状态,他希望与观众分享他在艺术创作上的认识以及他内心的不安,在观众的回应中找到自我的价值。但在当时,这样的境界是可望而不可及的,那种扼杀一切创新意图的社会氛围也极大地降低了观众对反传统的实验戏剧的容忍度。"观众们要求处死舞台导演","观众们想让马儿把诗人拖在地上走",这些来自观众的反应都在表明剧作家还不可能将"面具"从舞台上完全清除。洛尔卡将《观众》称为"不可能的戏剧",也正是因为观众们对"露天戏剧"的热衷和对"地下戏剧"的排斥态度。

"露天戏剧"是在社会道德和行为规范的允许下所有人都可以观看的戏剧,它的内容和结构都与观众的思想体系向符合,正如《观众》开始时导演获得成功的《罗密欧与朱丽叶》一样,"露天戏剧"不会接受任何会引起观众不安情绪的思想和形式:

男人甲:您是露天戏剧的导演?
导演:愿为您效劳。
男人甲:我们是为您最新的作品而来向您道贺的。
导演:谢谢。
男人丙:它可真是妙极了。

男人甲:多么美妙的标题!《罗密欧与朱丽叶》。

导演:相爱的男人和女人。①

导演在他的"露天戏剧"中只是在展现戏剧的空洞的外壳,而并不想去探究这层外壳下面隐藏的深刻意义。因此,他的《罗密欧与朱丽叶》不过是"虚假"的又一个范例,这样的作品只能展现已经被观众们接受的种种理念,但却没有去揭示所有戏剧行为的隐藏在深处的动因。正因为如此,男人乙在不断地质问导演:"那坟墓呢?为什么最终您没有沿着坟墓的台阶下去呢?"②这样的质问实际上是对所有戏剧的创作者们提出的,也是洛尔卡希望所有作者都能在舞台上展现"地下戏剧",来揭露"坟墓中的真相"愿望的体现。当导演最终决定去演出一场"地下戏剧"时,舞台上各种人物的关系也随之明晰起来,人们的伪装面具一步一步地被撕下来,洛尔卡希望人们看到的真相也逐步在舞台上展露出来。然而,就像现实生活中一切创新意图都会遇到障碍一样,对于《观众》中的导演来说,"面具"的存在对"地下戏剧"的进行构成了可怕的威胁:

导演:(反应过来)可是我不能。那样的话一切就都完了。我的儿女们都会变成瞎子,然后,我又该拿观众怎么办?如果我把栏杆去掉,那我又该拿观众怎么办?也许面具会来吞掉我。有一次,我就看到一个人被面具吞掉了。城里那些最健壮的小伙子,用沾着血的镐头,把用废报纸团成的大球从他的屁股塞进去,而有一次在美国,一个小伙子就被面具用他自己的肠子给吊死了。③

"面具"成为导致死亡的凶手,这样比喻显得很残酷,但它确

---

① "El público". OC. II. pp. 465—466.
② "El público". OC. II. p. 467.
③ "El público". OC. II. p. 468.

实恰如其分地表现出"虚假"的表象对民众的欺骗,以及由此引起的社会宽容的缺失对揭露现实本质的艺术创造力的扼杀,就像在剧中观众们的反应最终使导演演出"地下戏剧"的企图落空,也最终让男人甲贡萨洛失去了生命。

在《观众》的第六场中,魔术师与导演之间的一段对话可以说是全剧的中心所在。通过这段对话,洛尔卡表明了自己对于戏剧的一些基本看法。舞台上的两个人物分别代表了洛尔卡心目中"露天戏剧"和"地下戏剧"这两种完全对立的戏剧理念。善于用把戏来欺骗人们眼睛的魔术师象征着容忍虚假表象和欺骗的艺术传统,他维护"面具"在社会生活和艺术表现中的利益,试图说服导演按照观众的传统观念来创作自己的戏剧,也就是说,让导演像他一样,用隐藏和蒙蔽的手法面对观众,拉上帘幕来遮住藏在"地下"的真相。

> 魔术师:我觉得,您,戴着面具的人,已经不记得我们使用的是深色的帷幕了。……自然,魔术师的帷幕会在阴谋的黑暗中假设出一种秩序,……您们弄出一个金属的框架,一块幕布,还有一棵有着新鲜叶子的树木,将幕布按时拉开再关上,那么即使那棵树变成了一枚蛇卵,也不会使任何人感到奇怪了。……①

但是,在男人甲的推动下已经开始放弃伪装的导演却不会再听从魔术师的劝告,因为他已经懂得,要将那些会引起人们激动和不安的事实展现在舞台上所需要的是与魔术师完全不同的手法和途径。所以,尽管在魔术师强大的力量的威慑下他已经预见到自己的失败,但他仍然坚持着"地下戏剧"的理念:

> 导演:那是当人们还都在天上的时候。但是,如此暴戾的

---

① "El público". OC. II. pp. 527—528.

气氛让人们变得赤裸裸,甚至连小孩子都拿起小折刀来割破幕布,请您告诉我,在这样一个地方,可以使用什么样的帷幕呢?……没法干成别的事情。我和我的朋友们曾在沙子下面开通了一条地道,根本没有引起那些城里人的注意。有很多工人和学生都曾帮助过我们,可现在他们却不顾手上留下的那些伤口而对此加以否认。等到达坟墓的时候,我们就拉开幕布。……①

魔术师所代表的"露天戏剧"的力量最终夺走了"地下戏剧"导演的生命,死亡给导演关于真实戏剧的一切梦想划上句号。在这里,洛尔卡似乎表现出他对"地下戏剧"命运的悲观看法,观众们无法忍受舞台上展示真相的表演,大幕升起,台下的观众所期待看到的,仍然是由他们自己那拒绝脱下面具的生活所构成的虚假的现实。尽管有这种悲观情绪的体现,洛尔卡对真正戏剧的看法并不会因此而改变,在他看来,戏剧与生活之间并没有距离,剧作家必须要做的是将外壳剥去,将生活的内核展现给观众,在这个过程中出现的障碍可能会导致可怕的牺牲,但对剧作家来说,面对这种牺牲的勇气也是他生活的一种真实。在我看来,这种关于"真实戏剧"的看法,也许是作为诗人的洛尔卡奉献给戏剧的最珍贵的礼物吧。

三、戏剧的作者与观众

我们在考虑戏剧的创作时,总会考虑这样几个构建戏剧的要素:一位作者,一些将作者所写的内容表演出来的演员,还有一个观赏戏剧并对表演做出评判的观众群体。而其中,观众是一个不定因素,因为它是由那些买票前来观看表演的人群构成,而在这个

---

① "El público". OC. II. p.528.

人群中,既可能有文雅的名流,又可能有粗俗的平民,既可能对作者的作品欢呼拥戴,又可能对之横加指责,既可能是单纯幼稚的,又可能是成熟权威的。出于对这种不定因素的担忧,作者通常都会设置一种自我审查的办法,在开始创作之前就先将观众的趣味拿来作为标准,并将符合这种趣味作为创作的宗旨。在洛尔卡看来,这样的创作不啻为一种卑颜卖笑的举动:

> "戏剧应该去教化观众,而不应让观众凌驾于戏剧之上……那些观众都是可以被教育的——请记住我说的是观众,而不是民众……"①

> "观众并没有错儿;他们被吸引,被欺骗,被教育,……但是不要忘记戏剧是高于观众的,而不是像通常所看到那样,屈从在观众之下……"②

> "观众们心里想着戏剧是高于他们的,于是满怀激情来观看表演,希望在表演中学习,在表演中找到权威。"③

洛尔卡在做出这些评判时,他的戏剧作品已经得到了很大成功,他在"茅屋"剧团的导演经历也让他对戏剧的创作有了更深层次的理解。戏剧对他来说已经不再是单纯的作者与演员的工作,由于他在自己的戏剧实践中曾亲身感受过观众对表演的种种反应,因此,他很清楚,观众在戏剧的形成和发展过程中也会起到非常重要的作用。根据他所处时代的实际情况,洛尔卡将他所接触过的观众划分成两个截然不同的群体,一个是大城市中以资产阶级为主的观众群,另一个是由广大乡村民众构成的观众群。从洛尔卡的一些关于观众的评论中,我们可以看出他对两个群体截然所持有的不同的看法和态度。

---

① "Charla sobre teatro". OC I. p.1216.
② "En el homenaje a Lola Membrives". OC.I. p.1209.
③ 同上。

1920年,洛尔卡的《蝴蝶的妖术》在马德里首演,在这样一部出自剧坛新手的生涩作品中,本应时时处处充满了讨观众欢心的语言和技巧,但与此相反的是,在剧作一开始的开场白中,就出现了作者对观众的指摘与敬告,"请告诉人们,让他们有些卑微之心""你们有什么理由去鄙视处在大自然中底层的那些生灵呢?"①正是因为洛尔卡了解那些以倨傲的心态来观看戏剧的资产阶级的观众,所以他才在作品的开场勇敢地提醒人们重新认识戏剧在他们生活中的位置。在《大头棒木偶剧》(*Los títeres de cachiporra*)的开场中,洛尔卡还通过一只蚊子之口表明了他对这一观众群的批评态度。

"我和我的同伴从剧场来,那是布尔乔亚的剧场,是伯爵老爷和侯爵老爷们的剧场,是黄金和水晶的剧场,在那里,男人们都呼呼大睡,女人们呢……她们也在那儿呼呼大睡。"②

而对于那些身处乡村的戏剧观众,洛尔卡却有着不同的评价:

"但是村镇里的观众总是显示出一种(对戏剧的)敬意,一种好奇和一种想理解表演的渴望,而那些大城市的观众通常都不会有这样的表示。"③

作为一名将戏剧写作作为生命一部分的作家,洛尔卡深深知道剧作家与观众之间的微妙关系,在《古怪的鞋匠老婆》的开场白中,他把对这种关系的认识明白无误地表达出来,1930年的圣诞前夜,在马德里的西班牙剧院,洛尔卡在《古怪的鞋匠老婆》一剧的首演中亲自朗读了开场白:

"作者:尊敬的观众……(停顿)不;可敬的观众,不;就是观众吧,并不是作者认为观众们不值得尊敬,恰恰相反,在那

---

① "El maleficio de la mariposa". OC. II. pp.5—7.
② "Tragicomedia de don Cristóbal y la seña Rosita". OC. II. pp.61—62.
③ 同上。

词语的后面有着因恐惧而引起的轻微的颤抖,以及让观众们对演员的表演和作家的作品慷慨以待的期盼。戏剧作者们对剧场的恐惧就仿佛是一道满是荆棘的障碍,而一旦跳过了荆棘,他们所要求的就不再是仁慈,而是关注。因为这种荒唐的恐惧,也因为在很多情况下剧院都是经营的生意,诗歌便从舞台上隐退,去寻找另外的地方,在那里,人们不会因为看到一棵树变成了一团烟雾而害怕,也不会在看到三条鱼由于一句话或一只手的爱意而变成成千上万条鱼让人充饥的时候惊恐……

每天城市都会迎来这样的黎明,而观众会忘记他们那一半梦想的世界,好走进市场,就像你走进你的家,走进舞台,走进这个奇异的鞋店。"[1]

一边是作者和演员,另一边则是观众。在他们之间存在着阻隔的障碍,而戏剧作者所要做的就是消除这种障碍,建立一种密切的交流,不是同那些坐在剧场座位上的假面躯壳,而是同躲藏在那些假面之后的观众进行真正的沟通。洛尔卡在他的每部作品中都在试图达到这样的目的,他的作品的宗旨,并不是在向观众展示生活的表象,而是要带领他们穿越表象,深入内核,探究一切表象下面的真实,从《蝴蝶的妖术》到《贝尔纳达·阿尔瓦之家》,洛尔卡都在试图以内在的真实而不是以表象的真实来与观众交流,虽然有时这种真实是残酷的,但不能否认,在这样的交流中,观众会得到真正的启示,从而日益成熟起来。

---

[1] 转引自 Rafael Martínez Nadal. "*El público*", *amor y muerte en la obra de Federico García Lorca*. Madrid:Ediciones Hiperión,S. L. p. 248.

四、戏剧即生活

"您童年时喜欢玩什么游戏?"

"那些注定成为'单纯而愚蠢'的诗人的孩子们所玩的把戏我都喜欢。说弥撒的祷告词,搭祭坛,建造小小的剧场。"①

这段对埃尔内斯托·西梅内斯·卡瓦耶罗(*Ernesto Gimenez Caballero*)的问题做出的回答进一步证实了那些了解洛尔卡童年生活的人们的描述,从幼年时代开始,洛尔卡就已经显露出了对戏剧的挚爱。在他最初的游戏中,他就已经不止一次地扮演观众或演员的角色,甚至还担当起导演的职责,组织伙伴们来完成"家庭小剧场"的演出。

"说弥撒的祷告词,搭建祭坛……"可以说,天主教那种充满戏剧表演意味的仪式场面唤醒了幼年的洛尔卡对于戏剧的最初认识,回荡在他周围的民谣歌声,庄严的圣周游行队伍,节日在街头起舞的人群,这一切都会让洛尔卡产生"人生即是舞台"的感悟。在1936年的一次广播讲话中,他还清晰地回忆起童年在格拉纳达时看到的圣周游行:

"那时整个城市就像一个缓慢转动的旋转木马一样,从那些美得令人惊叹的教堂里进去、出来,带着那种可以与死亡的岩洞和戏剧精彩结局相媲美的魅力。"②

而在布宜诺斯艾利斯的一个舞台上,洛尔卡曾谈到戏剧是人类所固有的艺术形式,为了强调自己的观点,他提到一个与宗教相关的例子:

---

① "Itinerarios jóvenes de España:Federico García Lorca". OC.II. p.935.
② 同上。

"……戏剧是一种艺术,一种伟大的艺术,它同人类一起诞生,人类将戏剧作为灵魂中最高贵的部分,当他们想表达他们的历史和生命中最深刻的内容,他们就用表演的方式表现出来,用身体的语言来一遍遍地表达。弥撒中那神圣的牺牲就是至今人们能看到的最完美的戏剧表演。"①

不难看出,对于洛尔卡来说,那些宗教游行、弥撒、家庭小剧场就是一种现实,其他的一切只要具备了戏剧的特质,那么也就向现实走近了一步。

"帘幕被拉开了",用这样一种颇带戏剧感觉的话语,洛尔卡开始了他青年时代的第一部作品《印象与风景》,这句话出现在这本书开篇的第一段的末尾,而在这部作品的其他很多地方,都显示出了作者对事物观察的戏剧性角度:

"悲剧,现实,就是它向人们的心灵讲述的东西"。②
"在那破损的拱门上面……倒塌的石柱……一片绝妙的废墟呈现出悦目的景象,舞台沉陷了,传说结束了……"③

戏剧和生活,想象与现实,对洛尔卡来说,它们并不是完全不同或对立的世界,而是现实的同样真实的两种形式。这种在早年就形成的认识,一直伴随着洛尔卡的创作历程,从来没有消失过,并且在他的生活和艺术经历中,在他对戏剧的研究和实践的过程中,都成了一个重要的指导思想。

在洛尔卡的许多讲稿、访谈中,不乏他对戏剧的独特看法,这些散见于他的各种文稿的只言片语,并没有形成一个系统性的戏剧理论,但从中我们不难发现洛尔卡对戏剧的一些总体性的认识和明确的原则,最重要的是他对戏剧发展的高度关注以及他对戏

---

① "En el homenaje a Lola Membrives". OC. I. p.1209.
② "Los Cristos", *Impresiones y paisajes*. OC. I. p.908.
③ "Ruinas", *Impresiones y paisajes*. OC. I. p.935.

剧这种艺术形式的狂热之爱。如果对这些言论进行一番研读,我们就会看到它们涉及洛尔卡对戏剧的教育功能、艺术功能和社会功能的思考,通过这些话语,我们可以大致了解到他心目中的戏剧应该是什么样子:

"对其他的东西,那些教义,那些美学流派,我并不关心。我对我到底是老派还是新派毫无兴趣,我只关心我到底是不是我自己,是不是自然的。我非常清楚如何创作那种'半文半俗'的戏剧,但这其实并不重要。在我们这个时代,诗人要为其他人打开自己的血管"。①

洛尔卡从诗歌转向戏剧是因为他感到了交流与沟通的需要。在与马德里《声音》杂志的记者进行的访谈中,他说道:

"……我已经献身于戏剧创作,戏剧使我们能够与民众有更为直接的接触。"②

而在马德里《太阳报》所做的一次访谈中,洛尔卡还说道:

"我已经拥抱了戏剧,因为我感到有必要用戏剧的形式来表达自我。"③

1936年,就在西班牙内战爆发前6月10日的《太阳报》上曾刊登了洛尔卡与著名画家巴加利亚(*Bagaría*)之间的一次谈话,其中,有这样一段话:

"在世界的这个充满戏剧性的时刻,艺术家应该与他的人民一起哭泣或欢笑……我有着一种真切的热望来与其他人

---

① Ruiz Ramón, Francisco. *Historia del Teatro Español Siglo XX*. Ediciones Cátedra,2001. P.175—176..
② 同上。
③ 同上。

沟通和交流。因此我敲响了戏剧的大门……"①

在洛尔卡的眼中,戏剧舞台是艺术家与民众交流的最佳桥梁,正因为如此,他才开始了对戏剧的探索和实践,再在这个领域中感受光荣、羞愧、欣喜、悲伤:

"今天晚上我并非以作者或诗人的身份来讲话……而是作为对反映社会行为的戏剧的狂热爱好者来讲话……一种敏感而且在各个方面都具备正确方向的戏剧,从悲剧到喜剧,可以在短短几年的时间里改变民众的感情;而那种用脚爪取代翅膀的堕落的戏剧则有可能使整个民族变得粗俗不堪、麻木不仁"②。

诗人非常清醒地认识到了戏剧所具有的教化价值,因为他急切地渴望与民众进行的交流除了带有纯粹的艺术目的之外,也带有类似的教育价值,因此,他曾发表过这样的观点:

"戏剧是一所充满哭泣和笑声的学校,它还是一个自由的讲坛,在这里,人们可以揭露出那些旧有的或者是错误的道德伦理,可以以生动的例子来解说指导人类情感和心灵的永恒的规范。"③

为了避免让人们将戏剧误解为单纯的教化工具,洛尔卡在接下来的谈话中还提到了一切自由戏剧以及一切真正的沟通所具有的一个本质的特点:

"……那些没有反映出社会和历史的脉动,没有表现出人们的生活和那些风景和精神的真正色彩的戏剧根本没有权

---

① "Diálogos de un caricaturista salvaje". OC.II. p.1083.
② "Charla sobre teatro". OC.I. p.1215.
③ 同上。

力被称为戏剧。"①

上面的几段讲话都是1935年2月1日洛尔卡在马德里"西班牙剧院"的舞台上向观看完《叶尔玛》演出的观众们说的。这场演出就像对洛尔卡的戏剧之爱所做出的丰厚回报,玛格丽塔·西尔古(Margarita Xirgu)剧团对洛尔卡这部作品的精彩演绎,给当时的戏剧舞台带来了一种全新的风貌,使得剧评界也为之一振,而对于二十年代一直困扰着西班牙戏剧工作者们的"戏剧没落"的观点,洛尔卡也有他自己的看法。

在布宜诺斯艾利斯所做的讲话中,他曾分析了阻碍当时戏剧正常发展并造成"戏剧没落"现象的原因:

"当别人和我谈论起戏剧没落的话题时,我想到了那些年轻的剧作家们,他们因为当今戏剧舞台组织方面的错误而不得不放弃自己的梦想,去做其他的事情,因为斗争而疲惫不堪;当别人和我谈论戏剧的没落时,我还想到了在农村和城市的郊区还有成千上万的人们在期待着用自己充满好奇的眼睛去欣赏罗密欧与朱丽叶的夜莺带来的情话,福斯塔夫那装满了酒的大肚子,或者是与老天爷抗争的塞西斯蒙多(Segismundo)的哀叹。我不认为戏剧没落了,就像我不认为绘画和音乐艺术在走向衰落一样。"②

在洛尔卡看来,造成戏剧没落的表面现象有两个互相关联的原因。一方面是剧院经营方的财政压力。洛尔卡很清楚,剧院一直被看作是一种经营机构,为了生存下去就必须要赚钱,许多创作者的真实思想就不得不屈从于经济利益的要求:"为了那个超越了激情和文化的目的而不得不做出净化、美化、谨慎、牺牲等种种

---

① "Charla sobre teatro". OC.I. p.1215.
② "En el homenaje a Lola Membrives". OC.I. pp.1207—1208.

举动……"①

  而另一个原因也与经济利益紧密联系在一起,那就是作为戏剧活动中心的城市中真正富有激情的观众群体的缺失。他在许多场合都提到了对以资产阶级为主体的观众群的失望和对广大农村的民众中普遍存在的对戏剧的真实热爱。正是出于对观众群体的清醒认识,洛尔卡才会义无反顾地放下手头的创作,组织起著名的"茅屋"剧团,将真正有生命力的戏剧送到真正需要它的民众中间去。

  "戏剧的狂热爱好者",洛尔卡这样称呼自己,这种对戏剧的热爱来自他对生活的独特认识,正像我们在前面曾经提到的那样,洛尔卡认为生活就是一个戏剧的大舞台,一个将生活与戏剧融为一体的人,势必会将他对生活的热爱转化成对戏剧的狂热之爱,并且让这种爱持续自己的一生。虽然1936年长枪党党徒的枪声为洛尔卡的人生戏剧残酷地画上了句号,但从他留给我们的作品中,我们仍然能够感受得到这位诗人—剧作家对戏剧创作的真挚热爱,这种情感也势必会随着他的作品流传久远、绵绵不绝!

---

① "En el homenaje a Lola Membrives". OC. I. pp. 1207—1208.

重叠的悖论

——罗兰·巴特论先锋戏剧

罗 湉

二十世纪上半叶,戏剧与法国知识界的精神生活丝扣相连。与诸多同行类似,法国著名文学评论家罗兰·巴特(Roland Barthes,1915—1980)也曾是戏剧爱好者。据巴特本人自述,少年时代他已成为"四人联盟"(*les théâtres du Cartel*)戏剧作品的热心观众,时常去歌剧院后面的玛杜兰剧院(*Théâtre des Mathurins*)和工间剧院(*Théâtre de l'Atelier*)看戏,尤其爱好庇托耶夫(*Pitoëff*)和杜兰(*Dullin*)的作品。1936年,在索邦大学研习古代文学的巴特与几位同学联手组建了古典戏剧社(*le Groupe de théâtre antique*)。戏剧社排演过古希腊戏剧家埃斯库罗斯的悲剧《波斯人》,巴特在剧中扮演了大流士(*Darius*)一角。1941年,巴特凭借一份关于古希腊戏剧的论文获得了高等学历(*diplôme d'études supérieures*)。五十年代,巴特对戏剧的兴趣一发不可收拾。1953年,他在好友罗贝尔·瓦赞(*Robert Voisin*)的引荐下,致力于《民众戏剧》(*Le Théâtre populaire*)杂志的撰稿工作。至1957年,罗兰巴特与贝尔纳·铎尔(*Bernard Dort*)一直是《民众戏剧》杂志的主要撰稿人。此外他在《新文学》(*Lettres Nouvelles*)、《智识》(*Esprit*)、《法兰西观察家》(*France-Observateur*)等杂志上发表了一系列与戏剧相关的批评文章。1963年出版的专著《论拉辛》更是为戏剧研究引入了结构主义和符号学的新方法。

五十年代至六十年代初无疑是巴特对戏剧最为关注的年代,而这恰恰也是法国戏剧界诸多标志性事件此起彼落的时代。1947年维拉尔创建阿维尼翁戏剧节,正式开启了戏剧走向民众的实践过程;1950年,批评家雅各·勒玛尚(Jacques Lemarchand)开始用荒诞戏剧(théâtre de l'absurde)指称尤奈斯库、贝克特、阿达莫夫等人的戏剧并获得加缪、萨特等人的肯定;1954年,布莱希特带领柏林人剧团在巴黎萨拉-伯尔纳剧院(Sarah-Bernhardt)演出,轰动一时;1955年萨特的名作《涅克拉索夫》(Nekrassov)首演,并发生了与加缪的争论①……年轻的批评家显然无法忽视戏剧界的风云变化,彼时发表的系列文章都直接地对相关事件表明态度与观点。1956年12月,罗兰·巴特在《论证》(Arguments)杂志发表文章,题为《布莱希特批评之任务》(Les tâches de la critique brechtienne)。作者在文中指出,布莱希特对自己的影响力极其深远,触及社会学、意识形态、语义学和伦理学四个层面②。而考察巴特的剧论性文章,可以看出他的戏剧批评大多亦是在这四个范畴内展开。本文则仅仅试图从社会学及语义学角度来梳理罗兰巴特对于以荒诞戏剧为代表的先锋戏剧的态度,厘清他的阐释方法及基本论点。

对于传统戏剧研究而言,罗兰·巴特在方法论上的突破是毋庸置疑的。他摒弃了传统意义上的情节、人物、冲突、逼真性等这些被他称作老军火库的分析模式,把语言学方法引入了戏剧研究。这套方法获得当代戏剧研究者的继承与发展,其中较为知名的包括以符号学方法研究戏剧的法国研究者安娜·于贝斯菲尔德

---

① Louis-Jean Calvet, *Roland Barthes*, Flammarion, 1999, p149.
② 同上。

(Anne Ubersfeld)。1977年,于贝斯菲尔德曾于专著《阅读戏剧》(Lire le théâtre)①中提到,符号学家"通过符号和文本的实践来打破统治话语、所学话语,即把加插在文本与演出之间的一道充满偏见、'人物'和'激情'等这些视戏剧为一种强有力的工具的统治意识所产生的符码本身的屏障给打碎。"②这种对于传统研究话语的颠覆其实呼应了时人对于传统戏剧分析手段的不满足,代表了研究者对于如何触及戏剧本质的研究方法的探索。于贝斯菲尔德亦曾写道:"戏剧是一门悖谬的(paradoxal)艺术,它既是文学作品又是具体演出,既永恒常在又稍纵即逝,既是属于个人的大师艺术,又是借助乌合之众组成的观众才能完成。" ③ 在这段话中,"悖谬"一词引人注目,它精确地表达了戏剧艺术所具备的复合性与复杂性。倘若将目光收回,重新投射于罗兰·巴特于五六十年代即已展开的对于法国先锋戏剧的诸般论述,可以看到"悖谬"一词曾经反复出现于他笔下。巴特显然早已明确地意识到戏剧的这一特质,并曾着意描绘、刻意凸显围绕先锋戏剧美学发生、发展与建构所体现出的种种悖谬之处。他的论述,虽然多以杂文形式出现,并未建立完成的戏剧研究理论,但无疑唤醒了许多仍然纠缠在传统分析话语中的戏剧研究者。当不少学院派研究者焦躁而懊恼地体会到传统分析方法与戏剧的真义每每擦肩而过,却又在面对结构庞杂,比叙事结构更加非线性的结构化文本而无所适从之时,罗兰·巴特从社会学与语言学方法解剖戏剧的可行性令人欣喜地呈现眼前,对于学术界的启发是毋庸置疑的。下文将从社会身份、语言以及舞台符号三个角度出发,探讨罗兰·巴特对于先锋戏剧悖谬性的论述与主张。

---

① 该书由宫宝荣先生翻译为中文,书名是《戏剧符号学》。
② (法)于贝斯菲尔德著,宫保荣译:《戏剧符号学》,北京:中国戏剧出版社,2004年,《引言》第3—4页。
③ 宫保荣译:《戏剧符号学》,第1页。

一、先锋戏剧的社会身份:多重悖论

当人们受到惯性思维与话语的驱使,几乎众口一词地强调先锋戏剧对于既定社会规范的激进反抗之时,罗兰·巴特却从另一个角度切入,重新定义了先锋的意义,指出了先锋与传统之间既相互对立又彼此依存的矛盾关系。

与先锋戏剧针锋相对的传统艺术性属专制或是开明。人们通常认为,所谓先锋艺术,最重要的属性便是"叛逆",其反叛的目标直指代表保守势力的传统艺术。先锋与传统艺术之间尖锐的对立关系似乎无可辩驳,却遭到了罗兰·巴特的否定,他转而提出二者之间其实存在着另一层隐匿的互动模式,一种共谋的关系。在他看来,先锋与传统之间实则进行着一种具有调情性质的游戏:一方面,先锋戏剧的产生固然需要针对一套占据统治地位的、相当因循守旧"传统"艺术;另一方面,这种表面上抱残守缺的艺术体制的结构却具有相当的开明性。换言之,一切挑衅都需要有站得住脚的理由,却也需要有足够的自由空间。① 挑战方必须找到可挑衅的对象,而遭到挑衅的权威既要压制新生事物,又不能过于专制,需要足够开明,留给挑衅者适当的自由度和成长机会。这样的分寸显然并不容易拿捏,或许也就解释了先锋艺术的产生具有明显的地域性和时代性。法国之所以成为公认的先锋艺术发展的沃土,也许正是因为占据主导地位的传统艺术具备具有足够的包容性,对于先锋戏剧的成长具有专制与开明并行的矛盾态度。

先锋戏剧是大众艺术还是小众艺术。除了与传统艺术之间

---

① Roland Barthes, *Ecrits sur le théâtre*, Paris, Seuil, 2002, p.297.

的关系具有矛盾性之外,先锋戏剧的终极追求与其自身特质之间亦存在着种种悖谬之处。二十世纪上半叶的先锋戏剧家们虽然各具特色,却拥有相当一致的动机和目标,这便是摆脱在戏剧作品的创作、生产、传播中占据垄断地位的资产阶级价值观与美学观,把剧院的大门向人数众多的社会中下阶层敞开,也就是将戏剧艺术推向民众。然而与这种理想相悖的现象却是,先锋戏剧的演出地点大多是在象征左派意识形态的左岸小剧场。此类剧场的座位数量通常不超过两三百个。① 剧场座位数量过少有可能造成两类问题:首先,每场演出不可能拥有数量众多的观众;其次,如果票价定得过低,也是无法保证票房收益的。演出场所、条件的局限性决定了先锋戏剧演出没有条件接触到真正意义的大众群体,观众仅仅是人数有限的巴黎小众群体罢了。这就使得面向大众的理想与接触小众的现实之间形成了明确的悖谬性。

知识分子、资产阶级是先锋戏剧的拥趸还是敌人。如上所言,先锋戏剧的观众群人数既少,构成也非常局限,早期拥趸多来自知识阶层,属于资产阶级范畴。这个特殊的受众群体的共同特性在于:思想相对开明,可以接受对自身阶层的反思与质疑;通常没有明确的政治诉求,追求的大多是对旧体制进行审美层面的颠覆,他们的叛逆性最多不过体现在道德层面罢了。正因为如此,这个人群与先锋戏剧的关系同样充满着矛盾性。正如罗兰·巴特所指出的,先锋戏剧所质疑的人群却恰恰是它特别需要的观众人群。在这个意义上,先锋艺术实践者与资产阶级(道德意义上的)之间仿佛又在进行一种危险的游戏。事实上,先锋戏剧正是依靠它的对手而生存,首先需要感谢的就是自己的对手。②

---

① *Ecrits sur le théâtre*, p. 299.
② 同上。

先锋戏剧成功即为失败。事实上,随着先锋戏剧越来越深入人心,观众数量也会增多。那么,一旦观众人数大幅增长,是否大众与小众之间的悖论就得到了彻底解决呢?在罗兰·巴特看来似乎并非如此。他指出,作品是附属于消费群体而存在的,随着观众人数增长,构成逐渐复杂,即便先锋戏剧的文本能够保持不变,参与创作的演员和导演都在变化,在寻求适应新观众群的需要。先锋戏剧生存条件的转变有时候是非常突然的,譬如尤奈斯库的风格长期被视作晦涩难懂,而阿努伊在《费加罗报》上的一篇赞美文章却产生立竿见影的效果,使得布尔乔亚观众立刻接受了他,其作品演出的经营条件也获得彻底改善。尤奈斯库被搬到了法兰西剧院演出,表面上是获得了商业成功和社会认同,真正的结果却是先锋戏剧家再也难以坚持先锋,他们转而涉猎人道主义、政治化主题,甚或就此陷入沉默(譬如贝克特)。巴特指出,即便巴黎每年还会出现几部具有煽动性的新剧,悖论之处却在于这些新剧都是对某种过时的风格的模仿,不再属于先锋状态。[1]

先锋与传统、先锋与流行之间彼此既对立又依赖的关系决定了先锋是一个极不稳定的概念,它具有鲜明的指向性和时段性,并且无法把通常意义上的成功作为目标。这就意味着先锋戏剧的必然具有与传统或流行艺术相异的存在方式。在巴特看来,《等待戈多》为身份矛盾的先锋戏剧找到了合理的存在方式。在1954年发表的文章中罗兰·巴特写道,《等待戈多》最初是典型的先锋戏剧作品,早期观众仅限知识分子和附庸风雅之辈。而后观众日渐增多,既有巴黎人,也有外省人,并且源自各个阶层,终于成为最为流行普及的剧目之一。[2] 虽说过于流行意味着《等待戈多》丧失了

---

[1] *Ecrit sur le théâtre*, p. 304.
[2] Roland Barthes,《Godot adulte》, in *Ecrit sur le théâtre*, p. 87.

先锋性,《戈多》观众群的扩大不可避免地影响到作品的再创作,乃至后来的演出常常具有更浓厚的喜剧色彩或者抒情性,但是剧本并未因此改变初衷,仍然不失为一部阿尔托所谓的残酷戏剧,①原因就在于剧本拥有某种"独一无二、特立独行的名副其实的语言"②。

二、先锋戏剧的语言:言说与沉默的悖论

在先锋戏剧与传统戏剧仿佛彼此对立又相互依存的纠结关系中,语言问题显然是罗兰·巴特关注的重心。对于先锋戏剧语言的思考至少从五十年代中期已经开始,1955 年发表的文章《阿达莫夫与语言》(Adamov et le langage)一文中,巴特提出先锋戏剧抛弃了传统戏剧所重视的情节、行动、人物、冲突等元素。他再三地否认戏剧语言的象征性功能,提出先锋戏剧所拥有的"是一种自足的语言(langage suffisant),极其充分,没有给象征性注解留下任何空间。"③巴特以剧中的重要道具电动台球(billard électrique)为例来表述戏剧语言的特质:"它并不表达而是制造。这是一个'本义上的客体'(objet littéral),其功能是通过其客体性来产生某些情境(engendrer des situations)。我们的批评者渴望挖掘深意,结果却再次误入歧途:这些情境并非心理学上的情境,本质上是语言情境(situation de langage)。"④至于"语言情境"到底所指何物,巴特也做了进一步阐说:"这是一种话语的组配(configuration de paroles),适合制造某种乍一看来属于心理层面的关联,但不会和过去的语言一样在妥协中变得既虚假又僵化。正是僵化导致了心

---

① Roland Barthes,《Godot adulte》,in *Ecrit sur le théâtre*,p.88—89.
② Roland Barthes,《Godot adulte》,in *Ecrit sur le théâtre*,p.89.
③ 同上。
④ Roland Barthes,《Adamov et le langage》,in *Ecrit sur le théâtre*,p.131.

理学失去价值。对某个阶层或性格的语言加以戏仿,这仍旧是保持一定距离,以拥有者姿态享有某种真实性(authenticité)。"①然而先锋戏剧语言的这点优势并非稳固不变的。罗兰·巴特进一步指出:"倘若这种语言借用变得平常,在讽刺夸张中总能看到它的影子,在整个作品表面遍布了好些压力,却没有留下任何缝隙让某种呐喊、某种新创的话语得以透出,于是那些人际关系,虽然表面上生机勃勃,却仿佛结晶了,不停地因为某种语言的折射而产生歧义,其"真实性"的问题也如同一场黄粱美梦消失不见了。"②在这些论述中,罗兰巴特已然捕捉到某种无限接近真实性的语言形态最终会因为其普及化而失去作用,成为另外一种固化的、过去的语言,隐隐指出了先锋戏剧所面临的两难处境。然而,这一时期的巴特显然还没有能够就先锋戏剧的特性整理出一套系统的表述方式。

相关思考似乎并未就此止步。1961年巴特发表了《法国先锋戏剧》(Le Théâtre français d'avant-garde)一文,提出了先锋戏剧美学的否定性(la négativité)特质:"这一整套美学都力图质疑人类角色,更令人困窘的则是使得人类角色仿佛并不存在一般。先锋戏剧特别是从人类语言层面发展了对人的否定(最好是讲否定性,因为这里所指的是某种状态,而不是一种真正的摧毁性行动)。"③

传统戏剧与先锋戏剧之间的对立首先表现在语言层面,二者之间的区别在于:"对于传统戏剧而言,话语是对某种含义的纯粹表达,可以看作是对于独立于话语而存在的信息的公开传递。对先锋戏剧而言则相反,话语是晦暗的客体(objet opaque),与它的

---

① Roland Barthes,《Adamov et le langage》,in *Ecrit sur le théâtre*,p.131.
② 同上。
③ Roland Barthes,《Le théâtre français d'avant-garde》,in *Ecrit sur le théâtre*, p302.

信息割裂,因此可谓是自足的,只要它激发观众并对其产生实实在在的影响即可。总而言之,语言由手段变为了结局。可以说先锋戏剧本质上是一种语言的戏剧,呈现在舞台上的是话语本身。"①

由于语言在人类社会的组成结构中充当着不可或缺的、极具普遍性的角色,因此先锋戏剧对传统的挑衅首先发生在语言层面并不令人意外。罗兰·巴特进一步整理出先锋戏剧对传统语言进攻的三个阶段:先锋剧作家首先针对并且主要进攻的对象是套话(lieu commun),其中最富有特色的就是法国戏剧家和漫画家亨利·默尼埃(Henri Monnier,1799—1877)之后被称作市井俚语的民间日常话语;随后进攻的对象是善意的修辞,是在自鸣得意的道德情感中产生的优美语句;最后攻击的则是知识分子的语言。②

至于先锋戏剧对传统话语加以颠覆的具体方法,巴特总结出了三种模式:第一种代表性模式是"使词句归于虚无,仿佛话语在机械地无意识地蔓延"③。这种摧毁模式无疑使人想起《等待戈多》中幸运儿一角的滔滔不绝的独白,虽语流倾泻而出,却没有观众愿意或能够真正认真倾听领会每句台词的真正意图;第二种代表性模式以阿达莫夫为代表,剧作家令"人物说话时仿佛其话语,其表达方式既不全然鲜活,也非全然死去,而是处于某种'冷凝'状态。这是一种曾经实实在在的语言,结果却不再如此,因为鲜活的话语总是当下的;而从哲学角度讲,可以说此处的"言语"(le dire)不再建构人们的"存在"(être),而这是一种令人难以容忍的残缺"④。除了罗兰·巴特多次列举的剧本《乒乓》之外,贝克特

---

① Roland Barthes,《Le théâtre français d'avant-garde》, in *Ecrit sur le théâtre*, p. 302.
② Roland Barthes,《Le théâtre français d'avant-garde》, in *Ecrit sur le théâtre*, p. 303.
③ 同上。
④ 同上。

的剧本《最后一盘录音带》(La dernière bande)等作品也可以归为"冷凝"话语的经典之作;第三种模式指的是"在尊重句法合理性的同时,却消解信息的合理性"①。罗兰·巴特指出,这种颠覆方式更具有隐蔽性。人们从形式上消解了合理性的同时,也就消解了形式所承载的逻辑。在这一点上,尤奈斯库的作品是极好的范例。尤氏剧本中经常会使用精神病患者式的语言,可称之为不连贯的推理(raisonnement dissocié),或病态理性主义(rationalisme morbide)。②

乐观主义者或许就此得出结论:先锋戏剧经常性地借助上述颠覆性手段,令演出效果更加明显,也就是刺激观众对自己早就习以为常的语言进行反思,最终会促进一种有益的批判。然而这种单向度的思维再次遭到罗兰·巴特的质疑——在他看来,事情绝非如此简单。罗兰·巴特指出,问题在于针对语言的摧毁性打击一旦展开,那么迈出的脚步就很难再停下来了。以语言为最初目标的颠覆性行动最终必然指向人类本身的荒诞性。而令人吃惊之处倒不在于人类的荒诞性,而在于人类无法长久执着于自身的荒诞性:人类注定要去意味(signifier)着某些东西,先锋戏剧也不例外。即便摧毁了传统戏剧语言,先锋戏剧仍然无可避免地要重新赋予语言以意义,否则它本身就会面临最终消失的结局。③ 罗兰·巴特的上述阐释无疑又一次指出了先锋戏剧在语言建构方面难以逃脱的两难处境,其悖谬之处在于:先锋对传统语言意义的解构最终无非导向两种结局:或是重新赋予语言意义,或是先锋不复存在。显而易见,无论哪一种结局都意味着背离了先锋戏剧的初衷。

那么,是言说还是沉默? 罗兰·巴特巧妙指出了先锋戏剧所面临的两难抉择。如他所言,倘若话语被摧毁,那么结果只能是沉

---

① Roland Barthes,《Le théâtre français d'avant-garde》,in *Ecrit sur le théâtre*,p. 303.
② 同上。
③ 同上。

默:"语言无论多么无法无天,都不能与自己为敌"①。事实上,这样悖谬的宿命并非荒诞戏剧者所独有。罗兰·巴特指出,法国象征派诗人韩波和马拉美都深刻理解了这一无法逃避的命运,他们都日渐寡言并最终归于沉寂。先锋戏剧作者似乎也接二连三地受到这种悖谬(或曰"自绝")的诱惑。罗兰·巴特把尤奈斯库的《椅子》的情节作为这种悖谬处境的象征性表述。作品"讲述了一次漫长的期待,对于托付给演讲家的口信的期待。而演讲家终于要开口的时候,人们却发现他哑了:大幕惟有落下。"罗兰·巴特由此得出的结论是:"一切先锋戏剧本质上都是不牢靠的戏剧行为,也可以说是伪装的戏剧行为:它想表达沉默,但只能以言说的方式去表达,这就是说把沉默往后推。只有它闭上嘴巴之后沉默才会真实存在。"②

三、舞台符号的悖论

在于贝斯菲尔德看来,舞台上出现的物体具有复杂、丰富的功能:"如果撇开物体的原有实用一面不谈,我们发现物体的作用主要是双重的。A. 它是一个具体在场的存在物。B. 它是一个修辞格,其功能也就是修辞功能。两者往往互相结合:如演员的身体及不同部位,它们是产生(动作、行为、刺激)的存在,更甚于是一个表意的符号系统。"③作者把物纳入戏剧符号体系的做法正是来自于罗兰·巴特的启发。后者曾经从舞台呈现物的体量、舞台风格的历史化、物之可见与不可见等角度探讨了先锋戏剧舞台美学

---

① Roland Barthes,《Le théâtre français d'avant-garde》,in *Ecrit sur le théâtre*,p. 304.
② 同上。
③ (法)于贝斯菲尔德著,宫保荣译:《戏剧符号学》,中国戏剧出版社,2004年,第157页。

中的悖论。

极简与激增,物之体量的悖论。在罗兰·巴特看来,经费的匮乏决定了先锋戏剧"风格的贫瘠"(paupérisme du style)。① 而这种迫于资金困境而导致的贫瘠风格最终成为先锋戏剧重要的美学特征。类似的美学特征往往与物质条件的限制之间存在直接的关系。曾经深刻影响过让·维拉尔(Jean Vilar)的瑞典舞台美术家阿披亚(Adolphe Appia,1862—1928)推崇光影效果,认为合适的舞台布景方法是"所有绘画和装饰因素的极端精简"。② 奥地利导演莱茵哈特(M. Reinhardt,1873—1943)则由于非现实化的舞美风格而著称。对于罗兰·巴特而言,两位艺术家的共同目的便是"尽量削弱(有时甚至是消除)装饰……使装饰丧失风格,把舞台变成无地点、无时间的所在"③。若论"贫瘠风格",先锋戏剧中最为经典的案例当属贝克特的名剧《等待戈多》。这部剧的舞美设计以极度中性化而著称。中性化的意义,一方面在于设置某种荒诞的所在,与空间传统的熟悉性割裂,另一方面则凸显了话语(parole)的功能,使话语占据绝对的优势。如果说传统戏剧借助各种视听效果为观众提供大量的多元化信息,先锋戏剧却消除了舞美的意义传送功能,使话语成为戏剧的中心。④

然而,罗兰·巴特进一步提出,当先锋戏剧的舞美设计趋于极简的同时,舞台上的"物"却在扮演着令人惊讶的重要角色。无论在贝克特还是阿达莫夫的笔下,"物"的蔓延与激增往往是来势汹

---

① Roland Barthes,《Le théâtre français d'avant-garde》,in *Ecrit sur le théâtre*,p. 299.
② 吴光耀,《阿披亚谈瓦格纳歌剧〈屈莱斯顿和艾素达〉的设计》,载《戏剧艺术》,1978年04期,第91页。
③ Roland Barthes,《Le théâtre français d'avant-garde》,in *Ecrit sur le théâtre*,p. 301.
④ 同上。

汹,无可抗拒的。从某种意义上讲,物化的生活成为先锋戏剧(存在主义、荒诞派)的基本主题之一,这点萨特在《恶心》中有精确的描述,在为数众多的戏剧表演中亦可以观察到:譬如阿达莫夫笔下的游戏机,尤奈斯库描绘的犀牛。简单地讲,先锋戏剧"要求有生命的元素去人格化,非人格化元素则要获得生命"[1]。对"物"的角色的重新思考乃至充满相悖性的使用,成为先锋戏剧舞台的重要特点。

历史化与无历史(被淘汰):舞台风格的悖论。通常而言,传统戏剧通过舞台设计、物之元素的运用,明确地指向某段历史情境,使观众清楚了解情节发生的时间范畴。众多先锋戏剧作家则刻意避免具体的时间与空间提示,使得舞台仿佛超越于时空局限之外。在罗兰·巴特看来,对于特定历史语境的有意回避恰恰与戏剧作品历史性考量联系紧密。戏剧的一个重要特征便在于,倘若对现实情境进行特征鲜明的具体设定,那么就会无可避免地遭到历史化的结局,终将被历史淘汰,成为过去式。反之,如果戏剧拒绝呈现任何特定的时代特征,结果就具有了指向当下的效果。这个现象本身即已形成某种矛盾性。由于缺少对时间、地域特征的表述,使得先锋戏剧的舞台"历史为零",形成一种抽象的时间框架。而这种历史标记的零状态既是表明对历史的拒绝,亦是指向一种抽象的当下。罗兰·巴特指出,无论热奈或是贝克特秉持何种主观意愿,这种戏剧悖论性的存在都使得他们的作品凭借既往历史客体的缺失而实现对于当下的呈现。从某种意义上讲,另一种戏剧现象从反面说明了这一悖论的存在:任何对现代时刻的定位(对当代的影射、流行款式等),对当下的客体指向,都不可挽

---

[1] Roland Barthes,《Le théâtre français d'avant-garde》, in *Ecrit sur le théâtre*, p. 301.

回地为历史淘汰,所谓"林荫道"戏剧的结局正是如此,鲜明的历史特征使得它们成为没有历史的作品,意即为历史所迅速淘汰。[1]

可见与透明:戏服的悖论。在构成戏剧舞台的一系列物之符号中,服装无疑是非常重要的元素。1955 年,罗兰·巴特在《戏服之弊病》(Les maladies du costume de théâtre)一文中明确指出:"服装具有重要语义学价值,它不仅用来观看,也用来阅读,它传达思想、知识或情感"[2]。他进而提出了"衣装符号"(signe vestimentaire)的概念。然而,正如上文所提及的所有戏剧符号一样,衣装作为符号同样充满悖谬的特性。对于罗兰·巴特而言,一个"优质符号"(bon signe)应该是某种选择或者某种强调的结果[3]。好的戏剧服装应该足够物质化以便表意,又要足够透明,以避免形成干扰性符号。服装要为超越其之上的语言服务。服装既要帮助人们的阅读又要避免干扰阅读,既不能太自我,也不能过于殷勤。它既要为人忽略,又必须存在,既是实实在在的,又是透明的,人们要看到它却不会注视它。罗兰·巴特承认,这些要求之中的确存在着自相矛盾之处,然而这样的理想并非无法实现。罗兰·巴特以布莱希特的经验为例,试图说明在理想的戏剧舞台之上,惟有对物质性的服装进行极其考究的设计,使之以准确的方式进入戏剧编码系统,作品才得以自由传达深层含义。

四、结　语

罗兰·巴特从社会身份、语言与舞台符号三个层面揭示了先

---

[1] 宫宝荣译:《戏剧符号学》,第 175 页。
[2] Roland Barthes,《Les maladies du costume de théâtre》, in *Ecrit sur le théâtre*, p. 142.
[3] 同上。

锋戏剧内在悖谬性,似乎应该用于解释先锋戏剧难以为继的原因。然而他真正的目的却是试图解释先锋戏剧为何受到当时观众欢迎。在他的心目中,先锋戏剧虽处于两难处境,但这并非绝境,至少可以在布莱希特的艺术中找到出口或理想的解决路径。罗兰·巴特对于先锋戏剧的批评既具有启发性,又具有局限性。正如德国著名戏剧理论家雷曼(Hans-Thies Lehmann)所指出的:"他专注于理性,专注于呈现内容与呈现行为之间的布莱希特式的间隔,专注于能指、所指间的差距,这种单向度的专注与他的符号学写作是齐头并进的,结果便形成了某种盲目性。巴特完全无视从阿尔托与格罗托夫斯基向生活戏剧和罗伯特·威尔逊(Robert Wilson)发展的新戏剧脉络。①"罗兰·巴特本人也承认,他附着于布莱希特戏剧之上的戏剧理想是有些乌托邦式、异想天开的,但是他又认为,或许"这样一来,它就可能向着某些新事物开放。如何造就一种亲民又严苛的艺术?人们一直认为这个矛盾是无法解决的。②"罗兰·巴特在1965年说出的这番话道出了他的终极目的,这就是为戏剧寻找一种理想的存在方式,既可以保留艺术的精致,又尽可能赢得观众。事实上,无论是对先锋戏剧、民众戏剧概念的阐发,还是对布莱希特的大力推崇,罗兰·巴特都在思考如何解决戏剧艺术性与民众性的关系问题。而雷曼也承认,尽管罗兰·巴特的戏剧阐释有时失于盲目轻率,但是"就如何描绘这种新戏剧而言,他对于形象、'迟钝的感觉'以及声音的思考是举足轻重的"。

---

① Hans-Thies Lehmann, *Le Théâtre postdramatique*, traduit de l'allemand par Philippe-Henri Ledru, Paris, L'Arche, 2002, p. 39.
② Roland Barthes,《*J'ai toujours beaucoup aimé le théâtre*》, in Ecrit sur le théâtre, p. 22.

剧 场 研 究

当代德国的新叙事剧场

李 茜

最近十余年间,小说的剧场改编(包括电影的剧场改编)成为当代德语剧场一种引人注目的现象,不仅在数量上有了爆炸性的增长,涉及的小说文本也非常广泛,一些重量级剧院、导演亦投身其中,不少改编作品则成为长演不衰的保留剧目。2008 年,德国最重要的戏剧杂志之一《今日剧场》(*Theater Heute*)曾以"小说占领舞台"(Romane erobern die Bühnen)为题做过一期封面专题,试着从具体演出、创作者及其背后的经济、剧院、政治因素等各个角度对这种现象加以考察。近年刊行的学术著作一般使用"新叙事剧场"(Neues Erzähltheater) 一词专门指称此类改编自叙事文学(小说、史诗、传记等)和电影的剧场作品。

类似的改编久已有之,之所以被视为一种新现象,并冠以"新叙事剧场"之名,关键在于改编的数量、范围和质量上都远超从前。单就德国境内大型公立剧院(国立、州立、市立剧院)的话剧类演出进行统计,即使对同一文本的不同演出版本忽略不计,涉及的小说改编篇目就不下六十余种。倘若把规模不一、水平参差不齐的大量私立剧院考虑在内,甚至将那些改自小说的当代歌剧、音乐剧乃至芭蕾舞剧都纳入考察范畴,则剧目总量应该更为可观。改编者在文本选择上多侧重于经典作品,也有少量作品属于当代畅销小说或是某些著名的类型文学,譬如阿加莎·克里斯蒂和斯蒂芬·金的推理小说。其中卡夫卡可谓最受剧场青睐的作家之一。他的中篇小说《变形记》(*Die Verwandlung*)以及三部长篇小说《审判》(*Der Prozess*)、《城堡》(*Das Schloss*)和《美国》(*Amerika*)均获不同版本的改编,前两部长篇还属于最早被搬上舞台的小说之列。托马斯·曼(Paul Thomas Mann)同样是备受关注的小说家,《布登勃洛克一家》(*Buddenbrooks*)、《魔山》(*Der Zauberberg*)、《浮士德博士》(*Doktur Faustus*)、《约瑟和他的兄弟》(*Joseph und seine Brüder*)、《费利克斯·克鲁尔》(*Felix Krull*)等多部作品都曾经被改编为戏剧。1999年,著名导演弗朗兹·卡斯托夫(Franz Castorf)将陀思妥耶夫斯基的《群魔》(*Dämonen*)搬上舞台,这一事件可以说催生了当代叙事作品的改编大潮。德国剧场通常较为青睐德语作品,尤其是二十世纪的经典作家。除了卡夫卡和托马斯·曼之外,亨利希·曼(Heinrich Mann)、马克斯·弗里希(Max Frisch)以及奥地利小说家罗伯特·穆齐尔(Robert Musil)等人的作品也曾多次出现在戏剧舞台上。但总体而言,改编作品并未呈现出严格的时代与地域局限,涵盖了世界文学范围内的诸多重要作品①。举例而言,荷马史诗

---

① 其他一些二十一世纪以来被改编过的小说作品:陀思妥耶夫斯基《罪与罚》(*Verbrechen und Strafe*);托尔斯泰《安娜·卡列宁娜》(*Anna Karenina*)、《战争与和平》(*Krieg und Frieden*);布尔加科夫《大师与玛格丽特》(*Der Meister und Margareta*)、《狗心》(*Hunderherz*);罗伯特·穆齐尔《没有个性的人》(*Der Mann ohne Eigenschaften*)、《学生托尔莱斯的困惑》(*Die Verwirrungen des Zöglings Törless*);歌德《维特》(*Werther*)、《亲合力》(*Die Wahlverwandtschaften*);福楼拜《包法利夫人》(*Madame Bovary*);哈谢克《好兵帅克》(*Die Abenteuer des braven Soldaten Schwejk*);冯塔纳《埃菲·布里斯特》(*Effi Briest*);伏尔泰《老实人》(*Candide oder der Optimismus*);小仲马《茶花女》(*Die Kameliendame*);康拉德《黑暗之心》(*Herz der Finsternis*);王尔德《道连·格雷的画像》(*Das Bildnis der Dorian Gray*);冯内古特《五号屠场》(*Schlachthof 5*);马克斯·弗里希《安慰者》(*Stiller*);杰克·伦敦《野性的呼唤》(*Ruf der Wildnis*);史蒂文斯《化身博士》(*Jekyll and Hyde*);聚斯金德《香水》(*Das Parfum. Die Geschichte eines Mörders*);艾柯《玫瑰之名》(*Der Name der Rose*);斯坦贝克《人与鼠》(*Von Mäusen und Menschen*);斯托姆《白马骑士》(*Der Schimmelreiter*);亨利希·曼《垃圾教授》(*Professor Unrat*,经典电影《蓝天使》也是据此改编);梅尔维尔《白鲸》(*Moby Dick*);帕慕克《雪》(*Schnee*);拉克洛(Choderlos de Laclos)《危险关系》(*Gefährliche Liebeschaften*)等等。

《伊利亚特》与《奥德赛》,文艺复兴时期诗人阿里奥斯托的叙事长诗《疯狂奥兰多》(*Orlando Furioso*)等都曾经被搬上戏剧舞台。

电影作品的剧场改编也是新叙事剧场的另一重要分支,最突出的例子当推德国新电影的代表人物法斯宾德(Rainer Werner Fassbinder)。一方面法斯宾德早年曾有过丰富的舞台经历,他的电影作品与剧场艺术之间原本就存在着亲缘关系;另一方面他在德国电影界中威望甚高,其作品获得戏剧界重视,近年被频繁搬入剧院。2007年由声名显赫的大导演奥斯特梅耶(Thomas Ostermeier)执导的《玛丽亚·布劳恩的婚姻》(*Die Ehe der Maria Braun*),受邀参加了阿维尼翁戏剧节,成为德国主流剧场的保留剧目。最新获得改编的作品是入选2015年柏林戏剧节的《R先生为什么成为杀人狂?》(*Warum läuft Herr R. Amok?*),同样是口碑甚好的佳作。

叙事作品的剧场改编并非当代的创新,其出现至少可追溯至十九世纪。当时欧洲各国间或会出现将小说搬上舞台的情况。这种现象的出现与力图冲破文体藩篱的浪漫派观念多少有些内在关联。当时在德国较为知名的一部作品就是改编自德国早期浪漫派作家蒂克(Ludwig Tieck)的《穿靴子的猫》(*Der gestiefelte Kater*),而舞台改编乃至呈现都是由小说家本人完成的。二十世纪五十年代,卡夫卡的《城堡》和《审判》登上了巴黎剧场的舞台,法国作家安德烈·纪德(André Gide)亲自对《审判》进行了剧场化处理,之后这份改编文本成为不少德国剧院重新编排的底本。很难说上述零星的改编作品与今天大规模的改编浪潮之间是否存在必然联系。而无论数量与形式间有多大差异,有一点值得注意,即改编作品基本都会呈现出同时代的主流剧场美学样式的面貌,这种共性在小说的剧场化改编中一再出现。上述两部五十年代的改编作品都带着深刻的荒诞派戏剧的痕迹,可能也正是从荒诞派戏剧的美学取向出发,才使得卡夫卡成为最早登上当代戏剧舞台的小说家之一。

而到了六七十年代,新兴的行为美学、剧场人类学成为时代的鲜明印记,剧场能量被认为并非由戏剧文本、也不仅仅由演出中的语言成分带来,而更多的存在于现场性、身体性、互动性之中,这一时期的改编作品虽然不多、但也都非常典型地体现了时代的戏剧观念。比如彼得·布鲁克(Peter Brook)改编自印度史诗的《摩诃婆罗多》(*The Mahabharat*),时长达九小时且在一处采石场露天演出;格鲁伯(Klaus Michael Grüber)执导的《冬日之旅》(*Winterreise*)改编自荷尔德林的书信体小说《许珀里翁》(*Hyperion*),导演将演出安排在柏林奥林匹克体育馆,造成轰动效果。它们无论是在文本选择上——即,选择叙事而非戏剧文本——还是在对戏剧表演空间的重新认识上,都十分符合那个时代的革命精神气质。

同样,今天的改编作品也与当下的剧场美学在基本点上没有很大出入。兴起于八十年代的后戏剧剧场,如今已然是在欧洲戏剧舞台上占据主流的美学范式,对于欧洲观众而言,也已经内在于他们的期待视野之中。后戏剧剧场建立在对欧洲传统戏剧观念、即"戏剧性"的反动上,通过对情节、人物等传统元素的拆解,通过对反思性的审美方式的拒绝,将剧场能量汇集于直接的现场心理体验中。在后戏剧剧场里寻找故事、角色、思想是徒劳的,因为这些传统概念都是用文学上的判断界定剧场,或者说,是将作为整体艺术的剧场缩减为一种文学上的类别,即戏剧;所以,若仅就叙事性而言,后戏剧剧场摒弃的正是文学上的叙事观念,代之以设置一种当下的舞台情境、一种发生在此时此地的舞台事件。对于今天在德国上演的小说改编作品,无论其对文本的态度为何、无论其具体呈现形式怎样,在一些基本的美学认识(比如强调"剧场性"而非"戏剧性")上与时代主流范式并无本质冲突。

当然无论是后戏剧剧场还是新叙事剧场,应该说都是二十世纪以来剧场美学思想发展顺理成章的结果。这其中既有行为美学、环境戏剧、身体戏剧等六十年代以来的新兴戏剧观念的影响,具体到德国剧场环境,还必须提到"史诗剧"(Das epische Theater)这一根深蒂固的传统。这个概念指的既是布莱希特所提出的一种有别于亚里士多德式戏剧的特殊戏剧样式,也关联着更为普遍性的、如彼得·斯丛狄(Peter Szondi)所说的现代戏剧的史诗化/叙事化(Episierung)趋势。史诗剧要求演员同正在发生的舞台事件之间保持一定距离,观众体验到的,是在清晰的叙述语言和特征鲜明的角色对话之间那种非常突然的过渡。于是行动或言情节就不再像在传统戏剧中那样呈现为绝对的舞台事件,而是相对性的、被叙述的场景,作为戏剧性之核心的对话(Dialog)也从统领舞台的语言方式,下降为构成舞台叙述空间的其中一员。在这样的戏剧观念下,作为传统戏剧性最重要特征之一的舞台绝对性被拆解,史诗(epic)与戏剧(drama)这一对延续千年的对立的古典文类之间不再壁垒分明,在今天的舞台上,叙述性的视角也有了充分合理的存在空间。

在新叙事剧场中,叙述者的角色同叙事性的、相对化的舞台形式契合;虽然说叙述者身份(报信人、报幕人等)在戏剧中古已有之,脱离具体角色的独白或旁白也并不鲜见,但在当代美学中无疑是将其作为一个重要主题来呈现,多人共享一个角色、一人分饰多个角色等手法,都是在有意割裂舞台的叙述空间;叙述者角色在新叙事剧场中往往与剧中角色合并,他们像在现代小说中那样表达相对性的角色视角,而在整体结构中,又以完整的角色参与进舞台事件。甚至可以认为,在叙事化的当代剧场形式中,小说几乎就是天然适用的文本。不过在有些走得更远的后戏剧作品里,文本就彻底成为道具,演员完全不以角色的身份说话(在没有角色的情况下谈论"脱离角色"就缺之足够的意义了),而仅仅是"文本承担者"(Textträger)。这里必须强调,新叙事剧场之所以谓之新,就是意在表明它是在这样一种当代的舞台美学观念之下进行叙事的努力,它对于叙事文本的使用有别于传统叙事、但又并没有完全放弃叙事。

无论是对小说、还是电影、还是别的叙事类作品的改编,都是在一定程度上抗拒极端化的后戏剧美学,舞台上被表演或者被讲述的是真正的故事,活动着的是有心理深度的、令人信服的人物角色,他们面对或参与的舞台事件同观众的日常生活世界有着千丝万缕的联系。或者也可以说,新叙事剧场是在当代文化的大背景下,去重新寻找叙事方式满足一种古老的对故事的渴望。不过,在戏剧这门艺术漫长的历史中,舞台上所讲述的多是被讲述过千百遍的故事,十九世纪之前,鲜有全新的戏剧题材;几千年前雅典城邦的公民清楚地知道自己会看到怎样的故事,而今天新叙事剧场的观众也早已熟悉那些小说和电影里讲述的内容。这一点来看当代的改编与之前并无差异,不同的在于,传统上那种布局巧妙的编织上的手艺、那种精心结撰的戏剧冲突带来的紧张感,已经不再是剧场的兴趣所在。构建当代审美体验基础的是情境、现场、身体、当下,具体到叙事剧场中,就正是舞台上角色扮演和带有距离感的叙述之间的不间断的变换,它们将观众的注意力转向叙事断裂的时刻,转向一个角色被建立和被放弃的表演行为,转向一个事件被构造和被解释的现场。在此意义上也可以说,新叙事剧场是通过对后戏剧剧场的扬弃来定义自身,并在具体实现方式上与德国"导演剧场"(Regietheater)[①]大体一致,寻求的都是对经典的再阐释和再创造,或者更具体的说,强调个人经验的阐释。所以这样看

[①] 导演剧场一般用来形容大致发端于上世纪七十年代的一种剧场革新、今天已是德语区剧场的普遍现象,即导演的影响力超过了剧作家、演员(明星),成为一出戏艺术风格、表现形式的决定性因素。其早期代表人物包括彼得·施泰恩(Peter Stein)、彼得·察代克(Peter Zadek)、克劳斯·佩曼(Claus Peymann)等人,他们经常搬演歌德、席勒、莎士比亚等人的经典戏剧,并印刻上了清晰强烈的个人风格。

来,新叙事剧场实际上就是一种再叙事,即对已有的文本出于一定的阐释目的进行重新结构,并将这一新文本剧场化。

无论是出于重新阐释的需要还是出于实际因素的考虑,小说改编中不可避免地会遇到文本转换问题。最通俗地讲,其实就是删减,单场的演出一般会控制在两三个小时之内,这也是传统五幕剧一般会需要的时间,而一个中长篇小说的容量往往比这要大得多。八十年代中期由英国皇家莎士比亚剧团(Royal Shakespeare Company)编排的《尼古拉斯·尼柯比》(*The Life and Adventures of Nicholas Nickleby*),改编自查尔斯·狄更斯同名小说,演出长达十几个小时(分若干场演完),几乎是毫无选择的呈现原小说文本,这在剧场改编中算是极为少见的一种处理方式。对于这样时间跨度很长的小说,当代剧场往往对原小说文本有所选择,对情节、人物进行合并删减等处理,重新组织安排具体场景。比如2005年上演的《布登勃洛克一家》,对于原小说而言,时间本身可以说就是主题之一,小说展现的就是一个家族在长时间跨度中的浮浮沉沉,但是在这一版本的改编中,时光变换不再是情节的一个基本轴线,演出删除了主人公们的童年和成长、只呈现了原小说的第三部分,时间线被缩减成时间点;这样的处理实际上已是主题的变更。类似例子还包括约安·西蒙斯(Johan Simons)导演的《约伯》(Hiob),这是一部由二十世纪初的犹太德语作家约瑟夫·罗特(Joseph Roth)创作的、关于一个东欧犹太家庭命运变迁的小说,时间和空间跨度都很大,不过剧场版本将空间的变化压缩了,整个演出不换场、不变更布景,仿佛人物在各种不同的人生阶段仍处于同样的环境之下。这些实际上都说明了,改编作品在舞台实际条件限制之下做出的编排选择,仍是按照一定的美学要求,仍是展现了导演想要深入的阐释路径。

有些作品似乎完全无法搬上舞台,比如《魔山》展现的可以说完全就是精神之旅,"动作"和"事件"这样便于舞台视觉化的元素在小说中处于相对不重要的位置;导演史蒂芬·巴赫曼(Stefan Bachmann)在改编中,就选择了从最易于视觉化的空间入手,原作中一个重要的空间元素——所有的人物处于相对隔绝并且静止的环境中,得到了极尽所能的强调:除了主人公汉斯(Hans)以外几乎所有人裹在睡袋里,舞台中央平放一排躺椅,这些人物就从头至尾面向观众躺在舞台上,中间能自由走动的仅有少数。这个舞台设置本身就是导演及创作团队对这部小说的阐释,或者说,这是他们想要强调的理解这部小说的一种方式——这种美学取向也就是当代剧场小说改编的主流方式,对于原文一字一句的绝对忠诚是看不见了,"是否忠实呈现原著"这样的批评标准也已经不再重要。

但这并不是说,当代所有的小说改编都是在缩减或者移置原作,也有一些剧场作品,在完美呈现原作风貌的同时,创造了自身独有的艺术风格。比如卡夫卡小说改编中的当代剧场经典作品、2007年由安德列阿斯·克里根伯格(Andreas Kriegenburg)在慕尼黑室内剧院(Münchner Kammerspiele)执导的《审判》,整体叙事结构与小说基本一致,又以创造性的舞美布景再现了卡夫卡作品中独特的精神世界:舞台中央是一块巨大的可动圆盘,上面描绘了一个瞳孔并固定了一些室内家具,当圆盘立起,活动在上面的演员不得不借助各种动作固定自己、以防掉落下来,这种无法抗拒的物理规律以可视化的形式隐喻着卡夫卡世界中谜一样的、身不由己的外部力量;演员的身体动作和发出的声音都非常的不自然,局促、受限、无法摆脱,正如卡夫卡的约瑟夫·K(Josef K)。在多大程度上保留原文的结构、内容,这个因人而异、也因面对的作品而异,不同的改编创作会有自己不同的考量,不过无论如何,他们都是在以自己独特的创作立场去呈现(或者说阐释)小说作品。

对新叙事剧场的评价和研究在当代德国的学术和评论界尚属较新的话题,因为就像前文提到的,这一类演出成为一种值得关注的现象的时间并不长,况且具体作品的美学形式并无太多共通之处,很多研究者并不将其单独作为一种自成一体的研究对象。并且,也不乏批评之声:有评论认为常见的割裂、删减小说的做法十分不可取,是一种当代的速食消化行为;有的认为这类改编不过是剧院为了上座率而吸引观众的噱头,被改编的各种经典作品的名字,也就是所谓文化有产阶级(即当代德国剧场的观众主体)的虚荣标签;但很多改编自当代畅销小说的作品(篇幅所限,本文没有涉及)也受到批评,被认为将戏剧艺术"降格"为娱乐和讨好观众的形式。尽管如此,改编创作的热度仍然未减,每年都不断有新作出现,对于观众而言也确实很有号召力;对于这样一种尚处于进行时的戏剧现象,很多论断显得为时过早或有失偏颇,无论如何,新叙事剧场在近年来累积了丰富的作品资源,在理论渊源和美学背景上有深厚的根基,亦是对剧场现状的强有力回应,毫无疑问属于当代德语区剧场的重要板块。

剧场艺术与观看

李亦男

> 剧场艺术的本质就是观看。
> ——阿诺尔德·阿隆森(Arnold Aronson)

二十世纪九十年代中期,笔者在纽约哥伦比亚大学(Columbia University in the City of New York)剧场艺术系读书。某日,在《剧场艺术理论基础》课上,系主任阿诺尔德·阿隆森教授(Arnold Aronson)将我们领至晨边(Morningside)校园的正中心——一座名叫"下图书馆"(Low Library)的办公楼前面。阿隆森示意大家坐在台阶的最顶端,然后对我们说:"现在,你们看吧。"

那个时候,还鲜见成群的中国高中生在导游的引领下参观哥伦比亚大学晨边校区这一"名胜"。下图书馆前的宽大台阶还完全属于学校师生:爱晒太阳、皮肤黝黑、衣着朴素的美女;刚在体育馆游了泳、蒸了桑拿的健壮男孩;手捧咖啡、眉飞色舞、在课上还没讨论够的学霸;在更远处的巴特勒图书馆前的草坪上踢足球或投掷飞盘的运动爱好者……

这一切的一切,晨边校园这个空间之中人的行为,都在阿隆森让我们比划的取景框之中(为了让我们明白,他真地让我们用两只手的拇指和食指相搭,做成一个取景框,并让我们从这个框子向外张望)。

"这就是剧场艺术(theatre arts)①。"阿隆森对我们说:"剧场艺术的本质就是观看。"

二十世纪六七十年代,美国正值所谓的"断裂"②时期,也恰是阿隆森确立其艺术观与世界观的时期。③ 在1998年出版的《文化转向》中,美国文学理论家弗雷德里克·詹姆逊(Fredric Jameson,1934—)对这一发生在当代的重要断裂性转变作了概括与总结,将其命名为"文化转向"(the cultural turn)。那是西方社会由现代主义转向后现代主义的重要时代。第二次世界大战之后,经济的逐步复苏、技术的飞快进步、对历史进步的怀疑使资本主义稳步占领了全球。二十世纪六十年代,在西方社会爆发了广泛的"文化革命",年轻学生与左翼知识分子对等级制的权威性以及资本主义主流文化进行了普遍的质疑与批判。在各种示威、游行、实验、革命、辩论的风潮中,艺术走出了博物馆,戏剧也走出了剧场,走向街头,走入了日常生活。一些人提出了"艺术终结"的说法,试图借这样的文字游戏斩断艺术(特指权威们所确认的"高雅艺术")和国家权力机构的一切瓜葛。如詹姆逊所言:"'艺术的终结'理论的展开也是政治的,就它的用意而言,是暗示或显示出文化惯例和经典、博物馆和大学制度以及所有具有国际声誉的高级艺术在越战中作为西方价值的维护者的那种深刻的复杂性:有些

---

① 本文题目所用概念"剧场艺术",是阿隆森所定义的"theatre arts"的直译,也是哥伦比亚大学剧场艺术系所用词汇。笔者将德语国家"die Theaterwissenschaft"中的"das Theater"这一概念也译为"剧场艺术",以便与"戏剧"(das Drama)的概念作严格区分。关于剧场艺术与戏剧的区别,可参见雷曼《后戏剧剧场》,李亦男译。译者序,北京大学出版社,2010年版。

② 参见 Fredric Jameson, *The Cultural Turn: Selected Writings on the Postmodern*, 1983—1998. London & New York: Verso. 1998/2009。中译参见詹姆逊,《文化转向》。胡亚敏等译。中国社会科学出版社。第18—19页。

③ 阿隆森1969年于律治大学(Rutgers University)、1975年、1977年在纽约大学(New York University)获硕士和博士学位。

东西又被推测是官方文化的一种高水平的投资,和受到国家权利渗透的社会高雅文化中的一种有影响的形象。"①

在这样一种历史语境中,阿隆森通过自己的研究和反思归纳出了最广义的"剧场艺术"这一名词。通过将剧场艺术的本质设定为观众的"看",他将剧场艺术的外延大大扩展,延伸到了日常生活之中。普通人在日常生活中的一举一动,只要有他人或自己的"观看"这个意态动作存在,就可以被囊括进剧场艺术的考察范围之内。这样的定义不仅可以把行为绘画(Action Painting)、偶发(happenings)、环境剧场(environmental theatre)、政治文献剧(documentary theatre)、应用剧场(applied theatre)、展演(performance)等彼时西方的各种实验性剧场艺术囊括在内,也使得剧场艺术学研究向歌舞厅剧、卡巴雷、仿剧(mivne)、杂技、魔术等通俗民间艺术长开了大门。

阿隆森对观众主动观看的强调,实际上也是对当时发生在资产阶级主流剧场内"被动观看"现象的一种反拨。如美国社会学家理查德·桑内特(Richard Sennett,1943—)所言,当时在西方的主流剧场之中,正在发生某种公共空间的丧失:"那观众怎么办?他们变得无声了。因为害怕将自己的个性展现在公众面前,中产阶级炼就了自制以免暴露个性的品质。当封建传统丧失,资产阶级个性进入公众视野时,观众作为一个公共个体而变得困惑了,他们在大街上和剧院都不知道应该如何举手投足。其结果是,他/她变得极其渺小,成了偷窥者、旁观者。剧院里,观众再也不能嘘闹、喝彩或者打断演出,仅仅在演出结束时被允许鼓掌。在街上,由于缺乏有效的社会规范和害怕暴露自我的缘故,他/她也变得缺乏社会性。其结果便是公共剧场里互动性的丧失,剧场确实该如同德国1876年瓦格纳的拜罗伊特节日剧院(Bayreuther Fe-

---

① 同上,《文化转向》,第74页。

stspielhaus)那样把灯光调暗点了。如此一来,'旁若无人'的幻境也能得以实现,从而成就自主性身后这个最重要的戏剧原则。"①无所不在细微暴力的规训与惩罚(福柯语)与从娃娃开始的社会炼金术(布尔迪厄语)不仅造就了被动观众,也使戏剧成为统治者威权暴力的帮凶。剧场本应具有的作为公共空间的功能在萨尔斯堡艺术节歌剧演出这样的高尚场合已经消失殆尽,反思与批判让位于社会权力、地位展示,剧场变得死气沉沉,变革迫在眉睫。

剧场艺术如此重视观众的主观性和批判性,也与其他视觉艺术的高速发展有密切关系。众所周知,随着电影、电视工业的飞速发展,剧场在层出不穷的新技术面前也失去了在"摹仿"和"制幻效果"方面的优势。亚里士多德-黑格尔对"戏剧"和"戏剧性"的定义在很大程度上已经无法将剧场艺术和影视区分开来。如果普通人在家中打开电视就能看到戏剧性(更不要说很多电视观众在观看过程中不断频繁换台的习惯也让戏剧性美学显得不但廉价,并且也有些过时了),又何必花费路上的时间特地去剧场观看呢?很显然,为了能在和影视的竞争中生存下去,剧场艺术就必须强调自身无法被影视取代的特点——现场性、和观众共享的真实时空、直面与互动。这或许成了剧场艺术创作者在当今的信息时代必走的一条道路。用德国剧场艺术理论家汉斯·蒂斯·雷曼(Hans-Thies Lehmann)的话来说:"通过跟德勒兹所谓技术制造的"运动影像"(image mouvement)相对比,人们同时开始认识到现场性(不同于复制或者可复制的现象)才是剧场的特点。"②所谓"特点"都是相对于特定的社会时代上下文而言的。社会状况变了,

---

① Richard Sennett, *The Fall of Public Man*, *On the Social-psychology of Capitalism*. New York: Vintage Books, 1978. 转引自:Anne-Britt Gran,《"现代性"时代下的剧场性衰落》。章恬编译,何辉斌校 。《文化艺术研究》,2014 年 1 月第 7 卷 第 1 期。第 163 页。

② 雷曼,《后戏剧剧场》。李亦男译。第 50 页。

剧场的特性当然随之发生迁移。对现场性的强调,使剧场美学发生了重要变化,从重视线性发展、戏剧动作、故事与人物变为重视身体性、展演性、空间与存现。而这样的迁移,都使得观众主动的观看成为剧场艺术的核心。观众不能再依托于熄灯后黑暗中的安全感,忘掉自己的存在,沉溺于幻觉,被扣人心弦的情节牵着走,而必须在剧场观看过程中积极运用思维和想象力,将面前的事物主动结合在一起,变成一个有创造力的使用者(productive user)。这可以说是发生在当代社会空间之中的普遍文化转向在剧场中的一种反映。

要追究这场发生在剧场艺术中的重要转向的历史原因,首先应该谈到世界大战。在二十世纪科学技术的发展本可以帮助地球上生活的人们都过上"美好生活"(the good life)①的情况下,却接连发生了两次世界范围内的大规模战争。全球性的战争对人类文明造成了严重破坏,也首先给首当其冲的欧洲人以强烈的心理重创。西方理性主义的始祖——亚里士多德(Ἀριστοτέλης,公元前384—322)在《诗学》中所确立的"摹仿"(μίμησις)原则被彻底破坏了:"一种世界图像(das Weltbild)的安全性被撕裂了,就像从伤口上撕下了一块纱布。"②"[……]在外部形态上,战争遗留下的瓦砾堆与之相应。在一个破碎的世界中,安全、统一的世界图像已不复存在。在艺术中也是一样,没有在废墟中构建新的、自我封闭的画作的安全性和力量。[……]和瓦砾堆相应的,是一种针对每一种意义的怀疑态度,一种对内容的漠视,于是,人们纷纷涌向抽象,质疑传统模式,甚至避开了形象稀少的边界地带。即便在

---

① 参见 Robert Jacob Alexander Skidelsky, Edward Skidelsky, *How Much is Enough?: The Love of Money and the Case for the Good Life.* Allen Lane, 2012.
② 参见 Josef Meurers: *Das Weltbild im Umbruch der Zeit*, Aschaffenburg 1958 S. 20. 穆勒斯认为,世界图像(das Weltbild)起到的作用就相当于一块纱布,把事实上的伤口遮盖起来,让它长好。——原注。

剧场艺术中,人们对内容也显现出冷漠的态度。人感知不到可表现出来的命运关联,[……]反之,却崇尚'作家'表达一切的力量和强度。"①

在这里,约瑟夫·穆勒斯(Josef Meurers)所言的"世界图景",是指理性主义者的主观面对客体化的世界所勾画出的一副完整、封闭的图像。这种摹仿与表现是亚里士多德式戏剧的基础。它所假定的,是世界的统一性、可表现性。十八世纪以来启蒙主义认识论这种乐观信念的基础可追溯到柏拉图对理念与物质世界的二分与其对灵魂不灭的坚信。随着基督教在全球的扩张,这种理性主义基督教西方国家在全球建立等级秩序的理论后盾。当世界被前所未有的大规模战争击碎成为瓦砾堆,西方世界原有的理性主义乐观被彻底动摇了。二战之后,世界没有再次形成某种统一的金字塔般稳固的等级秩序。在六八学运之后——虽然这场革命从社会政治角度上讲只不过是一场茶杯中的风暴——,西方世界的逻各斯中心主义逐渐让位于多元主义。当然更为根本的原因是政治上的——第三世界的崛起、原殖民地国家纷纷独立,在多元主义的形成上发挥了重要作用。

当统一的世界图景与稳固的金字塔结构被打破,西方社会由现代主义迈向后现代主义之后,艺术的关注点就不再是如何通过摹仿去表现黑格尔所谓的"最高真实",而是转变为对这一真实的质疑,从而使这一真实本身充当了艺术作品的主题。符号的能指与所指之间的必然联系被割裂开来。在剧场艺术中,符号能指自身的"力量和强度"成为后现代剧场艺术(德国剧场艺术理论家汉

---

① Joachim Kaiser:Spielen Dramen eine Rolle? In:Akzente,I. Jahrgang 1954,S. 427 转引自 Thomas Zaunschirm, *Die 50er Jahre*, München. Wilhelm Heyne Verlag,1980. S.17.

斯·蒂斯·雷曼用"后戏剧剧场"[das postdramatische Theater]①一词描述了二十世纪七十年代末至九十年代末后现代主义最盛时代的剧场艺术现象)的关注焦点。十九世纪"戏剧"(drama)的原有主题——人物的命运在后现代社会中已经失去了实际上的因果关联性。依旧以命运为故事情节主线的好莱坞电影遭到知识界的一致批判,被视为资本主义自身合理化的一种愚民宣传工具。事实上,后现代主义艺术中普遍出现的表面化、反意义、反表现倾向是对后现代社会关联性丧失与多元主义所做出的必然反应。早在二十世纪五十年代,艺术批评界就早已注意到了这个现象:"在精神历史方面,没有任何风格线索能将所有事件联系起来。这个时代自身就把自己看作一个由对立物所充盈的阶段,我们已经习惯了:'我们今天忍受对立物和自相矛盾变得更加容易了。'"②

也许,用一个极端的例子可以更好地说明阿隆森"观看是剧场艺术基础"这一极端的观点。当美国动态雕塑(mobile)的代表人物亚历山大·考尔德(Alexander Calder)面对二战之后被轰炸为一片瓦砾堆的柏林威廉皇帝纪念教堂时说道:"这真是世界上最伟大的雕塑。"③考尔德的主动观看定义了教堂废墟这件"雕塑艺术作品"。面对世界的碎片化与无序性,当废墟上的重建不可能再遵循旧有的秩序,当战争惨剧动摇了人对于理性的信心,当"旧的东西不再能不成问题地过渡到新的"④,在历史与艺术双双宣告"终结"的短暂休克期,剧场艺术极度泛化以至成为"展演"

---

① 参见 Hans-Thies Lehmann, *Postdramatische Theater*, 1999. 雷曼,《后戏剧剧场》。李亦男译。北京大学出版社,2010 年。
② 参见 *magnum*, *Die Zeitschtift für die moderne Leben*, Heft 19, 1958, S. 6—7. 转引自 Thomas Zaunschirm, *Die 50er Jahre*, München. Wilhelm Heyne Verlag, 1980. S. 9.
③ *Graffiti*, Heft 1, Okt. 1978, S. 16 Anm. 4.
④ Thomas Zaunschirm, *Die 50er Jahre*, München. Wilhelm Heyne Verlag, 1980. S. 9.

(performance)、乃至消融于生活本身的现象出现了。

对剧场艺术极端泛化的定义,也使得"作者"的归属权与"作品"的概念遭到质疑。这与在文学范畴中罗兰·巴特(Roland Barthes,1915—1980)与福柯(Michel Foucault,1926—1984)所宣告的"作者已死"(La mort de l'auteur)①相对应。在描述"展演"这一自己创作与理论中的核心概念时,谢克纳指出:"戏剧(drama)是作者、作曲家、剧作家、萨满的领地,剧本是教师、专家(guru)、大师(master)的领地;剧场(theater)是展演者(performers)的领地;而展演则是观众的领地。"②由此可见,谢克纳所定义的展演,实际上非常接近于阿隆森所言的"剧场艺术"。③ 谢克纳用带有讽刺意味的口吻列举的一系列与"作者"身份有关的人物——"萨满""教师""专家""大师"等,在那个特殊的"文化革命"年代,都成了旧有资本主义主流社会秩序的代表,从而成为左翼知识青年们激烈批判与抨击的对象。在德里达所倡导的"推翻文本的暴政"口号的号召下,剧场艺术创造者们纷纷在"戏剧"(drama)之外另辟蹊径,将剧场艺术的重心从戏剧行动转移到了展演的"力量"与"强度"上。

对上述现象有明确认识并加以清晰表述的当属德国戏剧理论家雷曼。他在《后戏剧剧场》(*Postdramatisches Theater*,1999)一书中将"剧场艺术"(das Theater)与"戏剧"(das Drama)两个概念清晰地区分开来。根据雷曼的解释,"Theater"一词可追溯到希腊语的"theatron",意为"观看之场所",也就是我们普遍叫作的"剧

---

① 参见 Roland Barthes:Der Tod des Autors (1967). In:Fotis Jannidis (Hrsg.): *Texte zur Theorie der Autorschaft.* Stuttgart 2000. Michel Foucault:Was ist ein Autor? (1969). In:Michel Foucault (Hrsg.):*Schriften zur Literatur.* Frankfurt (Main) 2003.
② Richard Schechner,*Performance Theory*, p.70.
③ 关于"剧场艺术"与"展演"两个概念的区别参见下文脚注。

场"。也就是说:在古希腊城邦的剧场行为中,市民集体观看的重要性似乎要大于戏剧人主动做戏。因此,希腊语本义为"去做"的"drama"(对应中文的"戏剧"一词),在当时并未成为这种集会活动的代称。雷曼认为,在古希腊,有悲剧、喜剧、羊人剧,但是还没有"drama"。只有到了文艺复兴、尤其是新古典主义时期以后,随着剧作家(文人)的地位越来越高,戏剧文本才成了戏剧活动的中心。文本成为戏剧的核心,这种观念和起源于柏拉图主义的西方理性主义传统对理念、逻辑、语言、文本的重视有很大关系。随着启蒙主义成为西方世界的正统思想,drama(戏剧)时代来临了,一直持续到二十世纪的下半叶。在现代主义时期,历史先锋派的种种激进变革并未动摇文本在剧场活动的中心地位。直到现代主义戏剧最后的残余——荒诞派剧场用以"反戏剧"(anti-drama)的办法依然是用文字来反文字,用理性来反理性。一直到文化转向之后,这种情况才慢慢发生了改变,出现了以观者的观看姿态为定义基础的剧场艺术。

这种剧场艺术所囊括的范围必然是极为广泛的。毫无疑问:剧场艺术首先包括传统意义上的"戏剧",即"drama"——以文学剧本为基础、用虚幻时间、地点、虚拟人物、情节等要素构成的舞台实践活动。而除了以制幻效果为基础的戏剧之外,剧场艺术也包括人们透过自己无形的取景框所能观看到的、发生在观者与行动者所共享的真实时空内的一切:马戏、仿剧、卡巴雷等"小型艺术";体育比赛、舞蹈、典礼、仪式等"类剧场"(格洛托夫斯基语);行为绘画(action painting)、偶发(happening)、展演艺术(performance art)、特定场域剧场(site specific theatre)等与造型艺术临界的新型剧场艺术;文献剧(documentary theatre)、应用剧场(applied theatre)工作坊、社区活动等有政治、社会诉求的剧场行为;甚至包括生活中人的日常行为——如谢克纳所开创的"展演研究"(performance studies)同样所包含的那样。①

这样的宽泛定义带有很强的时代特点与政治诉求。如果我们坐在台阶上向下看就可以看到剧场艺术展演,那么单凭观看姿态为基础就能存在的剧场艺术也就可以完全摆脱资本主义制度、国家权力和消费主义规律的操控。于是,艺术就可以"不再通过个别训练而是通过我们所呼吸的空气、通过公共领域和集体这个实体,扩散到社会生活的所有领域。"②

如上文所言,文本中心地位的动摇与当代西方社会文化中普遍出现的"文化转向"趋势有关,也与电影取代戏剧成为摹拟人的行动的最普遍艺术形式有关。在《后戏剧剧场》中,雷曼写道:"在电影出现之前,对行动的人的动态摹写一直都属于剧场艺术的范畴。而电影这一新兴的技术表现手段一出现,就在这个范畴中接替了、并且超越了剧场艺术。"③这也就是说在当下,"戏剧性"在很大程度上已经被电影(包括电视电影和电视剧)所接管了。而在一方面,作为一种独立的艺术维度,剧场性(die Theatrealität)作为戏剧文本之外的一种特别属性被着重提了出来。慕尼黑大学戏剧学院院长、国际剧场艺术学协会(IFTR)主席克里斯托弗·巴尔姆(Christopher Balme)在《剧场艺术学入门》(*Einführung in die Theaterwissenschaft*)一书中断言了剧场的独立特性:"剧场性(die

---

① 阿隆森的"剧场艺术"与谢克纳的"展演"两个概念从不同的角度描述了文化转向影响下剧场艺术学研究范围得以极大拓展这一当下趋势。本书作者无意对这两个概念做任何范围上的区分,而宁愿将二者仅仅理解为研究视角上的区别。从两个大学(纽约哥伦比亚大学与纽约大学)的实际研究和教学上来看,谢克纳所主持的"展演研究"(Performance Studies)确实更偏重于人类学视角,与人类日常生活的关系更加紧密,包括的范畴似乎更大,而阿隆森所主持的剧场艺术研究更偏重于其中在传统上被界定为"艺术"的部分。所以谢克纳认为展演包括了剧场艺术,是有一定道理的。但从定义上看,这两个概念并没有谁包括谁的关系。
② 詹姆逊,《文化转向》,第80页。
③ 雷曼,《后戏剧剧场》。李亦男译,第50页。

Theatralität)是十九世纪末二十世纪初产生的历史名词,将剧场艺术作为一种特殊的艺术形式与文学加以区分。剧场艺术理论家与剧场艺术的革新者格奥尔格·福克斯(Georg Fuchs)提出:我们应该反思剧场艺术本身的特殊性。剧场艺术既不是文学戏剧,也不是整体艺术作品(das Gesamtkunstwerk)①所言的各种艺术形式的交互作用,而是一种独立艺术(eine Kunst für sich)。"②

其实,早在西方当代文化转向发生之前,起源于德国的剧场艺术学(die Theaterwissenschaft)③就已经清晰地定义了完全不同于"戏剧性"的"剧场性"。在十九世纪末、二十世纪初——彼得·斯丛狄(Peter Szondi,1929—1973)断言"戏剧的危机"(die Krise des Dramas)④所发生的时期,剧场艺术学挣脱出了文学研究的统辖,成为一个独立的学科。德人马克斯·赫尔曼(Max Herrmann, 1865—1942)是世界剧场艺术学的奠基人之一。⑤ 1900年,他在柏林大学(Berliner Universität)首度开设了剧场艺术学讲座。在讲授歌德的戏剧作品时,他不光讲授文本方面,而是尤其专注于其演出的历史。赫尔曼认为:"不是文学造就了剧场艺术,而是展演。

---

① 参见 Till R. Kuhnle: „Anmerkungen zum Begriff ‚Gesamtkunstwerk' - die Politisierung einer ästhetischen Kategorie? ", in: *Germanica X*, Lille 1992; Udo Bermbach: *Der Wahn des Gesamtkunstwerks. Richard Wagners politisch-ästhetische Utopie.* 2. Aufl. ,Stuttgart:Metzler 2004.

② Christoph Balme, *Einführung in die Theaterwissenschaft*, 3. Durchgesehene Auflage,Berlin:Erich Schmitt Verlag 2003. S. 69.

③ "Die Theaterwissenschaft"在中文中被误译为"戏剧学",这几乎是一个致命的误解。因为 die Theaterwissenschaft 的研究对象恰恰不是戏剧(das Drama),而是戏剧文学之外的剧场艺术(das Theater)与社会历史环境之间互为参照的关系。参见本书结语部分的论述。

④ 参见 Peter Szondi,*Theorie des modernen Dramas.* Suhrkamp, Frankfurt am Main 1956.

⑤ 参见 Stefan Corssen: *Max Herrmann und die Anfänge der Theaterwissenschaft.* Niemeyer,Tübingen 1998.

展演是最重要的。"①"剧场和剧本……在我看来,是根本对立的,[……]剧本是个人的语言艺术创作,而剧场艺术则是观众与其仆人(即演员)的创作。"②"剧场最初的意义[……]在于剧场是一种社会性的表演(das Spiel)③——一种所有人为所有人而作的表演。在这种表演中,所有人都是参与者——同时所有人也是观众。观众作为共同的表演者参与演出,观众是剧场艺术的创作者。这许多部分的参与者(die Teilvertreter)组合而成了剧场的节日,因此,剧场艺术才不失其社会性。剧场演出时,总有社会性群体(die soziale Gemeinde)在。"④

由剧场艺术学创始者赫尔曼的表述,我们可以总结出这门学科不同于戏剧文学研究的几个特点:一、对展演(das Performance)/演出(die Aufführung)的注重;二、对剧场社会性的强调;三、观众是剧场艺术的关键性因素。可以说,剧场艺术学是研究观众观看此时此地的现场演出而形成的社会性群体互动的一门学科。因为着重于"观看",着重于"此时此地",其基本理论与视角必然与社会学有所重叠。

德国剧场艺术学家艾丽卡·菲舍·里希特(Erika Fischer-Lichte)认为,是表演者与观众的"共同存现"(die Ko-Präsenz)使得演出成为可能。这一点上,她与阿隆森及雷曼都是一致的。"通过观众参与演出,通过观众身体的存在,他们的感官感觉、他们的

---

① Max Herrmann, *Forschungen zur deutschen Tehatergeschichte des Mittelalters und der Renaissance*, Berlin 1914, Teil II, S. 118. 转引自 Fischer-Lichte 2004:43.

② Max Herrmann, „Bühne und Drama", in: *Vossische Zeitung* vom 30. Juli 1918- Antwort an Prof. Dr. Klaar. 转引自 Fischer-Lichte 2004:43.

③ "Das Spiel"在德语中有"表演""游戏"两个意思。这里应译为"表演"。

④ Max Herrmann, „Über die Aufgaben eines theaterwissenschaftlichen Instituts", Vortrag vom 27. Juni 1920, in: Helmar Klier (Hrsg.), *Theaterwissenschaft im deutschsprachigen Raum*, Darmstadt 1981, S. 15—24, S. 19. Fischer-Lichte 2004:46.

反应,都在演出过程中同时产生。演出成为表演者与观众互相影响、互相渗透的结果。"①因此,剧场艺术的一个重要特点,就是"中介性"(die Medialität)。演出是在表演者与观众之间发生的,并且是由二者共同完成的。观众与表演者共享同一个真实的时间,同时极大地专注和感知到身体性。② 在剧场艺术美学现象中的"共同存现"指的是:时间不是作为某个事件发生过程中的两个时间点,而是作为一贯的当下(die Gegenwart)为观众所感知。通过表演者的展现(die Präsentation),剧场里的时间以身体在场的形式变得具有可见性。

如果观众的观看(而非创作者的呈现)是一个展演事件的基础,那么很显然:每个人的对同样一次事件的阐释角度都可以是不同的。因此,一次展演作品(如仍沿用"作品"这一已被很多剧场艺术研究者和创作者所否定的说法)不可能拥有自己内在的、恒定的含义。如英国埃克塞特大学(University of Exeter)戏剧系尼克·凯伊(Nick Kaye)在《后现代主义与展演》(*Postmodernism and Performance*)一书中所言:"福尔曼(Richard Foreman)、科尔比(Michael Kirby)、威尔森(Robert Wilson)等人在二十世纪七十至八十年代的剧场实践从本质上反对人对于意义深度的需求、以及人想要找到一个中心的欲望。(这些展演实践者)[……]不认为一个作品拥有任何自身的意义。重要的在于生成意义的过程,而这是观众的任务。展演迫使人关注过程,关注发生在观众与所展示物之间的事件。"

1968年的"文化革命"(马尔库塞语)之后,西方(尤其是美国)的剧场艺术家们思考最多的问题,就是如何取消艺术与生活

---

① Erika Fischer-Lichte:*Ästhetik des Performativen*. Suhrkamp,Frankfurt am Main 2004,S. 63—126.
② Erika Fischer-Lichte:*Ästhetik des Performativen*. Suhrkamp,Frankfurt am Main 2004,S. 63—126.

之间的边界,不再让艺术成为少数人在剧院、博物馆这些资产阶级国家机构中才能享有的专利。同时,启蒙主义时代以来的美学所最为关注的艺术"作品"(德语"Werk",英语"work")也被作为权力作用下的"文化产品"从新的社会政治角度加以审视。理论界与实践者们相互作用,使剧场艺术也出现了某种"转向":从专注于作为"表达"(express)艺术家个人意图之途径的艺术作品创作转向了作为启发观众反思自身、反思社会(并希冀改变社会现状)的展演事件经历。在展演事件中,艺术家不再用各种剧场手段集中于一个中心点去制造现成的意义,制造某种幻觉真实,而着意让观众保持清醒的姿态,用自己的思考积极建构"作品"的意义。观众成为"生成"展演意义的重要推动者。可以说,新的展演性(而非表现性)剧场方式,实际上是消解中心的后现代主义社会的缩影。

在二十世纪九十年代的德语国家,"展演性"一词在学术界得到了充分讨论。菲舍·里希特的《展演性美学》(*Ästhetik des Performativen*)等理论著作出版之后,展演性成为当代剧场艺术学最重要的理论术语之一。菲舍·里希特援引语言哲学家约翰·奥斯汀(John L. Austin)《展演的表现》一文,将展演用其语言学中"述行"的含义来加以解释,即所谓"言说导致真实的变形(Transformation)":"言说具有改变世界的力量,造成变形。"在将语言学中这个名词引申到描述人的行为方面时,菲舍·里希特借用了美国后解构主义理论家朱迪斯·巴特勒(Judith Butler)"非指涉"(non-referential)概念:"展演性(performativ)表示的是[……]构成现实(wirklichkeitskonstruierend)与自我指涉(selbstreferentiell)之意"。所谓"非指涉",菲舍·里希特指的是展演中所呈现的人的身体、空间、空间中的物品等不着重于其所指涉的符号性含义,而着重于其真实的现象能指自身。换言之,"展演不表达现成的、内含的内容(Substanz)或本质(Wesen),那种可表达的固有、稳定身份属性

(Identität)根本不存在。"

巴特勒认为,人的性别更多是一种用展演建构出来的产物,而非人的恒有本质。"巴特勒把展演产生身份的过程解释为"一种体现"(德语 Verkörperung;英语 embodiment),即"一种(主动的)做出、一种使戏剧化、一种再生产(reproduce)某种历史情境的方式(manner)""一种体现出特定文化历史可能性的积极的过程"。借用巴特勒"展演建构性别"这一观点,菲舍·里希特指出:展演构成了现实。如后现代主义理论家鲍德里亚所言:当代社会中已不存在现实,而只有拟物(simulacrum)。既然现实本身即为展演的建构物,那么讨论艺术再现是否忠于现实也就失去了意义。在当代现实中,权力无处不在。知识既然是权力话语的产物,被权力所操控,因此就只能是偏颇的、暂时的。因此,后现代主义否认真理的存在。在《戏剧/剧场/展演》一书中,西蒙·谢泼德(Simon Shepard)与米克·瓦利斯(Mick Wallis)指出:"知识是展演性的。因此,表现本身就成了无意义的术语。"因此,在展演艺术之中,作为身体行动(körperliche Handlungen)的"展演性行为"(die performativen Akte)均是非指涉性的,符号能指不指向特定内在的意义所指。在《后现代主义虚构》(*Postmodernist Fiction*)一书中,布赖恩·麦克黑尔(Brian McHale)指出了后现代剧场艺术中由再现性艺术到展演性艺术转变的原因。麦克黑尔认为,在现代主义中的认识论优势(epistemological dominant)逐渐让位于后现代主义中的本体论优势(ontological dominant)。他认为,在现代主义中,事物的内在本质是不受质疑的,受质疑的只是艺术是否如实表现了这一本质。而在当今的后现代主义中,事物"本质"的建构、生成过程则成了艺术家与研究者最关注的对象。也就是说:原来关注的是"真理"(truth),而现在却关注于"存在"(being)与"基础"(foundation)。

在《后戏剧剧场》一书中,雷曼指出:"剧场艺术作品也许会和那些无谓的'节庆活动'(events)有些相似。然而,我们在这里不必像强调剧场艺术和偶发及行为艺术的内在紧密关系那样,对这种可能性过于重视。和节庆活动一样,这种剧场艺术通过取消文本意义,展示了其自身的文学系统,通过在表演者和观众之间的身体、情感、空间关系上做文章,展现了参与和互动的种种可能,比起再现、表现(即虚构的摹仿)来,更强调存现(即在现实中的做),比起结果来,更强调行为本身。这样一来,剧场艺术就必然呈现为一种过程,而不是已经完成了的结果;必然是一种创造和行动,而不是某种产品;必然是力(energeia),而不是功(ergon)。"雷曼在这里所说的后戏剧剧场的核心特点,如果用一个词语来概括的话,就是我们在此谈论的展演性。

在真实的展演事件中,最首要的因素就是观众。展演性的剧场艺术注重的是"共享的经验"(shared experience)与"集体的行为"(collective action)。意义深度的取消使"观众被迫意识到他们的接受过程,作品即是关于艺术创作本身的。……不管作品是否以文本为基础,都在其本质上关注结构(composition),并有目的地这样做,旨在一种感知的另类方式(alternative modes)。感知被听觉、视觉、语词、想象共同驱使。"

在展演性剧场艺术中,观众因为这种"另类的感知方式",因为对于"结构"即舞台语言能指本身的"语法"的关注,就必然在演出时达到一种"真正的构建成效(Konstitutionsleistung)。…… 把重心放在主体、客体的外在物质性、符号性的关系上,而这种关系正是演出所完成的。"观众的观看具有如此重要的构建效果,因此,"作品"与"作者"的概念必然瓦解。可以说,展演是反作品的:"展演是在演员与观众之间发生(ereignet)的,不可固定,不可流传,而只是转瞬即逝的、一时的(transitorisch)。" 开普罗(Allan Kaprow,1927—2006)所说的"偶发"(happening),就是对这种反凝固式作品的艺术创作方式的强调。在《后戏剧剧场》中,雷曼也提到了"die Präsenz"(笔者译为"存现")这一术语。雷曼认为,当代

（后戏剧）剧场艺术的重要特征之一，就是由以表现（die Repräsentation）为主的演出方式，转化为以存现为主的演出方式。在现象学中，"die Präsenz"（由法语词"présence"转变而来）包含有"在场"（die Anwesenheit）与"当下"（gegenwärtig）两层含义，即空间与时间两个视角，因此，通常的中文翻译方式"在场"是不确切的。笔者使用了语法学中"die Präsenz"的中文翻译方式："存现"。"存"指空间的在场、存在，而"现"指时间上的当下、现在。在德语日常用用语中，"die Präsenz"本身就和戏剧舞台有关。"die Bühnenpräsenz"（舞台存现）指的是一个表演者在舞台上光彩夺目（德语中的"die Ausstrahlung"也具有这个含义，指一个人的能量、魅力向外辐射），表演自如，让观众在接受时格外关注他在空间上的在场性、在时间上的当下感，格外引人注目；指一个人因自己的特质与天才而光彩夺目，自如、自然地表演。在雷曼的《后戏剧剧场》一书中，在阐释后戏剧剧场符号学的第一节，他具体解释了何谓"存现"："在这里，剧场符号这一概念应该包括意指（die Signifikanz）的所有方面。它不单单指那些承载可固信息的符号，即概指或清晰暗指一个可辨识所指的能指，而且也包括剧场艺术中所有可能存在的因素。其原因在于：一种单纯的、引人注目的身体性、姿势的某一种风格、一种舞台编排，单就其状态而言，并不包含任何的"意义"。但是，通过对存现的强调，它们引起了观众的注意。在显然需要宣示和姿势化（die Gestikulation）的意义上，观众把它们作为"符号"而接受。通过演出框架的提升作用，这些"符号"制造出了"涵义"，但是这种"涵义"并不能被概念性地固定下来。"①

这也就是说，在后戏剧剧场中，舞台上所呈现的表演者的身体、物品、灯光等舞台要素的物质性（die Materialität）凸显出来，它

---

① 雷曼，《后戏剧剧场》。李亦男译。第98页。

们的在场性与当下性充分地得到了观众身心投入的注意力,以至于观众不会自动或立即用意义理解的方式去对待这一符号。而所谓"演出框架的提升作用",意思和阿隆森让我们在下图书馆前的台阶上用手指所比划的"框"意义相同。

间离的空间与戏剧

唐克扬

布莱希特是二十世纪上半叶著名的德国戏剧家,他的贡献在于他提出了一种和传统表演理论——其代表是斯坦尼斯拉夫斯基——对立的观念,用传统的戏剧观念来看,也可以说是"反戏剧"的观念,它同时也是一种激进的空间思想,冲击了古典的戏剧剧场设计。这种理论的要点在于它要求表演不能过于"带入"角色,而需要保持一种批评的姿态,因此演员们应该假想自己的表演是发生在一个玻璃匣子中,他们和观众可以彼此看见,但是保持着心理上的"距离"。从另一方面看,观众也保持着中立的观看者角色,他们意识到剧场中发生的一切和现实并不完全一样,因此,不会发生公演《白毛女》时,贫农观众动辄冲上台去痛殴地主"黄世仁"那样的故事。①

换一个角度看,布莱希特的理论并非十分新鲜。雷蒙德·威廉斯分析道,在英文的戏剧理论中,"role"指的是戏剧里的人物或角色,但并不是只有戏剧才会谈到角色设定的问题,在一个主流的

---

① Erika Fischer-Lichte, *History of European Drama and Theatre*, Routledge, 2004, pp. 323—324.

观念论(idealist)的社会学派别里,它的意涵已经被延伸,用来描述一种普泛的社会功能①。角色和观众之间的关系永远是处于一种既亲密又疏离的紧张之中,正如罗兰·巴特在讨论摄影时所言:"我们知道戏剧和死者崇拜之间的最初关系:通过扮演死者,最早的演员将他自己区别于他的社群,(在戏剧里)给一个人化妆就像赋予他一具既已死亡又有生机的身体"。② 罗兰·巴特的摄影理论事实上也提示了"间离"所基于的三个不同要素:外表的相似,替代性或者互换性,以及特定的空间关系。化妆术可以决定演员和所扮演的角色表面的联系,表演则建立起他们更深层次的联系,比如说话的语音语调,行动的姿态,等等——这两种联系常常是彼此矛盾的,演员的表演使人联想起一个死去的人或者是不在场者,使人恍然觉得后者仍与他们同在,但妆容的存在——很多时候,面具一劳永逸地取代了化妆的作用——反而使人意识到面前的一切其实是种幻觉,舞台-观众席的划分强化了这种心理的分界线。布莱希特不仅在舞台和观众席之间竖起了一块玻璃,也刻意让他们脸上的"面具"更为昭彰,观众不至于误认为这种面具是演员原来的面貌,这样他们就不会过于沉溺在剧情里。在此意义上,尽管它们的视觉属性和心理感受貌似不同,"玻璃"其实也是现代戏剧意义上的"面具"。

布莱希特本人非常推崇京剧中程式化的表演,比如在他看来,京剧的脸谱正是提醒观众表演的非真实性的一种发明③,很多人

---

① 雷蒙德·威廉斯:《关键词:文化与社会的词汇》,生活·读书·新知三联书店,2004年,第137页。
② Roland Bathes, *Camera Lucida: Reflections on Photography*, Hill and Wang, p. 31.
③ 这里面实则存在着双重的误读:其一,对于它的观众而言,京剧也有西方戏剧那样的"沉浸"式的带入作用;其二,相对程式化的京剧已经在现代经历了一系列的改革,其中重要的一点就是让演员穿上更接近西方戏剧设定的真实衣装。

由此意识到布莱希特的理论和东方戏剧中的象征主义的联系。①但是,较少有人提及这种理论中的戏剧空间和真实空间彼此参照的关系,布莱希特身处时代的新的空间经验才是"间离效果"更直接的催化剂——可以类比的一个例子是摄影术对于现代艺术的影响,犹如罗兰·巴特在同文中提到的,在达居尔等人"发明"摄影术之前,"相似性"和"替换性"的把戏已臻于大成:文艺复兴以来的绘画达到了幻觉性再现法的巅峰,在博物馆那样的地方,缩微术(diorama)和小模型(miniature)也风行一时。作为一种新发明,摄影具有将"相似性"和"替换性"不可思议地结合在一起的属性:对于当时的观众来说,摄影如此栩栩如生,以至于初次见到它的人都惊呆了;但它看上去又不像是一种再现法(representation)而具有带欺骗性的客观特征——因此肖像照片至今还用在要求"与本人等价"的身份证明上。类似的,二十世纪的现代主义建筑也是这么一种对戏剧而言意义重大的发明,它不仅使得"玻璃匣子"这样的比喻变得可感,它本身所蕴涵的矛盾也改变了我们对于生活-戏剧空间关系的认知——如此,"间离效果"的取喻,既说明又远远超过了布莱希特的理论。

假如没有建筑因素的制约,现代戏剧又会变成什么样子?在这里我们需要简单回顾一下西方戏剧空间的几种模型,其中的核心是舞台-观众席的划分方式和彼此的关系。希腊-罗马的剧场为西方戏剧的早期历史创造了一种重要的原型,在其中观众和演出区域得到初步划分,但是受制于那时戏剧表演本身的特点,希腊-罗马的剧场尚未特别强调"看"的作用——相反,在《建筑十书》中,维特鲁威说,假如你能听好,那就能看好;在文艺复兴之前,很多偶发或者"临时"的戏剧空间更是没有条件呈现现代意义的"戏

---

① Erika Fischer-Lichte, *History of European Drama and Theatre*, p. 323. 在《四川好人》中,布莱希特也大量使用了这种具有象征性的表演手法。

节　制(彼得·勃鲁盖尔绘)

台",在老勃鲁盖尔(Brugel)的画中,用木桶临时搭成的平台四周,从四面八方涌来的观众们无法形成统一而有意义的"看"①。由于观众和舞台的比例的不同,也由于"临时建筑"也无法比拟于恢弘的古典构造,希腊-罗马剧场与中世纪的剧场看上去判然有别。但是它们的共同点,是戏剧的意义都更加依赖声音-乐队而不是动作-表演,因为这样的剧场无法使所有观众都看到演员的表情和肢体语言,至少,他们看到的表情和肢体语言是不尽一致的,在巨大的竞技场或半圆形剧场中,预先设定的空间中的图像对于"演出"而言不是那么重要。

大约从文艺复兴时期开始,"框式舞台"(proscenium)显著地改变了观众和舞台的关系,它的显著特点是它有一个用来限定观看者视域的景框(proscenium这个词的希腊文原意便是"在……景致的前面"),景框和内含的景片共同构成有确定方向的幻觉性的图画系统。框式舞台一般比观众席的第一排略高,观众席最后一排的视线落在舞台地板仰角约35度的范围内,这样全体观众都可以看得见景框中的表演。舞台的表演空间则位于景框里的大幕后面,大幕之前的部分称作"台口"(apron),"台口"和底下观众的关系有点像早期的临时舞台,但与此同时它又构成"景框"界面向外合理延伸的部分,它和基于透视法的多重景片彼此配合,使得随着重重幕布向内层层递进的"看"得到强化,变成了一种强调单一视线的"观看"。到了巴洛克剧院那里,戏剧的魔力往往建立在一种如梦如诗的幻境之上,不同景片构成的布景具有视觉上的拟三维的真实,同时它又和低于舞台平面下的"生活"有所区隔——"看戏"的说法因此约定俗成,"看得见但摸不着",抛开观众的心理反应不说,这是布莱希特之前就已经存在的某种"间离效果"。

---

① Pieter Bruegel, *Temperantia* (Temperance), ca. 1560, engraving, 22.3 x 28.7 cm (engraved by Philips Galle, published by Hieronymous Cock). Museum Boijmans Van Beuningen, Rotterdam, inv. no. 15043.

二十世纪开始,某些具有以上特征的"框式舞台"发生了变异,这让戏剧表演的情境设定变得远为复杂,比如1905年由纽约商人汤姆森设计建造的娱乐公园,在其中,汤姆森使得舞台和观众之间有了某种前所未见的互动性:

舞台自身是汤普森领地的核心:它突破了传统框式舞台(proscenium)的局限,像一个巨大的机械舌头伸展进观众席六十英尺。这块"台口"(apron)长于瞬时的变化:在种种变幻之中,"它能将舞台的这部分变成一条小河、一片湖泊或是山间的溪流……"。①

演出置身于观众之中,意味着"看得见摸得着"。如前所述,在戏剧起源时期扮演死者的演员具有特殊的神圣性,因此舞台上的表演者是不容冒犯的,更不用说走下舞台走到观众中间。② 在二十世纪,尤其受到新的演出形式的冲击,这种"区分"被动摇了,除了简单的"看得见摸得着",这时趋向混融的戏剧空间还有着其它的现代变种,一样强调观众和舞台的互动关系,在建筑和技术形式上却又是崭新的。1930年代,罗克斯——真名是塞缪尔·莱昂内尔·罗特哈费尔(Samuel Lionel Rothafel)——在曼哈顿首创了巨大的半圆形剧院,表面上看,它们沿袭了十九世纪后期发展起来的"全景画"(panorama)的传统,目的是取得和巴洛克剧院不同的广阔视角和视域,远超出静态的注视(gaze)之所需,但是,它们意外地和巨大的罗马竞技场也有着某种类似之处:

无线电城开放的当夜,陈腐和用滥了的歌舞杂耍传统……直愣愣地落入了罗克斯闪光的新装置。古老的戏码没能通过测试。当喜剧演员开始按部就班时,脚灯二百英尺开外的观众们没法看

---

① 雷姆·库哈斯著:《癫狂的纽约》,生活·读书·新知三联书店,145页。
② 相对比较罕见的例子,是乔万尼·巴提斯塔(Giovanni Battista)为阿列奥提·法尼斯大公(Aleotti Farnese Duke)在帕尔玛营造的剧院,也有一个舌头状的"台口",但是那只是剧间杂耍之所需,而非娱乐公园,巴提斯塔的帕尔玛剧院中的戏剧性依然被栓牢在基本的剧情与生活的"区分"上。

清他们的鬼脸,仅仅是剧院的尺寸,就决定了无法常规运用人类的嗓音,甚至人类的肢体;巨硕的舞台——和一个城市街区等宽——否定了"身临其境"(mise en scène)的意义……①

"罗克斯剧院的建筑和它舞台上的活动之间有光年之遥。"批评家们评论道,用现代技术设计出来的如此恢宏的建筑和机械,使得二流货色的渺小演出相形见绌。但是,当电影院取代了一部分传统剧场的功能时,甚至比罗马竞技场还大,而又拥有比后者强得多的舞台技术的罗克斯剧院也促成了一种新的戏剧经验——罗克斯的"娱乐宫殿"所致力营造的不是传统戏剧之中舞台-观众的简单二分,相反,它感兴趣的是"环境",或者一种无所不在的幻境,观众集体沉浸于其中。雷姆·库哈斯解释说,"身临其境"(mis-en-scene)总是用事实上的近距离来表达人和环境的关系,可在罗克斯的舞台上,靠面对面的表情和动作形成的剧场"气氛"(atmosphere)被雾化稀释了,它无情地揭示了汤姆森娱乐宫殿式的"感觉"是不真实的,"而且只有人类才有["感觉"],或者更糟,["感觉"]是人类的,所以不真实"——这样的"看得见摸得着"其实也是"看不见摸不着",因为这种"感觉"是不真实的,完全是机械装置的魔术,随着电气开关的启合而有无。

二十世纪上半叶,纽约就是在这种局面中营造了它的大都会歌剧院。今天人们还可以看到曼哈顿城中剧院林立的情形,资本主义的文化工业,使得不同剧情之间的"并联"成为必然②:红色天鹅绒椅的海洋占据了足足"三个街区",舞台和后台大到数英亩,投影屏幕以平方英里计,"一片演出的领地,可以让七场到八场演出同时进行,无论它们传递的信息是多么彼此矛盾。"单个的剧院或许依然勉力维持着传统的戏剧演出样式,然而现代社会中"更

---

① 雷姆·库哈斯,《癫狂的纽约》,320页。
② 可以重复讲述故事并巡回放映的电影在某种意义上凸显了这种被"并联"的剧情,使得原本二元的舞台-观众的关系变得更加复杂了。

大的观看的情境",使得单一剧情所带来的沉浸感只能维持很短的时间,戏剧所具有的魔力就像罗克斯的"气氛"一样被雾化稀释了,众多的小剧院的并联恰恰构成了更为巨大的剧场。在二十一世纪初,雷姆·库哈斯设计的台北文化中心,更直白地说明并且实现了奇观社会中"随处是戏"的情境,按照他的设想,在同一观众席空间中的观众,理论上可以向不同的方向观摩不同性质的戏剧演出。

就像建筑师戈特弗里德·森佩尔(Gottfried Semper)设计的剧院帮助推广了瓦格纳的歌剧一样,在舞台和剧情被广泛"并联"的情境中,现代建筑师显然也协力构造了一种崭新的戏剧性,而不是消极地为传统戏剧营造一成不变的舞台,大多数剧院的物理设置大大简化。另外一方面,生活中"真实-戏剧"二分的心理基础已经改变了。例如,重要的现代主义建筑师格罗皮乌斯,也是包豪斯学校的创始人之一和后来哈佛大学建筑学院的领导人,引入并强调了一个新的戏剧装置,那就是可以移动的舞台布景。他显然也顺应了布莱希特的间离效果理论:演员不再需要带有以假乱真的面具(相似性变得不那么重要),舞台和观众之间也并非是简单的你我差别了(不一定是以此代彼的关系)。当生活和戏剧趋于混融时,这种新颖的,可以不拘场所的布景事实上也是观众和演出之间的一堵"玻璃墙":古典戏剧中道具比生活中的远为华丽,而在很多只是象征地体现"布景"的现代演出中,演员不用专门化妆,场景变得极为普通,倒是关键的道具变抽象了,正是由于这种倒置,才使得在生活中随处发生的戏剧和生活不至于混为一谈,这样的"玻璃墙"是中性的,和视觉形象无关,也不是 A 和 B 中间的简单界限,它提供了必要的,甚至是更积极的戏剧性的暗示。

"玻璃墙"并非简单的分隔,它事实上是在现代情境下又回到了戏剧中角色和观众间那种既亲密又疏离的紧张关系。正如希斯科特·威廉斯说,"人们害怕戏剧,因为它是人们互相之间交谈和接触最靠近的东西",布莱希特的"陌生化"其实并非简单的远离,而是戏剧渴望接近生活,以便和杂耍式的"人工化"的戏剧切断联系。但是"在人工化的梯度"上,假如戏剧一路降到最下面的一档以至于成为生活本身,威廉斯所说的"最深刻的一闪现"同样有无法兑现的危险,在戏剧中,这种"闪现"如同尼采所说的那样需要一种起码的魔力——"魔变是一切戏剧艺术的前提"——在传统的戏剧中它依赖的是物理空间的构设,确凿的"间离",在格罗皮乌斯所代表的现代舞台上,现代技术代替,或者说至少有力地增益了"间离"空间的魔力。

十九世纪住在厚厚的石头房子里的戏剧家们所无法想象的"玻璃房子"正是以上那种戏剧性情形的完美物化,它是另一种"看得见却摸不着"的境地的生动再现。同样是德国人的现代主义建筑师密斯·凡·德·罗创始了一种从视觉上和结构上都趋于完全透明①的建筑,它造就了成为今天城市中相当多的现代建筑物的"范式",用他自己的话来说是"恍如无物"(almost nothing):除了在特定角度有不太显著的反光,整片布满立面的玻璃保证了视线的完全通透;在建筑学上而言密斯力图使得建筑的内外结构成为一体,把看得见的边界和分隔尽量从人类感受中剔除出去,这样它就有了一种无穷无尽地向外延展的可能性。虽然视觉上和结构上这种建筑确实是和环境连接的,讽刺的是,现代社会中的建筑空间比以往任何时候都强调"隔绝"。为了使得整个建筑的基础设施系统(空气净化系统、空调、供暖和声学设备等)能够自成一体,通常越是"透明"的建筑的密封性就越好,"里"和"外"的差异

---

① 首先"透明性"并不仅仅是指全透明——这种情况事实上是不可想象的。相反,它意味着1)物理上事实的隔绝,2)视觉和心理上对于"深度"和"后面"的信息传达,因此透明性反映了可见和可知之间的差异性甚至是矛盾性。参见金秋野、王又佳译,柯林·罗著,《透明性》,2008年,中国建筑工业出版社。

性也就越大——在荒原上的斯诺莱塔(Snøhetta)①的建筑的使用者可以尽情沉浸于窗外的景色,而不必和真实的严酷气候有丝毫关系。由于这种自我矛盾的当代空间的存在,当代戏剧,乃至于当代的戏剧观众或许比任何时候都更适应一种新的观演情境,它不仅存在于堂皇的剧院里,也在适当的时候从生活本身源源不断地激发出来,一种随处可见的"间离效果"加上充溢的"情节",使得一个人油然把自己置于观演者的地位,而眼前发生的一切自动地成为生活的戏剧。

我们或许可以这样总结,依据表面和内里的视觉差异(相似性的基础),和二分的空间关系(替换性的基础),古典的空间观念仅仅是定义了四种不同的戏剧关系:空间上分离心理上也分离(古典戏剧),空间上分离但心理上不分离(巴洛克戏剧),空间上不分离但心理上分离(布莱希特或者格罗皮乌斯的"玻璃墙"的字面意义),空间上不分离心理上也不分离(汤姆森创造的"交互"戏剧)。但是,由于现代情境中不同建筑师的不同看法,以及玻璃之类的隔离装置本身属性的变化——最终可能还要加上当代的娱乐工业的巨大影响力——在当代戏剧中布莱希特那堵玻璃墙是可以有变数的。比如,它可能是一面透视而另一面却看不见——这正是文德斯的《德克萨斯的巴黎》等电影中可以看到的香艳场景:招揽主顾的妓女只能被看,她并不知道玻璃反面的男人就是她的亲人。这种单面玻璃也是警察审讯犯人,生物学家观察动物习性的神奇工具,它使得透明-不透明的属性分布在同一界面的两侧,光是这种特殊的介质自身就创造出了同一空间中不均等的戏剧关系,把界面两侧划分为多样的人感受了。

在这种情形下,戏剧的未来将发生前所未见的变化,戏剧的

---

① 当代挪威的著名建筑师事务所,作品以自然风景尤其是北欧荒漠中的人工建构而著名。

"界面"不再仅仅是观众和演员之间的"台口",甚至也未必是一个面。从布莱希特那里得到强化的"玻璃匣子"不过是一种简化的比喻,当"玻璃"变成一种可以随意变化的"界面",它暗示了一种借助于现代技术所提供的"间离效果"的"开关"装置,在其中戏剧空间的物质性降到了最低,可是它的效果却比罗马人在竞技场中表演的大海战还要好得多。